# Mésalliance

*Du même auteur*
*aux Éditions J'ai lu*

SECRETS DÉVOILÉS

1. LE BEAU TÉNÉBREUX
*N° 8988*

2. CELUI QUI NE VOULAIT PAS ÊTRE DUC
*N° 9102*

3. JEUX DE L'AMOUR, JEUX DU DESTIN
*N° 9124*

UNE NUIT DANS TES BRAS
*N° 9617*

LIZ

# CARLYLE

# Mésalliance

*Traduit de l'américain*
*par Catherine Berthet*

J'AI LU

*Titre original*
WICKED ALL DAY

*Éditeur original*
Pocket Books. A Division of Simon & Schuster, Inc., New York

# Prologue
# Des changements importants et choquants

Enfant déjà, elle savait qu'elle était différente. Dans un monde où il y avait d'une part les gens bien nés et d'autre part ceux qui étaient tout en bas de l'échelle sociale, elle avait la malchance de se trouver au milieu. Elle vivait de l'autre côté d'une vitre imaginaire, maintenue à l'écart par des chuchotements et des regards hautains.

Dans ses rêves, elle ne s'imaginait pas en princesse, mais en fille de cuisine vêtue d'une robe de serge grise, d'un tablier blanc, et d'un bonnet amidonné. Elle prenait le thé à l'office avec les autres domestiques, et riait des tours de cartes du cocher. Elle échangeait des rubans et cancanait avec les femmes de chambre, et passait sa demi-journée de congé avec le valet. Elle devenait quelqu'un d'autre, quelqu'un qui appartenait à une catégorie précise.

Dès qu'elle fut assez grande pour apercevoir le monde extérieur par la fenêtre, on décida qu'elle devait apprendre à lire. Elle comprit donc très vite que les rêves ne se réalisent pas toujours. À moins que ne survienne un bouleversement, elle demeurerait dans l'oubli auquel elle était destinée. Elle finirait ses jours sous la garde du cerbère qui lui tenait lieu de gouvernante, dans une maison vide, sans lumière et sans chaleur, excepté lorsque son père lui rendait visite et la faisait sauter sur ses genoux avant de s'évanouir de nouveau dans l'enfer londonien.

C'est ainsi que le cœur de la fillette se durcit à l'âge où il n'aurait dû connaître que la tendresse. Elle apprit à écouter sans broncher les commérages, et même parfois à en rire. Mais, lorsqu'il faisait beau comme aujourd'hui, que de rares nuages apparaissaient de temps à autre dans un ciel limpide, et qu'elle avait une vaste pelouse pour terrain de jeu, elle préférait tout simplement ne plus y penser.

— Pauvre petite ! Il paraît que sa mère n'a pas voulu d'elle.

Comme d'habitude, les mots en apparence anodins furent prononcés sur un ton vaguement dédaigneux, et semblèrent demeurer en suspens, comme un moustique cherchant une proie sur laquelle foncer.

Elle les ignora, leva son petit menton pointu, et tâcha de se faire encore plus petite qu'elle ne l'était déjà. Concentrant son attention sur les soldats en habit rouge que son cousin avait minutieusement disposés sur la couverture, elle en saisit un pour le changer de place.

— Elle était française, n'est-ce pas ? La maîtresse du marquis ?

— Et en partie italienne, d'après Cook. Avec un sale caractère, en plus.

— La petite tient d'elle, alors ?

Des rires de femmes fusèrent. Naturellement, son cousin n'était même pas conscient des cancans qui allaient bon train.

— Pas là, espèce de dinde ! s'exclama Robin en poussant le soldat sur le côté. Ce n'est pas pour rien qu'on appelle ça une formation en carré, Zoé.

La fillette battit des cils en ravalant ses larmes.

— Ces deux soldats sont amis ! protesta-t-elle avec une moue boudeuse. Comme nous. Il ne faut pas les séparer.

— C'est la guerre, Zoé. Ils ne font pas la dînette.

— Et maintenant, il fait la cour à une femme mariée !

— Rannoch ? Pas possible ?

— Elle a des enfants à ce qu'on dit. Elle ne voudra pas s'encombrer d'une bâtarde, c'est sûr.

Zoé ne jeta pas un regard aux domestiques.

— C'est bon, Robin ! Il n'y a qu'à retourner à Brook Street, pour jouer avec les poupées d'Arabella.

— Tais-toi, Zoé !

Robin lança un regard anxieux à son frère aîné. Le jeune marquis de Mercer jouait au cricket avec deux de ses camarades.

— Zoé, chuchota Robin, si jamais tu lui dis quelque chose au sujet des poupées, je te jure que…

— Oh, je ne dirai rien, imbécile ! Je te l'ai promis, non ?

— Mademoiselle Armstrong ! lança sèchement Mlle Smith en faisant mine de se lever. Si vous vous chamaillez encore, nous allons partir.

Zoé ignora la gouvernante et murmura en croisant les bras :

— Robin, tu es méchant !

— Ce n'est pas vrai, et tu le sais.

Robin lança un autre sac de soldats sur la couverture. Le soleil d'été qui inondait Green Park de ses rayons fit scintiller ses cheveux auburn.

— Voilà, petite dinde, fais un autre carré. Non, pas celui avec l'uniforme vert. Je vais t'aider à les trier.

Il sépara les soldats rouges des autres, et Mlle Smith se rassit à côté de sa sœur avec un grognement exaspéré. Tous les quinze jours, Mlle Smith et Zoé venaient de Richmond, sous prétexte de faire des courses dans le centre de Londres et de retrouver les cousins de la fillette. En vérité, Mlle Smith avait envie de retrouver sa sœur, Mme Ogle, afin de se plaindre avec elle de leurs employeurs respectifs et de leur triste situation.

Robin se remit à jouer avec les soldats, et les chuchotements reprirent.

— Au moins, il a pris la gosse chez lui.

— Mais tout de même… une épouse. Je t'assure, Jane, c'est un sacré changement !

— Et choquant.

— Oui, les choses vont évoluer. Et sûrement pas en bien.

C'en était trop. À bout de nerfs, Zoé balança tout le régiment en uniforme vert sur la pelouse, et un soldat de plomb heurta même les lunettes de Mlle Smith.

— Zoé, cela suffit ! s'écria la gouvernante en se dressant pour aller secouer la fillette par l'épaule. Votre insolence est intolérable.

— Aïe ! Vous me faites mal !

— Zoé ?

Lord Mercer se dirigea vers elle, balançant sa batte de cricket d'un air vaguement menaçant. Mlle Smith relâcha aussitôt Zoé.

— Lord Robert, cria-t-elle en coulant un regard circonspect à lord Mercer, ramassez vos jouets. Mlle Armstrong doit apprendre à maîtriser ses sautes d'humeur. Nous rentrons.

Mercer ramassa calmement un des soldats tombés dans l'herbe, et alla s'agenouiller devant Zoé.

— Tiens, Poudre à Canon, dit-il en lui tapotant affectueusement le nez. Les vraies dames ne jettent pas leurs jouets par terre. Mais je ne t'apprends rien, n'est-ce pas ?

Zoé prit le soldat en faisant la moue. Mercer lui releva le menton et soutint son regard d'un air grave.

— Efforce-toi d'être sage, petite peste, murmura-t-il. Et je demanderai... quelque chose à papa, ajouta-t-il en jetant un regard en coin à Mlle Smith. Tu veux bien essayer ? Pour me faire plaisir ?

Zoé hocha timidement la tête. Elle ne savait jamais quoi dire au frère de Robin. Il était tellement plus grand qu'eux. Mais quand Mercer s'écarta, une ombre encore plus grande s'étira sur la couverture.

— Allons, allons, que se passe-t-il, ici ? demanda une voix douce et profonde.

Zoé leva les yeux vers le bel homme aux épaules larges qui portait un habit de pasteur, mais dont l'allure était néanmoins indéniablement militaire.

— Monsieur Amherst, dit Mlle Smith en faisant une révérence. Zoé a encore fait des siennes. Elle a jeté en l'air les jouets de lord Robert.

— Dans ce cas, il n'y est certainement pas pour rien, répondit le beau-père de Robin d'un ton égal.

Souriant, il se pencha pour chatouiller le menton de Zoé, et une brise légère souleva ses cheveux d'un blond doré.

— Ma chère enfant, sais-tu que tu deviens plus belle de jour en jour ? Dans quelques années, tu feras des ravages.

Il se redressa, posant une main sur la tête de Robin.

— Ramasse tes jouets, mon garçon. Nous sommes attendus pour le thé, et Zoé a un long trajet à faire pour rentrer chez elle.

Lord Robert rassembla ses petits soldats à regret, et prit la main de son beau-père. Après un dernier au revoir, ils s'éloignèrent. Mercer continua d'observer Zoé un moment. Puis, visiblement à contrecœur, il posa la batte de cricket sur son épaule, fit un signe d'adieu à la fillette, et emboîta le pas à son beau-père.

Zoé les suivit des yeux avec envie. Leur mère les attendait à Brook Street avec un plat de scones tout frais, et des baisers affectueux.

Si elle avait un peu de chance, Zoé pourrait prendre le thé avec MacLeod, le majordome. Son père, le marquis de Rannoch, n'était jamais à la maison. Et si Mlle Smith avait dit vrai, il allait se marier. Alors Zoé aurait une horrible marâtre, ce qui était encore pire qu'une gouvernante comme Mlle Smith. Sans se départir de sa moue boudeuse, elle regarda les deux sœurs secouer la couverture.

— Quand je serai grande, dit-elle tout haut, je me marierai avec Mercer et j'irai habiter à Brook Street.

Mme Ogle laissa échapper un petit rire sarcastique.

— Oh, ça m'étonnerait, mademoiselle Armstrong ! Lord Mercer et lord Robert ont beau être vos cousins, ils occupent un autre rang que vous dans la société.

— Absolument, renchérit Mlle Smith d'un ton glacial. Vos cousins épouseront des dames de qualité. N'allez pas croire que votre famille agit envers vous autrement que par charité chrétienne.

Zoé regarda les deux femmes ranger la couverture dans un panier d'osier, et sentit un sentiment de rancœur familier s'insinuer en elle. Elle détestait Mlles Smith et Ogle. Pour les vexations qu'elles lui assenaient, et surtout pour les vérités que leurs propos aigres contenaient.

Elles faisaient allusion à ce que Mlle Smith appelait « les navrantes circonstances de sa naissance ». Zoé ne savait pas très bien ce que cela signifiait, mais elle savait que ce n'était pas à son avantage. Et elle savait qu'elle-même était mauvaise. Peu à peu, elle commençait à comprendre que si, malgré tous ses efforts, on n'arrivait pas à être une gentille personne… eh bien, pourquoi ne pas carrément décider d'être vraiment mauvaise ?

# 1

# La vicomtesse présume trop de la situation

Le profond silence qui régnait autour de la table de jeu n'était rompu que par le *clac-clac* distant d'une roulette au fin fond de ce qui avait été autrefois une élégante salle de bal. Le marchand qui avait acheté la demeure une vingtaine d'années auparavant avait lui-même été ruiné aux cartes. Curieuse ironie du destin. Aujourd'hui, dans le tripot enfumé, massé autour de l'ancienne table de salle à manger du marchand, un groupe retenait son souffle.

Mme Wingate, qui distribuait les cartes, se pencha au-dessus du plateau d'acajou, laissant apparaître la naissance de ses seins blancs comme l'ivoire sous son corsage échancré. La dernière carte s'échappa de ses doigts fuselés, flottant un instant comme une feuille morte.

L'as de cœur.

Les spectateurs soupirèrent et applaudirent à regret.

— Bien joué, lord Mercer ! s'exclama-t-elle en poussant pour la cinquième fois un tas de pièces vers le marquis. Voulez-vous retenter votre chance ?

Avec un bref hochement de tête, le marquis s'adossa au dossier de sa chaise et sortit de sa poche un étui à cigares en argent qui scintilla à la lueur des lampes. Sa maîtresse, debout derrière lui, lui pressa anxieusement l'épaule. Ignorant son geste, il alluma un cigare sans quitter des yeux l'homme assis face à lui. L'atmosphère était lourde et tendue. Trois heures durant, il n'avait pas laissé de répit à Thurburn. Et maintenant, alors que l'aube approchait, les signes de fatigue apparaissaient.

Mme Wingate finit de distribuer. Comme ses cartes étaient moyennes, Mercer décida de ne pas pousser sa chance. Il souffla un long nuage de fumée, tandis que les trois autres s'écartaient pour consulter leur jeu. Il vit une goutte de sueur perler sur le front de Thurburn. Mme Wingate retourna une reine, et le vieux gentleman s'affaissa sur sa chaise en grognant.

— Je suis fini !

— C'est seulement ta chance qui est usée, vieille branche ! s'exclama le colonel Andrews. Il faut que tu restes. Tu connais la probabilité, et tout ça.

Finalement, les autres joueurs n'avaient pas de meilleur jeu que Mercer. Mme Wingate sourit aux anges. Elle avait deux neuf et un deux.

— Félicitations, madame, dit Mercer en inclinant la tête.

La tension se dissipa brusquement. Thurburn avala ce qui restait du cognac de Lufton et s'écarta. Ses mains étaient agitées d'un léger tremblement.

— Il est tard, marmonna-t-il. Messieurs, je vous souhaite une bonne nuit.

Son départ n'avait rien à voir avec l'heure tardive. Thurburn et sa bande étaient des piliers de la maison Lufton, et seul le désespoir pouvait les obliger à quitter la table de jeu avant l'aube. L'homme était devenu pratiquement insolvable, ce qui arrangeait vraiment les affaires de Mercer.

Tandis que les compagnons de Thurburn lançaient à ce dernier des piques et des rires moqueurs, Mercer leva la main. Les insultes cessèrent, et une lueur d'espoir passa dans les yeux de Thurburn.

— Oui ?

— Vous êtes sur le point de partir, mais peut-être accepterez-vous encore un pari ?

Thurburn hésita, suspicieux.

— Qu'avez-vous en tête, Mercer ?

Le marquis feignit un profond ennui.

— Je crois que vous avez en votre possession, une babiole appartenant à la vicomtesse de Chéraute que vous auriez gagnée un peu plus tôt dans la soirée.

Claire tapota subrepticement l'épaule de Mercer. Une peur furtive passa dans les prunelles de Thurburn.

— Le jeu était loyal, monsieur.

— J'en suis sûr.

Le regard de Thurburn se posa sur Claire, et un sourire amer plissa ses lèvres.

— Elle veut la récupérer, c'est cela ?

Mercer haussa un sourcil sombre et regarda par-dessus son épaule.

— Est-ce votre souhait, madame ?

— Ce n'est qu'une bagatelle, répondit-elle d'un ton dédaigneux, avec un accent français appuyé. Mais oui, s'il vous plaît de la mettre dc nouveau en jeu, pourquoi pas ?

Mercer résista à l'envie de la repousser. Claire lui avait envoyé une missive désespérée à Mayfair, aux alentours de minuit. La lettre était trempée de larmes et mouillée de baisers. Mais tout cela n'avait servi qu'à lui rappeler la fourberie de sa maîtresse et son amour immodéré pour le jeu. Il parvint néanmoins à sourire.

— Je ne souffrirai pas de vous voir dépouillée, fût-ce d'un colifichet, ma chère. Qu'en pensez-vous, Thurburn ? Le quart de mes gains de la soirée contre le collier ? Naturellement, si vous gagnez, vos compagnons vont vous implorer de rester à la table de jeu. C'est si ennuyeux...

Thurburn s'humecta les lèvres d'un air avide. Plus fier que ses amis, il hésitait à remettre en jeu un butin qu'il venait tout juste de gagner, admettant par là que sa bourse était vide. Mercer, soutenu par la très compétente Mme Wingate, avait dépouillé l'homme de toutes ses espèces disponibles. À cause de l'obscurité et de la quantité de cognac qu'il avait absorbée, il n'avait aucune certitude sur la valeur réelle du collier.

— La moitié de vos gains, monsieur le marquis, lui opposa-t-il en ramenant bruyamment sa chaise vers la table. Qu'en dites-vous ?

Mercer tapota la main de Claire en souriant.

— Je dois être complètement idiot, mais j'adore cette babiole, même si la vicomtesse ne l'aime pas spécialement. Je lui dis souvent que ce rubis au centre me fait penser à...

— Monsieur ! s'écria Claire en déployant son éventail d'un mouvement sec.

Mercer haussa les épaules et poussa la moitié de ses gains de la soirée au centre de la table.

Thurburn fouilla dans sa poche, en sortit la rangée de rubis, et la déposa devant lui.

— Madame, dit Mercer en lançant un coup d'œil à Mme Wingate, voulez-vous nous donner les cartes ?

La femme acquiesça et prit un paquet de cartes neuf.

— La maison restera en dehors du jeu. Pour cette fois seulement, ajouta-t-elle en coupant d'un geste précis.

Le message était clair. Lufton ne prenait pas de commission sur les paris privés. Les bons clients étaient autorisés à de tels écarts de temps à autre. Mais s'ils voulaient continuer, ils devraient aller ailleurs. Cela avait peu d'importance, car Mercer voulait en finir au plus vite.

Mme Wingate distribua les cartes. Thurburn retourna un deux, Mercer un trois. Un début peu prometteur. Mercer souleva légèrement le coin de la première carte restée sur la table et sentit les ongles de Claire s'enfoncer dans son épaule.

Mme Wingate se tourna vers Thurburn, l'air interrogateur. Avec un sourire plein d'assurance, le gentleman tapota la carte dont la face était cachée. Mercer suivit. Un six de trèfle et un quatre de cœur tombèrent l'un après l'autre. Mercer jura en lui-même.

— C'est du menu fretin, lui glissa le colonel Andrews, assis à côté de lui.

Mme Wingate proposa une nouvelle distribution. Thurburn acquiesça. Elle posa devant lui un dix de carreau. Un soupir parcourut la foule massée autour des joueurs. Mme Wingate se tourna vers Mercer, une nuance d'avertissement dans les yeux. Il savait que demander une quatrième carte aurait été extrêmement dangereux. Mais il y avait quelque chose, dans l'expression de Thurburn. Ce tressautement au coin de ses lèvres. Pour Mercer, qui avait passé la nuit à l'observer, ce n'était pas anodin.

Il soupesa ses chances, qui n'étaient pas considérables, puis jeta encore un regard à la main de Thurburn. Il tenait un jeu respectable. Conscient qu'il commettait une folie, mais qu'il n'avait pas le choix, Mercer hocha la tête.

Le quatre de carreau sortit.

La foule se pencha davantage, tenue en haleine par le jeu. Avec un sourire de satisfaction, Thurburn retourna sa première carte, qui était un autre deux. Le colonel Andrews tapota lourdement l'épaule de Mercer.

— Pas de chance, mon vieux.

Mercer exhala doucement, puis rabattit sa première carte.

Le valet de pique.

— *Mon Dieu !* s'exclama Claire, en français.

Les applaudissements crépitèrent, et Mme Wingate élargit les yeux de surprise.

— Vous avez une chance insolente, monsieur le marquis, murmura-t-elle.

Claire lui prit la main, et Mercer attrapa le collier de rubis, avant de se lever pour la suivre.

Quelques instants plus tard, lord Mercer et sa maîtresse se retrouvèrent dans une des chambres privées de Lufton. Celles-ci étaient destinées aux clients trop ivres pour rentrer chez eux, ou bien à ceux qui avaient tout simplement envie d'un bon lit pour la nuit. Le fait que le tripot avait en permanence un attelage prêt à partir et la liste des meilleures prostituées de Londres était de notoriété publique. Tout était bon, pour empêcher un pigeon de s'échapper du nid confortable que Lufton lui offrait.

Claire entoura Mercer de ses bras.

— Allons, monsieur, vous avez une fois de plus secouru votre demoiselle en détresse. Comment vais-je pouvoir vous prouver ma reconnaissance ? susurra-t-elle.

— En me promettant de ne plus jamais mettre en jeu les bijoux de la famille de votre époux, rétorqua-t-il sèchement.

Claire était trop enivrée par le jeu et le champagne, pour percevoir la colère de son amant. Elle fit glisser ses doigts sur son torse, puis tournoya sur elle-même comme une ballerine, en balançant le collier de rubis dans sa main.

— Mon Dieu, monsieur, vous parlez comme mon mari !

— Cessez de vous agiter, Claire. Asseyez-vous. Je dois vous parler.

Claire esquissa une moue ravissante et battit des cils.

— Non, vous voulez me gronder, rectifia-t-elle. Alors, je sais ce que je dois faire !

Une lueur malicieuse passa dans ses yeux bleus et elle posa les doigts sur la fermeture de son pantalon.

— Claire…

Mais elle s'était déjà agenouillée, dans un nuage de soie rose et vaporeuse.

— Oui, je vais vous récompenser. Je sais ce que vous aimez, n'est-ce pas ?

Mercer crispa les doigts dans sa chevelure, pour l'obliger à se relever. Mais finalement il se laissa comme trop souvent dominer par ses appétits, et accepta le geste de gratitude de la vicomtesse. Ils agissaient généralement en symbiose, par désir autant que par désespoir.

Quand les spasmes du plaisir se furent apaisés, il demanda à Claire de se relever, et remit de l'ordre dans ses vêtements.

— Tu te rappelles le soir où nous nous sommes rencontrés, Claire ?

Claire avait sorti un petit miroir de son réticule, et examinait ses lèvres à la lueur de la lampe de chevet.

— Mais oui, c'était au bal masqué de lady Bleckton, répondit-elle en déposant du rouge sur sa bouche. Tu étais splendide, avec ta cape noire, c'est tout ce dont je me souviens !

— Vraiment ? C'est pourtant le soir où ton mari t'a quittée.

Claire laissa fuser un rire aigu.

— Oui ! Mais qui a gagné au change, en fin de compte ? Il a gardé son sinistre vieux château, et moi, j'ai ses bijoux ! Et toi, mon chéri. Je t'ai, toi.

Il la contempla sans mot dire. Claire referma le miroir d'un claquement sec, et alla vers lui avec ce sourire espiègle et suggestif, qui n'avait plus le pouvoir désormais de faire surgir son désir.

— Tu as le droit de porter ces bijoux, ma chère, mais pas celui de les jouer aux cartes.

Elle posa ses petites mains blanches sur son torse et se lova contre lui, l'enveloppant d'un parfum familier et écœurant d'anis et de muguet.

— C'est un détail. Et tu avoues toi-même que ce que le vicomte a perdu, c'est toi qui l'as gagné !

— Je n'avoue jamais rien, Claire. Tu le sais.

La moue boudeuse réapparut. Mais quand il regarda les lèvres qui l'avaient fait frémir de plaisir un instant auparavant, il eut du mal à se rappeler que la beauté de Claire avait pu l'émouvoir un jour.

Une froide résolution se fit jour en lui, accompagnée d'un sentiment plus fort, et plus sombre. La honte. La honte, et le désir de fuir cette mascarade, dont il était responsable. Comment avait-il pu être aussi aveugle ? Sa propre mère, qui ne se mêlait jamais des affaires de quiconque, lui avait prédit un tel dénouement.

Certes, il avait déjà entretenu des maîtresses. Et Dieu sait que Claire avait été tentante, avec sa beauté pâle, éthérée, et cet éternel besoin d'être secourue. Un mari brutal. Un ongle cassé. Des dettes. Tout désastre, quelle que soit son ampleur, engendrait des larmes. Toute autre femme aurait eu le nez rouge et les yeux gonflés. Mais pas Claire. Les larmes s'accrochaient à ses cils d'une incroyable longueur, et la faisaient paraître encore plus fragile.

Mercer s'écarta et finit de boutonner son pantalon. Claire lui jeta un regard suspicieux, tout en mordillant ses lèvres pulpeuses. Il eut l'impression d'entendre les rouages de son cerveau se mettre en route. Soudain, lançant un dernier regard pardessus son épaule, elle alla vers le lit, rabattit les couvertures, et se mit à lisser les draps avec des mouvements lents et langoureux.

Mercer garda le silence.

— Tu es fâché, finit-elle par dire, l'air faussement contrit. Je n'aurais pas dû t'importuner ce soir. Viens au lit, et tu ne regretteras pas de t'être dérangé, d'accord ?

Mercer alla à la fenêtre et contempla la circulation de St. James, tout en massant pensivement sa nuque douloureuse. Il prit le temps de choisir ses mots.

— Je n'irai plus au lit avec toi, Claire. C'est fini. Je pense que nous le savons tous les deux depuis quelque temps déjà.

— Mercer ? Que veux-tu dire ? s'exclama-t-elle en se précipitant vers lui dans un bruissement de soie.

Il contempla le reflet de la jeune femme dans la vitre.

— Nous nous servons l'un de l'autre, Claire. Je me suis servi de toi maintenant, comme tu t'es servie de moi dans la salle de jeu. C'est terminé, ma chère.

— Mais non ! chuchota-t-elle, en posant une main tremblante sur son dos. Ce... ce n'est pas possible ! Je n'ai que toi. Que vais-je devenir ? Où vais-je aller ?

— Ne sois pas si mélodramatique, Claire, répondit-il d'une voix parfaitement calme. Tu vas rentrer chez toi. À Fitzrovia pour commencer, et puis en Auvergne, chez ton mari.

— Non ! Chéraute me déteste. Il est vieux. Il sent le camphre et les oignons, et... comment peux-tu me dire une chose pareille, aussi froidement ?

Mercer fit volte-face et la fixa. Ce n'était pas la première fois qu'on lui reprochait sa froideur.

— Chéraute ne te déteste pas, Claire. Je commence à croire qu'il ne t'a jamais détestée. Tout simplement, il n'a pas les moyens de te garder. Et moi non plus.

— Oh, tu me prends pour une idiote ?

Oubliant toute volonté de séduire, Claire étrécit ses yeux qui lançaient des éclairs.

— Tu es l'homme le plus riche de Londres. Tu as dix fois plus d'argent qu'il n'en faut pour m'avoir.

Il lui saisit les épaules, fermement, mais avec douceur.

— J'ai décidé de ne pas t'avoir, précisa-t-il. J'ai beau être riche, je ne peux plus me permettre de ne pas savoir où tu passeras la prochaine nuit, ou bien combien d'argent tu vas perdre. Claire, tu sèmes des chèques comme mes chiens perdent des poils, et je dois suivre ta trace dans toute la ville pour réparer tes dégâts.

Le visage de la jeune femme s'assombrit.

— Tu veux donc me dépouiller de tout, même de ma fierté ? Ton cœur est un morceau de glace, mon chéri. Chéraute ne veut plus de moi. Tu l'as entendu le dire lui-même, il y a des mois.

— Fais en sorte qu'il veuille te reprendre, Claire. Tu es douée pour cela. Exerce tes précieux talents sur ton mari, pour changer.

Il la vit lever la main et ne fit rien pour l'éviter. Le coup l'atteignit sur la pommette, et la bague en rubis le coupa comme une lame, juste au-dessous de l'œil. Il ne broncha pas. La douleur était méritée.

— Retourne en France, ma chérie, dit-il. Tu es une très belle jeune femme. Réconcilie-toi avec Chéraute. Change tes manières. Nous valons tous les deux mieux que cela.

Claire tremblait d'indignation.

— Tu ne me renverras pas comme une enfant ! Je n'irai pas en France. Tu ne te débarrasseras pas de moi aussi facilement.

— Je ne veux pas me débarrasser de toi, Claire. Je reconnais simplement l'évidence. C'est fini entre nous.

Un mélange de haine et de résignation apparut dans les yeux de Claire.

— Très bien, répliqua-t-elle en reculant. Mais sache que je ne me cacherai pas. Je ne te faciliterai pas les choses. Je suis invitée à la soirée de lady Kildermore dans une semaine. Tu crois que je n'irai pas ?

Mercer s'écarta et esquissa un sourire amer.

— Puisque ma mère t'a invitée, Claire, vas-y. Je ne pense pas que notre chagrin soit si grand que nous fondions en larmes en nous voyant, n'est-ce pas ? Ce ne sera certainement pas le cas pour moi.

Ce n'était visiblement pas une question sur laquelle Claire souhaitait s'attarder.

— Espèce de salaud ! siffla-t-elle, avant d'essayer de le frapper de nouveau.

# 2

# Notre vaillante héroïne est secourue

Lord Robert Rowland s'allongea par terre, les pieds contre le mur, en mordillant dans un des bonbons qu'il venait de piquer dans un des élégants centres de table de sa mère, et en réfléchissant à l'imminence de sa mort causée par un profond ennui.

— Ci-gît Robin, marmonna-t-il, mort étouffé par l'ennui et les sucreries.

Du moins était-ce une mort élégante. La petite réception de lady Kildermore clôturait la saison londonienne. La moitié de Mayfair tourbillonnait sous la lumière de deux cents bougies, et au rythme du plus réputé des orchestres de Londres. Les tables étaient recouvertes de friandises, et des valets chargés de plateaux arpentaient toutes les pièces de la maison. Dans la bibliothèque, une demi-douzaine de tables était consacrée au jeu.

Toutefois, lady Kildermore en avait interdit l'accès à son fils cadet, lui ordonnant de rester dans la salle de bal pour faire la conversation aux jeunes filles délaissées. Au lieu de quoi, Robin s'était diverti en buvant beaucoup, et en classant les femmes en trois catégories : celles qui étaient séduisantes, celles qui ne l'étaient pas et celles qui étaient déjà prises. Il venait juste de poser les yeux sur une jeune veuve très attrayante et était en train d'évaluer ses chances, quand son frère aîné, lord Mercer, se matérialisa devant lui.

— Ôte ton pied du mur, ordonna-t-il avec sa froideur et son détachement habituels. Tu abîmes le nouveau papier peint.

Robin aurait voulu dire à Mercer d'aller voir ailleurs s'il y était, mais il en fut empêché par un morceau de fruit confit collé à ses molaires.

Le marquis était éblouissant dans son costume noir et son gilet argenté, agrémenté d'une cravate vaporeuse. Élégant, mais raide comme un piquet. Ce bon vieux Stuart.

— Il y a foule, murmura Mercer en balayant la salle du regard. J'espère que maman est contente.

— Maman s'en fiche, articula Robin, enfin débarrassé du fruit confit.

— Vraiment ?

— Elle ne donne ces réceptions que parce que c'est ce que la bonne société attend d'elle, continua Robin, en jetant une dragée en l'air, avant de la rattraper entre ses lèvres. Dès que tu seras marié, maman filera dans le Cambridgeshire, pour s'installer dans le sinistre presbytère de papa.

— Je croyais que tu aimais Elmwood ?

— Oui, mais c'est quand même vieux et sombre. J'aime aussi l'Écosse ! Au fait, où diable étais-tu, au début de la soirée ?

— Dans les arrière-salles, à éviter diverses catastrophes pendant que maman et papa recevaient les invités.

Robin poussa un grognement et secoua ses mains pour se débarrasser du sucre. En réalité, Mercer aurait dû recevoir lui-même, puisque la maison de Brook Street lui appartenait. Le domaine lui était revenu entièrement à la mort de leur père, une vingtaine d'années auparavant. Mais leur mère et son second mari, le vénérable M. Cole Amherst, résidaient toujours ici quand ils étaient en ville, ainsi que leurs quatre sœurs qui étaient encore écolières.

Robin avait parfois envisagé de prendre un logement de célibataire, mais il aimait son confort et ne pouvait se passer des nombreux petits luxes qu'offrait la vie à Brook Street. À dire vrai, il était aussi très attaché à sa famille, si bizarres qu'ils soient tous.

— Tu as évité beaucoup de catastrophes ? demanda-t-il à Mercer, alors que la belle veuve en rouge passait à côté de lui.

— Pour commencer, Freya s'est échappée de son lit pour venir regarder par-dessus la balustrade, et elle a laissé tomber sa pieuvre en peluche sur la tête de la princesse Lieven. La pauvre femme a hurlé de frayeur.

Robin esquissa une grimace.

— Elle a donc perdu toute chance d'être admise chez Almack, alors qu'elle n'a encore que neuf ans ?

— Pour Freya, les choses s'arrangeront avec le temps. Ce n'est pas le cas pour sir Stephen, que j'ai trouvé ivre dans la salle de jeu, accusant Mme Henry d'avoir caché un as dans son corsage.

— Quel vieil imbécile ! marmonna Robin, en essayant de suivre la belle veuve des yeux. Qu'as-tu fait ?

— Je l'ai installé en bas, dans le salon de Charlie, pour cuver son vin. À présent, j'estime avoir bien mérité un cigare que je vais aller fumer sur la terrasse, en espérant que maman ne s'en apercevra pas. Tu m'accompagnes ?

Lord Robert avait d'autres projets. Un homme ne devait pas s'attacher à une seule femme. C'était ainsi que survenaient des accidents, tels que le mariage.

— Non, merci, répondit-il distraitement. J'ai d'autres chats à fouetter. Cette femme en rouge, Stuart... je ne me rappelle pas son nom.

— Ah, la terrible Mme Field ! murmura Mercer avec un sourire moqueur. Bonne chance, petit frère !

À cet instant, la danse se termina sur un dernier accord de violons. Les danseurs se saluèrent en souriant. Mme Field n'était qu'à quelques pas de Robin.

Abandonnant son frère à son destin, lord Mercer traversa la salle de bal. Les invités s'écartèrent pour lui livrer passage, comme la mer Rouge devant Moïse. Certaines dames ouvrirent leur éventail qu'elles agitèrent un peu trop vigoureusement, en baissant modestement les yeux. Mercer n'était pas dupe. Il savait parfaitement ce que ces femmes avaient à offrir... et s'il ne l'avait pas su, les quelques mois passés avec sa maîtresse l'auraient éclairé sur ce point.

Il était bien plus intrigué par la jeune fille mince et éthérée qu'il venait d'apercevoir, se faufilant comme un elfe dans le jardin. Sa cousine Zoé, l'être le plus malicieux que Dieu ait jamais créé sur Terre. Accrochée au bras du plus libertin de ses soupirants... Mercer devina qu'une autre catastrophe était en voie de se produire.

Il eut une hésitation devant les portes-fenêtres et jeta subrepticement un coup d'œil autour de lui pour s'assurer que personne ne l'observait. Le père de Zoé, lord Rannoch, n'était pas en vue, et les musiciens venaient d'attaquer les premières notes d'une danse populaire. Tous les invités se ruaient vers la piste.

Mercer rempocha son étui à cigares et sortit sur la terrasse. Les lampions du jardin se balançaient sous une brise légère, projetant des ombres inquiétantes sur les dalles et dans les feuillages touffus. Mercer descendit les marches. Avec Zoé, il n'était jamais sûr de rien. Il savait seulement qu'elle était prompte à se mettre dans le pétrin, et qu'il l'en sortait chaque fois malgré ses cris de protestation. Donc, elle l'accablerait probablement de reproches et lui, comme d'habitude, il tiendrait sa langue et refrénerait sa colère.

Un éclair doré – le châle de Zoé – le guida dans l'allée, jusqu'à la fontaine. Il entendait le chant des grillons, percevait l'odeur de la Tamise en contrebas, et aussi la légère fragrance du parfum de Zoé, un cocktail exotique d'agrumes et de jasmin. Tous ses sens en alerte, il courut le long de l'allée de pierres. Un sentiment désagréable, de peur ou de regret, lui noua l'estomac.

Il était certain de mettre la main sur le couple, car le jardin n'était pas très grand, et il ne doutait pas un instant de ce qu'il verrait. Ce vaurien de Randall Brent était un habitué du tribunal pour dettes. Ce genre d'homme n'avait qu'une raison d'entraîner Zoé dans le parc, et celle-ci était une idiote de l'avoir suivi. Si elle se retrouvait mariée à ce salaud, ça lui donnerait peut-être une bonne leçon. Mais cette pensée ne fit qu'augmenter la colère et l'exaspération de Mercer.

Il atteignit la limite de la partie éclairée du jardin. Zoé était là, le dos tourné, son châle doré accroché à son bras et traînant en partie sur le sol. Brent était penché sur elle, une main refermée sur son bras. Ils ne l'entendirent pas approcher. Ils parlaient tout bas, avec une anxiété qui déplut fortement à Mercer.

Soudain, tout bascula. Brent saisit l'autre bras de Zoé pour l'attirer vers lui. Rapide comme l'éclair, Zoé leva le genou et assena un coup violent dans l'entrejambe de Brent. Ce dernier la relâcha en poussant un glapissement, et recula, perdant l'équilibre juste devant Mercer. Le marquis lui agrippa l'épaule et le releva avec rudesse.

— Brent, vous allez prendre congé sur-le-champ, déclara-t-il.

L'homme écarquilla les yeux.

— Mais elle... elle... Espèce de friponne ! Vous m'avez suivie de votre plein gré ! Dites-le-lui, bon sang !

— Allons, monsieur, rétorqua Zoé, en ramenant tranquillement son châle sur ses épaules. J'ai accepté de faire un tour avec vous, pas d'être culbutée dans les buissons comme une catin à trois sous.

— Zoé, tais-toi, ordonna Mercer. Et maintenant, Brent, sortez de chez moi. Je me moque de savoir ce que vous avez cru.

L'homme s'éloigna en boitillant.

— Cette petite peste était consentante ! Elle est sortie seule avec moi, dans la nuit noire. Je n'hésiterai pas à le clamer tout haut !

— Vous n'étiez pas dans le noir, répondit Mercer. En outre je vous ai escortés tout le temps, et Mlle Armstrong en était consciente. Tu savais que j'étais à trois pas derrière vous, n'est-ce pas, Zoé ?

Zoé baissa les yeux, l'air contrit.

— Oui, monsieur le marquis. Bien entendu.

— L'affaire est donc réglée. Quant à vous, Brent, si vous osez calomnier ma cousine, vous aurez les pires ennuis. Je suppose que je n'ai pas besoin de vous lancer un gant au visage pour me faire comprendre.

Un éclair de frayeur passa dans les yeux de Brent, qui tourna le dos et se fondit dans l'obscurité sans demander son reste. Mercer le suivit du regard, en proie à une haine farouche.

Mais pourquoi ? Brent avait toujours été une crapule, ce n'était pas nouveau. Quant à Zoé... c'était une éternelle petite coquette, trop audacieuse, et trop belle. Mercer eut brusquement envie de la secouer comme un prunier. De la prendre sur ses genoux pour la corriger...

— Prends mon bras, ordonna-t-il, les dents serrées. Je vais te ramener.

Zoé eut une brève hésitation.

— Prends mon bras ! répéta-t-il sèchement.

Quelque chose dans son regard la décida à obéir. Elle aligna tant bien que mal son pas sur ses longues enjambées. Mercer ne ralentit pas, la traînant tout le long du sentier, et ne s'arrêtant que lorsqu'ils furent arrivés sous les fenêtres de la salle de bal.

Zoé s'arrêta sur la terrasse et fit une brève révérence.

— Vous êtes très bon, Mercer, je vous remercie.

Il sortit son étui à cigares de sa poche.

— Je ne crois pas. Comme d'habitude, Zoé, tu maîtrisais parfaitement la situation.

— Seigneur, Mercer, ce n'était qu'un flirt sans conséquence !

Il la contempla fixement en prenant un cigare. L'envie de la secouer avait disparu, grâce au ciel, et il avait recouvré son détachement habituel.

— Ce n'est pas à moi de te sermonner. Rannoch devrait le faire. À mon avis, il a eu tort de ne pas te corriger il y a des années.

Zoé fit un pas vers lui, faisant tournoyer ses jupons avec impertinence.

— Vous semblez regretter de ne pas vous en charger vous-même, chuchota-t-elle. Et je vous assure, Mercer, que ces sourcils froncés nuisent à votre beauté virile.

Il parvint, non sans mal, à demeurer imperturbable.

— J'ignorais que tu t'intéressais à mon physique, Zoé.

Elle secoua la tête, et les émeraudes qu'elle portait aux oreilles étincelèrent à la lumière des lampions du jardin.

— Je ne m'y intéresse pas. Mais faites en sorte de ne pas demeurer figé ainsi. Votre jolie vicomtesse risque de ne pas vous trouver à son goût quand vous serez dans son lit.

Mercer éclata de rire, malgré lui. Cette gamine n'avait pas froid aux yeux. Il hocha la tête et porta le cigare à ses lèvres.

— Je ne te demande pas la permission de fumer, Zoé. Je sais que la fumée ne te gêne pas.

— En effet, répliqua-t-elle en levant le menton, comme pour mieux exposer la blancheur de son cou frêle. Je suppose que vous ne voudrez pas me faire goûter ?

— Certainement pas ! riposta-t-il en allumant son cigare d'un air méfiant. Dis-moi, Zoé, qu'aurais-tu fait si Rannoch t'avait surprise cachée dans les fourrés avec Brent ? Tu ne penses jamais à ces choses-là ?

— Zut enfin ! Je ne me cachais pas avec Brent ! Je me cachais pour que papa ne me trouve pas. Sir Edgar m'avait dit qu'il me cherchait, et ça ne laissait rien augurer de bon, si vous voyez ce que je veux dire.

— Je ne suis pas sûr de comprendre.

— Oh, ça n'a pas d'importance ! s'exclama-t-elle avec un geste exaspéré. Brent m'a vue sur la terrasse, et il m'a demandé de me promener avec lui. Cela m'a semblé une bonne distraction.

— De quoi voulais-tu te distraire ?

— Eh bien, de... des tribulations de la vie.

Mercer sembla réfléchir à sa réponse et aspira pour allumer son cigare, sans quitter un instant Zoé des yeux. Il ne l'avait jamais comprise, cette petite vipère dangereuse. Elle avait été une enfant aux grands yeux sombres et solennels, puis une gamine exubérante et agaçante, avant de devenir... une femme qui pouvait vous faire perdre le sommeil, si vous étiez assez fou pour vous laisser envahir par certaines pensées. Or, personne n'avait jamais traité Mercer de fou.

— Tu sais quel genre d'homme est Brent, Zoé ?

— Oh, pour l'amour du ciel, je me fais les dents sur les hommes comme Randall Brent, rétorqua-t-elle, en avançant de deux pas, d'un air de défi. C'est un fieffé coureur de jupons, je sais. Mais vous aussi, et pourtant je suis là, en parfaite sécurité devant vous.

Il projeta une longue volute de fumée grise dans l'obscurité.

— Oui, mais je suis une autre sorte de coureur de jupons, ma chère.

Elle se pencha vers lui, ses petites mains gantées posées sur les hanches.

— Quelle importance ? En fait, je crois que vous n'essaierez plus jamais de m'embrasser, même si je vous suppliais.

Mercer aurait surtout voulu qu'elle recule, et qu'elle cesse de lui rappeler quel idiot il était. Il ne voulait plus sentir ce parfum chaud et sensuel de jasmin l'envelopper.

— Non, je ne m'amuse pas avec les jeunes filles non mariées, et...

— Vous le faisiez autrefois, chuchota-t-elle. Il y a longtemps. Vous vous rappelez, Mercer ? Moi, je m'en souviens.

Dieu tout-puissant ! Il y pensait chaque fois qu'il la voyait. Mais s'il s'avisait de poser de nouveau la main sur Zoé Armstrong, il ne pourrait se contenter d'un baiser. Toutefois, Mercer savait se contrôler, aussi dissimula-t-il la frustration à laquelle il était en proie. Il se contenta de hausser un sourcil.

— Brent n'est pas seulement un coureur de jupons, Zoé. C'est un gredin. Il ruinerait ta réputation, uniquement pour s'amuser.

— Tiens, nous tentons de dévier le sujet de la conversation ? répliqua Zoé, en faisant un pas de plus vers Mercer. Êtes-vous donc si différent de moi, Mercer ? Est-ce que vous ne pensez jamais à... à cette unique fois ?

— Oh, non, n'essaie pas tes ruses sur moi, ma petite. Ce n'est pas sérieux. Nous parlions de Randall Brent, il me semble ?

La tension se dissipa, et le sourire espiègle de Zoé réapparut.

— Vous croyez que je ne sais pas manipuler ce genre d'homme ? fit-elle avec détachement.

— C'est le problème, Zoé. Je suis presque sûr que tu en es capable.

Zoé haussa ses sourcils bruns.

— Alors, je ne comprends pas pourquoi vous faites tant d'histoires pour un flirt sans importance.

Le sang-froid de la jeune femme l'irrita inexplicablement.

— Et ce que je ne comprends pas, moi, c'est comment tu ne vois pas que tu mérites mieux ! Ce que je ne comprends pas, c'est pourquoi tu te jettes à la tête d'un homme comme Randall Brent. Pourquoi tu t'amuses à briser le cœur des hommes. Pourquoi tu perds ton temps avec des relations frivoles et des flirts inutiles. Voilà ce que je ne comprends pas, Zoé. Veux-tu m'expliquer pourquoi tu préfères quelque chose d'insignifiant, à quelque chose, ou quelqu'un, de bien réel ?

Zoé laissa retomber ses mains. Elle ouvrit la bouche pour parler, et la referma sans avoir proféré un son.

Mercer tira une dernière bouffée de son cigare, et le jeta dans le jardin. Il n'en avait plus envie. Il n'avait plus envie de parler non plus. Il n'avait pas besoin que sa jeune cousine lui rappelle sa propre folie, même si celle-ci remontait à des années en arrière.

Il fit un bref signe de tête, pivota sur ses talons et retourna dans la salle de bal, l'air aussi indifférent que lorsqu'il était sorti. Mais il vit à peine les invités de sa mère, les saluant machinalement, trop occupé à se demander à quel moment Zoé avait commencé à le rendre aussi furieux.

Était-ce le jour où elle l'avait défié de faire une course en attelage devant le Premier Ministre ? Ou bien le jour où elle avait fait semblant de se noyer dans l'étang d'Elmwood, et qu'il avait perdu sa toute nouvelle montre à gousset en lui portant secours ? Ou bien encore quand elle avait révélé sa décision secrète de séduire le vicaire de son beau-père ? Elle avait tant charmé le pauvre homme qu'il en avait été tout chamboulé.

La liste était longue, et Mercer était au comble de l'irritation quand il tomba sur son frère. Le sourire de Robin le tira aussitôt de sa mauvaise humeur. Mercer lui donna une grande tape dans le dos, et ils regagnèrent ensemble la salle de bal.

— Tu as eu du succès avec Mme Field ?

— Je crois que mon gilet ne lui a pas plu. Je suis abattu.

— Je vois, répondit Mercer avec un sourire en coin. Dieu sait que tu es sensible !

Ils passèrent un quart d'heure à saluer leurs amis et leur famille, s'arrêtant de temps à autre pour inscrire leur nom sur le carnet de bal d'une dame. Robin se pliait à ce jeu avec bonne grâce. Il n'avait pas le choix. Leur mère ne lui aurait pas pardonné de ne pas le faire.

Mercer ne souffla pas un mot à son frère de l'incident avec Zoé. Robin avait trop souvent été le complice de Zoé. Il l'était moins depuis qu'il avait donné son cœur à une autre, mais il défendrait tout de même Zoé, comme toujours.

Ils prirent la coupe de champagne que leur offrait un valet.

— Je suis content que ça soit fini, dit Robin. J'ai bavardé avec toutes les demoiselles qui faisaient tapisserie.

Soudain, un mouvement près de l'orchestre attira l'attention de Mercer.

— Bon sang, c'est Rannoch, murmura Mercer. Il entraîne Zoé hors de la salle.

— Mon Dieu, ça devient une habitude ! Qu'a-t-elle fait, cette fois ? Pauvre petit Baril de Poudre !

Mercer craignait de le deviner. Aussi sombre que Hadès, le dieu des Enfers, Rannoch poussait sa fille vers la porte de service.

— Il vaut mieux que j'intervienne. Apparemment, il y a du grabuge.

— Tu es plus courageux que moi, dit Robin. Rannoch est… oh ! Seigneur !

— Quoi ? interrogea Mercer.

— En parlant de grabuge, regarde sur ta gauche. On dirait que ta maîtresse va se trouver mal et tomber dans le bol de punch de maman.

Mercer suivit son regard et sentit son visage s'embraser.

— Écoute, Rob, es-tu assez sobre pour t'occuper de Rannoch ?

— Eh bien… je suppose que oui.

Mercer ne lui laissa pas le choix.

— Alors, vole au secours de Zoé et tâche de lui sauver la mise. Quoi qu'il arrive, empêche Rannoch d'étrangler cette enfant. Pour le reste, fais-moi confiance, je m'occupe de Claire.

# 3

# Les événements prennent un tour regrettable

Le marquis de Mercer n'avait pas été le seul à se hérisser en voyant lord Rannoch sortir de la salle avec sa fille aînée. Lady Rannoch regarda d'un air désapprobateur son époux pousser Zoé sous le dais de l'orchestre, puis dans l'escalier de service.

Ce fut sans doute une chance, car la progression de lord Robert fut ralentie par une foule d'invités, au demeurant fort bien intentionnés. « On se voit lundi chez Wentworth pour une partie de cartes, vieille branche ? » Ou encore : « Seigneur, c'est quoi, ce gilet bleu lavande, Robin ? » Puis : « il y a une vente aux enchères chez Tatt, demain. Splendide jument. Je viens te chercher à neuf heures ? » Robin finit par avoir l'impression d'être un saumon remontant le courant. Un saumon très populaire, mais un peu ivre. Contrairement à son frère, Robin avait la réputation d'être accessible, d'aimer boire, et d'être toujours prêt à toutes les bêtises imaginables.

Cependant lady Rannoch, bien que généralement appréciée, n'était pas ivre et n'était pas non plus du genre à se laisser distraire, surtout quand un de ses « petits » courait un risque. Elle traversa la salle en un éclair pour découvrir quel était le sujet de la querelle.

En arrivant à la hauteur de son époux, elle lui prit le bras d'un air de reproche.

— Elliot ! chuchota-t-elle, avec une pointe d'accent flamand qui subsistait au fil des années. De quoi s'agit-il ? Sir Edgar, je présume ?

Le regard de Zoé Armstrong hésita entre son père et sa belle-mère. La tête lui tournait. Elle avait trop dansé, trop flirté, et la froideur de Mercer l'avait irritée. Et, maintenant, elle se faisait bousculer par son père, et sa belle-mère elle-même n'allait peut-être rien faire pour elle.

Sir Edgar Haverfield était une menace à laquelle elle croyait avoir échappé depuis longtemps. Mais l'homme revenait inlassablement la harceler, comme son passé. Zoé sentit des larmes lui brûler les paupières.

— Je n'ai donc pas mon mot à dire ? demanda-t-elle d'une voix froide et calme. Vraiment, papa, comment avez-vous pu donner votre accord ? Sans même me poser la question ?

— Et à quoi bon te la poser ?

Lord Rannoch contenait à peine sa voix grasseyante. Ses lèvres étaient pincées, et la colère assombrissait ses traits. Certains disaient que lord Rannoch était l'incarnation du démon. Ce soir, sa fille n'était pas loin de le croire.

— Zoé, ma chérie, murmura sa belle-mère. C'est juste pour le thé.

— Et après ? Ce ne sera pas fini, Évie. Ne faites pas semblant de croire le contraire.

Les joues de lady Rannoch rosirent légèrement.

— Ensuite, sir Edgar souhaite avoir un moment pour te parler en tête à tête.

— Sir Edgar a déjà eu une demi-douzaine de moments en tête à tête avec moi. Il a même enterré sa femme entre-temps.

— Zoé, tais-toi ! fit lady Rannoch en baissant encore la voix. Ce gentleman est épris de toi. Ce n'est pas une insulte.

— Sir Edgar est épris de ma dot.

Zoé s'interrompit, et aspira une longue bouffée d'air pour contenir ses larmes.

— Oh, pourquoi est-ce que tout le monde est aussi cruel avec moi, ce soir ? Je ne veux pas de lui, papa. Je le lui ai dit et répété, et maintenant c'est à vous que je le dis. Vous n'auriez jamais dû accepter.

— Je n'ai rien accepté. C'est justement pour cette raison que nous avons cette discussion, mon enfant. Mais je te suggère fortement d'écouter ce que cet homme a à dire.

Zoé sentit ses lèvres se mettre à trembler.

— Je ne… peux pas. S'il vous plaît, papa, ne m'y obligez pas. Sa mère… elle me déteste.

Lady Rannoch passa un bras autour des épaules de Zoé.

— Zoé chérie, lady Haverfield sait que tu feras une épouse très convenable. Sir Edgar est beau, et il est très bon. Tu es adorable et, comme tu le dis, tu as une belle dot. Ce ne serait pas un mauvais mariage.

Rannoch releva le menton de sa fille, pour l'obliger à le regarder.

— Évie a raison, mon petit, dit-il avec plus de douceur. Et pour le reste, lady Haverfield ne peut pas se permettre de s'inquiéter pour ça.

— Pourquoi ? Parce qu'elle est pauvre ?

— Elle n'est pas précisément pauvre, rétorqua Rannoch avec impatience. Son mari aimait trop les chevaux et le brandy, voilà tout. Le domaine de Haverfield a besoin de capitaux.

— Et donc, lady Haverfield devra serrer les dents et me supporter ?

Les yeux de Zoé lancèrent des éclairs. Un peu comme ceux de son père.

— Est-ce trop demander, papa, que de souhaiter qu'un jour un homme honnête veuille m'épouser, juste pour ce que je suis ? Et non pas malgré ce que je suis ?

— Zoé...

Son père voulut lui prendre le bras, mais elle se déroba.

— Zoé, y a-t-il quelqu'un, ma chérie ? Quelqu'un a qui tu as donné ton cœur ?

Elle hésita une fraction de seconde, et secoua la tête.

— Non, dit-elle sèchement. Il n'y a personne.

— Tu sais, ma chérie, que lady Hauxton s'est mariée tard, murmura lady Rannoch avec un gentil sourire. Et regarde comme tout se passe bien. Trois ans de bonheur, et deux adorables enfants. Trois, en comptant Priss. Et Frederica ? Elle ne voulait absolument pas épouser Bentley. Maintenant, ils sont inséparables.

— Je ne suis pas comme Freddie ni comme Phaedra. Vous ne le voyez pas ?

À ce moment, un valet apparut dans l'escalier. Zoé prit un verre de vin sur le plateau.

— Est-ce raisonnable, ma chérie ? dit lady Rannoch.

— Cette conversation m'a donné soif. Et puis non, prenez-le. Buvez-le. J'aperçois Robin dans la salle. Je lui avais promis cette danse.

— Vas-y, dit sa belle-mère en soupirant. Nous ne pouvons pas rester là plus longtemps, à nous chamailler.

Zoé s'éloigna et disparut dans la foule des danseurs.

— Enfer et damnation, dit le marquis, en pinçant l'arête de son nez droit et aristocratique. J'ai pourtant essayé de tout faire pour elle. Cette enfant est-elle complètement ingrate ?

— Oh, Elliot, ce n'est pas cela. Je la comprends. Elle n'a pas entièrement tort, tu sais. Lady Haverfield n'est pas agréable, si tu veux mon avis.

— Ne te dresse pas contre moi, Évangeline. Cette petite ne peut pas continuer à jouer avec sa réputation. Étant donné sa situation, au moindre faux pas... elle sera bannie de la bonne société. Non. Ce sera le mariage ou bien... l'autre solution.

— Oh, Elliot ! s'exclama lady Rannoch, le visage crispé. Tu ne peux pas l'envoyer en Écosse. Zoé est comme une fleur fragile. Une fois privée de ce qu'elle connaît et qu'elle aime, elle dépérira et mourra.

— Si cette enfant pouvait seulement tomber amoureuse, Évie. Je te jure que je la laisserais épouser le fils du boucher, et que je ferais leur fortune. Mais c'est déjà sa cinquième saison, et elle a rencontré tous les bons partis.

— Je crois que ce qu'elle voudrait, c'est que le fils du boucher l'aime sans sa fortune, dit doucement Évangeline. Zoé a appris à rire au nez de la société, mais cela ne l'amuse pas.

— Cette petite a reçu une mauvaise donne, et c'est ma faute. Je le sais, et j'en suis désolé. Mais au lieu de bien se conduire, elle perd la tête et se met en colère.

— Je me demande bien de qui elle peut tenir, dit doucement lady Rannoch.

Robin constata avec soulagement que Zoé l'avait repéré de loin. Il n'était pas lâche, mais il n'avait aucune envie d'affronter Rannoch, fût-ce dans la tanière de quelqu'un d'autre !

Apparemment, Zoé avait survécu à la scène avec son père, et elle s'en sortait simplement avec des éclairs de fureur dans les yeux et des pommettes enflammées. Il fallait la connaître aussi bien que lui pour se douter que la rougeur était causée non par l'excitation de la dispute, mais par l'effort fourni pour contenir ses émotions.

Ce soir, Zoé portait une robe vert foncé, de minuscules boucles en émeraude aux oreilles, et un châle aux franges dorées. Son épaisse chevelure brune était coiffée en un chignon souple et classique, retenu par des cordelettes d'or. Une douzaine de regards masculins la suivirent lorsqu'elle traversa en hâte la salle de bal.

Elle lui jeta un regard exaspéré, lui prit le bras sans dire un mot, et lui fit faire demi-tour. Robin eut un sourire amusé.

— Où allons-nous ?

— Dehors. En haut. N'importe où. Fais-moi sortir d'ici.

— Les désirs de madame sont des ordres.

Ils passèrent dans l'immense hall d'entrée, dont toutes les portes étaient grandes ouvertes, mais les invités s'étaient massés devant les ouvertures, cherchant un peu de fraîcheur dans la touffeur de cette nuit de juillet.

— Suis-moi, dit-il en empruntant le large escalier de marbre.

Robin passa sans s'arrêter devant les chambres du premier, qui étaient réservées aux invités désirant se reposer. Il monta un étage de plus, et atteignit les appartements de la famille où régnait un calme relatif. Les invités n'étaient pas censés y pénétrer, mais il n'eut qu'un bref moment d'hésitation avant d'y emmener Zoé. Après tout, elle faisait quasiment partie de la famille, et avait déjà exploré la maison de la cave au grenier.

— Où allons-nous ? s'enquit-elle en scrutant le couloir obscur.

— Dans le bureau de Mercer. Personne ne viendra t'y chercher.

Une lampe était posée sur la table de travail. Robin alla ouvrir les portes-fenêtres, qui donnaient sur un étroit balcon. Une brise légère soufflait, et les éclairages de la véranda fournissaient une agréable lumière orangée. Les accords des violons de l'orchestre leur parvinrent de la salle de bal.

Zoé sortit sur le balcon à côté de lui, posa les mains sur la balustrade, et se pencha imprudemment dans le vide.

— Comme c'est paisible, ici ! On dirait que tous les invités sont partis et n'ont laissé que la musique.

Robin lui lança un regard de côté.

— Qui cherches-tu sur la terrasse ?

— Oh, personne. Je me suis encore querellée avec Mercer, ce soir. Parfois, j'ai l'impression qu'il me déteste. Autrefois, il était si gentil... mais à présent il me rappelle papa. Toujours désapprobateur.

Robin ne savait pas quoi lui répondre. Stuart avait en effet pris ses distances avec Zoé, et Robin ne comprenait pas pourquoi.

— Tu es contente que la saison soit terminée, vieille branche ?

Zoé haussa les épaules.

— Je pense que j'ai fini par me lasser des réceptions, Robin, expliqua-t-elle en remontant frileusement son châle sur ses épaules. Il y a sûrement autre chose dans la vie, tu ne crois pas ? Mais je ne le saurai jamais maintenant, car papa a dit...

Elle n'acheva pas sa phrase, c'était inutile. Elle avait vingt-deux ans, et la patience de son père s'épuisait.

— Tu veux boire quelque chose ? suggéra Robin, brisant le silence. Stuart doit avoir un flacon de madère quelque part.

— Je préférerais du brandy, Rob, si cela ne te donne pas une trop mauvaise opinion de moi.

Robin n'avait jamais pu refuser quoi que ce soit à Zoé. Il alla à la desserte et leur servit à chacun une bonne rasade de brandy, ajoutant après coup une généreuse dose d'eau. Il n'aimait pas trop l'expression de Zoé, ce soir. Elle semblait différente. Crispée. Ce qui pour lui voulait aussi dire fragile. La saison avait été dure pour sa vieille amie. Rannoch l'avait poussée à bout en la soumettant à un ultimatum insupportable : le mariage ou l'Écosse.

Dans ses moments de sobriété, Robin reconnaissait que Rannoch méritait aussi un peu de sympathie. N'importe qui pouvait voir que Zoé repoussait sans cesse les limites des convenances. Elle avait passé cinq saisons à flirter, à danser, à briser des cœurs et à éluder les demandes en mariage, et même quelques propositions moins honorables, émanant toutes de gredins, de vieux roués, de veufs impécunieux, ou d'autres gentlemen que les circonstances poussaient à se marier pour l'argent. Zoé était la fille illégitime de Rannoch et, pour les meilleures familles de la haute société, une union avec elle était tout simplement inenvisageable. Peu importait que leurs rejetons soient séduits par sa beauté. Une beauté qui, de l'avis unanime, était sans comparaison.

Robin traversa le bureau muni des verres, et l'observa sur le balcon, avec son châle qui flottait dans l'air nocturne, son bras blanc et souple posé contre le chambranle. Zoé était petite et brune, mais son charme compensait largement ce qui lui manquait en stature. Toutefois, en ce moment, avec ses épaules voûtées, sa tête tristement penchée en avant, elle était aussi frêle et fragile qu'une demoiselle en détresse, guettant son chevalier en armure dans l'obscurité.

Malheureusement, ce n'était pas un rôle pour lui. Pour Zoé cependant, il aurait presque été tenté de le jouer. Il était fou de cette petite, et la voir malheureuse lui déchirait le cœur. Bien qu'ils ne soient que des cousins éloignés, il la connaissait depuis qu'il était tout petit, et ils possédaient tous deux une bonne dose de sang écossais transmise par leur arrière-grand-mère commune.

Zoé se retourna et lui sourit dans la pénombre. Elle le regarda sous ses épais cils noirs quand il lui mit le verre dans la main.

— Il n'y a rien à fumer, ici ?

— Tu demandes au dieu Pan s'il a une flûte ? répondit-il avec un sourire coquin.

Robin rentra dans le bureau et prit la précaution d'aller tirer le verrou, avant de chiper un des meilleurs cigares turcs de Mercer dans la boîte de cèdre posée sur sa table de travail. Un instant plus tard, installés côte à côte sur le balcon, Zoé et Robin se passaient le cigare.

Bien que quelques vieilles dames s'autorisent encore cette fantaisie, l'usage du tabac était généralement réservé aux courtisanes et aux actrices. Pour une jeune fille comme Zoé, ce n'était pas du tout bien vu. Toutefois, Robin lui avait appris à fumer quand ils étaient encore très jeunes et beaucoup trop téméraires. Et comme toujours avec Zoé, quand un jeu l'emballait il était impossible d'y mettre fin.

Robin pinça le cigare entre deux doigts, et exhala un long plumet de fumée blanche.

— Alors, quel est le problème, ma chérie ? demanda-t-il d'un ton léger. Rannoch a recommencé la chasse au mari ?

Zoé avala une longue rasade de brandy.

— Comment as-tu deviné ?

Il n'hésita qu'une fraction de seconde avant d'avouer :

— Le registre des paris de chez Boodle's. Wentworth prétend que sir Edgar va de nouveau faire sa demande, maintenant que sa femme est morte. Il a parié vingt livres que tu finirais par capituler. Mais je n'ai pas suivi. J'ai misé cinq cents livres sur le fait que tu refuserais.

— Quoi ? s'exclama-t-elle, outragée. Tu as parié sur moi ?

— J'étais sûr de gagner. Si tu l'as déjà refusé deux fois, je ne vois pas de raison que tu acceptes maintenant. J'ai une idée, Zoé. Dis non, et je partage les gains avec toi.

Zoé contempla le jardin, et avala d'un trait le reste du brandy.

— Tu penses que je dois refuser, Rob, et passer le reste de mes jours dans le Perthshire ? murmura-t-elle, en crispant les doigts sur son verre. Ou bien accepter, et laisser lady Haverfield régenter ma vie ?

— Oh, l'Écosse est un beau pays, ma chérie, mais ce n'est pas un endroit pour toi.

Il lui prit son verre des mains de crainte qu'elle le jette par terre.

— Pas pour y passer le reste de tes jours. Rannoch ne parle pas sérieusement, Zoé ?

— Je crois que cette fois, si, chuchota-t-elle, les yeux embués de larmes. Il pense que je suis en train de ruiner ma réputation. Je sais que je n'ai pas été un modèle de sagesse, Robin. J'ai flirté, je me suis amusée… mais est-ce que je mérite vraiment une belle-mère comme lady Haverfield ? Cette femme me méprise.

— Zoé, pourquoi dis-tu cela ?

— Elle l'a déclaré une fois, avoua-t-elle d'une voix à peine audible. C'était pendant ma deuxième saison, à la garden-party de sa sœur, à Hampstead. Je jouais à cache-cache avec d'autres filles, et j'avais grimpé sur les poutres, dans le belvédère de Mme Holt.

— Seigneur, Zoé ! Tu aurais pu te tuer !

Zoé eut un rire amer.

— Je regrette parfois de ne pas être tombée parce que, finalement, ce que j'ai reçu était pire qu'un coup sur le crâne. Pendant que les autres s'éparpillaient dans le verger, lady Haverfield a entraîné Mme Holt dans le pavillon et lui a confié qu'elle était horrifiée qu'Edgar ait demandé ma main. Elle reprochait à son mari décédé d'avoir laissé Edgar dans une situation qui l'obligeait à « épouser la bâtarde d'une danseuse d'opéra pour son argent ».

— Quelle rosse ! s'exclama Robin, en lançant le mégot de son cigare dans le jardin. Et donc tu as refusé Edgar. C'est bien fait pour lui.

— Mais... mais je ne voulais pas refuser ! En réalité, je croyais même être un peu amoureuse de lui. J'étais loin de me douter... Oh, Robin, entendre dire une chose pareille ! J'ai été assommée. Et c'est là que j'ai compris que ce que disait Mlle Smith était vrai : personne ne voudra jamais de moi. Papa et Évie ont beau m'aimer de tout leur cœur, je ne serai jamais assez bien.

— C'est à cause de cela que Rannoch a renvoyé Mlle Smith ! protesta-t-il. Parce que ce ne sont que des bêtises. Tu es belle, gentille, et en plus on s'amuse comme des fous, avec toi !

— Mais être belle, drôle et gentille, ce n'est pas assez, Robin. Tu le sais. N'essaie pas de me consoler juste pour être poli, je t'en prie.

Robin demeura un moment sans voix. Il n'y avait pas d'autre possibilité que la franchise, avec sa cousine.

— Je suis désolé, dit-il doucement. Je voulais juste...

— Je sais.

Elle leva les yeux, et il s'aperçut que des larmes perlaient à ses paupières, et que ses lèvres tremblaient comme quand elle était petite et qu'ils se chamaillaient.

— Oh, Robin, c'est affreux ! Que dois-je faire ?

— Viens là, ma vieille, dit-il en lui ouvrant les bras. Que la maudite Haverfield aille au diable !

— Oh, Robin !

Secouée de sanglots, Zoé se nicha entre ses bras et posa la joue sur son gilet bleu lavande.

— Papa va m'obliger à partir ! Il va m'envoyer dans son domaine en Écosse. Je serai toute seule avec... avec ses deux mille moutons !

Robin posa les lèvres dans ses cheveux, en se demandant ce qu'il pouvait faire pour la tirer d'affaire. Le parfum de Zoé était délicieux, à la fois fleuri et épicé.

— Tu devrais répéter à Rannoch ce qu'a dit lady Haverfield. Il comprendra sûrement.

Cette suggestion ne fit qu'augmenter le chagrin de Zoé.

— Robin, cela lui briserait le cœur ! Depuis qu'il s'est marié avec Évie, il fait tout pour donner une bonne opinion de lui. Il est même devenu un pilier de la bonne société. Et il croit que celle-ci finira par oublier mes origines.

— Rannoch n'est pas naïf. Il y aura toujours des gens snobs, à cheval sur les convenances, mais d'après moi l'homme qui obtiendra ta main aura beaucoup de chance.

Zoé leva les yeux en battant des cils, ce qui lui donna l'air extrêmement vulnérable. Une rareté. Soudain Robin éprouva une irrésistible envie de l'embrasser et, comme toujours, il fut incapable de résister à la tentation qui se présentait. Sans une once de culpabilité ou de remords, il pencha la tête et approcha ses lèvres de celles de sa cousine.

Ce n'était pas la première fois qu'il lui volait un baiser. Depuis l'âge de quatorze ans il cédait de temps à autre à la tentation, mais cela n'avait jamais été sérieux. Cependant, elle s'abandonna entre ses bras et il eut l'impression que pour une fois ce n'était pas à son frère, mais à lui, qu'incombait le devoir de la secourir et de lui donner de la force. Il était à la fois noble et viril de prouver à Zoé à quel point elle était désirable.

Zoé agrippa les revers de sa veste, s'accrochant à lui comme elle ne l'avait encore jamais fait, et ne lui laissant pas d'autre possibilité que d'approfondir son baiser. Il lui caressa les lèvres et, quand elles s'entrouvrirent, il s'enivra de la chaleur de sa bouche. Ce fut Zoé qui interrompit leur étreinte, plantant son regard intense dans le sien.

— Je suis lasse, Robin. Lasse de voir ma virginité mise aux enchères comme un ballot de laine. Je devrais te l'offrir, pour qu'on n'en parle plus.

Il l'embrassa de nouveau, au coin des lèvres.

— Zoé, ma chérie, nous en avons déjà parlé. Tout ce que tu y gagnerais, c'est de te retrouver mariée avec moi.

— Ce ne serait pas si terrible. Tu te moques de savoir de quelle lignée je suis issue, n'est-ce pas ?

— Tu le sais bien, répondit-il en lui embrassant le front. Mais tu ne m'aimes pas. Du moins, pas comme un mari.

— Non, mais tu es beau, et tellement gentil.

— Cela ne suffit pas. Et le mariage n'est pas pour moi, Zoé. Pas pour le moment.

« Et pas avec toi », ajouta-t-il en lui-même.

Mais il n'était pas question de son cœur, hélas. Et son esprit embrumé par l'alcool imaginait Zoé sans ses vêtements, les jambes nouées autour de sa taille.

— Alors embrasse-moi encore, Robin, articula-t-elle, en essuyant ses larmes du revers de la main.

Embrasse-moi et aide-moi à oublier toutes les méchantes lady Haverfield qui ne me trouvent pas assez bien pour leur fils.

C'était une demande si simple, si innocente. Zoé frissonna, et il l'attira instinctivement contre lui. Elle était douce, délicate. Ses cheveux lui effleuraient le menton. Ses seins ronds et fermes étaient pressés contre son torse et son délicieux parfum féminin se mêlait aux vapeurs de brandy, et à de très vagues notions de galanterie. Sans même s'en rendre compte, Robin l'entraîna vers le canapé de cuir devant la cheminée, et la fit asseoir sur ses genoux.

Plus tard, quand l'ivresse se fut dissipée et qu'il eut repris pied dans la froide réalité, Robin se demanda s'il n'avait pas été pris d'un accès de folie. Mais, sur le moment, confronté à des sanglots, à des larmes, à un sentiment d'injustice, tout ce qu'il avait vu, c'était qu'une personne qu'il aimait était seule, qu'elle avait du chagrin. Il l'avait prise dans ses bras. Toutefois, il n'était pas du genre à ignorer ses appétits charnels.

Par la suite, Robin se dit que, si le contrôle de la situation lui avait échappé, c'était à cause de ce malheureux concours de circonstances, auquel s'ajoutait le fait qu'il tenait le sein de Zoé au creux de sa main. Il avait rapidement ôté sa veste et son gilet, jeté le châle de Zoé sur le dossier du canapé, fait glisser le corsage de sa robe sur ses hanches.

Zoé s'était abandonnée à la passion avec fièvre, comme pour maintenir la réalité au loin. Ses mains avaient glissé sur son torse et dénoué sa cravate, tandis qu'elle lui embrassait le cou. Comment aurait-il pu la repousser ? Il était trop gentleman pour cela.

Il tira sur sa cravate, essayant de dénouer le long ruban de lin. Zoé s'écarta, comme pour l'aider, et il put dégager la cravate du col de sa chemise. Sur une impulsion, il la noua autour du cou de Zoé. Puis, les doigts solidement serrés sur le ruban, il la ramena vers lui, ferma les yeux et l'embrassa de nouveau.

Son corps s'embrasa de désir. La tendresse se mua en passion. Agrippant ses cheveux à pleines mains, il la dévora de baisers. Une manche de soie tomba sur son coude. Une cordelette d'or s'échappa de son chignon et la chevelure brune se répandit sur ses épaules, attisant son désir.

Oh, il avait déjà vu les cheveux de Zoé dénoués. Avec ses manières de garçon manqué, c'était inévitable. Mais ce soir, enivré par ce parfum exotique, par ses joues humides de larmes, et par les accents évocateurs des violons, il eut soudain envie de retirer les épingles qui les retenaient, comme l'aurait fait un amant avec sa maîtresse.

Et pourtant, quelque chose le retenait. Robin envisagea un instant d'arrêter, mais alors Zoé se tourna sur ses genoux. Sa robe glissa, révélant un petit sein à la forme exquise. Une boucle brune en effleura la pointe, qui se tendit.

Robin capitula.

— Zoé, murmura-t-il contre ses lèvres. Zoé.

Zoé ne répondit pas, mais elle ne cessa pas de l'embrasser. Avant d'avoir compris ce qu'il faisait, Robin avait défait son pantalon et attiré la jeune femme à califourchon sur lui. Ses jupons remontèrent, révélant des cuisses laiteuses et fuselées, encerclées par les jarretelles les plus érotiques qu'il ait jamais vues. Un ruché de satin vert émeraude bordé de perles dorées qui se balançaient à chaque mouvement.

Il plongea de nouveau les doigts dans ses cheveux et l'embrassa. Seigneur, comme il la désirait ! Il la désirait assez pour payer le prix fort ce moment d'égarement. Enfin, il allait faire l'amour à Zoé. Plus moyen de revenir en arrière.

Il pouvait dire adieu à Maria.

À jamais.

Cette idée transperça sa conscience comme un poignard finement aiguisé.

Zoé sentit Robin se crisper. Le brouillard de sensualité qui les enveloppait s'évapora. Elle posa les mains à plat sur sa poitrine, et s'écarta pour le regarder dans les yeux.

Pendant un long moment, ils se dévisagèrent. Les mots étaient inutiles. Et soudain, elle sut. Elle sut qu'ils venaient de commettre une épouvantable erreur. Il en était aussi conscient qu'elle. C'était exactement le genre d'erreurs qu'elle commettait quand elle se laissait gouverner par le chagrin et la colère. Et c'était cela qui rendait son père aussi furieux.

Elle baissa les yeux, et le spectacle qu'elle découvrit l'horrifia.

Elle était assise à califourchon sur Robin, ses jupes relevées jusqu'aux hanches, son décolleté défait, un sein dénudé. Robin avait posé une main sur ses fesses. Elle éprouva une honte intense à l'idée qu'elle s'était laissé guider par la colère. Un goût amer envahit sa bouche.

— Oh, Robin, je… nous ne pouvons pas…

— … faire cela ? acheva-t-il, submergé par une vague de soulagement.

Elle hocha la tête et retomba contre lui. Avec un rire nerveux, il fit remonter sa main sur ses reins.

— Je suis diablement désolé, ma vieille. J'ai perdu mon sang-froid.

— C'est ma faute. Uniquement ma faute. Promets-moi que nous ne parlerons plus jamais de ce…

Soudain, la flamme de la lampe vacilla, comme dans un courant d'air. Zoé se redressa vivement. Robin fit de même et faillit la renverser. Zoé s'agrippa à son cou pour recouvrer l'équilibre, maintenant son corsage d'une main.

Une voix dure s'éleva dans la pénombre :

— Robin ?

Zoé se retourna et se figea. Lord Mercer se tenait sur le seuil. Robin marmonna un juron.

— Robin ? Et… Seigneur !

Mercer pivota brusquement sur ses talons, comme pour les dissimuler à la vue d'un intrus.

Trop tard. Une mince silhouette féminine passa devant lui. Le regard de la vicomtesse de Chéraute balaya rapidement le tableau, et une lueur amusée passa dans ses prunelles.

— Mon Dieu, mademoiselle Armstrong ! s'exclama-t-elle dans un éclat de rire. Il faut absolument que vous me donniez le nom de votre couturière. J'adorerais avoir des jarretelles vertes comme les vôtres.

Il fallut quelques secondes à Zoé pour prendre conscience de l'horreur de la situation. Puis Mercer se retourna lentement, et sa bouche esquissa une moue de dégoût.

Mercer. Encore lui. Et cette fois… il avait une bonne raison de la détester.

Avec un sanglot désespéré, Zoé se leva d'un bond et s'enfuit, une main pressée contre sa bouche, la cravate de Robin flottant derrière elle.

# 4

# Lord Rannoch a des soupçons

Muet de stupeur, Robin regarda son frère faire sortir la vicomtesse du bureau dans un bruissement de soie. Il était incapable de se lever ou même d'articuler un mot d'excuse. La femme disparut, mais son rire résonna encore dans le couloir.

Le répit ne dura que quelques secondes. Mercer revint dans le bureau et claqua la porte derrière lui.

— Robin ! cria-t-il, le visage crispé de rage. Au nom du ciel...

— Je... je ne sais pas ce qui m'a pris. Je suis désolé.

— Tu ne sais pas ?

Mercer jura, se passa les mains dans les cheveux, et se mit à arpenter la pièce de long en large.

— Tu es désolé ? Sacrebleu, Robin ! On est désolé d'avoir renversé du vin sur la table ! Mais ça... Et Zoé ? Tu es conscient de ce que tu viens de lui faire ? Et de te faire, à toi ?

Robin était toujours assis dans le canapé, hagard, la chemise dégrafée, les yeux fixés sur son frère aîné. Mercer n'était pas simplement en colère. C'était pire. Il était l'incarnation de la fureur divine. Robin s'attendait presque à ce qu'il lui arrache la tête. Il savait d'ailleurs qu'il en était parfaitement capable.

— Stuart, je... je...

Il déglutit, l'esprit trop embrouillé pour réfléchir. Sa capacité de raisonnement lui échappait. Il n'était conscient que de la musique qui provenait du salon où la fête se poursuivait comme si rien ne s'était passé, et du tic-tac de la pendule, dans les profondeurs obscures de la pièce. Un sentiment d'horreur l'accablait et l'entraînait inéluctablement au fond d'un marécage.

— Rhabille-toi, ordonna Mercer, d'un ton rageur. Rhabille-toi, bon sang. Et descends parler à son père.

Robin ne comprit pas tout de suite la signification de ces paroles.

— Stuart, elle pleurait tellement. Rannoch veut encore la marier avec Haverfield. Tu... tu m'as demandé toi-même de l'aider.

Mercer traversa le bureau, attrapa Robin par le col de sa chemise et l'obligea à se lever.

— Non, je t'ai demandé d'empêcher Rannoch d'étrangler sa fille ! hurla-t-il. Et tu as fait tout le contraire ! Maintenant, tu vas l'épouser !

— Épouser... Zoé ? Stuart, au nom du ciel, qu'est-ce qui te prend ? Je... je ne peux pas me marier ! Tu n'as qu'à l'épouser toi-même, si tu veux à tout prix qu'elle se marie !

Mercer leva une main, comme pour le frapper. Mais avant que Robin ait pu l'esquiver, ou même comprendre ce qui se passait, la fureur de Mercer disparut. Une profonde douleur imprégna ses traits et, avec un grognement sourd, il repoussa son cadet et se campa devant l'âtre vide, les épaules affaissées comme sous l'effet d'un intense fardeau.

Robin contempla la porte que Zoé venait de franchir, et reboutonna machinalement son pantalon. La sombre réalité commençait à lui apparaître. Sa vie avait implosé. Mercer avait l'air d'un fou. Et Dieu seul savait ce qui arrivait à Zoé, deux étages plus bas ! Il fallait qu'il se ressaisisse et réfléchisse à la situation.

— Stuart, chuchota-t-il, je… je suis inquiet pour Zoé.

— J'espère bien.

— Où… où est-elle allée ? Je veux parler de Claire.

— Je l'ai fait entrer dans le salon de la famille, et je lui ai demandé de m'attendre, dit Mercer d'une voix morne. Mais elle ne m'obéira pas, inutile de s'accrocher à cet espoir.

— Bon sang, Stuart, tu ne peux pas la faire taire ?

— Non, Robin. Je ne peux pas. Je ne peux pas arranger le pétrin dans lequel vous vous êtes fourrés, Zoé et toi.

— Écoute, Stuart, je voulais seulement lui remonter le moral.

Mercer pivota sur ses talons.

— Et tu n'as rien trouvé de mieux que de coucher avec elle ? Je suppose que ce n'était pas la première fois. Tu ne dois pas savoir t'y prendre, car elle n'avait pas l'air spécialement heureux, ce soir !

— Oh, ça suffit ! Écoute, Stuart, c'était Zoé… Tu sais comment elle est…

— Zoé ? répéta Mercer, incrédule. Zoé est une calamité, un vrai trublion, une tornade en chaussons de satin. Mais tu le sais depuis toujours, Robin. Et pourtant, tu l'as déshabillée !

— Je ne lui ai pas enlevé ses vêtements, rectifia Robin en se penchant pour ramasser son gilet. Non, pas complètement. Il ne s'est rien passé. Enfin, pas grand-chose.

— Pas grand-chose ? Ton pantalon était déboutonné, Zoé était assise sur toi, ses jupons relevés sur les reins, et... et tu dis que ce n'était pas grand-chose ! Bon sang, je ne te crois pas. Je te connais, et je connais Zoé.

— Eh bien, crois ce que tu voudras, lança sèchement Robin, en enfilant son gilet.

— Ce que je crois n'a pas d'importance, rétorqua Mercer d'une voix dure. Tu sais ce qu'il te reste à faire.

Robin se massa les tempes.

— Je... je ne... je ne sais pas. Et Maria ? Comment vais-je lui expliquer ?

— Je m'en moque. C'est ta maîtresse. Débrouille-toi !

— Maria n'est pas ma maîtresse. Elle n'est pas comme ça, Stuart. Et... je l'aime.

— Tu l'aimes, dit son frère avec une grimace de dégoût. Je suis sûr qu'elle sera réconfortée de le savoir, quand elle lira l'annonce de tes fiançailles dans le *Times*.

Les épaules de Robin s'affaissèrent. Le *Times* ? Maria était bonne et douce, tolérante, même avec lui. Mais cela ? Il faudrait qu'il se montre très persuasif pour lui faire accepter la situation. Avec beaucoup de bijoux... et peut-être une rente annuelle...

Mercer venait de se camper devant lui. Une montagne de fureur, ses mains robustes posées sur les hanches.

— Assez ! Ne pense plus. Assez !

— Ah non, Stuart, ce n'est pas toi qui vas me dire ce...

Brusquement, il se sentit soulevé, et son visage fut à la hauteur de celui de Mercer.

— Tu as fait monter une jeune fille seule ici, martela ce dernier, agrippant Robin par le col. Notre cousine. Et maintenant tu vas l'épouser, et tu vas passer le restant de ta vie à la rendre follement heureuse, sinon je te tuerai de mes propres mains. Tu as compris ?

— Mais enfin, Stuart, c'était seulement Zoé, balbutia-t-il, parvenant non sans mal à se dégager. Je la respecte, et je l'aime aussi d'une certaine façon. Mais elle est déjà montée ici des centaines de fois.

— Pas lorsque toute la famille était en bas, et la moitié de la bonne société de Londres chez nous ! Tu as ruiné sa réputation, Robin. Et pour aggraver ton cas, ce désastre a été constaté par la plus vicieuse et la plus mauvaise des langues de vipère que l'enfer ait jamais créée...

— Oui, ta maîtresse ! Et qui l'a fait monter ici ?

Mercer brandit une clé de bronze qui scintilla dans la lumière.

— N'oublie pas, je te prie, que c'est mon bureau et que Claire n'est pas une jeune fille innocente.

— C'est le moins qu'on puisse dire, rétorqua Robin, narquois.

— Prends-le sur un autre ton, Robert. Claire et moi devions discuter d'une affaire délicate, et je souhaitais le faire en privé. En outre, elle n'est plus ma maîtresse. J'ai rompu la semaine dernière.

— Et tu vas le payer cher. Ce démon blond en jupons t'aura ouvert le ventre plus vite qu'une poissarde de Billingsgate.

Il en avait par-dessus la tête des airs supérieurs de son frère. Après tout, Zoé n'était rien pour Mercer. Bon sang, cela faisait même des années qu'il tenait la petite à l'écart.

— Non, Robin, c'est toi qui vas payer. Claire n'hésitera pas à se servir de toi pour m'atteindre. À l'heure qu'il est, le nœud coulant du mariage est déjà passé autour de ton cou. Tiens, ajouta-t-il en ramassant la veste de son frère, habille-toi, pour l'amour du ciel.

Robin ouvrit la bouche pour lui dire d'aller au diable, mais les mots ne purent franchir ses lèvres. Il finit lentement de s'habiller. Le plus terrible, c'est que Mercer n'avait pas tout à fait tort, admit-il en lui-même. Résigné, il rajusta les manchettes de son habit.

— Écoute, Stuart, je suis désolé. Je vais arranger ça. Je te le promets.

— J'y compte bien.

— D'accord. Que dois-je faire pour la protéger ?

L'espace d'un instant, son frère hésita.

— Va dans ta chambre et appelle ton valet. Il te faut une cravate. Quand tu seras présentable, tu descendras trouver Rannoch et tu lui demanderas la main de sa fille. Prie pour que j'évite que Claire fasse un scandale. Et tu as intérêt à te montrer convaincant.

— Convaincant ? répéta Robin d'une voix blanche.

— Oui, répondit Mercer avec un sourire triste. C'est un mariage d'amour. Tu as été submergé de passion et de désespoir à l'idée que Zoé épouse quelqu'un d'autre. Tu l'as toujours aimée, mais tu n'en as pris conscience que ce soir.

— C'est un tas de sottises, personne n'y croira !

— Pourtant, ces choses-là arrivent, quand on ne s'y attend pas. Quoi qu'il en soit, il faut qu'ils te croient, Rob. C'est la seule solution.

— La seule ?

— Il faut empêcher Rannoch de punir Zoé. Tu comprends ? Veux-tu qu'elle vive un enfer ? Non ? Alors, pour l'amour du ciel, Robin, déploie tes talents de comédien !

⁂

Affalée sur la coiffeuse dans le vestiaire des dames, Zoé tamponnait ses yeux rougis en reniflant. C'est là que Jonet, lady Kildermore, la trouva quelques minutes plus tard, alertée sans doute par la femme de chambre qui s'était éclipsée après avoir vu Zoé surgir dans la petite pièce, la cravate de Robin autour du cou.

— Zoé, ma chérie ?

Zoé leva la tête, et croisa le regard inquiet de Jonet dans le miroir. Sa cousine s'avança et lui posa la main sur l'épaule. Avec ses cheveux noirs comme le jais et ses traits fins, Jonet avait une beauté sereine qui contrastait avec l'agitation de Zoé. Celle-ci avait peur de parler, peur de savoir ce que la mère de Robin avait déjà pu apprendre. Peur aussi de se trahir en éclatant en sanglots.

— Ma chère, qu'est-ce qui ne va pas ? demanda gentiment Jonet en lui passant une main dans les cheveux. Vous semblez souffrante.

Souffrante ? C'était une excuse comme une autre.

— J'ai une terrible migraine. Je vous en prie, Jonet, pourriez-vous dire à Évie de venir ? Je souhaite rentrer au plus vite.

— Ah, fit Jonet en pinçant les lèvres d'un air entendu. Je vais faire appeler tout de suite l'attelage de votre père.

Puis, à la grande confusion de Zoé, Jonet ramassa la cravate qu'elle avait jetée dans sa hâte sous la coiffeuse. Elle la fit glisser pensivement entre ses doigts.

— Peut-être préférerez-vous partir directement par les écuries ? finit-elle par proposer.

Zoé poussa un soupir et posa les doigts sous ses yeux.

— Oh oui, Jonet, s'il vous plaît. Je... je suis désolée. Je dois être affreuse, n'est-ce pas ?

— Non, mon enfant, vous avez l'air malheureux.

Jonet replia soigneusement le tissu blanc. Ce n'était qu'une cravate, bien entendu, mais elle n'avait rien à faire dans le vestiaire des dames. Quelle excuse pouvait-elle donner ? Rien ne vint à l'esprit de Zoé, qui demeura muette et abattue.

Quand elle eut soigneusement lissé la cravate, Jonet la posa devant elle, et s'assit sur le banc, à côté de Zoé.

— Ne vous désespérez pas, ma chère. Quoi qu'il soit arrivé, cela peut s'arranger. Il y a toujours une solution.

Il y en aurait eu une, probablement. Si la comtesse de Chéraute n'avait pas fait irruption dans le bureau.

Mais ce n'était pas juste de dire cela. Zoé avait elle-même ruiné sa réputation. Cela faisait déjà quelques années qu'elle avançait dans cette voie. Elle ne pouvait s'en prendre qu'à elle-même.

— Oh, Jonet ! s'exclama-t-elle dans un sanglot. Oh, vous ne me pardonnerez jamais !

À sa grande surprise, Jonet lui passa gentiment un bras sur les épaules.

— Je suis sûre que ce n'est pas vrai, Zoé, dit-elle en la serrant brièvement contre elle. Maintenant, laissez-moi refaire votre chignon. Ensuite, nous descendrons retrouver Évie.

⁂

Lord Rannoch était dans le jardin, juste derrière les portes-fenêtres de la salle de bal, et se demandait où avait bien pu passer sa fille aînée. C'est alors qu'il sentit une présence derrière lui. Sans se retourner, il lança d'un ton impérieux par-dessus son épaule :

— Approchez !

Un des fils de Jonet, le plus jeune des deux, avança dans la lumière. Lord Robert Rowland portait un gilet mauve pâle, et il semblait avoir le cœur au bord des lèvres. Le marquis n'aurait su dire s'il y avait un lien entre les deux faits. Le gilet était absolument hideux.

— Que voulez-vous ? demanda-t-il en avalant d'un trait son verre de bordeaux.

Le jeune homme approcha lentement.

— Pourriez-vous m'accorder un instant, monsieur ? demanda-t-il d'une voix hésitante. J'avais l'intention de vous demander… c'est au sujet de Zoé.

— Zoé ? s'exclama le marquis, contenant mal son impatience. Que diable voulez-vous dire ?

Lord Robert se racla la gorge d'un air embarrassé.

— Eh bien, le fait est que sir Haverfield, vous voyez… ce n'est pas… tout à fait… ce qu'il faut. Étant donné les circonstances. Avec Zoé. Et moi.

— Non, Robert, je ne vois pas du tout.

Lord Robert cligna les paupières, comme s'il avait été aveuglé par un éclair.

— Un bon garçon, bien entendu, bredouilla-t-il. Sobre... un parangon de vertu... et tout le reste. Sa mère est une harpie, c'est vrai. Cependant, il n'est pas du tout fait... pour...

— Pour quoi, Robert ? Seigneur, mon vieux ! Soyez clair !

— Pour Zoé, articula lord Robert, le visage blême. Afin d'obtenir sa main.

Le marquis considéra longuement son jeune cousin. Un peu de haut, car bien que Robin ne fût pas spécialement petit, lord Rannoch le dominait d'une tête.

— Haverfield a déjà fait sa demande, dit-il d'un ton contraint. Non que cela vous concerne en quelque manière que ce soit.

Lord Robert se gratta le crâne.

— Non, non, ce que je veux dire, monsieur... c'est que j'aimerais vous demander la main de Zoé.

Rannoch recula d'un pas, stupéfait.

— Vous ? hurla-t-il. Vous demandez Zoé en mariage ?

— Ou... oui, monsieur. J'ai toujours été amoureux d'elle. Toute ma vie, balbutia-t-il. Follement. Passionnément. Je m'en suis rendu compte brusquement. Quand j'ai appris que lord Haverfield avait fait sa demande. Je ne peux pas supporter cette idée... la voir mariée avec lui. C'est trop douloureux pour moi.

— Quoi ? Mais cela n'a aucun sens. Vous avez encore abusé du bon whisky de Charlie ? demanda Rannoch en se penchant sur le jeune homme pour renifler son haleine.

— Non, monsieur. Je suis sobre comme un pasteur de campagne. Mon vœu le plus cher est d'épouser Zoé.

À cet instant, une ombre accrocha le regard de Rannoch. Le marquis se retourna.

— Charlie ! cria-t-il au majordome. Envoyez vos laquais chercher ma femme et ma fille, et faites approcher ma voiture. Il se passe des choses bizarres, ici.

Charles Donaldson avança sur la terrasse et s'inclina avec raideur.

— Votre voiture attend devant le portail de derrière, monsieur, annonça-t-il avec son fort accent écossais. Je vais avertir lady Rannoch. Mlle Zoé est déjà prête.

— Vous êtes un prince parmi les hommes, Charlie. Et vous, Robert, vous devez être fou. Maintenant, je m'apprête à avoir une longue conversation avec ma fille. Pensez-vous qu'elle me racontera aussi cette histoire d'amour à dormir debout ?

— Je... je ne sais pas, monsieur. Il est possible... je suppose... que ce soit le cas.

— Oui, fit Rannoch, sarcastique. C'est possible, je le crois aussi. Et alors, mon garçon, il se peut que je devienne beaucoup plus suspicieux que je ne le suis en ce moment.

## 5

# Lord Mercer établit les règles

Quand Évangeline, lady Rannoch, pénétra dans la bibliothèque de son mari à Strath House, le lendemain matin, elle fut envahie par un curieux sentiment de déjà-vu. À son grand soulagement, la pièce était encore vide.

Elle se sentait un peu lâche, admit-elle en allant vers la longue rangée de fenêtres donnant sur la vaste et impeccable pelouse qui descendait en pente douce jusqu'à la Tamise. Jamais, au cours de son mariage, elle n'avait eu peur de son mari. Mais peur pour lui, cela oui. Et souvent, car Rannoch était connu pour son caractère emporté.

Évangeline posa les mains à plat sur la massive desserte qui était la pièce centrale de ce bastion essentiellement masculin. Ses tiroirs contenaient un vaste assortiment d'articles indispensables à un homme. Du tabac sous toutes ses formes, du whisky de diverses provenances, une douzaine de jeux de dés en ivoire, un nombre incalculable de cartes à jouer et, caché derrière tout cela, un plateau de Faro qui servait encore souvent. Quand ils s'étaient mariés, Rannoch était loin d'être un saint, et Évangeline ne s'était jamais attendue à ce qu'il le devienne. Un homme ne changeait pas.

Donc il fallait une fois encore qu'elle s'accommode de son terrible caractère. Inspirant longuement l'odeur de cigare qui imprégnait les lieux, mêlée au parfum que son époux affectionnait, Évangeline balaya du regard la pièce luxueuse. Les lourdes tentures de velours. L'épais tapis persan qui avait coûté une somme fabuleuse. Le large bureau d'acajou chargé de dossiers, de plumes d'oie et d'encriers. C'était le domaine de son mari, et elle y pénétrait rarement.

Quelques années auparavant, elle était entrée ici un matin, pour la même raison qu'aujourd'hui. La réaction de son mari avait été effrayante. Il avait saisi un buste de George II en porcelaine et l'avait projeté par la fenêtre, faisant voler les vitres en éclats. Puis il avait exigé qu'on lui amène son cheval… et sa cravache.

Évangeline ferma les yeux. Oh, elle espérait vraiment que le marquis n'allait pas fouetter lord Robert Rowland ! Elle éprouvait trop d'affection pour ce jeune coquin !

En revanche, elle n'avait eu aucune indulgence pour M. Bentley Rutledge, qui avait compromis leur pupille Frederica. Les choses avaient finalement bien tourné ! Rutledge, un garçon dangereux et téméraire, qui fréquentait les pires tripots imaginables, s'était transformé en un être riche, sensé, et totalement dévoué à son épouse. Après quelques années de mariage, avec les jumeaux sur les genoux, le petit Henri accroché à ses basques, et Francesca blottie dans ses bras, il n'avait plus rien de dangereux et présentait la parfaite image d'un papa gâteau.

Que devait-elle en conclure ? Que lord Robert la décevrait ? Non, sûrement pas. Contrairement à Rutledge, Robin avait été élevé par des parents affectueux et autoritaires, qui n'avaient jamais badiné avec la discipline. Son beau-père était un important archidiacre de l'Église anglicane, connu pour ses bonnes œuvres. Leur mère, une comtesse écossaise, possédait de vastes domaines qu'elle dirigeait avec discernement. Robin avait reçu une éducation de gentleman. Et malgré une jeunesse un peu dissipée, il n'y avait pas de raison qu'il la déçoive en manquant à ses devoirs.

Alors qu'elle réfléchissait, lady Rannoch prit conscience de la présence de son mari. Elle ouvrit les yeux et le découvrit tout près d'elle, les sourcils froncés, ses yeux gris luisant de colère.

— Nous avons à parler, je crois ? McLeod est venu me chercher à l'écurie. J'étais allé prendre ma cravache.

— Votre... cravache ?

— Oui. J'ai l'impression que je vais en avoir besoin, marmonna-t-il en passant les doigts dans sa chevelure striée de mèches argentées sur les tempes.

Évangeline prit son mari par le bras et l'entraîna vers les fauteuils, devant la cheminée. Elle avait pu gagner du temps jusqu'à maintenant, en attendant d'avoir soutiré quelques explications à Zoé. L'histoire de la jeune fille ne l'avait pas étonnée. Évangeline se doutait depuis longtemps qu'il y avait plus qu'une affection fraternelle entre lord Robert et sa belle-fille.

Rannoch s'installa dans un fauteuil. Avec ses yeux qui lançaient des éclairs et ses mâchoires crispées, il aurait été impressionnant, si elle ne le connaissait pas si bien.

— Je veux que tu me dises tout maintenant, Évie. N'essaie pas d'épargner Zoé, cette fois. Tu as compris ?

Évangeline acquiesça avec lassitude.

— La bonne nouvelle, c'est que nous n'aurons pas besoin d'inviter sir Edgar pour le thé cet après-midi, déclara-t-elle.

— Je m'en doutais. Et la mauvaise ?

— La mauvaise... Je crains que Zoé n'ait été vue en train de... d'embrasser lord Robert, hier soir. Ils se trouvaient seuls, malheureusement, dans le bureau de lord Mercer. Ce n'était pas convenable, naturellement, bien qu'ils soient amis d'enfance et cousins éloignés.

— Ils s'embrassaient ? fit Rannoch avec un grognement d'impatience. Cela explique sans doute cette demande en mariage ridicule. C'est hors de question, bien entendu.

— Une demande en mariage ? répéta Évangeline en se redressant dans son fauteuil.

— Oui, je voulais t'en parler, mais tu étais trop occupée avec Zoé. Qu'est-ce que Jonet t'a chuchoté, la nuit dernière ?

Évangeline rosit légèrement.

— Ce n'étaient que des soupçons...

— Évie, parle, voyons.

Évangeline envisagea un bref instant de ne pas tout lui révéler, mais elle n'avait jamais menti à son mari. Jamais.

— Je crains qu'il n'y ait eu plus que quelques baisers.

Rannoch serra les accoudoirs du fauteuil.

— Plus ? Quoi d'autre ? Qu'est-ce que Jonet a vu ?

— Ce… ce n'est pas Jonet qui a vu, balbutia Évangeline, les yeux fixés sur les pieds de son mari.

— Enfer et damnation ! Qui les a vus ?

— La vicomtesse de Chéraute, avoua-t-elle dans un souffle.

— Qui ça ? Qui diable est la vicomtesse de Chéraute ?

— La maîtresse de Mercer.

— Quoi ? Cette catin médisante ? Je croyais qu'il s'en était débarrassé.

— J'espère que non !

— Ah… cette femme a provoqué une scène hier soir autour du bol de punch. Elle n'arrêtait pas de jacasser, une main sur le ventre, en disant qu'elle se sentait mal. C'est tout juste si elle n'annonçait pas haut et fort qu'elle portait l'enfant de Mercer…

Ils se regardèrent et arrivèrent à la même conclusion. Rannoch serra les poings si fort que ses phalanges blanchirent.

— Mon Dieu, murmura Évie, elle sera sans pitié ! Elle n'hésitera pas à calomnier Zoé pour mettre la famille de Mercer dans l'embarras.

Rannoch prit une longue inspiration.

— Évangeline, qu'a-t-elle vu, exactement ?

— Ils étaient… un peu déshabillés, je crois. Et Zoé… il se peut qu'elle ait été… sur ses genoux.

— Sur… ses… genoux, répéta le marquis d'un ton sinistre. Déshabillée, sur ses genoux ? C'est ce que tu veux dire ? Enfer et damnation ! Continue. Étaient-ils…

Lord Rannoch ne put prononcer les mots.

Ce devait être insupportable pour un père, songea Évangeline, d'imaginer la fille qu'il a aimée et élevée dans les bras d'un autre homme. Et penser à une étreinte plus intime était une chose qu'aucun père ne pouvait souffrir.

Mais ils finissaient tous par se résigner, en fin de compte. Telles étaient les leçons de la nature humaine. Cependant, il était question ici d'une jeune fille violée et calomniée. Il était question de terribles commérages. Ce que Rannoch redoutait en fait depuis toujours. Zoé était un petit démon. Elle était passionnée. Elle avait hérité des appétits de son père et de la beauté de sa mère. Et Rannoch craignait depuis longtemps que ce mélange explosif ne cause sa perte.

Évangeline contempla le foyer de la cheminée, vide à cette époque de l'année. Elle était bouleversée et elle avait peur, vraiment peur, pour sa belle-fille. Pour elle, Zoé était toujours l'adorable petite fille abandonnée qu'elle avait prise sous son aile en se mariant. Elle l'aimait autant que les trois enfants qu'elle avait donnés à Rannoch. Et parfois elle l'aimait même davantage, car Zoé avait plus souffert que les autres.

— Zoé et lord Robert doivent être mariés au plus vite, chuchota-t-elle.

Rannoch bondit sur ses pieds, alla vers la desserte, et tapa du poing sur le plateau, faisant tinter les flacons de whisky en cristal.

— J'aurais dû l'envoyer en Écosse ! J'aurais dû la mettre à l'abri il y a des années. Si j'avais fait mon devoir, Évie, sa réputation serait intacte.

— Mais elle serait malheureuse, répondit doucement Évie.

Contenant un cri de rage, Rannoch serra dans sa main un vase Ming, au col délicat. Évangeline se leva et alla poser une main sur la sienne.

— Je t'en prie, mon chéri. M. Kemble s'est donné tant de mal pour acquérir ce vase. Tu n'aideras pas Zoé en le jetant par la fenêtre. Viens t'asseoir à côté de moi, et réfléchissons à ce qu'il faut faire.

— Fais-la descendre ici ! Il n'y a rien d'autre à faire.

Le ton était si froid et si dur qu'Évangeline obligea son mari à se tourner vers elle. Elle fut stupéfaite de découvrir des larmes dans ses yeux.

— Oh, Elliot !

Elle comprit que sa colère était dirigée contre lui-même. Soudain, la fureur l'abandonna, et elle vit ses larges épaules s'affaisser.

— Évie, Dieu sait que tu as fait tout ce que tu pouvais ! Mais Zoé tient à la fois de moi et de sa mère. Et toute la bonté du monde ne peut rien contre un si terrible héritage.

Évangeline ouvrit les bras et l'attira vers elle.

— Non, mon chéri. Tu es un homme bon, généreux, un père merveilleux. Je ne veux pas que tu parles ainsi de toi... ou de Zoé. Tu m'entends ?

Quelques minutes plus tard, Zoé entra dans la bibliothèque, les yeux rougis et gonflés par les larmes. Néanmoins, elle se tenait droite, digne comme une duchesse. La résolution de Rannoch sembla ravivée quand il la vit.

— Épouser Robin ? s'exclama-t-elle, quand il lui eut exposé la situation. Oh, papa ! Non !

— Non ?

Rannoch s'était mis à arpenter la pièce comme un lion en cage, passant sans cesse les mains dans sa crinière brune.

— Comment ça, non ?

Zoé se dressa fièrement devant lui. Ils se défièrent un instant de part et d'autre de la table, si semblables qu'Évangeline aurait ri, si elle n'avait pas été elle-même au bord des larmes.

Zoé avait sans doute la beauté de sa mère, mais son attitude, ses yeux brillants, son allure résolue... tout cela venait en droite ligne des Armstrong.

— Je n'épouserai pas Robin, cria-t-elle, les poings sur les hanches. Il ne m'aime pas. Et il n'a pas envie de se marier avec moi !

— Envie ? L'envie n'a rien à voir dans cette affaire, ma petite ! Puisqu'il a eu envie de t'enlever tes vêtements, à présent il doit avoir envie de t'épouser !

Souhaitant à tout prix éviter une catastrophe, Évangeline s'interposa et mit les mains sur les épaules de sa belle-fille.

— Zoé, je t'en prie. Robin a demandé ta main, et je pense vraiment que tu dois...

— Il a demandé ma main ?

Les grands yeux sombres de la jeune fille s'élargirent.

— Oui, ce garçon sait au moins comment se conduire, dit son père. Et comme il tient à la vie, il fera ce qu'il faut.

— Elliot, maîtrise-toi, lança sa femme d'un ton de réprimande. Lord Robert est peut-être un coquin, mais il s'est toujours comporté en gentleman. Il va donc y avoir un mariage dans la famille, et nous devrions tous être heureux.

— Je devrais être heureuse d'avoir gâché la vie de Robin ? s'écria Zoé. Évie, Robin est mon meilleur ami ! Comment pourrais-je l'obliger à vivre avec moi ?

— En étant la meilleure épouse possible, répondit Évangeline d'un ton solennel. Une dame dont sa famille sera fière. Je sais que M. Amherst et Jonet te feront le meilleur accueil.

— Non ! cria Zoé en dissimulant son visage dans ses mains. Évie, je vous en prie ! Je ne peux pas !

Mais pour une fois, Évangeline résista aux prières de sa belle-fille.

— Zoé, il faut te résigner. Ce qui est fait est fait, mon enfant. Si je pouvais t'épargner ce mariage, je le ferais. Ton père le ferait aussi. Mais c'est impossible. Et nous te demandons de te plier à la situation avec grâce.

⁂

Les familles Rowland et Amherst étaient réunies dans le bureau de Mercer. Le marquis était assis derrière sa table de travail, et ses chiens, Mischief et Bonnie, étaient couchés à ses pieds. Jonet, sa mère, était à sa gauche, Cole, son beau-père, à sa droite. Le prisonnier d'ores et déjà condamné se trouvait face à eux.

Mercer regarda son frère. Robin baissait la tête, vaincu, et Mercer n'éprouvait pour lui pas la moindre sympathie.

Le silence fut rompu par le valet qui entra avec le café. Sur un signe de Jonet, il déposa le plateau sur le coin du bureau d'acajou. La mère de Mercer se leva pour servir.

Le marquis la vit comme dans un brouillard poser une tasse de porcelaine devant lui. Il s'efforça de ne plus penser à lui et de se concentrer sur sa mère. Ses deux fils l'avaient déçue, hier soir. Était-elle outrée ? Résignée ?

La soirée avait été un désastre, songea-t-il en tapotant le bureau de la pointe de son crayon. Sa querelle avec Zoé sur la terrasse l'avait bouleversé.

Puis Claire s'était donnée en spectacle, dans une scène mélodramatique digne de Drury Lane.

Mais le destin n'avait pas trouvé cette punition suffisante. Il avait dû, en plus, être témoin d'une autre catastrophe. Surprendre Zoé, à demi nue, dans les bras de son frère. Une vision gravée dans sa mémoire. Zoé à califourchon sur les genoux de Robin, un sein dénudé, ses abondantes boucles brunes cascadant sur ses épaules. Avec ses lèvres humides et gonflées, elle avait l'air d'une libertine. En fait, elle était telle qu'il l'avait toujours imaginée au cœur de la passion.

Mercer ferma les yeux et chassa cette image érotique... pour la centième fois au moins de la journée. *Zoé allait épouser son frère.* Le souvenir de ce sein laiteux, avec cette pointe rose et dressée, ne devait plus jamais l'effleurer. Sa colère contre Zoé, son sentiment de frustration quand il pensait à elle, ce qui se produisait bien trop souvent, son inquiétude pour elle, tout cela devait disparaître. C'était à présent le problème de son frère. Mercer aurait dû se sentir soulagé d'un poids. Eh bien, au lieu de cela, il se demandait si Robin serait à la hauteur de la tâche.

Ils n'avaient même pas eu besoin de raconter à leur mère ce qui s'était passé dans le bureau. Hier soir, alors que la porte venait à peine de se refermer derrière le dernier invité, elle avait cuisiné Robin. L'inquisition espagnole n'était rien, comparée à Jonet Amherst, quand celle-ci était déchaînée. Robin avait tout avoué, dans une longue plainte un peu incohérente, jusqu'à ce que sa mère rentre enfin ses griffes et l'envoie panser ses plaies dans sa chambre. Celui qui mettait la comtesse de

Kildermore en colère ne pouvait espérer sortir indemne de l'aventure.

Leur beau-père, bien que plus diplomate, n'était pas plus heureux que sa femme. Zoé avait toujours été sa chouchoute. Quant à Mercer, il ne savait pas très bien ce qu'il éprouvait. La colère se mêlait au chagrin, mais aussi à une rage qu'il ne s'expliquait pas.

— Bon sang, vas-tu enfin arrêter ce bruit infernal ! s'écria Robin, les yeux fixés sur le crayon de Mercer. Le mariage, je peux bien le supporter, mais à condition que tu cesses ce maudit boucan !

Mercer jeta son crayon sur la table. Leur beau-père toussota sèchement.

— Robin, surveille ton langage. Ta mère est là.

Robin décocha un regard en coin à Jonet.

— Vous auriez dû l'entendre me parler la nuit dernière, monsieur. Cela aurait fait dresser les poils de vos oreilles.

— J'ai peut-être l'air aussi vieux que Moïse pour les jeunes gens impertinents, mais je n'ai pas encore atteint l'âge vénérable où l'on a des poils dans les oreilles.

Il fit une pause, puis prit sa tasse de café.

— Quant à ce mariage, Zoé est une jeune fille adorable. Votre mère et moi l'avons toujours aimée comme notre fille. Toutefois, si nous pensions que tu es malheureux...

— Cole, comment peux-tu penser au malheur de Robin ? intervint Jonet. Zoé a été déshonorée, et Robin ne peut s'en prendre qu'à lui-même. C'est fait.

— Oui, fit tristement Robin. Je n'ai plus qu'à attendre la réponse de Rannoch.

— Nous connaissons déjà sa réponse, dit Mercer. Il se peut aussi qu'il te fouette à mort avant de donner son accord.

— Merci pour ces mots de réconfort.

Ignorant la remarque de son frère, Mercer reprit le contrôle de la discussion.

— Maman, voudrez-vous avoir la bonté de rédiger l'annonce des fiançailles ?

— Naturellement. Cole, pourras-tu parler à l'évêque ?

— Ah oui, il faut une licence spéciale, murmura leur beau-père.

— Ensuite, il y aura le choix de l'église, dit Mercer. Comme Richmond est loin de…

— Non, attendez ! s'exclama Robin. J'ai besoin de temps. J'ai certaines choses à faire. Des gens… à voir. Ne pouvons-nous attendre quelques jours ? Publier les bans ? Avoir de longues fiançailles ?

*De longues fiançailles.*

*Prolonger cet enfer.*

— Comme je vous l'ai expliqué au petit déjeuner, papa, reprit Mercer, je dois me rendre de toute urgence à Greythorpe. Je quitterai Londres demain matin. Mais c'est la fin de la saison. Robin pourrait partir avec vous à Elmwood. Il y aura moins de commérages, une fois que tout le monde sera parti à la campagne.

Cette perspective ne sembla pas dérider Robin. Leur beau-père se pencha pour lui donner une tape sur l'épaule.

— Ton frère a raison, mon garçon.

Mais leur mère secoua la tête, l'air désapprobateur.

— Fiançailles ou pas, il aura l'air d'abandonner Zoé. Stuart, ajouta-t-elle en reposant sa tasse, je crois que, cette année, nous devrions tous aller à Greythorpe. Y compris Zoé.

Mercer se renfonça dans son fauteuil. Il ne s'attendait pas à ça. En fait, c'était exactement l'inverse de ce qu'il avait prévu : être aussi loin que possible de Zoé et de Robin.

— C'est hors de question, répondit-il d'un ton sec. Cela n'a aucun sens. De plus, j'ai reçu une lettre de Shepton hier, m'avertissant qu'il y a une épidémie de variole dans la région. Je dois y aller, mais seul.

— Nous avons tous eu la variolisation, par le Dr Bevins, protesta sa mère. En outre, la maison se trouve à quatre kilomètres du village. Nous n'avons rien à craindre.

— Et Zoé ? riposta vivement Mercer. Sera-t-elle en sécurité ? Est-ce que quelqu'un pense à elle ?

Bonnie, percevant la tension dans la voix de son maître, s'assit et posa une patte sur son genou, en penchant la tête de côté. Il caressa sa fourrure noire et soyeuse pour la rassurer.

— On dit *vaccination,* maintenant, précisa sombrement Robin. Et Zoé l'a reçue aussi.

— C'est vrai, toute la famille s'est fait vacciner l'année dernière avant de partir à l'étranger, dit Jonet en regardant distraitement Bonnie. C'est donc décidé. Une réunion de famille prouvera à tout le monde que nous sommes heureux d'accueillir Zoé parmi nous. Évangeline et les enfants viendront sûrement. Elliot aussi, si ses obligations le lui permettent. Cela fera taire les commérages et donnera à Robin et à Zoé le temps de…

— De quoi ? lança Mercer avec amertume. De se connaître mieux ? C'est un peu tard, à ce que j'ai pu voir.

— Oh, tu vas me donner des leçons, à présent ? s'écria Robin en faisant mine de se lever.

— Messieurs ! dit leur beau-père d'un ton sévère. Fi des sarcasmes. Notre famille est confrontée à une crise, et nous devons rester unis. C'est compris ?

— Oui, monsieur, répondit Robin, boudeur.

— Il faut admettre que l'idée de ta mère est bonne, Stuart, ajouta M. Amherst en se frottant pensivement le menton. Une réunion de famille serait très convenable.

— Je n'aurai pas de temps à consacrer à nos invités. J'ai une crise à gérer, il se peut que je doive mettre le village en quarantaine.

Sa mère se pencha vers lui, l'image même de l'innocence.

— Mais ta maman est là pour s'occuper d'eux, mon cher enfant. Puisque tu n'es pas encore marié. Cole et moi aurions volontiers invité tout le monde à Elmwood, mais la maison est en travaux. Et Kildermore Castle est beaucoup trop loin. Donc, ce sera Greythorpe.

— Oh, maman ! soupira Robin. Est-ce vraiment indispensable ?

— Absolument. Et maintenant, je dois rédiger cette annonce. Quoique cela puisse sans doute être retardé de quelques jours, afin de permettre à Robin de... mettre de l'ordre dans ses affaires.

Jonet se leva et lissa sa jupe.

— Cole, envoie un mot à M. Moseby pour l'avertir qu'il se passera de toi pour la moisson. Robin, rends-toi à Richmond et fais une belle demande en mariage, à genoux, je te prie ! Ensuite, invite Rannoch et sa famille à Greythorpe. Stuart, tu emmèneras Charlie avec toi, dès demain. Il sait quelles sont les chambres à aérer et à préparer.

C'était ainsi. On ne contredisait pas la comtesse de Kildermore.

La porte se referma sur Jonet et son époux. Seul Robin demeura dans le bureau avec Mercer.

— L'été dans le Sussex, avec ma famille et ma fiancée, dit-il d'un ton amer, que pourrais-je demander de plus ?

— En effet, rétorqua Mercer.

— Pourquoi es-tu aussi cynique, Stuart ? Bon sang, tu as toi-même essayé de t'esquiver, non ?

— Moi, je n'ai pas compromis Zoé. Maintenant, tu dois payer.

— Va au diable !

Robin se leva brusquement et alla à la desserte. Il déboucha la carafe de brandy, et prit un verre sur le plateau.

— Je crois que ce n'est pas ça, le problème. Je crois que tu aurais voulu la compromettre, toi !

— Tais-toi, Robin ! ordonna Mercer en se dirigeant vers lui, Bonnie sur ses talons.

— Tu crois que je n'ai pas vu comment tu la regardais ? répliqua Robin en haussant le ton. Les autres n'ont pas remarqué, mais moi, je te connais bien. Les femmes me préfèrent toujours, et c'est cela qui t'irrite, n'est-ce pas ? Surtout quand c'est Zoé. Mais c'est normal. Tu es tellement froid et distant ! On dirait que tu as avalé un balai.

— Tu vas la fermer ? Tu veux que les domestiques t'entendent ? Tu veux que les ragots se déchaînent ? Zoé est déjà atteinte par les commérages. Il faut que l'un de vous deux se mette un peu de plomb dans la cervelle, sinon son nom sera traîné dans la boue. Même Bonnie semble avoir plus de jugeote que toi !

Le visage de Robin s'enflamma, et il baissa les yeux. Mercer lui retira son verre des mains.

— Il est trop tôt pour boire. Tu dois aller voir Rannoch. Il faut que tu aies les idées claires.

— Oui, dit Robin en repoussant la carafe de brandy.

Mercer observa son frère. Il avait presque trois ans de plus que Robin, mais parfois il avait l'impression que vingt ans les séparaient. Malgré tout, et en dépit de sa vie de débauché, Robin voyait parfois plus clairement en lui que lui-même.

Il lui posa une main sur l'épaule.

— Écoute, Rob, je suis désolé. Cela ne sert à rien de se quereller. Nous avons fait nos choix, consciemment ou non, et je ne prends pas plaisir à te voir malheureux.

— Oh, tu ne sais pas tout, répondit son frère d'une voix sinistre.

Mercer resserra son étreinte, devinant ce qui tourmentait son frère.

— C'est Mme Wilfred, n'est-ce pas ?

— Il faut que je lui parle, Stuart. Je ne suis pas assez égoïste pour lui laisser apprendre la nouvelle par le *Times*, la semaine prochaine. En supposant que je puisse convaincre maman de ne pas se précipiter pour l'annonce. Maria ne mérite pas de recevoir une telle gifle.

Mercer ne sut quoi répondre. Maria Wilfred était une jeune veuve discrète, modeste et sans fortune. Son mari avait été lieutenant de cavalerie. Le pauvre diable n'était pas mort sur le champ de bataille, mais d'une stupide chute de cheval quinze jours après avoir été nommé officier. Mme Wilfred était la fille d'un pasteur du Yorkshire, ce qui suffisait à peine à faire d'elle une personne de qualité.

Néanmoins, sa grâce et sa beauté lui avaient permis de s'introduire dans les rangs les plus modestes de la bonne société.

Comment diable une femme aussi effacée avait-elle pu attirer l'attention de son frère ? Pour Mercer, cela dépassait l'entendement. Et comment Robin était-il parvenu à faire d'elle sa maîtresse ? Ce mystère était encore plus grand. De la façon dont tournait le monde, on ne pouvait que croire qu'elle avait été conquise par son titre, son physique et sa fortune.

Mais pour autant qu'il le sache, Mme Wilfred n'avait rien demandé à Robin. Mercer avait discrètement pris la liberté de se renseigner sur elle, quand il avait su que Robin l'entretenait. Et le terme *entretenir* n'était en fait pas adapté. Pour tout dire, Mme Wilfred avait essayé, sans succès, de garder leur relation secrète. Quoi qu'il en soit, cela n'avait plus d'importance à présent, puisque tout était terminé.

— Je suis désolé pour Mme Wilfred, Robin. Je l'aimais bien. Est-ce qu'elle comprendra ?

Le regard perdu dans le vide, Robin haussa les épaules.

— Je suppose. Maria est une personne calme et généreuse. J'espère seulement…

— Quoi donc ?

— Je… je ne sais pas. J'espère pouvoir la persuader de…

Mercer comprit soudain où son frère voulait en venir.

— Non ! s'exclama-t-il en agrippant Robin par les revers de sa veste. Tu vas te marier. Et si intenable soit-elle, Zoé mérite un mari fidèle.

Robin se dégagea et recula.

— Je serai fidèle. Ai-je dit le contraire ?

— Non, mais tu l'as pensé.

— Tu tiens un discours très vertueux, pour quelqu'un qui entretient la femme d'un autre depuis près d'un an, Stuart. Moi au moins, je ne suis pas encore adultère.

La pique atteignit son but. Mercer chancela, et recula. Apparemment satisfait, Robin replaça le bouchon de cristal sur la carafe.

— Regardons les choses en face, mon vieux, dit-il d'une voix chargée de mépris. Aucun de nous deux ne va avoir ce qu'il désire, en fin de compte. Mais au moins, j'ai le cran de le reconnaître.

Mercer regarda son frère sortir. Une vague sensation de nausée l'envahit, comme s'il venait d'échapper de justesse à un accident.

Mais pourquoi ? Sa passion pour Claire était terminée. Et Robin avait eu plus de femmes mariées dans son lit qu'on ne pouvait compter. Quant au reste… le sort de Mme Wilfred, la fidélité du mari de Zoé… en quoi cela le concernait-il ?

En rien. Zoé et Robin avaient scellé leur destin, ils n'avaient plus qu'à l'assumer. Ensemble.

À cette idée, Mercer ferma les yeux, plaquant les mains sur la desserte. La vérité, c'était que la vision de Zoé avec Robin l'avait bouleversé. Ce n'était pas normal.

Il y avait toujours eu Zoé et Robin. Robin et Zoé. Robin avait toujours été le confident de leur cousine. Mercer n'était là que pour aplanir les difficultés, lui préparer le chemin pour sa prochaine escapade, nettoyer les débris qu'elle laissait dans son sillage. C'est à peine si Zoé lui accordait un regard.

Toutefois, il ne croyait pas une seconde que la perspective de ce mariage réjouissait Zoé.

Il ne put réfléchir à la question plus longtemps, car la porte s'ouvrit de nouveau, livrant passage à sa mère. Elle hésita un instant sur le seuil, une feuille de papier à la main. Bonnie et Mischief allèrent l'accueillir joyeusement, comme s'ils ne l'avaient plus vue depuis des semaines.

— Lis ceci, s'exclama-t-elle en posant la feuille sur le bureau. Mais je suppose que c'est inutile. On dit toujours la même chose, n'est-ce pas ? Je me demande pourquoi je me tracasse pour ça.

Mercer retourna à son bureau et examina l'annonce des fiançailles, tandis que sa mère s'agenouillait pour caresser les chiens et les flatter.

Le papier à lettres de sa mère était imprégné du parfum de rose qui embaumait ses tiroirs, et portait les armoiries des comtes de Kildermore. Après son second mariage, sa mère avait cessé d'être lady Mercer. Mais, comme c'était souvent le cas en Écosse, elle avait hérité du titre par sa naissance. Elle porterait donc le titre de comtesse de Kildermore jusqu'à sa mort.

— Stuart ? Qu'y a-t-il ? s'enquit-elle en prenant place dans un fauteuil. Ai-je fait une faute ?

— Non, désolé. J'étais dans les nuages. Non, cela est parfait, dit-il après avoir lu le texte. Laissez simplement quelques jours de répit à Robin, n'est-ce pas ?

— Oui. Très bien.

Elle ne prit pas immédiatement la feuille qu'il lui tendait, et il lui trouva soudain l'air fatigué. Bien que Jonet ne fît pas son âge, quelques fils d'argent apparaissaient dans ses cheveux noirs, et ses paupières étaient lourdes. Cela lui fit un choc. Toute sa vie, il avait considéré sa mère comme une force de la nature. Elle s'était battue comme une lionne pour ses enfants quand c'était nécessaire, notamment après la mort de leur père.

Robin et lui n'étaient alors que des enfants, mais il se rappelait clairement la terrible période qui avait suivi le meurtre. Leur mère s'était démenée vaillamment et, au moment où elle avait atteint la limite de ses forces, Cole était entré dans leur vie. Il avait été un bien meilleur père pour eux que le pauvre lord Mercer.

Et maintenant, Robin s'apprêtait à faire vivre un enfer à toute la famille, avec ce malencontreux mariage.

— Stuart, qu'est-ce qui ne va pas ?

Il s'enfonça dans son fauteuil et s'obligea à sourire.

— Vous semblez fatiguée, maman. Je sais que cette affaire vous tourmente.

— Je pourrais dire la même chose pour toi, répliqua-t-elle en posant sur lui un regard perçant.

— Naturellement, je suis bouleversé. J'aurais préféré que Robin puisse choisir sa future épouse.

— Mme Wilfred, peut-être ?

— Vous êtes au courant ?

Sa mère haussa les épaules.

— Avec Robin, il faut s'attendre à ce genre de choses. Toi... j'ai toujours compté sur toi pour faire ce qu'il fallait. Peut-être à tort...

Mercer détourna les yeux. Il était parfois un peu lent et réticent à « faire ce qu'il fallait ».

Jonet se leva brusquement, proposa une nouvelle tasse de café à Mercer, qui refusa, et se resservit elle-même.

— Claire est venue me parler hier soir. Elle a évoqué devant témoins le fait qu'elle portait sans doute ton enfant.

Mercer soupira doucement.

— Je n'aime pas prêter le flanc aux commérages.

— Est-ce vrai ? demanda sa mère en tournant calmement la cuillère dans son café.

— Cela m'étonnerait. Le moment me paraît trop bien choisi pour elle. Je viens de rompre, voyez-vous.

— Vraiment ? Je t'avoue que j'en suis soulagée, bien que je me sois efforcée d'être polie avec elle. Et que feras-tu, mon garçon, si elle ne ment pas ?

Esquissant l'ombre d'un sourire, il tendit les mains devant lui, paumes vers le haut.

— Je ferai « ce qu'il faut », maman.

La comtesse reposa la cuillère sur la soucoupe avec un minuscule tintement de porcelaine.

— Bien. Mais je crains que Claire ne fasse des difficultés. Elle ne se contentera pas de tes attentions et de ton argent. Elle exigera davantage.

— À ce que j'ai entendu, la France n'admet plus le divorce, répondit-il avec un sourire amer. Ce n'est pas là-bas qu'elle l'obtiendra.

Sa mère haussa les sourcils.

— Tu l'épouserais, si c'était possible ?

Il hésita et recula son fauteuil, comme s'il avait besoin d'espace pour respirer.

— Ce n'est pas ce que je souhaite. Mais le ferais-je ? Je suppose que oui. Afin de donner un nom à mon enfant, de l'empêcher de souffrir comme a souffert Zoé... oui. Je l'épouserais.

— Eh bien, je suis heureuse que tu ne puisses pas le faire, avoua Jonet, déconcertée. Cependant, la situation ne serait pas la même que pour Zoé.

J'ai beau détester Claire, je dois admettre qu'elle est de sang noble. D'autre part, tu ne t'es pas affiché avec elle aux yeux de la bonne société. Tu as su rester discret.

— Cela n'aura pas servi à grand-chose, après ce qu'elle a laissé entendre en public hier soir.

— Claire imagine sans doute que cela vous réunira.

— J'ai rompu avec elle, répéta-t-il durement, et je ne reviendrai pas sur ma décision. S'il y a un enfant, je lui donnerai une compensation financière pour qu'elle le laisse avec moi, et qu'elle retourne vivre chez son mari. Quoi qu'il arrive, je veillerai à ce que l'enfant soit élevé correctement.

— Ah, tu as l'intention de la payer pour t'en débarrasser. C'est probablement la meilleure solution. Je ne vois pas la vicomtesse dans le rôle de mère.

— Maman, je suis désolé que ma vie personnelle vous ait déçue, dit-il avec raideur, mais je crois que c'est à moi de décider ce que je dois faire avec Claire.

Jonet se détendit légèrement, et un pâle sourire réapparut sur ses lèvres.

— Je n'en parlerai plus. Tu es mon roc, Stuart. Ce devoir t'a échu trop jeune et dans les plus horribles circonstances. Je t'en ai sans doute trop demandé, et je me suis trop souvent appuyée sur toi.

— Mais vous avez papa, depuis quelques années.

— Et je remercie Dieu chaque jour de me l'avoir envoyé. Mais tu es lord Mercer, comme je suis lady Kildermore. Je compte beaucoup sur toi pour m'aider à garder cette famille unie. Nous sommes plus qu'une famille, Stuart, nous sommes un clan.

Avec toutes les responsabilités que ce terme implique.

— Où voulez-vous en venir, maman ?

— Au fait que Zoé Armstrong appartient à ce clan. Nous l'avons toujours traitée comme l'une des nôtres. À présent, nous devons tous la soutenir, quels que soient nos sentiments à propos de ce mariage.

— J'ai été le premier à inciter Robin à faire son devoir, répondit sèchement Mercer. Mais croyez-vous, mère, qu'elle sera une épouse convenable pour lui ?

— Pourquoi penserais-je autrement ?

Mercer haussa les épaules et détourna les yeux.

— J'espérais que Robin choisirait quelqu'un de plus sérieux. Zoé a toujours été si gaie, si légère... toujours à flirter et à charmer les hommes qui tournaient autour d'elle. Du valet jusqu'à l'évêque, aucun homme ne lui résiste.

— Et toi, peux-tu lui résister ? C'est peut-être ça, la question.

— Je ne comprends pas ce que vous voulez dire.

— Robin a toujours été le complice de Zoé pour faire des sottises, c'est un fait. Mais toi, tu as toujours veillé sur elle. C'est toi qui lui sauvais la mise, et à Robin aussi, quand celui-ci lui attirait des ennuis.

— Zoé et moi n'avons jamais été compagnons de jeux, rétorqua Mercer en se levant avec raideur. Je la considérais comme une petite sœur.

— Vraiment ?

— Oui, mais cette fois nous ne pourrons rien faire pour les sortir du pétrin dans lequel ils se sont fourrés.

— Non, sans doute pas, concéda sa mère.

Il alla vers la fenêtre ouverte et s'appuya à la balustrade, laissant son regard errer sur les jardins et les écuries.

— Je vois Zoé telle qu'elle est.

— Telle qu'elle est maintenant, rectifia Jonet. Je suis sûre que tu ne vois pas du tout ce qu'elle pourrait être, si elle était mariée à un homme fort et aimant.

— Ce qu'elle pourrait être ? répéta-t-il en se retournant vers sa mère. Non, je ne vois pas. Quant à Robin, est-ce que... est-ce qu'ils ne se ressemblent pas un peu trop ?

— Peut-être. Maintenant, ils vont devoir grandir.

— Mais...

— Je sais ce que tu vas dire, mon chéri, déclara-t-elle en se levant. Zoé donne l'impression qu'elle est pleine de joie de vivre. Mais il y a chez elle une profondeur qui transparaissait déjà quand elle était petite fille. Et j'ai toujours pensé qu'elle ferait une épouse admirable pour un de mes fils.

— Vous... vous n'êtes pas gênée par ses origines ?

— Pas plus que par le fait que tu ne sois qu'à moitié anglais. Il serait injuste de te le reprocher.

— Ce n'est pas ce que je voulais dire, maman.

— Je le sais, mon garçon, répliqua Jonet en riant. Oui, Zoé est la fille illégitime d'une danseuse, française ou italienne, je ne me souviens plus. Cela m'est égal, car Robin et elle sont de vrais Écossais, et aucun sang illégitime ne peut leur ôter la force et la passion qui les habitent. Toi aussi, tu as ce sang écossais, Stuart, bien que tu aies hérité de la très anglaise réserve de ton père. Mais la passion est là, sous-jacente.

Stuart se mit à rire et s'éloigna de la fenêtre.

— Vous avez raison, et pourtant je fais de mon mieux pour l'ignorer, avoua-t-il en prenant la main de sa mère. Oui, nous formons un clan puissant et Zoé en fait partie. Nous ferons tous notre devoir pour la protéger. Robin aussi.

Jonet déposa un baiser sur sa joue.

— Je n'en ai jamais douté, mon chéri. J'ai toujours pu compter sur toi.

⁂

Lord Robert ne prit pas le chemin le plus direct pour se rendre chez Rannoch, à Richmond. Il traversa tout d'abord les parcs et s'enfonça dans le quartier de Westminster, parcourant un dédale de ruelles avant d'atteindre l'écurie où il avait l'habitude de laisser son cheval.

Parvenu au coin de Rochester Street, il vit que les fenêtres de la petite maison de Maria étaient ouvertes pour laisser entrer l'air, en cette fin de matinée. Meg, la servante qui ne l'avait jamais beaucoup aimé, était en train de balayer le perron. Elle fit un bref salut en le voyant, souleva son balai, et ouvrit la porte.

— Bonjour, monsieur, dit-elle avec une franche expression de dédain. Ma maîtresse est partie à Blewcoat School. Désirez-vous l'attendre ?

Robin tenait son chapeau à la main, mais Meg ne fit pas mine de le prendre.

— Oui, finit-il par dire. J'attendrai dans le salon.

— Du thé ? lança-t-elle d'un ton brusque.

— Non, merci.

Meg fit une courte révérence et l'abandonna.

Robin pénétra dans le salon et alla se camper devant la fenêtre ouverte, qui donnait dans

Rochester Street. La brise d'été souleva les rideaux ivoire, apportant avec elle les cris des enfants qui jouaient dans les jardins de Westminster. À en juger par ce qu'il entendait, ils disputaient un match de cricket. Il sourit tristement, aux souvenirs que ce joyeux tumulte évoquait.

Tournant le dos à la fenêtre, il observa le salon au décor vieillot, dans lequel il avait passé tant de soirées lorsqu'il faisait sa cour à Mme Wilfred. Il ne lui avait pas fallu moins d'un mois pour parvenir enfin à s'insinuer dans son lit. Ce qui était beaucoup plus que ce qu'il avait jamais consacré à la conquête d'une femme.

Depuis, naturellement, ses domestiques lui lançaient des regards noirs et désapprobateurs. Et Maria... toute cette affaire l'embarrassait considérablement. Elle n'avait rien voulu de tout ce qu'il aurait pu lui offrir : de jolis meubles, une belle maison, des domestiques respectueux de leur bienfaiteur.

À cet instant il entendit ses pas rapides et légers à l'arrière de la maison. Son estomac se noua quand il vit ses jupons bleu foncé sur le seuil de la porte. C'était fini. Il était pris au piège. Mort.

— Robin ! s'écria-t-elle en entrant, son chapeau de paille à la main. Si tôt ? Que se passe-t-il ?

Il ne la prit pas dans ses bras pour esquisser un pas de danse dans le salon, comme chaque fois qu'il lui rendait visite.

— Bonjour, Maria.

— J'ai juste apporté un panier de gâteaux aux mûres aux enfants de l'hospice. Robin, qu'y a-t-il ? Qu'est-il arrivé ? bredouilla-t-elle en voyant sa pâleur.

Il fit un pas dans le salon, mais ses jambes étaient de plomb.

— Maria, j'ai quelque chose à te dire. Je… je voulais que tu l'apprennes de ma bouche.

— Oh, mon Dieu !

Le joli chapeau orné de rubans glissa entre ses doigts, et elle porta une main à sa gorge.

— Robin, est-ce ta mère ? Tes petites sœurs ?

— Tout le monde va bien, je te remercie, marmonna-t-il, le cœur au bord des lèvres. Je vais me marier, Maria. Je voulais que tu sois la première à l'apprendre.

Elle le regarda un long moment en clignant les paupières, comme s'il parlait une langue qu'elle ne comprenait pas. Robin avait la même impression. Les mots qu'il venait de prononcer lui semblaient dénués de sens.

— Te marier, répéta-t-elle avec un sourire tremblant. Je… je vois. Je vous souhaite beaucoup de bonheur, monsieur.

Il se baissa pour ramasser le chapeau. Le simple canotier de paille avec son large ruban bleu lui parut incongru, à côté de son luxueux chapeau haut de forme. Incapable de soutenir le regard de Maria, il sentit des larmes lui monter aux yeux.

— Maria, chuchota-t-il. Je regrette.

— Que regrettez-vous, je vous prie ? prononça-t-elle d'une voix calme. Je savais depuis le début que vous finiriez par épouser quelqu'un d'autre. Je savais que vos intentions n'étaient pas… pas…

— … honorables, Maria ? C'est ce que tu veux dire ?

— Non, c'est ce que vous vouliez dire, vous. Vous m'avez demandé de devenir votre maîtresse. Un homme ne séduit pas une femme qu'il a l'intention de…

— Maria ! Maria, ne dis pas cela.

— Non, non, je ne le dirai pas. Je ne peux m'en prendre qu'à moi-même. J'ai couché avec vous de mon plein gré.

Robin se dit que c'était une interprétation généreuse des faits. Il avait certes usé de toutes les armes dont il disposait pour obtenir ce qu'il voulait. Et maintenant, il aurait dû le regretter, mais ce n'était pas le cas. Il ne pouvait regretter. Pendant six mois, il lui avait fait l'amour autant qu'il lui plaisait, et il y avait pris un immense plaisir. À présent qu'il la perdait, il éprouvait non seulement de la peine, mais un réel désespoir. Des émotions qui lui étaient si peu familières et qui le troublaient tant qu'il en oublia le serment qu'il avait fait à son frère.

Maria contemplait fixement les motifs du tapis aux couleurs passées. Ses épaules étaient raides tellement elle s'efforçait de ne pas céder aux larmes. Il fallait qu'il fasse quelque chose.

— Le mariage aura lieu avant l'automne, je pense. Je serai obligé de passer les prochaines semaines dans le Sussex avec ma famille. Je reviendrai à Londres dès que possible, Maria. Je te le promets.

Elle leva brusquement la tête et le transperça du regard.

— Et que voulez-vous que ça me fasse, je vous prie ?

Robin esquissa un pas vers elle.

— Maria, ma chérie, ce ne sera pas une longue séparation.

— Je vous demande pardon ?

— Je voulais simplement dire qu'à mon retour... eh bien nous pourrions... toi et moi...

— Quoi ? Comment osez-vous ? Vous n'êtes qu'un gredin arrogant !

Sans le lâcher des yeux, elle prit un chandelier de cuivre sur la table et se précipita vers lui.

— Maria ! Attends !

— Attendre ? cria-t-elle en brandissant le chandelier. Vous osez suggérer que je couche avec un homme marié ?

— Non, je voulais dire... bredouilla-t-il, cherchant en vain une explication.

— ... que je suis une catin ? Que je commettrais un adultère ?

— Non, non ! Mais si je pouvais juste te voir...

— Non !

Et Maria, au tempérament si doux et si tendre, lui lança le chandelier à la tête.

Robin se baissa, et laissa tomber les deux chapeaux. Le chandelier heurta le manteau de cheminée en chêne.

— Sortez d'ici ! Sortez de chez moi, Robert Rowland ! Et ne vous avisez pas de vous présenter de nouveau à ma porte ! Vous m'entendez ?

— Mais, Maria... nous nous aimons... n'est-ce pas ?

— Non, vous ne m'aimez pas ! Oh, je le savais, Robin ! Je savais que la fille d'un pasteur de campagne ne serait jamais assez bien pour vous. Je savais qu'un jour ou l'autre je finirais par vous perdre. Mais jamais, au grand jamais, je n'aurais cru que vous me traiteriez comme une vulgaire courtisane.

— Non, ma douce, ce n'est pas vrai !

Il voulut aller vers elle, mais elle se réfugia dans l'entrée.

— Ne me touchez pas ! hurla-t-elle en prenant un grand parapluie noir pour se défendre. N'essayez même pas de me parler. Sortez !

Elle hurlait presque, et des larmes de rage coulaient sur ses joues.

— Maria, c'est ma cousine, supplia Robin, égaré. Si elle ne se marie pas, son père va l'envoyer au loin. Et... et tu ne connais pas Zoé. Elle est comme une fleur fragile, Maria. Si elle part en Écosse, elle en mourra. Je ne souhaite pas ce mariage, mais je dois faire mon devoir. Tu ne vois pas à quel point j'en souffre ? Maria, je... je t'aime.

Enfin, c'était dit. Il avait prononcé la phrase magique, censée faire fondre une femme de bonheur. Et de plus, ce n'était pas loin de la vérité. *C'était la vérité.*

Maria ne fondit pas de bonheur. Sa colère céda la place au sarcasme.

— Oh, pauvre, pauvre petit ! dit-elle en s'écartant du mur, raide comme un piquet.

D'un geste rageur, elle reposa le parapluie sur son support.

— Quel dommage que vous n'ayez pas vu plus clair en vous-même avant de l'avoir compromise ! Vous vous seriez épargné tout ce chagrin.

Robin sentit sa poitrine se contracter. Seigneur, il était tombé amoureux de Maria... et maintenant, il allait la perdre !

— Maria... tu n'as pas déjà pu apprendre que...

— Je n'ai rien entendu, mais je sais. Vous n'êtes qu'un charmant vaurien, lord Robert Rowland, et tout le monde le sait.

Elle traversa l'entrée d'un pas ferme et ouvrit la porte.

— Maintenant, sortez de chez moi. Et Dieu me fasse la grâce de ne plus avoir à poser les yeux sur vous, aussi longtemps que je vivrai.

— Maria... Maria, est-ce vraiment ce que tu veux ?

— C'est vraiment ce que je veux.

— Je ne te crois pas. Maria, je t'aime. Je... je ferais n'importe quoi pour toi. Je t'en prie, ne me chasse pas.

— Mais, Robin, je ne vous aime pas, dit-elle d'un air de pitié. Et vous ne m'aimez pas. Pas vraiment. Si vous m'aimiez, si vous éprouviez quoi que ce soit qui ressemble à de l'amour, vous me feriez la promesse que je ne vous reverrais jamais. C'est le moins que vous puissiez faire pour moi.

— Tu ne me pardonneras jamais, n'est-ce pas ?

— Non, jamais. Et je ne me pardonnerai jamais d'être devenue ce que vous avez fait de moi.

Robin franchit le seuil, oubliant son chapeau.

— Je te promets que tu n'entendras plus jamais parler de moi, Maria. Je te donne ma parole d'honneur.

— Votre parole d'honneur ? Je me demande ce qu'elle vaut.

La porte claqua derrière lui, avec un bruit sec.

# 6

# Lady Hauxton prodigue de sages conseils

Jamais le vieil adage selon lequel « aux malheureux fait confort d'avoir de la compagnie » ne fut mieux vérifié que la semaine suivante à Strath House. Zoé Armstrong garda le lit pendant deux jours, boudant et pleurant tour à tour, cajolée par sa fidèle Trudy et un trio de femmes de chambre. McLeod, le majordome, montait la voir dès qu'il avait un moment de libre.

Le troisième jour sa demi-sœur, lady Valérie, fut autorisée à quitter la salle d'études pour lui tenir compagnie, et le quatrième jour, Cook se mit à lui monter des plateaux chargés de ses friandises préférées. Le cinquième jour, une femme de chambre lui prépara toutes sortes de potions et d'onguents. Si bien qu'à la fin de la semaine, la moitié de la maisonnée s'affairait autour de la jeune fille. Zoé était une enfant gâtée.

Son père était largement responsable de cet état de choses. Quand Zoé avait environ huit ans, un détestable incident avait eu lieu avec une gouvernante prétentieuse, et lord Rannoch s'était rendu compte, un peu tardivement, qu'il ne suffisait pas d'engager les domestiques les plus chers pour élever convenablement une enfant fragile. Il fallait aussi de temps à autre rester chez soi, et agiter un fouet au-dessus de la tête du personnel de maison. Et personne ne savait faire cela aussi bien que Rannoch.

Mlle Smith avait été congédiée du jour au lendemain, sans lettre de références, et ses affaires jetées dans la rue. Ensuite, le reste de la domesticité avait été informé que le bonheur absolu de Mlle Zoé était la condition indispensable à leur survie dans cette maison. Quand ceux qu'il aimait étaient concernés, Rannoch ne connaissait pas de demi-mesure.

Pour être juste, il faut dire cependant que Mlle Zoé n'avait pas cherché à abuser de la situation. De fait, elle ne semblait pas avoir conscience du pouvoir qu'elle détenait, et tout le monde l'aimait sincèrement. Le petit cireur de chaussures trouvait qu'elle était « une chic fille », le second valet proclamait qu'elle « n'avait pas d'idées de grandeur », et McLeod était en adoration devant elle. De fait, comme sa belle-mère le faisait souvent remarquer, Zoé avait très bon cœur. Elle était gentille avec sa sœur et son petit frère, et tolérait même avec grâce son frère cadet qui avait pourtant une désagréable propension à lui glisser des lézards dans les poches.

Mais personne ne pouvait nier que Zoé était entêtée. Aussi, lorsque le septième jour Zoé envoya chercher à Londres son amie de cœur, lady Hauxton, pour la soutenir, la belle-mère de la jeune fille perdit-elle quelque peu patience.

— Tu as bien fait de demander mon aide ! s'écria lady Hauxton en allant embrasser Zoé. Les amis sont faits pour cela. Et qu'a bien pu te dire lady Évangeline, pour te faire pleurer autant ?

Zoé se redressa un peu dans son lit, et renifla, l'air pathétique.

— Que j'étais monstrueusement égoïste, qu'il y avait une heure de voyage de Marylebone jusqu'ici, qu'il fait horriblement chaud, et que tu as un mari et trois enfants qui ont mille fois plus besoin que moi de ta présence, bredouilla-t-elle, tout en se tamponnant les yeux à l'aide de son mouchoir. Du moins, je crois que c'est ce qu'elle a dit. Je n'ai pas vraiment écouté. De plus, Phaedra, je ne comprends pas pourquoi personne ne pense jamais à moi, ici !

Phaedra approcha une chaise du lit et jeta un regard en coin aux deux femmes de chambre qui aidaient Trudy à faire les bagages.

— Agnès a emmené Priss à Regent's Park et Tristan s'occupe des jumeaux, dit-elle en prenant la main de Zoé. Je suis contente d'être avec toi. Explique-moi plutôt ce qui t'a mise dans cet état, et pourquoi tu prépares autant de malles que si tu partais pour une expédition dans le Pendjab !

Zoé inspira en frémissant.

— Je me rends seulement dans le Sussex et tu ne sais pas le pire : je dois me marier !

— Doux Jésus, dit lady Hauxton, en se penchant davantage vers son amie. Avec lord Robert Rowland ?

— Ou... oui. Comment le sais-tu ?

— Oh, Zoé, ma chérie, ne t'ai-je pas avertie il y a peu que cela risquait fort d'arriver ? Fais sortir les femmes de chambre, ajouta-t-elle à voix basse, et demande du thé.

Zoé hocha la tête. Un instant plus tard, les femmes de chambre furent sorties. Seule Trudy resta. Elle veillait sur Zoé depuis sa plus tendre enfance, et elle connaissait mieux sa maîtresse que n'importe qui.

Phaedra se renversa dans son fauteuil d'un air un peu exaspéré, et Zoé remonta les couvertures sous son menton.

— Non, pitié ! Tu ne vas pas te mettre à m'accabler, toi aussi !

— Cela n'arrangerait rien du tout, mais tu ferais mieux de tout me dire, Zoé.

On leur apporta du thé, Zoé s'assit dans son lit, et avoua tout, d'une petite voix pathétique, pendant que Phaedra servait le thé et que Trudy la considérait avec une indulgence vaguement désapprobatrice.

— Oh, Zoé ! s'exclama Phaedra lorsque l'histoire fut finie. Ma pauvre petite ! Je suis vraiment désolée pour toi.

— Tu imagines ? La maîtresse de lord Mercer ! Cette méchante vipère !

— Tristan dit que la vicomtesse s'adonne au jeu, murmura Phaedra, pensive. Cependant, je ne vois pas comment te sortir du pétrin. À moins de t'enfuir en Amérique, ou de…

— En Amérique ? s'exclama Zoé, horrifiée. Bonté divine, Phaedra, tu as vu comment elles s'habillent ?

— Cela ne me ferait rien, à moi, dit Phaedra en haussant les épaules. Mais toi… Oui, je suppose qu'il vaut mieux que tu épouses lord Robert. Cela ne l'embête pas trop, n'est-ce pas ?

— Il dit que non. Il semble résigné, voire assez content. Il s'est même agenouillé pour demander ma main ! Mais imagine que je l'aie privé d'un vrai bonheur !

— Il t'a tenue dans ses bras, déshabillée et consentante, répliqua Phaedra d'un ton plat. Pour certains hommes, c'est cela, le vrai bonheur.

— Phaedra Talbot, comment peux-tu être aussi cynique ? Robin a perdu toutes ses chances de faire un mariage d'amour... et c'est ma faute !

Phaedra haussa encore une fois ses jolies épaules rondes.

— S'il avait été amoureux d'une autre femme, il ne t'aurait pas embrassée sur ce canapé, Zoé. À présent, il faut que tu ailles à Greythorpe, tu n'as plus le choix. Veux-tu continuer de te rendre malheureuse, ainsi que tous ceux qui t'aiment ?

— Oh, la barbe !

Zoé se renversa contre ses oreillers de satin.

— Quand tu parles comme ça, j'ai l'impression d'être un peu... puérile. Trudy, est-ce que je suis puérile ?

— Parfois, mademoiselle, répondit Trudy, la tête dans une des malles. Quand vous aviez huit ans, vous parliez comme si vous en aviez eu vingt. Et maintenant que vous avez plus de vingt ans, vous vous comportez quelquefois comme si vous en aviez huit.

— Oh, la barbe ! répéta Zoé en contemplant tristement les corniches ciselées du plafond. Je vais donc devenir lady Robert Rowland ?

— Oui, répondirent Phaedra et Trudy à l'unisson.

Zoé prit un coussin de satin rose et le plaqua contre son visage.

— Mon Dieu, vous êtes obligées d'être aussi franches, toutes les deux ?

Phaedra se leva et repoussa le coussin.

— Zoé, je préférerais que tu te maries parce que tu es follement amoureuse, dit-elle en lui posant la main sur la joue. Mais les choses étant ce qu'elles sont, va donc dans le Sussex et essaie d'être heureuse, d'accord ?

— J'aurais aimé aller à Elmwood, dit Zoé en tirant distraitement sur un coin de la couverture. Mais non, il faut que ce soit Greythorpe… une des maisons les plus imposantes d'Angleterre. Et le pire, c'est qu'elle appartient à lord Mercer. Comment vais-je pouvoir garder la tête haute devant cet homme, Phaedra ? Maintenant qu'il a vu mes… Enfin, il en a trop vu. Mais bon, c'est ma faute, n'est-ce pas ?

— Secoue-toi, ma chérie. Tu es de taille à affronter lord Mercer, crois-moi. Le pauvre homme ne fait pas le poids.

— Mais il a l'air si sévère, Phaedra ! Si… austère, si sombre, et si parfait.

— Oui, Mercer a cette réputation, reconnut Phaedra.

— En fait, on se sent tellement médiocre à côté de lui, qu'il est plus facile de se conduire sottement. Il m'arrive de faire des bêtises juste pour voir son air exaspéré.

— Vraiment, Zoé, murmura Phaedra, d'après ce que j'ai entendu dire, lord Mercer n'est pas le genre d'homme qu'on a envie de mettre en colère. De plus, il va être ton hôte. Et lady Kildermore et M. Amherst ? Je crois qu'ils t'aiment bien, non ?

— Jusqu'ici, ils m'aimaient bien.

— Cela n'a pas changé, j'en suis sûre.

Zoé finit par se redresser et faire mine de quitter le lit.

— Phaedra, je veux te demander quelque chose, et il faut que tu sois franche. Je compte sur toi.

— Tu viens juste de te plaindre de ma franchise, rétorqua Phaedra avec un sourire ironique. Mais demande-moi ce que tu veux, Zoé, je te dirai la vérité.

Zoé glissa tout au bord du lit.

— Tu crois que je peux rendre Robin heureux ?

— Euh... oui, j'en suis sûre, répondit Phaedra en évitant le regard de son amie.

— Phaedra, qu'y a-t-il ?

— Je pense que tu peux le rendre heureux, Zoé, répéta-t-elle. Vraiment.

— Phaedra, il y a quelque chose que tu ne me dis pas. Dois-je essayer de changer ? Je... je le ferai, tu sais, ou du moins, je ferai un effort.

— Non, non, ce n'est pas cela. D'ailleurs, je suppose que tu sais déjà...

— Visiblement, non. Tu as l'air d'avoir avalé de travers, et je ne vois pas ce que je pourrais savoir qui te fasse cet effet-là.

Phaedra tira nerveusement sur le revers de dentelle de son gant.

— Tristan a dit quelque chose un jour, mais ce n'était rien d'important, je suppose.

— Tu m'as promis d'être franche !

— Oui, c'est vrai. Eh bien... lord Robert a... ou plutôt *avait* une maîtresse.

— Une maîtresse ? répéta Zoé en écarquillant les yeux.

— Mais il renoncera à elle. Vraiment, Zoé, s'il ne l'a pas déjà fait, je suis certaine qu'il le fera. Il doit savoir que tu ne le supporterais pas.

— En effet, reconnut Zoé. Une maîtresse… Eh bien, j'étais loin d'imaginer…

— Je suis désolée. Je n'aurais peut-être pas dû te le dire ?

— Non, tu as bien fait, Phaedra. Je te remercie.

Zoé passa une main dans ses boucles emmêlées.

— Cette femme… tu la connais ? Tu l'as déjà vue ? Est-elle… jolie ?

— Je l'ai vue une fois, dit doucement Phaedra. C'était à un mariage, à St. James' Piccadilly. Oui, elle était très jolie.

— Naturellement. Toutes les maîtresses le sont. Connais-tu son nom ?

Phaedra eut une seconde d'hésitation.

— Mme Wilfred, je crois. Maria Wilfred. On dit qu'elle est très douce et qu'elle a une maison dans Rochester Street. Près de l'hospice pour les enfants trouvés.

— Est-ce que la maison appartient à Robin ?

— Non, c'est son mari qui l'avait achetée, expliqua Phaedra en se tordant les mains. Il était militaire. Oh, Zoé, je regrette, je n'aurais pas dû t'en parler !

— Mais si tu étais à ma place, tu préférerais savoir. Avoue.

— Oui, chuchota Phaedra en baissant de nouveau les yeux. Oui, je préférerais.

Zoé s'obligea à sourire.

— Je te remercie. Que veux-tu que cela me fasse ? La plupart des hommes ont une maîtresse. Je sais au moins que ce n'est pas une affreuse sorcière au cœur de pierre, comme la maîtresse de Mercer. Et comme tu dis, Robin fera ce qu'il faut avant notre mariage.

— Oui, dit Phaedra en souriant, j'en suis sûre. Viens, ajouta-t-elle en se levant et en tendant la main à Zoé. Sors de ton lit, et va te débarbouiller. Nous allons aider Trudy à choisir tes robes.

Zoé rabattit les couvertures.

— Lady Robert Rowland, répéta-t-elle en soupirant. Cela ne sonne pas trop mal.

⁂

Le lendemain de la visite de lady Hauxton à Richmond, la famille de lord Rannoch partit pour le Sussex. À quinze kilomètres au sud d'Epsom, ils eurent la malchance de rencontrer de fortes pluies en provenance de la Manche. Zoé contempla d'un air morne la campagne noyée sous l'orage. Son enthousiasme modéré pour le mariage n'avait pas survécu au départ de Phaedra.

Trois voitures suivaient, accompagnées par Rannoch et un de ses valets qui montait à cheval. Ballottée en tous sens par les cahots du chemin, Zoé observa les deux hommes, avec leur manteau boutonné jusqu'au menton et leur chapeau rabattu sur le front pour se protéger. Son père devait être trempé jusqu'aux os, songea-t-elle, le nez pressé contre la vitre de la voiture.

Ils firent une étape à Tunbridge Wells, et la famille s'engouffra dans l'auberge du Hare and Hounds, réquisitionnant la plupart des chambres. Le jour suivant, le ciel était clair et la température s'était adoucie, mais ce n'était pas suffisant pour assécher les routes qui longeaient la côte. À dix kilomètres de Lower Thorpe, la voiture qui transportait la moitié des domestiques et les bagages perdit une roue dans la boue. Accablé de fatigue,

Rannoch dut demeurer en arrière pour surveiller les réparations.

Son père était épuisé par tous ces événements, et c'était en partie sa faute. Elle lui avait brisé le cœur.

— Papa risque d'attraper froid, après le déluge d'hier ! s'exclama-t-elle en regardant sa silhouette disparaître au loin. Et ce sera à cause de moi.

— Sottises, rétorqua vivement Évangeline. Ton père est rude comme du vieux cuir, ma chérie. Il ne lui arrivera rien.

Elle semblait toutefois vouloir se rassurer elle-même.

— Du vieux cuir ? répéta lady Valérie, les lèvres contre son châle de laine. Vous parlez comme si papa était laid, maman, alors qu'il est très beau.

La fillette se rendormit, avant que quelqu'un ait eu le temps de lui répondre.

Ils voyagèrent pendant quelques kilomètres en silence. Valérie dormait, Évangeline lisait, jetant de temps en temps un coup d'œil par la vitre, comme si elle espérait voir son époux réapparaître miraculeusement à côté de la voiture. En arrivant à la borne suivante, ils quittèrent la route principale et s'engagèrent dans un étroit chemin bordé d'un côté par de hautes haies et de l'autre par de vastes prairies. Ils approchaient du village.

Angoissée à l'idée d'atteindre leur destination, et néanmoins impatiente de descendre de la voiture, Zoé essuya ses mains moites sur la soie écarlate de son costume de voyage, et rajusta les minuscules plumes rouges de son chapeau. Elle avait choisi son plus bel ensemble. Puisqu'elle était obligée d'aller s'enterrer à la campagne, autant le faire avec élégance ! À cet instant, la voiture prit un virage particulièrement serré et pencha dangereusement en faisant tinter tous les harnais.

Des cris retentirent à l'extérieur, et le carrosse fit halte.

— Mon Dieu, que se passe-t-il, encore ? marmonna Zoé en maintenant son chapeau d'une main et en s'accrochant à une poignée de l'autre.

Évangeline passa la tête par la portière.

— Il y a un haquet coincé dans le fossé, devant nous.

Avec un soupir d'impatience, elle descendit.

— Envoie Duncan devant, lança-t-elle à Zoé. Je vais voir comment vont les enfants dans l'autre voiture. Nous ne devons plus être très loin, à présent.

Curieuse, Zoé suivit sa belle-mère, soulevant sa robe rouge pour avancer délicatement sur les pierres boueuses du chemin. L'air sentait la terre humide et les feuilles mortes, et on percevait au loin l'odeur saline de la mer. Duncan, le cocher, avait mis pied à terre et s'approchait d'un homme vêtu d'une veste de cuir tachée, qui tenait les rênes d'un couple de lourds chevaux de trait affolés.

— Un, deux, trois, hisse !

Dans le fossé, un jeune garçon et deux hommes à la carrure massive tentaient de remonter le haquet qui était enfoncé dans la boue jusqu'aux essieux et qui penchait tellement que Zoé se demanda comment ils avaient réussi à dégager les chevaux. Vêtus uniquement de leur chemise de lin trempée de sueur et de boue, les trois hommes tendirent tous leurs muscles pour soulever la voiture. Le haquet émit un craquement, avança de quelques centimètres, puis retomba en arrière en éclaboussant les hommes d'eau boueuse.

— Bon sang de bonsoir, marmonna l'un d'eux.

De loin, Zoé vit qu'un amoncellement de boîtes et de caisses avait dégringolé sur le talus, au-dessus du fossé.

— Un, deux, trois ! cria de nouveau un des hommes, tandis qu'elle approchait.

Le haquet remonta de nouveau, et retomba plus violemment encore, projetant de l'eau jusqu'au milieu du chemin.

— Oh ! s'écria Zoé en faisant un écart de côté. Ma robe !

L'homme qui se trouvait le plus près d'elle se retourna et la dévisagea avec incrédulité, ses cheveux blonds plaqués sur le front.

— Je vous demande pardon, mademoiselle, mais vous vous tenez trop près.

— Diable ! s'écria un autre, en tapant du plat de la main sur la portière du haquet. Nous ne pouvons plus rien faire, Sam. Il faut décharger la voiture.

Reculant dans la boue, il tourna la tête.

— Il vaut mieux envoyer chercher...

Les mots moururent sur ses lèvres. Stupéfait, lord Mercer regarda fixement Zoé. Puis son expression changea, et la stupéfaction se mua en agacement.

— Zoé Armstrong ! s'exclama-t-il, les mâchoires serrées. J'aurais dû m'en douter.

Zoé redressa légèrement les épaules.

— Ce n'est pas la peine de me lancer ce regard furieux, Mercer. Ce n'est pas ma faute, si votre voiture est dans le fossé. Je veux simplement passer.

Mercer lui jeta néanmoins un regard noir, laissant sous-entendre qu'il la tenait pour responsable de la situation. Puis il se retourna et sortit pesamment du ruisseau. La chemise largement ouverte sur sa poitrine, les manches relevées jusqu'aux coudes, il regagna la route, offrant l'image d'un homme à la fois bigrement ennuyé et terriblement viril.

Il s'inclina, un sourire narquois aux lèvres.

— Je te demande pardon, Zoé. Loin de moi l'idée de tenir séparés deux amoureux aussi épris que Robin et toi. Je vais faire dégager la route au plus vite.

Zoé agita gracieusement sa petite main gantée de rouge.

— Oh, prenez votre temps, répliqua-t-elle, en regardant son front taché de boue. Ce spectacle est très divertissant.

Sa luxueuse chemise blanche était trempée et plaquée sur les muscles puissants de son torse. De la sueur coulait sur son front et dans son cou. Ses cheveux sombres retombaient en désordre sur son front, et il passa à plusieurs reprises la main dans ses mèches brunes pour les repousser en arrière.

— Je suis content de t'offrir une distraction, Zoé, dit-il en contemplant le costume raffiné de la jeune femme. Néanmoins, je ne suis pas sûr que tes atours soient adaptés à un long séjour à la campagne. J'espère que tu as apporté de vrais vêtements.

— Comme les vôtres ? lança-t-elle sèchement, en fixant ses bottes de cuir incrustées de boue. Ce doit être drôle, monsieur le marquis, de faire semblant d'être un paysan, de temps en temps !

Un éclair de fureur passa dans ses yeux noisette, et il ouvrit la bouche pour répondre. Au même instant, le jeune homme blond s'avança. Zoé leva la tête et vit que, un peu plus loin, Duncan s'employait à calmer les chevaux de trait, tandis que celui qui s'appelait Sam déchargeait la charrette.

Le gentleman blond s'approcha de Mercer.

— George s'est foulé la cheville. Ah, je suppose qu'il s'agit d'une de vos invités ? demanda-t-il en posant les yeux sur Zoé.

— Mademoiselle Armstrong, reprit cérémonieusement Mercer, je vous présente le révérend Andrew Ware, qui est mon vicaire à Sainte-Anne.

Les joues de Zoé se colorèrent un peu, et elle esquissa une révérence.

— Je suis enchantée de faire votre connaissance, monsieur.

— Sans mon col et mes vêtements sacerdotaux, hélas. Je n'ai pas l'habitude d'accueillir mes paroissiens en manches de chemise, mademoiselle Armstrong.

Sans prêter davantage attention à Zoé, Mercer se tourna pour donner des ordres aux autres hommes et au vicaire afin de décharger la charrette.

— Les couvertures et les vêtements d'abord ? demanda Ware. Les caisses ensuite ?

— Oui, acquiesça Mercer, les mains sur les hanches. Il faudrait envoyer Sam chercher un chariot.

Troublée, Zoé ne pouvait détacher les yeux des muscles durs de ses bras, couverts d'un fin duvet doré. Elle agita son éventail un peu plus vigoureusement.

— Vous avez donc acheté de nouvelles couvertures ? s'enquit-elle avec un large sourire, tandis que Ware s'éloignait. Quelle délicate attention ! Je pensais que vous alliez me donner de vieux plaids mangés par les mites.

— Vous vous contenterez de ce que Charlie trouvera dans les armoires à linge, comme nous tous, répondit Mercer d'un ton glacial. Que les plaids soient mangés par les mites ou non !

Ces couvertures-ci, ainsi que les caisses de médicaments et de provisions, vont être distribuées.

— Distribuées ? répéta Zoé, étonnée par le ton aussi caustique de leur hôte.

— Oui. Car pendant que je « fais semblant d'être un paysan », comme tu dis, et que je reçois mes invités, les villageois d'ici jusqu'à Hastings sont frappés par une épidémie de variole.

— La variole ? Oh, je ne savais pas !

— Qu'est-ce que ça peut te faire ? Cela ne gâchera en rien ton plaisir. Maintenant, si tu veux bien m'excuser, ajouta-t-il en la saluant d'un bref signe de tête.

Zoé demeura bouche bée. Il avait donc une si mauvaise opinion d'elle ? Mais avant qu'elle ait pu trouver une repartie cinglante, les yeux dorés de Mercer se portèrent derrière elle.

— Lady Rannoch, dit-il en s'inclinant plus profondément. Bienvenue dans le Sussex. Je vous demande pardon de vous avoir retardés.

— Non, non, ce n'est rien, murmura lady Évangeline, en passant un bras autour de la taille de sa belle-fille. La nurse et moi allons emmener les garçons faire un tour dans les champs, pendant que mes valets vous aideront à décharger cette charrette.

— Merci, répondit Mercer en s'essuyant le front du revers de la manche. Je vous en serai reconnaissant.

Sur ces mots, il retraversa le fossé boueux et grimpa sur la charrette. Zoé regagna la voiture et garda un silence obstiné, pendant que lord Mercer faisait lui-même passer les paquets et les caisses de vivres aux valets et au vicaire.

Lorsque la charrette fut vide, il fut aisé de la hisser hors du fossé, avec l'aide des valets et des deux autres hommes. Au moment où le haquet surgissait d'un flot de boue, Sam réapparut au bout du chemin avec un chariot. Les deux véhicules furent placés côte à côte, et Zoé continua de bouder et d'enrager, furieuse contre Mercer et contre elle-même.

Une fois de plus sa belle-mère lui avait fait honte sans le vouloir. Évangeline était bonne et généreuse. Avec ses cheveux blonds comme les blés, ses yeux doux et bleus, elle offrait l'image même d'une parfaite dame de qualité. Tandis que Zoé… Zoé était peut-être exactement ce que Mercer croyait. Un garçon manqué, une enfant gâtée qui s'apitoyait sur son propre sort. Quelqu'un de meilleur qu'elle aurait ignoré le mépris de Mercer. Une autre femme qu'elle aurait…

Sur une impulsion, Zoé sortit de la voiture.

— Où vas-tu ? marmonna Valérie, à moitié assoupie contre le châle qu'elle avait calé sous sa tête.

— Aider ! annonça Zoé en ôtant ses gants de cuir rouge. Tiens, Valérie, garde-moi mes gants.

Elle traversa le chemin pavé, sans se soucier de protéger le bas de sa robe.

— Maman ne sera pas contente ! s'écria Valérie, en voyant le volant de la robe de Zoé essuyer la boue du chemin.

Mais Zoé continua d'avancer jusqu'à la charrette. Elle ignora les regards effarés que lui lancèrent Mercer et M. Ware. Les valets de son père, eux, ne s'étonnaient jamais de rien, quoi qu'elle fasse.

— Bonjour, dit-elle en souriant gracieusement au garçon qui soulevait les paquets de couvertures. Vous vous appelez Sam, c'est cela ?

— Oui, mademoiselle.

Il tira machinalement sur ses boucles noires, en observant l'élégant costume de voyage rouge de la jeune fille.

— Je suis Mlle Armstrong. Aidez-moi à grimper sur la charrette, voulez-vous ?

Sidéré, Sam tendit la main. Zoé la prit sans hésitation, et grimpa avec agilité.

— Poldroy, ordonna-t-elle au second valet, allez aider à transporter les malles les plus lourdes. Sam va prendre votre place et me faire passer les ballots de linge.

— Oui, mademoiselle, répondit Poldroy sans ciller.

Les yeux ronds, Sam sauta à bas de la charrette, comme elle le demandait. C'est à ce moment que Mercer décida qu'elle était allée trop loin.

— Descends, Zoé, hurla-t-il. Tu vas te faire mal.

— Mal ? répéta Zoé en le foudroyant du regard. Je vous rappelle que j'ai un jour grimpé pieds nus sur le toit de la grange d'Elmwood. Aussi, je pense être capable de garder mon équilibre sur un chariot. Même si je porte mes vêtements les plus *coquets* !

— Descends, Zoé, répéta-t-il entre ses dents. Sinon, je jure devant Dieu que…

— Doux Jésus, monsieur Ware ! le coupa Zoé en écarquillant les yeux. Votre paroissien a la détestable habitude de citer le nom de Dieu à tort et à travers. Je vais craindre pour son salut. Sam, n'écoutez pas ce que dit Mercer, il est de mauvaise humeur, ajouta-t-elle d'une voix enjôleuse. Passez-moi donc ces couvertures.

Sam décida que Zoé maîtrisait la situation. Il tira encore une fois sur ses boucles et souleva un ballot.

Les lourdes couvertures de laine étaient emballées par cinq dans de la toile de Hollande et ficelées avec du chanvre. Zoé les transporta vers l'avant du chariot et les empila. Bientôt, la moitié du véhicule fut remplie et ils s'occupèrent des cartons de vivres, qui contenaient principalement de la farine, du sucre et du thé. Elle se pencha des dizaines de fois, pour soulever des caisses et des ballots. Ses épaules lui faisaient mal, mais la douleur lui apportait une certaine satisfaction, décida-t-elle au fur et à mesure que le chariot se remplissait.

Un tel volume de marchandises ne pouvait provenir que de Londres. Le linge et les affaires personnelles de ceux qui avaient la variole, et qui y survivaient ou non, étaient brûlés pour éviter la contagion. Dans les rangs les plus élevés de la société, presque tout le monde était vacciné, mais dans les zones rurales des foyers d'épidémie surgissaient encore de temps à autre. Les régions situées près des côtes étaient plus exposées à cause de la proximité du Continent. De toute évidence, Mercer s'était préparé au pire, et sur ce plan du moins elle l'approuvait.

Sam lui tendit enfin le dernier sac de thé. Zoé le rangea, puis sauta sur le sol et remercia le jeune homme. Poldroy et le premier valet regagnèrent leur voiture, tandis que Sam et le vicaire aidaient le cocher boitillant à monter sur le chariot. Sans prononcer un mot, Mercer alla récupérer son gilet et sa veste, qu'il avait posés sur une haie, puis disparut au détour du chemin. Il réapparut un court instant plus tard, avec un beau cheval alezan tout harnaché.

— Bravo, messieurs ! lança Évangeline de loin.

Zoé vit sa belle-mère traverser le champ en tenant son petit frère Angus par la main. Mercer remonta en selle.

— Je vous retrouverai à la maison, lady Rannoch, cria-t-il en levant la main. Nous vous remercions tous pour votre aide.

Le haquet et le chariot se mirent en route. Mercer tapa légèrement sur le flanc de son cheval, et le bel animal s'élança et franchit le fossé d'un bond. Le cavalier et sa monture s'éloignèrent dans un nuage de boue et un claquement de sabots.

— Eh bien, voilà qui a été vite fait et bien fait, déclara Évangeline.

— Zoé est montée sur le chariot, maman ! s'exclama Valérie en se penchant par la portière du carrosse. Regardez, sa robe est toute tachée.

— Zoé, ma chérie ! fit Évangeline d'un ton de reproche. J'espère que tu n'as pas gêné ces hommes dans leur travail.

Zoé souleva légèrement sa robe souillée de boue, et fit une révérence.

— Je sais, dit-elle avec un gentil sourire. Je ne suis qu'une écervelée, n'est-ce pas ?

## 7

# Petite querelle entre amis

La famille de lady Rannoch traversa le village de Lower Thorpe environ trente minutes après le départ de lord Mercer. Zoé se pressa contre la vitre pour observer les cottages blancs à colombages, et les échoppes au toit de chaume. Le village était charmant, avec ses jardinières fleuries accrochées aux fenêtres, et ses jardins bien tenus. Mais elle remarqua que le parc était désert, et qu'aucun cheval n'attendait dans la cour de l'auberge en bordure de la route.

À l'extrémité du village, Duncan tourna à droite et s'engagea dans une large allée soigneusement entretenue. Alors que le village disparaissait derrière eux, Zoé se retourna et aperçut un nuage de fumée qui s'échappait de l'un des cottages. Son cœur se serra. Quelqu'un était peut-être en train de brûler du linge, à cause de la variole.

Elle détourna les yeux en proie à un terrible pressentiment. Quelques secondes plus tard, son malaise se dissipa lorsque Valérie poussa une exclamation admirative :

— Zoé ! Maman ! Regardez !

Zoé leva les yeux. Ils venaient de franchir un immense portail flanqué d'énormes piliers, surmontés d'une grille ouvragée, ornée de feuillages dorés. Au centre de la grille, dans un médaillon d'or ovale, était représenté un lion tenant une branche d'olivier. Les armes de la famille Mercer. La vue était impressionnante. Difficile d'imaginer que l'homme épuisé et couvert de boue qu'elles venaient de quitter était le maître de ce domaine.

— Je n'ai jamais rien vu d'aussi somptueux ! déclara Valérie.

Évangeline posa son magazine sur la banquette.

— Vraiment ? Alors, tu vas pousser des gloussements de joie en voyant la maison.

— Est-elle immense, maman ? Est-ce que je me perdrai dans les couloirs ?

— Non, car tu seras toujours avec moi, ou avec M. Stokely, expliqua Évangeline avec un soupçon de sévérité. Tu ne dois sous aucun prétexte t'aventurer seule hors de la salle d'études, Valérie. J'espère que tu ne désobéiras pas.

— Oh, très bien.

Valérie se cala dans la banquette de cuir, observant le paysage de tous ses yeux.

Contrairement à sa petite sœur, Zoé n'était guère impressionnée, car elle avait déjà été invitée dans les plus élégantes maisons londoniennes, et dans de nombreux domaines de campagne. Mais, comme elle l'avait confié à Phaedra, l'idée d'aller à Greythorpe l'intimidait. C'était idiot, se dit-elle, un peu vexée. Après tout, ce n'était qu'une maison.

Trois kilomètres plus loin, la voiture obliqua de nouveau à droite et un vaste parc apparut. Des cerfs et du bétail se promenaient au loin et, tout au fond, au sommet d'une colline, la maison se détachait contre le ciel clair. Loin derrière, invisible depuis la route, se trouvait la mer.

— Regardez, maman ! Regardez ! cria Valérie, surexcitée. C'est énorme ! Oh, Zoé, c'est ici que tu vivras, quand tu seras mariée ?

— Bien sûr que non, répondit Évangeline. Zoé vivra à Londres avec lord Robert, je suppose. Mais elle viendra souvent ici, j'en suis sûre.

Zoé ne partageait pas l'assurance de sa belle-mère. Elle n'était pas certaine que lord Mercer inviterait son frère et sa jeune épouse. Le petit contretemps d'aujourd'hui lui avait prouvé qu'il était toujours en colère contre elle. Peut-être même était-ce définitif, irrémédiable. Il se comportait comme si elle avait pris Robin au piège pour l'épouser. Mon Dieu… le croyait-il vraiment ?

C'était tout à fait plausible. Peu sensible à la beauté de la maison palladienne au loin, elle ferma les yeux. Elle aurait voulu se fondre dans la banquette et disparaître.

Mais non, ce n'était pas possible, et ça n'arrangerait rien. Elle rouvrit les yeux et s'efforça de recouvrer son calme. Elle n'avait jamais été lâche, et ce n'était pas le moment de le devenir. Surtout vis-à-vis de son cousin, qu'elle connaissait depuis l'enfance. Même s'il était devenu grand, arrogant, et beau par-dessus le marché, il n'en restait pas moins Stuart, tout simplement.

Elle se renversa contre le dossier, en arborant un sourire. Greythorpe était un bâtiment massif et élégant, avec un immense portique. De chaque côté du portique s'élevait une aile, comme dans presque toutes les maisons de campagne, mais celle-ci se prolongeait à l'arrière, formant une sorte de cour fermée derrière la maison.

— Maman, leur portique est aussi grand à lui tout seul que la maison de tante Winnie ! s'exclama Valérie.

— Peux-tu me dire de quel style il est ? interrogea Évangeline.

— Euh… palladien, je crois. Et la façade est néoclassique. C'est cela, maman ?

— Absolument. Apparemment, tu as bien assimilé les leçons d'architecture de M. Stokely.

— Je me demande combien de chambres contient la maison.

— Trente-deux, répondit sèchement Zoé. Sans compter les appartements des domestiques. J'ai lu ça quelque part.

Valérie se tourna vers sa sœur en écarquillant les yeux.

— La maison a été construite il n'y a qu'une cinquantaine d'années par le grand-père de Robin, qui a fait venir un architecte d'Italie pour dessiner les extérieurs, continua Zoé d'un ton monocorde. L'intérieur a été conçu par les frères Adams. Tu en as entendu parler, je suppose. M. Stokely était intarissable sur leurs plafonds et tout le reste.

— Oui, il n'a pas changé, admit Valérie avec une moue de mépris.

Zoé n'entendit pas la suite de la réponse. Fascinée par la demeure, elle avait l'impression d'être une prisonnière conduite à la guillotine sur la charrette des condamnés. La maison et son propre destin se dressaient devant elle, menaçants. Elle distinguait déjà deux silhouettes qui les attendaient derrière la balustrade de pierre.

Grâce au ciel, Robin serait là.

À cette pensée, elle éprouva du soulagement. Robin ne la trahirait pas. Et avec lui elle pouvait tout affronter, même son frère à l'allure austère et désapprobatrice. Robin la prendrait par la main, dirait quelque chose d'idiot mais de parfaitement charmant, et aussitôt l'atmosphère serait plus détendue.

— Regardez ! cria Valérie d'une voix stridente. Il y a Arabella ! Et Davinia ! Et Fiona !

— Il ne faut pas oublier Freya, lui rappela Évangeline alors que le carrosse s'arrêtait devant les marches de marbre. Même si elle est beaucoup plus jeune que toi.

Remarquant le silence de Zoé, elle chuchota, avec un sourire rassurant :

— Garde le moral, ma chérie. Ce ne sera pas aussi affreux que tu le penses. Je te le promets.

Quand elles sortirent du carrosse, elles ne virent pas lord Robin. Lady Kildermore et son mari, le révérend Amherst, descendirent l'escalier en se donnant le bras. Donaldson, le massif majordome qui ne quittait pas sa maîtresse d'une semelle, se tenait juste derrière Jonet. Il était suivi par une armée de domestiques, ainsi que par les quatre filles des Amherst, qui avaient entre neuf et seize ans.

Zoé fit une élégante révérence, et embrassa les quatre jeunes filles. Valérie eut tôt fait de se joindre à elles. Pendant que la nurse s'occupait des garçons, Évangeline raconta à ses hôtes l'accident qui avait eu lieu en chemin.

— Oui, Stuart est en train de s'habiller, dit Jonet. Il vous demande pardon pour son retard.

— Mlle Adler, la gouvernante, a servi le thé dans la salle d'études pour les enfants, ajouta son mari. Quand vous vous serez rafraîchies, retrouvons-nous tous les quatre au salon, si vous voulez bien ?

Zoé le remercia, et Jonet prit le bras d'Évangeline.

— J'ai casé toutes les filles dans l'aile est. Pensez-vous que je les pousse à faire des bêtises ?

Évangeline se mit à rire, tandis que M. Amherst offrait son bras à Zoé.

— J'espère que vous avez emmené Harlan Stokely avec vous, Zoé. Je veux le persuader de faire une partie d'échecs.

— Je vous préviens, dit-elle en riant, ce cher vieux Stokie est difficile à battre !

— Et vous, Zoé ? Vous étiez aussi une joueuse redoutable. Stuart l'a appris à ses dépens, si je me souviens bien.

— Oui, il a cessé de jouer avec moi quand j'avais douze ans.

— C'est l'époque où il vous avait surnommée « Poudre à Canon » !

— Quel affreux surnom ! Robin l'utilise encore ! s'exclama-t-elle en levant les yeux au ciel.

Puis, baissant la voix, elle demanda :

— Puis-je vous demander où est Robin ?

M. Amherst lui coula un regard de côté et lui tapota la main.

— Robert n'est pas dans son assiette, mais il a promis de se joindre à nous pour le dîner.

— Oh ! fit Zoé en dissimulant sa déconvenue. J'espère que ce n'est pas trop grave.

— Non, non. Je ne le crois pas.

Ils passèrent sous le portique et pénétrèrent dans la maison. Le grand hall était grandiose, aussi bien par ses dimensions que par la décoration. Le plafond formait une immense voûte, soutenue par quatre colonnes de marbre au décor corinthien. Le soleil, qui pénétrait par le jardin de derrière, éclairait d'or et d'azur les tons du fastueux vestibule.

Deux escaliers en colimaçon menaient aux ailes est et ouest.

— Oh ! fit doucement Zoé. Cette pièce est…

— … prétentieuse ? suggéra Jonet. Oui, les Rowland ont une tendance à l'extravagance. Et ce pauvre Stuart se retrouve avec cette maison sur les bras. Il ne peut pourtant pas faire détruire ces colonnes de marbre, ou repeindre le hall en beige. Ah, voici Mlle Adler ! Si ces demoiselles veulent bien la suivre ?

Zoé et sa belle-mère furent également conduites à leur chambre, pour se rafraîchir et se débarrasser de la poussière du voyage.

La chambre de Zoé, située dans l'aile est, donnait sur un verger et un petit bois à la lisière du parc. La pièce n'était pas très grande, mais les subtiles nuances de mauve et de rose qui ornaient les murs et le lit étaient ravissantes. Le manteau de cheminée en marbre blanc et le délicat mobilier français étaient élégants, sans ostentation.

Dans l'ensemble, et mis à part l'absence de Robin, tout était beaucoup mieux qu'elle ne l'avait craint. Elle avait terriblement envie de le voir, songea-t-elle en allant à la fenêtre. Robin arrangerait tout. Il la comprenait et ne la regardait jamais de haut. Pourquoi en avait-il toujours été ainsi ? Elle ne le savait pas.

Peut-être était-ce parce qu'il avait bon cœur. Ou bien parce que des rumeurs couraient aussi sur ses origines. Zoé n'avait jamais osé y faire allusion, mais elle avait entendu des bruits selon lesquels Robin n'était pas le fils de lord Mercer, mais celui de l'amant de Jonet, lord Delacourt. Ce dernier avait été un gredin et un dévoyé, tout à fait dans le genre de Robin, par le physique comme par la

personnalité. Toutefois, Delacourt était aussi un ami de la famille, aussi proche de M. Amherst que de sa femme, ce qui paraissait un peu étrange.

Pour Zoé cela n'avait aucune importance. Robin était Robin, et elle l'aimait. Elle ferait en sorte que leur mariage soit heureux. Le dîner n'était que dans trois heures, et elle se sentait seule et triste. De plus, les bagages n'étaient pas encore arrivés et elle allait devoir prendre le thé dans ses vêtements de voyage boueux, qui lui donnaient l'allure d'une va-nu-pieds.

Après s'être lavé le visage et avoir épinglé ses cheveux, Zoé regarda sa robe tachée en soupirant. Une fois de plus, elle avait agi sans réfléchir, lorsqu'elle avait grimpé sur la charrette. Par bonheur, elle trouva une brosse sur une étagère, et quand la femme de chambre de lady Kildermore vint pour l'aider, elle la lui donna. À elles deux, elles parvinrent à nettoyer le plus gros, mais elles ne purent faire partir la saleté accrochée aux volants de la robe.

Puis on l'escorta le long d'une série interminable de couloirs et d'escaliers, jusqu'au petit salon, qui était en réalité une salle aux proportions gigantesques. Le soleil de fin d'après-midi illuminait la longue pièce, flanquée d'un alignement de portes-fenêtres ouvrant sur une terrasse. Sa mère, Jonet et M. Amherst étaient assis près de la cheminée.

À leur gauche, accoudé au manteau de cheminée en marbre vert, se tenait lord Mercer. Un pied négligemment posé sur le pare-feu, il offrait l'image même du jeune seigneur riche et puissant. Ses deux colleys étaient allongés à ses pieds, Bonnie profondément endormie.

M. Amherst se leva en la voyant entrer.

— Zoé, ma chère. Voulez-vous une tasse de souchong ? Ou bien préférez-vous du Gunpowder ?

— Du Gunpowder, s'il vous plaît.

— De la poudre à canon… Cela ne m'étonne pas, fit remarquer Mercer avec un énigmatique sourire en coin.

Zoé fit une révérence, avec un peu de raideur.

— Monsieur, comment allez-vous ?

— Oh, comme il y a une heure, répondit-il en s'écartant de la cheminée avec nonchalance. La boue et la saleté en moins.

— En effet, dit-elle avec l'ombre d'un sourire. Moi, en revanche… Ah bon, j'espère que nos bagages arriveront avant le dîner.

Elle prit place à côté de sa belle-mère, tournant légèrement le dos à Mercer. Jonet lui tendit une tasse de thé.

— Toujours rien pour toi, Stuart ?

— Non, madame. Je vous remercie.

Il posa une main sur le dossier de la chaise de sa mère, d'un air presque protecteur. Ses doigts longs et fins étaient parfaitement propres. Ses cheveux noirs et bien coiffés étaient encore humides.

— J'espère que vous avez fait bon voyage, lady Rannoch, et que la pluie ne vous a pas causé de difficultés ?

— Pas autant qu'à vous, avoua Évangeline en levant sa tasse à ses lèvres. La voiture qui transportait nos bagages et les domestiques a perdu une roue. Je pense qu'ils devraient être là d'un moment à l'autre, à présent.

— Oui, nous avons eu un terrible orage hier, dit Jonet. Charlie m'a signalé que des ardoises étaient tombées du toit de l'écurie.

La conversation se poursuivit, et Zoé s'en désintéressa rapidement. Elle songea à l'absence de Robin et à sa profonde déception. Elle ne s'était pas encore rendu compte à quel point elle comptait sur lui pour l'aider à supporter la curieuse situation dans laquelle ils se trouvaient. Et aussi à quel point elle avait tout simplement envie qu'il soit là. Pour la faire rire, et l'encourager, avec ses sourires en coin. En ce moment, seule avec sa famille, elle se sentait mal à l'aise.

Robin était malade. Beaucoup de gens l'étaient, en vérité, et selon Mercer certains étaient mourants. Zoé était juste en train de s'habituer à l'idée qu'elle allait épouser Robin, et de se persuader qu'elle ne pouvait vivre sans lui. Ce n'était pas le moment que le destin lui joue un tour !

Robin ne pouvait pas avoir la variole, puisqu'il avait été vacciné. Cela ne voulait pas dire qu'il ne pouvait pas avoir autre chose, d'aussi grave. Ou même pire. Plus elle réfléchissait, et plus sa panique augmentait. C'était irrationnel, bien entendu. Et pourtant elle s'aperçut que ses mains tremblaient.

— Robin s'est-il trouvé pris sous l'orage ? demanda-t-elle de but en blanc à Jonet. Je veux dire... sa maladie... il n'a pas de fièvre ? Ou quelque chose de pire ? Je devrais sans doute monter le voir.

Tous les regards se tournèrent vers elle, et Évangeline toussota délicatement.

— Zoé, ma chère, nous parlions du dîner de ce soir. Et il n'est pas question que tu montes...

— Mais bien sûr, elle est inquiète ! intervint doucement Jonet. C'est son fiancé. Ne vous tourmentez pas, Zoé, Robin va très bien.

— Mais s'il allait bien... il serait là, n'est-ce pas ?

Mercer émit une sorte de toux, puis traversa vivement le salon, comme pour sortir. Les chiens le suivirent, leurs griffes cliquetant sur le parquet quand ils passèrent devant la table. Bonnie s'arrêta un instant et frotta son museau contre les genoux de Zoé, comme pour lui dire bonjour, puis fila derrière son maître.

Zoé les suivit du regard un instant, puis se tourna vers Jonet, qui avait un peu pâli. M. Amherst s'éclaircit la gorge.

— Ce que ma femme essaie de vous expliquer, Zoé, c'est que Robin n'est pas vraiment malade. Il souffre simplement des effets d'une nuit bien arrosée à l'auberge de la Rose et de la Couronne, ce pour quoi nous l'avons vivement réprimandé, je vous l'assure.

— Voulez-vous dire qu'il est juste... juste...

En proie à une considérable indignation, Zoé chercha ses mots.

— Un peu nauséeux. Mais il sera certainement rétabli pour le dîner.

Zoé reposa sa tasse, et une vive couleur envahit ses joues.

— Je comprends. J'espère donc le voir pour le dîner. Voulez-vous m'excuser ? ajouta-t-elle en se levant brusquement. J'ai envie d'aller admirer la vue sur la terrasse.

— Absolument, s'exclama Jonet. Au bout de la terrasse, on aperçoit une partie du lac et le toit de notre pavillon d'été. La perspective est très belle.

Zoé fit une profonde révérence.

— Je vous remercie, madame.

Pivotant sur ses talons, elle se dirigea vers la fenêtre. Elle s'aperçut un peu trop tard que lord Mercer se trouvait déjà sur la terrasse avec ses chiens. La brise soulevait ses longs cheveux bruns, et il se tenait appuyé à la rambarde de pierre.

— Bien joué, Zoé, dit-il doucement quand elle passa devant lui. On croirait presque que tu t'inquiètes pour ce vieux Robin.

Elle darda sur lui un regard étincelant de colère.

— Et de fait, je m'inquiète pour lui. Comment osez-vous insinuer le contraire ? Vraiment, Mercer, qu'est-ce qui ne va pas ? Qu'ai-je fait pour mériter un tel mépris ?

— Je te demande pardon ?

— Votre attitude devient ennuyeuse, monsieur, chuchota-t-elle, contenant à peine sa colère. Je n'ai pas à supporter vos insinuations. Si vous avez quelque chose à me dire, dites-le et qu'on en finisse.

Il recula en écarquillant les yeux, l'air moqueur.

— N'ai-je pas le droit de me soucier de mon frère ?

— Votre frère, si j'ai bien compris, est couché, malade d'avoir ingurgité trop de bière. Si vous vous souciiez vraiment de lui, vous seriez à son chevet avec une tasse de thé bien fort, à lui faire un sermon sur la tempérance, et non ici à me tourmenter.

— Je suis désolé, mais j'étais sur la terrasse avant toi. On pourrait presque croire que tu m'as suivi… et au fait, ma chère, ce n'est pas ma faute si ton fiancé a décidé de boire jusqu'à tomber ivre mort, hier soir.

Les mains sur les hanches, Zoé se pencha vers lui.

— Oh, pourquoi faut-il que vous soyez toujours aussi moralisateur avec Robin et moi ! Qu'est-ce qui vous donne le droit de nous faire la leçon ? Nous sommes adultes, nous n'avons plus besoin de vous, Mercer.

— Non, et vous n'en avez jamais eu besoin, d'ailleurs. Déjà enfants, vous étiez inséparables, vous ne vouliez personne entre vous.

— Oh, je n'ai que faire de vos jérémiades ! Vous ne vouliez jamais prendre part à nos jeux.

— Je n'avais pas le loisir de mener une vie insouciante comme Robin et toi, Zoé. Même enfant. Ce n'était pourtant pas l'envie qui m'en manquait.

— Oh, je vous demande pardon ! Nous n'étions rien… tandis que vous étiez le grand lord Mercer ! fit Zoé, caustique.

— Ne me fais pas dire ce que je n'ai pas dit. Tu ne sais rien de ma vie.

— Et vous ne savez rien de la mienne. Ni de celle de Robin, à ce qu'il me semble.

— Je sais que tu es sur le point de devenir sa femme. Et que vous n'êtes heureux, ni l'un ni l'autre. Voilà une fredaine que je ne suis pas fâché de ne pas avoir commise.

Zoé le considéra, muette de stupeur, tentée d'abattre la main sur ce visage arrogant. Seul le claquement de talons féminins derrière elle, sur les dalles du salon, l'empêcha d'aller au bout de son geste.

Mercer reprit son attitude nonchalante contre la balustrade. Zoé essaya, mais sans succès, de s'accrocher à sa fureur. Il en avait toujours été ainsi entre eux : de brefs éclats de colère, laissant place à une trêve amicale. Tout allait mieux quand ils se gardaient d'ouvrir la bouche.

Jonet passa la tête par l'entrebâillement de la porte-fenêtre.

— Stuart, mon cher, tu devrais emmener Mischief et Bonnie faire une promenade. Zoé voudra peut-être t'accompagner, puisque Robin est toujours au lit.

Mercer eut un sourire crispé.

— Je pense que Zoé est fatiguée, maman.

— Non, répliqua Zoé aussitôt. J'ai besoin de me dégourdir les jambes, au contraire. Mais si Mercer n'a pas envie d'y aller, je pourrai emmener les chiens moi-même.

Mercer croisa les bras.

— Quoi ? Pour que tu tombes du haut d'une falaise ? Pas question. Pas avec mes chiens, en tout cas.

— Stuart ! Bonnie adore Zoé ! Cesse de la taquiner. Allez-y tous les deux. Et soyez de retour avant six heures, pour vous habiller pour le dîner.

— Ce n'était pas assez pour toi de transporter ces couvertures cet après-midi ? Tu as encore besoin de te dégourdir les jambes ?

— J'ai surtout besoin de sortir de cette maison avant de vous sauter à la tête pour vous arracher les yeux, rétorqua Zoé, tandis que Bonnie bondissait joyeusement autour d'elle.

Mercer éclata de rire et descendit les marches de marbre.

— Eh bien, viens donc. Je suppose que les jardiniers seront contents de rire à mes dépens.

Les chiens dévalèrent l'escalier devant leur maître et s'arrêtèrent sur le sol de marbre du hall, pointant le museau vers l'arrière de la maison.

Mercer ouvrit une porte au fond du vestibule, qui donnait sur une véranda ensoleillée. Une volée de marches menait à une cour carrée, aussi vaste que Grosvenor Square à Londres. Zoé se figea en haut de l'escalier.

— Un parterre ! s'exclama-t-elle, admirative. Et... oh, mon Dieu ! Cette fontaine !

Mercer se retourna pour la regarder.

— Madame est contente, j'espère ? dit-il assez fort pour dominer le glouglou de la fontaine.

Zoé contempla sans mot dire le jardin en contrebas. Il était parfaitement symétrique, chaque haie taillée avec précision, chaque pavé situé exactement à la place qui lui était destinée. Au centre, une fontaine de pierre grise projetait de l'eau presque au niveau du plafond du grand hall.

Les yeux fixés sur le jet d'eau, Zoé descendit et alla directement au centre du jardin. Arrivée à quelques mètres de la fontaine, elle fut enveloppée par un nuage de vapeur d'eau et dut s'arrêter. Elle demeura immobile, le visage levé vers le ciel. Loin, très loin au-dessus d'elle, un dieu grec émergeait de l'eau en brandissant triomphalement un trident, de l'autre main il tenait par la bride un grand coursier qui se cabrait.

— Poséidon, le dieu de la Mer, soumettant Déméter, la déesse de la Terre, cria Mercer pour se faire entendre par-dessus le bruit assourdissant de la fontaine. Mon grand-père a pensé que l'image était appropriée, puisque les terres fertiles de Greythorpe s'étendent jusqu'à la mer.

Tout en parlant, il désigna un point invisible, loin derrière la cour et la fontaine. Zoé ne vit que le ciel bleu parsemé de quelques nuages blancs.

— Nous sommes perchés au-dessus d'une falaise ! s'exclama-t-elle, comprenant soudain.

Mercer lui offrit son bras pour contourner la fontaine.

— On ne s'en rend pas compte quand on arrive par le village. Et nous ne sommes pas tout au bord de la falaise, pas du tout.

Le bruit de la fontaine s'éloigna, et ils atteignirent un petit escalier de pierre. Zoé vit une succession de pelouses en terrasses, qui accédaient à l'aile ouest.

— Peut-on marcher jusqu'à la Manche, en passant par là ?

— Oui, c'est possible, répondit-il en claquant des doigts pour rappeler les chiens qui exploraient une haie. Mais il faut avoir de bonnes chaussures, et les nerfs solides.

— Oh, comme j'aimerais y aller ! La vue doit être splendide.

Mercer monta trois marches, accédant au premier niveau de pelouses.

— Je devrais te le déconseiller, dit-il en lui tendant la main, mais je sais par expérience que cela ne ferait qu'aiguiser ta curiosité.

Ignorant sa main tendue, Zoé souleva légèrement le bas de sa robe pour grimper sur les marches.

— Merci, je peux y arriver seule.

Une expression indéchiffrable apparut fugitivement dans les yeux de Mercer. Il retira sa main et avança à grands pas, obligeant la jeune fille à accélérer l'allure.

— Dis-moi, Zoé, que penses-tu de Greythorpe ? s'enquit-il avec une politesse glacée.

— Vous cherchez les compliments, Mercer ? Je n'aurais jamais cru cela de vous.

Il haussa les épaules et désigna la vue d'un geste ample.

— Pourquoi en chercherais-je ? Je n'ai dû fournir aucun effort pour obtenir tout cela. Je ne l'ai ni gagné ni mérité.

Zoé eut un rire un peu amer.

— La plupart des aristocrates pensent mériter tous les privilèges, simplement à cause du sang qui coule dans leurs veines. Ils n'ont pas à gagner quoi que ce soit.

— Ce sont des imbéciles, répliqua doucement Mercer. Un homme doit gagner le respect de son entourage. Et il ne peut s'enorgueillir que de ce qu'il a accompli lui-même.

— Vous espérez donc simplement léguer un domaine plus prospère à vos héritiers ?

Un sourire cynique apparut sur les lèvres du marquis.

— Ou peut-être aux tiens.

— Je… je vous demande pardon ? demanda-t-elle, le visage empourpré.

— En l'état actuel des choses, ton fils aîné héritera peut-être un jour de tout ceci. C'est la loi.

Zoé ouvrit la bouche pour parler, puis se ravisa.

— Je… suppose, finit-elle par admettre au bout de quelques secondes. Mais cela voudrait dire que vous n'avez vous-même pas eu d'enfant.

— Pas d'enfant légitime, précisa-t-il.

— Je… oui, je vous demande pardon. J'ai entendu dire que vous…

— … que j'allais devenir père ? termina-t-il à sa place, avec un sourire amer. Cela reste à prouver.

Zoé se raidit.

— Vous n'êtes pas content, à ce que j'ai compris. Robin m'a dit que vous vous étiez querellé avec la vicomtesse.

Mercer l'entraîna vers un banc de pierre. Bonnie les suivit et frotta son museau noir et blanc contre les genoux de son maître. La tension entre eux persistait, mais pour le moment toute colère s'était évanouie. Néanmoins, Zoé percevait la nervosité de Mercer.

— Pour répondre à ta question, je ne sais pas ce que je ressens, Zoé.

Son calme apparent était démenti par ses mains aux jointures blanches, crispées sur les rebords du banc.

— Est-ce que je veux cet enfant… en supposant qu'il y en ait vraiment un ? Oui, je le veux plus que tout. Suis-je heureux des conditions dans lesquelles il vivra ? Non. Cela me terrifie parfois.

— Mercer !

Sur une impulsion, Zoé lui prit la main. Elle était tiède et forte, et elle sentit immédiatement ses doigts se détendre.

— Mercer, il n'y a aucune raison d'être terrifié. Qui pourrait savoir cela mieux que moi ?

— Ton père, peut-être ? répondit-il avec un sombre sourire. Dis-moi, Zoé, comment a-t-il persuadé ta mère de se séparer de toi ?

— Je pense que cela n'a pas été trop difficile, avoua-t-elle en détournant les yeux. Mlle Smith m'a raconté un jour que ma mère avait simplement frappé à la porte et déposé mon couffin sur les marches de la maison.

— Ah… je croyais que… qu'il l'avait payée, ou quelque chose comme ça.

Curieusement, Zoé répugnait à retirer sa main, et il ne semblait pas attendre qu'elle le fasse.

— Il se peut qu'il l'ait fait plus tard. Au bout de quelque temps, je crois qu'elle a regretté sa décision.

— Elle a voulu te reprendre ?

Zoé secoua la tête.

— En Angleterre, il n'est pas facile de retirer un enfant à son père. Finalement, papa lui a accordé une rente annuelle, ce qui l'a contentée. Elle est partie vivre en Italie avec son artiste désargenté. C'était cela qu'elle voulait en réalité. Ce n'était pas moi.

— Je suis désolé, dit-il, se départant un peu de sa froideur aristocratique. Vit-elle toujours là-bas ?

— Elle est morte. Ma mère à présent, c'est Évangeline.

— Et cependant je t'ai rarement entendue l'appeler « maman ».

— En effet, admit Zoé, étonnée qu'il ait remarqué ce détail. Évie m'a toujours dit que je pouvais le faire. Mais il y avait Freddie, sa cousine, et Michael, son frère. Et aussi Gus, Théo et Nicolette. Tous étaient ses cousins, nous vivions ensemble et ils ne l'appelaient pas « maman ». Je trouvais un peu injuste d'avoir gagné une mère par son mariage, alors que leur vie à eux était complètement chamboulée.

— Chamboulée ? Pourquoi ?

— Ils ont dû quitter Chatham Lodge et venir vivre à Richmond avec papa et moi. Cela les a obligés à renoncer à leurs manières de bohémiens, enfin un petit peu, et à s'adapter à la bonne société. Michael est devenu lord Trent, Freddie est Mme Rutledge, et nous sommes tous... terriblement normaux.

— Tu penses qu'ils ont fait cela pour toi ?

— Non, plutôt à cause de moi. Mais les mots n'ont pas d'importance. Évie a toujours été une mère pour moi, et c'est ce qui compte.

— Maintenant tout le monde a quitté la maison, et tu te retrouves avec tes jeunes frères et sœur. Ce doit être dur ?

À dire vrai, elle se sentait parfois horriblement seule. Elle aimait Valérie et les garçons, mais elle était du même âge que Frederica et Michael, avec qui elle avait été élevée. Zoé avait toujours eu envie d'appartenir à une famille, et le mariage de son père lui en avait apporté une.

Elle prit conscience que c'était ce besoin qui l'avait attirée vers Mercer quand elle était petite, et l'avait poussée à chercher son attention. Et à rêver de lui comme d'un chevalier en armure blanche. C'était pour cela aussi qu'elle s'était trop attachée à Robin.

Mais peut-être son mariage avec Robin allait-il tout changer ? Peut-être n'était-elle tout simplement pas destinée à connaître un grand amour, comme Freddie et Phaedra ? Peut-être les chevaliers en armure n'existaient-ils pas du tout ? Et Robin, au moins, ne la regardait pas de haut comme ses autres prétendants.

Robin serait son sauveur. Il descendrait ce soir pour dîner, avec son sourire malicieux, et tout redeviendrait normal.

Mais elle ne pouvait confier ces pensées au frère aîné de Robin, même s'il se comportait gentiment en ce moment.

— M. Amherst est très différent de votre père, fit-elle remarquer, faisant délicatement dévier la conversation. Votre vie a-t-elle changé après le remariage de votre mère ?

Mercer demeura silencieux un moment, réfléchissant à la question.

— Oui, mais en bien.

— Mais… votre père vous manquait, n'est-ce pas ? Je me souviens très peu de lui. Il était intimidant. Et terriblement élégant.

— Vraiment ? Les garçons ne font pas attention à ces détails-là.

— Il semblait sévère, aussi.

— Oui, cela, je m'en souviens.

Il prononça ces mots d'un ton crispé, et Zoé n'insista pas. Ses mâchoires étaient serrées, et il avait fermé les yeux comme pour se retirer en lui-même. C'était une attitude qu'elle ne connaissait que trop bien.

Zoé avait connu Robin et Mercer quand elle avait six ou sept ans, avant le mariage de son père. Elle ne se rappelait pas quel était l'objet de cette première visite à Londres, mais elle se souvenait qu'elle avait été invitée par Jonet, qui était encore lady Mercer, pour faire la connaissance de ses enfants. Son père avait envoyé l'affreuse Mlle Smith avec elle car, bien que Jonet et lui aient été parents, ils n'étaient pas très proches. La réputation de Rannoch à l'époque était tout à fait scandaleuse.

— Mercer, pourquoi votre mère m'avait-elle invitée ? demanda-t-elle en fronçant les sourcils. La première fois, à Brook Street, quand nous étions enfants ?

— Je ne saurais le dire. Parce que tu faisais partie du clan, je suppose.

— Je pense que vous le savez. Il y avait sûrement une raison.

Bonnie avait posé le museau sur les genoux de Zoé et la contemplait de ses grands yeux bruns, avec adoration. Mercer caressa la tête de la chienne.

— Ma mère est une personne compliquée, expliqua-t-il d'un ton évasif. Robin pourra peut-être t'en dire plus. Quand vous serez mariés.

— Je crois que je lui faisais de la peine.

Zoé soupira et s'adossa au banc de pierre. La colère de Mercer semblait s'être évaporée. Elle se sentait si seule qu'elle préférait encore rester avec lui, malgré son arrogance et son air supérieur.

Le silence n'était brisé que par les pépiements d'oiseaux, et par le bruit que faisait un jardinier en ratissant le sol un peu plus loin.

— Quand avons-nous commencé à nous quereller tous les deux, Mercer ? demanda-t-elle, pensive. Cela n'arrivait jamais quand nous étions enfants.

— Ah non ?

— Non, mais vous aviez toujours l'air grave et vous me réprimandiez, comme si j'étais votre petite sœur.

Il tourna vers elle un visage d'une implacable sévérité. La brise soulevait ses cheveux noirs et lisses.

— Il y a longtemps que je n'ai plus pensé à toi de cette façon, Zoé. Viens, si tu veux voir le lac, ajouta-t-il d'un ton abrupt en se levant. Sinon, nous serons en retard pour le dîner.

— Attendez, Mercer… j'espère que…

— Tu espères quoi, Zoé ?

Pendant un moment, celle-ci se mordilla les lèvres.

— J'espère que vous pourrez élever votre enfant, dit-elle enfin. Si c'est cela que vous souhaitez.

— S'il y a un enfant, oui, c'est ce que je veux faire.

— Alors, vous vous rappellerez peut-être mon conseil ?

— Oui ? Quoi donc ? demanda-t-il, en clignant les yeux, ébloui par le soleil couchant.

— Ce n'est pas parce que c'est un enfant illégitime qu'il faudra le gâter trop, comme papa a agi avec moi.

Il voulut protester, mais elle lui posa un doigt sur les lèvres.

— Non, ne dites pas que vous ne le ferez pas. Vous serez tenté d'agir ainsi... alors, pensez à moi. Comme vous aimez le dire, je suis trop choyée et impétueuse. Et ma conduite est même un peu scandaleuse.

Il la regarda fixement, et elle crut voir les idées tourbillonner dans sa tête. Mais finalement, il n'essaya pas de la consoler avec des banalités, et elle n'en éprouva que plus d'estime pour lui.

— Très bien, Zoé. Je m'efforcerai de ne pas oublier ce conseil.

Puis il s'engagea de nouveau dans l'allée de graviers, et les chiens le suivirent immédiatement. Zoé se pencha pour caresser Bonnie.

— Oh, viens là, Bonnie, roucoula-t-elle en lui caressant les oreilles. Mon Dieu, cette chienne est en adoration devant vous !

— Elle t'aime bien aussi. Mischief est son fils, tu sais. Il aime tout le monde. Mais en douze ans, Bonnie et moi n'avons jamais été séparés.

Zoé avait toujours pensé que Mercer aimait plus ses chiens que la plupart des gens qui gravitaient autour de lui. Et elle ne le blâmait pas vraiment. Ils redescendirent les marches de pierre et traversèrent la pelouse.

— Alors ? Est-ce que je pourrai descendre le long de la falaise, pour aller jusqu'à la mer ?

Il se retourna, les mains derrière le dos.

— Tu pourras y aller. À condition que je sois avec toi.

— Vous ? fit-elle, déconcertée. Pas Robin ?

Une expression de contrariété passa dans ses yeux, et s'évanouit presque aussitôt. La colère avait réapparu.

— Robin peut faire ce qui lui plaît. Mais il n'a pas emprunté ces sentiers depuis des années, et la pente est raide et dangereuse. Je crains que tu ne doives te résigner à passer un autre après-midi en ma compagnie.

— Mercer, Robin et moi ne sommes pas complètement idiots, répondit-elle en soupirant.

— Ce n'est pas ce que j'ai dit. Néanmoins, tu iras avec moi. Ou pas du tout.

C'est à peine si Zoé l'entendit. Il y avait quelque chose dans son attitude... Était-ce la largeur de ses épaules, ou bien la façon dont il croisait les bras, comme pour dire qu'il ne lui offrirait plus jamais la main pour l'aider ? Son visage, à contre-jour, semblait extraordinairement fort.

Il n'avait jamais été aussi beau que Robin. Ses yeux étaient trop sombres, sa mâchoire trop carrée. Pourtant, quelque chose chez lui la troublait, et elle sentit son pouls s'accélérer. C'étaient ses yeux. Son regard sévère s'était adouci, et soudain elle eut envie de...

— Zoé ?

— Oh... oui ! Je vous demande pardon.

Elle souleva sa robe pour repartir, mais dans sa hâte elle fit un faux pas et le bout de son pied se prit dans l'ourlet de son jupon. Il y eut un bruit de tissu déchiré, et elle trébucha.

— Zoé !

Mercer la rattrapa aussitôt, lui glissant un bras autour de la taille. Il l'attira contre lui et la souleva sans effort. Leurs corps se pressèrent l'un contre l'autre. Elle fut enveloppée par un parfum d'amidon et de tabac, se mêlant subtilement à l'odeur de son corps. Ils demeurèrent un instant sur la marche. Les bras de Zoé reposaient sur son torse, et le bout de son nez effleurait sa cravate.

Elle eut un léger vertige, mais parvint à retrouver son équilibre. Elle leva la tête. Pendant un long moment les lèvres sensuelles de lord Mercer demeurèrent au-dessus des siennes. Ses paupières étaient mi-closes. Instinctivement, Zoé pencha la tête de côté.

Rien ne se passa.

— Zoé ?

— Ou... oui ?

Mercer laissa ses bras retomber et demanda d'une voix sourde :

— Tu te sens bien ?

— Oh, oui, très bien, affirma-t-elle, recouvrant ses esprits. Et je commence à croire, Mercer, que vous avez peut-être raison sur un point. Quand on n'est pas capable de traverser le jardin sans trébucher, on ne peut pas descendre le long d'une falaise.

Cela ne le fit pas rire. Il se contenta de la dévisager en silence. Soudain, Zoé eut le sentiment d'avoir manqué une occasion... quelque chose qui aurait pu changer sa vie. Pendant un instant fugitif, tout ce qu'elle avait toujours désiré s'était trouvé à portée de main. Et stupidement, elle l'avait laissé s'échapper. Quelque chose de bien plus important que ce moment bizarre dans le jardin, avec l'homme qui avait été autrefois son héros.

Non, Mercer était trop réel, trop viril, pour représenter le fantasme d'une jeune fille. En proie à un curieux sentiment de vide, elle ravala ses larmes en se traitant d'idiote.

C'est alors qu'à l'intérieur d'elle-même, quelque chose se brisa et s'effondra. Ses derniers rêves d'enfant cédèrent la place à une froide réalité. Tout ce qui lui restait à sauver, c'était un semblant d'amitié.

— Mercer, pourquoi avez-vous cet air désapprobateur ? Quand cesserez-vous de me considérer comme une gamine espiègle ?

— Quand tu cesseras d'en être une, sans doute, répondit-il avec l'ombre d'un sourire.

— Pourquoi ne souhaitez-vous pas nous voir heureux ? Ce qui est fait est fait. Que cela nous plaise ou non, il est trop tard.

Mercer laissa son regard errer au loin.

— Je souhaite que nous soyons tous heureux, Zoé. Y compris mon frère.

Elle posa une main sur son bras. Elle n'aurait su dire depuis quand elle accordait autant d'importance à son opinion, mais c'était ainsi.

— Vous croyez que je ne peux pas le rendre heureux, n'est-ce pas ? C'est à cause de moi que nous en sommes là. Et je le rendrai heureux, quoi qu'il arrive, vous m'entendez ?

Toutes sortes d'émotions transparurent sur le visage de Mercer. Il ferma les yeux, et le cœur de Zoé se mit à battre à grands coups. Cette vision de la bouche de Mercer au-dessus de la sienne lui traversa de nouveau l'esprit, malgré elle. Elle l'imagina serrant son corps contre le sien, fouillant sensuellement la chaleur de sa bouche. Il lui avait donné le tout premier baiser qu'elle ait reçu, et depuis elle avait l'impression de chercher à retrouver l'émotion qu'elle avait ressentie alors.

Seigneur, que lui arrivait-il ?

— Je rendrai votre frère heureux, Mercer, dit-elle d'une voix tremblante. Je vous le promets.

— Je l'espère, Zoé, répondit-il en tournant brusquement le dos. Je l'espère pour nous tous.

Zoé baissa les yeux.

— Finalement, je me sens un peu fatiguée, dit-elle doucement.

— Veux-tu que nous remettions notre promenade à un autre jour ?

— Oui, s'il vous plaît. Il vaudrait mieux que je me repose avant le dîner.

Mercer s'inclina avec raideur.

— Comme tu voudras. Puis-je te raccompagner jusqu'à ta chambre ?

— Non, je me débrouillerai. Merci.

— À tout à l'heure, pour le dîner.

Elle entendit le gravier crisser sous ses pas quand il s'éloigna. Il claqua des doigts pour rappeler les chiens qui passèrent en courant à côté d'elle. Des larmes se pressèrent sous ses paupières, et elle les refoula. Tout à coup, son souhait le plus cher fut que Mercer n'ait pas une mauvaise opinion d'elle.

— Mercer ? lança-t-elle.

Il s'arrêta sur la dernière marche et la regarda.

— Oui, Zoé ?

— Je n'ai pas voulu piéger Robin et l'obliger à se marier. Mercer, dites-moi que vous me croyez. Vous n'aurez peut-être jamais une très haute opinion de moi, mais je ne peux pas supporter que vous croyiez quelque chose qui n'est pas vrai.

— Je n'ai jamais dit que tu l'avais pris au piège. Vous vous êtes tous les deux laissé emporter par les événements, comme cela vous arrive si souvent.

— Quoi qu'il en soit, je suis bien décidée à ce que ce mariage soit heureux.

Le regard de Mercer devint aussi gris et terne qu'un jour de pluie.

— Je te souhaite bonne chance. De toute façon, Robin finira par accepter son sort.

Sur ces mots, il s'inclina encore une fois et s'éloigna, les chiens bondissant devant lui.

*Robin finira par accepter son sort...*

Mercer avait-il vraiment voulu être aussi cruel, aussi cassant ? Ou bien désirait-il simplement adoucir la chute de Zoé ? Il était arrogant, mais il n'avait jamais été délibérément méchant. Peut-être voulait-il la mettre en garde ? Et exprimer par des mots prudents la peur qui la rongeait depuis quelque temps ?

La retenue de Robin le jour où il était venu à Strath House, la maladresse de sa demande, le fait qu'il ne lui ait même pas envoyé une lettre, et enfin son absence aujourd'hui... Tous ces détails signifiaient quelque chose. Quelque chose de douloureux.

Elle ferma brièvement les yeux. Tout cela la dépassait. Une vague panique lui noua l'estomac. Cependant, elle parvint à repartir d'un pas égal. Elle ne donnerait pas à Mercer la satisfaction de la voir détaler comme un petit lapin terrorisé.

Si arrogant soit-il, elle n'était pas assez sotte pour croire qu'il était son ennemi. Ses yeux contenaient plus de tristesse que de rancœur, et ses gestes étaient doux. Peut-être trop doux. Elle sentait encore le frôlement de ses doigts sur sa peau, la puissance de ses bras. Et dans ses yeux, elle avait cru déceler une sorte de regret. C'était toujours ainsi, lorsque Mercer la touchait. Et elle devait reconnaître, avec une certaine stupeur, que sa force, sa réserve, et même son arrogance ne lui déplaisaient pas vraiment.

Robin avait bu jusqu'à « tomber ivre mort ».

Cela, ce n'était pas de la force, ni de la réserve.

Il fallait qu'elle voie Robin ! Il fallait qu'il la rassure. Les yeux brouillés de larmes, elle retourna vers la maison, traversa la véranda, et s'engouffra dans le grand hall sombre.

Tout d'abord, elle crut qu'il n'y avait personne, mais à son grand soulagement elle vit Donaldson surgir de la pénombre.

— Mademoiselle Zoé, dit-il avec son fort accent écossais, puis-je vous aider ?

— Non merci, monsieur Donaldson. Je voulais simplement me reposer quelques instants.

Il n'était pas d'usage d'appeler un majordome « monsieur », mais dans le cas de Donaldson cela paraissait plus approprié, sans qu'elle sache trop pourquoi.

Il la dévisagea, et son regard s'adoucit.

— Très bien, mademoiselle. Mais si vous avez le moindre souci, vous n'avez qu'à me faire appeler.

Zoé le remercia et monta l'escalier pour regagner sa chambre. Parvenue dans la galerie, elle faillit se mettre à courir sur les épais tapis de laine, mais s'arrêta brusquement au bout du couloir. Où était sa chambre ?

Elle tourna sur la droite et essaya d'ouvrir une porte qui ressemblait fort à la sienne, mais elle était fermée à clé. Elle se rendit compte qu'elle n'était pas dans le bon couloir. Elle revint sur ses pas, en étouffant un sanglot. Robin était-il désespéré à l'idée de l'épouser ? Pourquoi croyait-elle encore sentir la main de Mercer sur son bras ? Et pourquoi cette satanée maison ressemblait-elle à un labyrinthe ?

Elle finit par trouver sa chambre et se jeta sur son lit en sanglotant. Elle ne savait même pas pourquoi elle pleurait. Elle n'avait jamais eu la larme facile, cela ne lui ressemblait pas du tout.

« Vous n'êtes heureux ni l'un ni l'autre », avait dit Mercer. À cette pensée, elle enfouit le visage dans un coussin, et pleura chaudement, comme une enfant. D'horribles soupçons lui traversèrent l'esprit. Robin ne lui pardonnerait jamais. Mercer la détestait. Ce mariage n'était qu'un immense bourbier, dont elle ne pourrait jamais s'échapper. Et pourquoi, mon Dieu, pourquoi sentait-elle encore la délicieuse odeur de lavande qui imprégnait les vêtements de Mercer ?

Elle n'aurait su dire combien de temps elle était restée là, à pleurer toutes les larmes de son corps, quand elle entendit des voix et du bruit dans le couloir. Un instant plus tard, la porte s'ouvrit à la volée et Trudy entra, suivie par quatre valets transportant ses malles.

Zoé se leva aussitôt et alla à la fenêtre, tournant le dos aux domestiques. Dès que la porte se fut refermée sur les valets, Trudy lui posa sur l'épaule une main apaisante.

— Mademoiselle ? Qu'y a-t-il ?

— Oh, Trudy ! Tout va mal ! Comme je suis contente que tu sois là ! J'aimerais tellement que nous partions d'ici !

— Mademoiselle, répondit Trudy en commençant à déboutonner l'élégante robe rouge, ne pleurez pas. Ce n'est pas si terrible.

— Mais... si ! rétorqua-t-elle, secouée de sanglots. Mercer est tellement distant ! Et Robin n'a... pas envie de... de se marier avec moi !

— Mais vous le saviez déjà, mademoiselle. Vous non plus, vous n'avez pas envie de l'épouser.

— J'espérais que nous pourrions au moins faire semblant, chuchota-t-elle, et que tout irait bien. Mais ce n'est pas comme ça, n'est-ce pas ?

— Allons, allons. Comme dit le maître, une belle journée succède souvent à un matin pluvieux.

— Je suis si malheureuse !

Trudy fit claquer sa langue, l'air réprobateur.

— Bonté divine, mademoiselle ! Il ne faut pas pleurer pour un homme ! C'est le contraire qui doit se produire. Maintenant, vous allez ôter ces vêtements sales et prendre un bon bain chaud. Vous vous sentirez mieux ensuite.

— Tu... tu crois ?

La robe rouge glissa sur le sol.

— Bien sûr. Vous êtes Mlle Zoé Armstrong, vous êtes belle et élégante, vous avez du cran... et si lord Robert ne veut pas de vous, un autre vous prendra.

⁂

Bonnie sur ses talons, Mercer emprunta l'allée qui passait sous la maison principale et longeait l'aile ouest. Devinant qu'ils se rendaient au lac, Mischief fila devant eux et effraya quelques canards qui s'envolèrent lorsqu'ils atteignirent la rive.

Les colverts partirent dans l'eau à la queue leu leu, et Mercer poursuivit sa route dans la colline, préférant couper à travers champs plutôt que de suivre le sentier. Les hautes herbes fouettaient les revers de ses bottes. Il arracha distraitement une tige et la cala entre ses dents.

Bon sang, Zoé Armstrong le rendait fou ! Même lorsqu'elle se comportait convenablement et qu'elle faisait preuve de son bon cœur, il la quittait dans un état d'agitation et de colère.

Cette fois, c'était contre lui-même qu'il était furieux.

Il atteignit l'autre rive et pénétra dans le pavillon qui était resté ouvert. Une partie était aménagée comme un cottage, avec un salon meublé simplement, une cuisine et une salle à manger. L'escalier menait aux chambres qui ne contenaient pas de mobilier. Mercer traversa le salon et se dirigea vers une pièce de rangement où étaient entassés le matériel de pêche et les avirons. Une autre porte donnait sur une jetée de planches. Penché au-dessus de l'eau, il s'accouda à la rampe et contempla les collines, de l'autre côté du lac.

Ce mariage était une mascarade. Robin était rentré à l'aube en titubant. À cette heure, le pub était fermé depuis longtemps, et Dieu seul savait où il avait passé la nuit et avec qui. Quant à Zoé, elle agissait comme si le mariage était une cuillerée d'arsenic qu'elle était bien résolue à avaler stoïquement. Et lui, il était entre les deux ! Et c'était lui-même qui s'était placé dans cette situation.

La vérité, c'était que Zoé n'avait aucune envie de se marier. Elle avait été très claire sur ce point, depuis des années. Nombreux étaient les hommes, et surtout les gredins, qui étaient tombés sous son charme et avaient demandé sa main. Tous avaient été refusés. Et si cela se passait ainsi avec les prétendants qu'elle semblait tolérer, quelles chances avait un homme qu'elle méprisait d'obtenir sa main ? Cette fille était diablement perverse.

Toutefois, aujourd'hui, elle avait fait preuve d'une remarquable lucidité. Au cours de la conversation, Mercer s'était rendu compte que c'était la première fois depuis des années qu'ils parlaient vraiment ensemble.

D'ailleurs, avaient-ils déjà discuté, en fait ? Peut-être s'était-il contenté de la regarder de loin, avec méfiance, toute sa vie. C'était l'impression qu'il avait.

Quand Zoé avait huit ans, il avait atteint l'âge adulte. Lorsqu'elle avait fait ses débuts dans le monde, à dix-sept ans, il était devenu un jeune dandy qui se méfiait déjà des femmes et particulièrement de Zoé, qui faisait toujours naître en lui un sentiment de frustration. Elle avait déjà dix-neuf ans quand il avait compris que la bonne société la regardait de haut et que toutes ses fredaines ne jouaient pas en sa faveur. Et lui, il était devenu le cousin sombre et sévère, qu'elle embrassait sur la joue pour le taquiner, avant d'aller virevolter dans la salle de bal et de briser d'autres cœurs.

Très vite, il avait décidé qu'elle ne briserait pas le sien.

Mais il aurait été faux de dire qu'il n'avait jamais songé à demander sa main. Plus d'une fois, il avait été tenté d'aller trouver Rannoch et de se proposer pour être en quelque sorte l'agneau du sacrifice. Zoé avait besoin d'un bon mari, d'un homme qui la connaîtrait assez pour la canaliser. Un homme qui saurait à la fois posséder son cœur et tenir les rênes.

Si elle avait été marquise de Mercer, personne n'aurait osé la mépriser. Avec une simple signature, une promesse prononcée devant témoins, il aurait pu arranger tous les problèmes de Zoé. Car il avait eu envie de la posséder. Il n'était qu'un homme. Et comme tous les hommes qui la voyaient, il la désirait.

Voilà, il l'avait enfin admis. Elle avait beau le mettre hors de lui, avec ses frasques, ses flirts, et ses manières d'écervelée, il brûlait de passion pour elle. Une fois, il l'avait même embrassée. C'était le jour où il l'avait sortie, toute frissonnante, de l'étang d'Elmwood. Trempé jusqu'aux os, tremblant de peur à la pensée qu'il avait failli la perdre, il l'avait prise sur ses genoux et embrassée jusqu'à en perdre la tête. Mais Zoé n'avait que quinze ans, et il était assez vieux pour savoir que ce n'était pas raisonnable.

Mercer gardait depuis des années le souvenir honteux de ce baiser. À l'heure actuelle, cela le faisait encore rêver. Il y songeait chaque fois qu'il posait les yeux sur ses lèvres. Son désir n'avait jamais disparu. Il lui avait paru alors beaucoup plus prudent de prendre son plaisir avec des femmes dans le genre de Claire, et même de se croire amoureux de quelques-unes d'entre elles. Il était devenu le gardien moral de Zoé.

Plus d'une fois, il l'avait attirée à l'écart pour la réprimander. Plus d'une fois aussi, il l'avait sortie d'une situation embarrassante, comme avec Randall Brent, quelques jours plus tôt. Il l'avait fait si souvent que Zoé en était arrivée à ne plus le supporter. Elle l'évitait. Et le fait de l'observer de loin ne faisait qu'accentuer sa frustration.

Il n'avait jamais compté parmi ses compagnons de jeux préférés. Elle le trouvait trop austère, trop sérieux. Elle s'était toujours tournée plus volontiers vers son frère. Sauf quand elle se fourrait dans une situation critique... alors, il devenait acceptable. Juste le temps de la tirer d'affaire.

Il la revit l'autre soir sur la terrasse, avec son châle doré, son visage en forme de cœur tourné vers la lumière, en train de lui expliquer qu'elle s'aiguisait les dents sur les vauriens dans le genre de Randall Brent. Il voyait encore les émeraudes qui se balançaient à ses oreilles, tandis qu'elle tremblait d'indignation. Son décolleté profond révélait ses petits seins ronds, et ses lèvres gonflées, pulpeuses, appelaient les baisers. De fait, elle lui avait presque suggéré de l'embrasser, et il avait bien failli céder. Il avait eu envie de la plaquer contre le mur et de prendre ce que ce salaud de Brent aurait bien aimé avoir aussi. Il regrettait de ne pas l'avoir fait.

Mais quel genre d'homme aurait-il été, dans ce cas ? Un vaurien de la même espèce que Brent. Il arracha la brindille qu'il tenait encore entre ses dents et la jeta dans le lac. Puis il ôta sa veste, son gilet, ses bottes, son pantalon, et plongea dans l'eau glacée. La vision de Zoé frissonnante entre ses bras était toujours là.

# 8

# Lord Robert se conduit mal

Ce soir-là, lorsqu'elle descendit pour le dîner, Zoé eut de bonnes raisons de songer à un autre des proverbes préférés de son père. « Ne remets jamais à demain ce que tu peux faire aujourd'hui. »

Il était inutile d'espérer que les choses s'arrangeraient d'elles-mêmes entre Robin et elle. Il fallait qu'elle le rende heureux. Aussi dès ce soir, elle cesserait de couler des regards en coin au frère de Robin et d'avoir des pensées idiotes. Elle flirterait avec Robin, elle lui ferait du charme, et elle parviendrait à lui faire accepter ce malencontreux mariage.

Elle entra seule dans le salon, son châle préféré drapé sur le bras, et vit Robin, qui se tenait près de la fenêtre entre Jonet et son majordome. Il était pâle, mais très beau avec son gilet ivoire d'une remarquable sobriété, qui tranchait avec ses goûts habituels.

— Robin ! s'exclama Zoé en allant lui prendre les mains. Mon pauvre, pauvre petit. Comment te sens-tu ?

Robin eut un sourire las.

— Assez bien, répondit-il. Et toi ? Tu es drôlement bien habillée !

Zoé lissa le corsage de sa robe de satin doré, qui était un tout petit peu trop habillée pour un simple dîner à la campagne. Mais le regard de Robin était terne, et elle ne vit pas dans ses yeux la lueur d'appréciation habituelle.

— Merci, dit-elle d'une voix plus basse. Robin, je suis si contente de te voir. Tu m'as terriblement manqué.

— Le voyage a-t-il été très pénible ? On m'a dit qu'une des voitures avait perdu une roue.

— Oui, dans la boue.

Robin sourit vaguement et prit deux verres de sherry sur le plateau de Donaldson, qui lui jeta un regard désapprobateur.

— C'est terrible, la boue, dit-il en tendant un verre à Zoé. Nous avons eu un temps abominable, ici.

— Oui, beaucoup de pluie. Ta mère me l'a dit, répliqua-t-elle avec un soupçon d'impatience.

— La campagne en avait terriblement besoin. A-t-il plu, en ville ?

— Non. Pas avant notre départ.

Robin continua de parler de boue, de ruisseaux débordants, puis enchaîna sur les fuites dans les toitures, et sur d'autres sujets tout aussi ennuyeux. Zoé n'écoutait plus.

Seigneur, était-ce donc pour ça qu'elle avait attendu toute la journée ? Une conversation barbante sur les méfaits de la pluie ? À croire qu'ils étaient déjà mariés !

Puis elle se rappela la promesse qu'elle s'était faite. Séduire Robin. Le rendre heureux. Elle se creusa la tête pour trouver une remarque aguichante, mais en vain. Aussi se pencha-t-elle vers lui, pour mieux lui faire admirer son décolleté. Robin continua de se balancer sottement d'un pied sur l'autre, en abordant les sujets les plus lugubres possible.

Du coin de l'œil, Zoé vit Donaldson s'agiter, dirigeant les domestiques comme un sergent-major. Zoé avait entendu dire qu'il avait été soldat, et blessé à la bataille de Vitoria. À cet instant il posa la main sur l'épaule de Jonet, d'une façon assez familière, lui chuchota quelques mots à l'oreille, et quitta la pièce avec elle.

Zoé reporta son attention sur les bavardages de Robin. Elle battit des cils d'un air enjôleur, s'attendant qu'il l'emmène sur la terrasse pour lui prendre la main ou l'embrasser. Mais il n'en fit rien, et continua son monologue sans prêter attention aux regards langoureux de sa fiancée.

— Il devait y avoir… oh, au moins dix moutons par arpent. Les pattes enfoncées dans la boue. Et c'est alors qu'il s'est mis à pleuvoir.

Zoé s'approcha de lui pour mieux lui faire sentir son parfum, et posa une main sur son bras.

— C'est fascinant, dit-elle, espérant voir surgir une lueur dans ses yeux.

Rien ne se produisit.

— Oui, fascinant. Je ne comprends pas pourquoi ils n'ont pas planté de maïs, mais il est vrai que je ne comprends rien à la culture. Mais d'autre part, l'Écosse est le pays idéal pour les moutons. J'ignore si tu le sais, Zoé, mais j'adore contempler ces collines vertes, couvertes de moutons.

Zoé eut envie de hurler. Robert Rowland n'était pas le genre d'homme à ignorer les battements de cils d'une femme. Surtout si elle était séduisante.

— Robin, mon cher, murmura-t-elle quand il s'interrompit, ne pourrions-nous aller faire un tour dehors ?

— Pourquoi pas ? fit-il en haussant les épaules.

À l'instant précis où il se tourna pour lui offrir le bras, lord Mercer fit son entrée. Il était resplendissant, dans son habit de soirée gris anthracite. Son gilet blanc cassé mettait en valeur ses yeux noisette aux nuances dorées. Il hésita sur le seuil, balayant la salle d'un regard perçant.

Leurs regards se croisèrent, et Zoé se figea. Robin et le ronron de la conversation semblèrent tout simplement s'évanouir. Quelque chose dans les yeux de Mercer la fascinait, l'attirait irrésistiblement.

Puis Robin lui posa une main sur l'épaule, et la magie du moment se dissipa.

— Viens, Zoé. Allons-y.

— Oh, oui, bien sûr.

Mercer baissa les yeux, se tourna et tendit la main au père de Zoé, qui venait d'entrer avec Évangeline.

Robin décocha un dernier coup d'œil à son frère, et entraîna Zoé vers la terrasse.

— Oiseau de mauvais augure, marmonna-t-il en sortant. Stuart se régale du malheur des autres.

— Du malheur ? se récria Zoé. Tu veux parler de nous ? De notre mariage ?

Robin se départit enfin de son expression renfrognée.

— Oh, Zoé, non ! Je suis las des airs supérieurs que se donne Stuart, voilà tout.

— Nous sommes seuls responsables de ce qui nous arrive, Robin ! s'exclama-t-elle d'une voix aiguë. Ton frère n'y est pour rien. Et si tu penses que notre mariage est un malheur...

— Zoé, assez ! Ce n'est pas ça, et tu le sais.

— Je commence à me le demander, chuchota-t-elle en le considérant comme si elle découvrait un étranger.

— Oh, viens ici, ma vieille ! Je suis désolé. Je me suis querellé avec Stuart ce matin, c'est tout. Je n'ai pas envie qu'il fasse encore toute une histoire !

— Pour quelle raison ?

Il haussa les épaules avec désinvolture.

— Je suis rentré tard. Et alors ? C'est lui qui insiste pour se lever à l'aube, après tout. Quelle habitude impossible !

— Robin !

— Je sais, je sais. Il arrivait de Fromley avec le médecin, quelque chose comme ça. Encore la variole. Mais je ne suis pas en colère contre toi, Zoé. Ni même contre Stuart. Pas vraiment.

Zoé soupira et se blottit contre lui en lui tenant la main. Étant donné son humeur, il semblait impossible de le rendre heureux pour le moment. À moins qu'elle n'essaie encore une fois de le charmer ?

Tandis que ces pensées tournoyaient dans sa tête, la foule augmentait dans le salon. Lady Valérie et lady Arabella avaient été autorisées à sortir de la salle d'études ce soir, et le révérend M. Ware devait se joindre à eux avec sa famille. Tout le monde sortit sur la terrasse, et Robin présenta gentiment à Zoé les personnes qu'elle ne connaissait pas.

Elle concentra son attention sur les nouveaux venus, s'obligea à sourire, et reçut gracieusement les félicitations de Mme Ware et de ses deux fils. Mlle Ware, qui était à peine un peu plus vieille qu'Arabella, lui posa timidement quelques questions sur le gâteau de mariage, la robe qu'elle allait porter et les fleurs qu'elle avait commandées. Toutes sortes de détails auxquels Zoé n'avait pas encore songé. Elle parvint néanmoins à garder le sourire, et à se moquer d'elle-même pour n'avoir pas encore de projets plus précis.

C'est avec un immense soulagement qu'elle entendit le gong annoncer le dîner, et elle entra dans la majestueuse salle à manger au bras de Robin. Toutefois, son soulagement fut de courte durée, car elle s'aperçut qu'ils avaient été placés côte à côte. Ils s'assirent, et Zoé dirigea la conversation sur son absence de l'après-midi. Robin exprima son regret d'avoir été encore au lit à leur arrivée, mais elle eut le sentiment qu'il s'excusait uniquement pour la forme.

— Oh, oui, j'étais ivre mort ! admit-il d'un ton jovial, quand elle le questionna sur la soirée précédente.

Il s'interrompit pour se servir une montagne de purée de navets, et reprit :

— Je ne me rappelle même pas être rentré. Pourtant je suis bien arrivé, puisque Charlie prétend m'avoir porté jusqu'à ma chambre. Quand j'ai ouvert les yeux, mon frère était là, à me contempler de son regard sombre et menaçant. Tu veux de la purée ?

Zoé accepta et s'efforça de ne pas se sentir offensée par la franchise de son fiancé.

⁂

Ce fut le début d'une longue série de journées et de dîners à Greythorpe. Les matinées étaient consacrées à la lecture et au courrier, et chaque jour Zoé écrivait à Phaedra ou à Frederica. L'après-midi, ils pique-niquaient, se promenaient, ou jouaient avec les enfants. Chaque soir, des membres de la noblesse locale étaient invités à dîner, afin de faire la connaissance de Zoé.

Le médecin du village et sa famille vinrent le jeudi. Sir William et lady Shankling, qui habitaient de l'autre côté du village, se présentèrent le samedi avec leur fils et un squire du voisinage. Zoé trouva leur conversation presque stimulante, comparée à celle de son futur mari qui, après avoir flirté avec elle pendant des années, n'avait soudain plus rien à lui dire.

Ce qui ne signifiait pas pour autant que Robin ne lui accordait pas d'attention. Il était d'une politesse raffinée, parfois un peu exagérée, d'autres fois trop exubérant. Son regard était fiévreux, son expression tendue. Il n'était pas lui-même. Zoé ne fut pas la seule à le remarquer. Jonet lui jetait de longs regards anxieux, et le père de Zoé l'observait d'un air pincé. Évangeline ne disait rien, mais la patience de Rannoch semblait s'épuiser de jour en jour.

Robin n'était pas distant, mais sa joie de vivre habituelle avait disparu, remplacée par un sentiment proche du désespoir. Zoé avait beau être enjouée, ils ne partageaient plus de confidences, n'échangeaient plus de baisers, ni même de plaisanteries.

De fait, il s'efforçait de ne jamais se trouver en tête à tête avec elle, ni d'ailleurs avec personne d'autre. Et quand elle renonça à essayer de le rendre heureux et revint à son badinage habituel avec les invités, il ne sembla même pas le remarquer.

Ce qui ne fut pas le cas de lord Mercer. Il ne la quittait pas des yeux et parfois, quand il passait près d'elle, il lâchait une remarque qu'elle seule pouvait entendre. Zoé secouait la tête, refusant d'entrer dans son jeu. À vrai dire, elle commençait elle-même à se sentir un peu désespérée.

Robin dormait tard et se levait juste avant midi. Il passait les après-midi avec eux, jouant les fiancés attentionnés, mais son attitude sonnait faux. Le soir, au lieu de se joindre aux gentlemen pour le porto d'après-dîner, il se rendait directement au salon pour prendre le café avec les dames, mais s'esquivait dès que possible.

Il se comportait envers Zoé comme un étranger, et elle ne savait pas ce qui la peinait le plus : le fait qu'il ait mis cette distance entre eux, ou bien le fait que tout le monde s'en soit aperçu et fasse semblant de rien.

Quant à lord Mercer, il était rarement à la maison. L'épidémie de variole se répandait de village en village, et on s'efforçait de la contenir par des quarantaines, et en brûlant les affaires des malades. La femme d'un des fermiers de Greythorpe était tombée malade, et plus d'une douzaine de personnes avaient déjà succombé.

Mercer se montrait également distant au cours des dîners, mais Zoé pensait que cela était dû à la fatigue. Un soir, Jonet avait insisté pour qu'ils jouent ensemble au backgammon. Bien que las et taciturne, Mercer s'était montré poli. En dépit des piques qu'il lui lançait de temps à autre, il semblait y avoir une sorte de trêve entre eux. Ce qui était sans doute dû à l'affection qu'ils éprouvaient tous deux envers Robin. Mercer, comme sa mère, était toujours très attentif aux états d'âme de son frère.

— Vraiment, mon chéri, s'exclama Jonet, un soir où Robin repoussait Bonnie un peu trop rudement. Quelle mouche t'a piqué ?

— Elle veut grimper sur le canapé, rétorqua Robin avec mauvaise humeur. Elle est envahissante.

Levant les yeux de son *Magazine des agriculteurs*, Mercer claqua des doigts.

— Bonnie, viens ici, dit-il calmement.

La chienne traversa le salon et s'assit sur le canapé à côté de son maître, en lançant un regard dédaigneux à Robin.

— Je pense que Robin est mal luné, car il a gardé ses habitudes citadines alors que nous sommes à la campagne, fit remarquer M. Amherst en repliant son journal avec agacement. Essaie de te lever un peu plus tôt, mon garçon, et rends-toi utile. « La paresse fait tomber dans un profond sommeil. »

— Vraiment, papa, répondit Robin en soupirant. Avons-nous besoin de citer la Bible ce soir ?

— Qui aime bien châtie bien, ajouta M. Amherst, en faisant claquer son journal sur son fauteuil.

Robin posa sa tasse de café et se dirigea vers la porte.

— Sur ces mots, je me retire, annonça-t-il en s'arrêtant sur le seuil pour saluer à la ronde. Bonne nuit, tout le monde.

Zoé soupira. Jonet reposa soudain son ouvrage.

— Je sais ! s'exclama-t-elle. Robin a besoin d'une bonne raison pour le pousser à se lever. Zoé, vous vouliez aller vous promener au bord de la mer, n'est-ce pas ? Je crois qu'il fera beau demain, et la plage est très belle juste après le lever du soleil. Stuart, veux-tu les emmener ?

— Au bord de la mer ? dit Mercer en caressant la tête de sa chienne. Demain ? Oui, pourquoi pas ?

Robin était toujours sur le seuil, adossé au chambranle.

— Au lever du soleil, Stuart ? dit-il d'un air dédaigneux. C'est bon pour toi, mais pas pour moi.

Il tourna les talons, et referma la porte derrière lui. M. Amherst lança un coup d'œil à sa femme et se leva pour suivre Robin. Avec son dos raide et son visage sombre, il avait l'allure plus militaire que jamais. Zoé se sentit mal à l'aise pour son fiancé.

— Eh bien, vous irez seuls, apparemment, déclara sèchement Jonet.

Zoé secoua la tête.

— Une autre fois, peut-être.

Mercer lui décocha un long regard, et Jonet soupira.

— Vous devez vous ennuyer ici, dit-elle, avant de couper le fil de son ouvrage avec les dents. Nous devrions peut-être aller faire une longue promenade tous ensemble ? Sur la côte ?

— Ce serait merveilleux, dit Zoé en se levant avec un sourire contraint. Pour l'instant je crois que je vais suivre l'exemple de Robin, et me coucher tôt avec un bon livre.

⁂

Robin avait déjà sonné son valet quand son beau-père frappa à la porte de sa chambre.

— J'allais sortir, papa. Ça ne peut pas attendre ?

— Non, répliqua M. Amherst en refermant vivement la porte. Il faut que nous ayons une conversation, Robert.

À ce moment, Watts entra avec la veste de Robin qu'il venait de brosser soigneusement.

— Laissez-nous, ordonna son beau-père d'une voix dure.

Watts s'inclina, déconcerté, et ressortit aussitôt. Robin savait qu'un sermon allait suivre, naturellement. Et pour être franc, il savait aussi que c'était bien mérité. Il tenta cependant de se dérober.

— Je crains que cette discussion ne doive attendre demain, monsieur, dit-il d'une voix ferme. J'ai promis à Millard de le retrouver ce soir à l'auberge de la Rose et de la Couronne, pour une partie de cartes.

— Comme hier soir. Et comme les douze soirées précédentes, apparemment. On peut en conclure sans se tromper que Millard et ses cartes sont plus importants à tes yeux que le bonheur de ta future femme.

Robin jeta sa veste sur un fauteuil, dans un mouvement d'impatience.

— Dois-je vous rendre compte de tous mes gestes ? Au diable ! J'ai vingt-cinq ans, père !

— Tu es donc assez grand pour surveiller ton langage.

— Mon langage ? C'est bien le dernier de mes soucis ! Et maintenant, vous voudrez bien m'excuser, car je suis attendu.

Cole lui prit le bras.

— Tu es surtout censé faire un bon mari pour Zoé, dit-il d'une voix implacable. Et jusqu'ici, mon fils, tu n'en prends pas le chemin.

— Mon Dieu, je vais être marié à Zoé jusqu'à la mort, rétorqua Robin en serrant les doigts sur un chandelier de cuivre. Est-ce que ça ne suffit pas ? Est-ce que cela ne la rendra pas heureuse ?

À peine conscient de ce qu'il faisait, il projeta le chandelier à l'autre bout de la chambre. L'objet heurta le miroir en pied, qui vola en éclats.

Son beau-père demeura sans voix.

— Robin, murmura-t-il enfin, ça ne va pas du tout.

— Fort bien, faites donc venir votre maudit prêtre dès demain ! Finissons-en avec cette mascarade !

Son beau-père se tourna vers lui, le visage crispé de fureur. Mais quand il vit l'expression de Robin, les mots lui manquèrent. Il fit un pas vers lui.

— Non ! cria Robin en l'arrêtant d'un geste. Mes problèmes sont les miens, monsieur. Laissez-moi. Je ferai ce que vous ordonnez.

— Robin, reprit son beau-père d'une voix radoucie, personne ne veut ton malheur. Et ta mère et moi moins que quiconque.

Robin lui tourna le dos et alla vers les fauteuils disposés devant la cheminée. À sa grande consternation, il sentit des larmes monter sous ses paupières. La sobriété le rendait mélancolique, songea-t-il avec amertume.

— Dis-moi ce qui ne va pas, mon fils.

Robin se laissa tomber dans un fauteuil et cacha son visage entre ses mains. Il avait honte. Il était furieux contre lui-même. Et il en voulait à tout le monde, ce qui était parfaitement injuste.

— Robin, reprit son beau-père, tu n'aimes donc pas du tout Zoé ?

— Bien sûr que je l'aime ! Pourquoi est-ce que tout le monde me pose la question ? C'est même ça, le problème ! J'adore Zoé.

Un lourd silence suivit ces paroles.

— Robin, je crois que le problème, c'est que tu veux trouver un moyen d'échapper à ce mariage.

— Il n'y a pas moyen d'y échapper, répondit Robin en levant les yeux. Je le sais. J'ai dit que je l'épouserais, et je tiendrai parole.

— Il y a une différence entre faire une chose et le vouloir.

Son beau-père s'assit, posa les coudes sur ses genoux et se pencha en avant en croisant les doigts.

— Robin... est-ce qu'il y a... quelqu'un d'autre ?

Robin regarda son beau-père dans les yeux.

— Il y avait quelqu'un, avoua-t-il dans un chuchotement. Ma maîtresse. Mais j'ai rompu avec elle.

— Ah. Oui, ta mère pensait que tu entretenais une jeune femme.

— Je ne l'entretenais pas, riposta Robin d'un ton cassant. Ce n'était pas cela.

— Alors, ce n'était peut-être pas juste une maîtresse, répondit son beau-père avec douceur. Quoi qu'il en soit, mon fils, l'aimes-tu ?

— Oui ! s'exclama Robin en serrant les poings. Désespérément. Mais elle ne veut plus me voir, à présent. Elle m'a chassé de sa vie, et je ne peux pas le lui reprocher, car je l'ai traitée d'une façon abominable.

Son beau-père l'observa, comme s'il essayait de comprendre.

— Mais si tu l'aimais, Robin, pourquoi n'est-ce pas elle que tu as épousée ? Que faisais-tu avec Zoé ? Cette femme est-elle mariée ? Est-ce... une courtisane ?

Robin haussa les épaules.

— Ni l'un ni l'autre. Je pensais juste que... j'avais le temps de profiter de la vie avant de me caser et qu'elle le supporterait. Je voulais le beurre, et l'argent du beurre. Et puis je pensais... que les gens diraient qu'elle n'était pas de mon rang.

— Et maintenant ? questionna son père.

— Maintenant, je me rends compte que je ne suis pas digne d'elle, et j'ai honte de la façon dont je l'ai traitée. Honte aussi de ne pas pouvoir être le mari que Zoé mérite. C'est une vraie catastrophe. Zoé est compromise, et c'est ma faute. Je n'ai pas imaginé une seconde qu'un simple flirt pourrait nous entraîner si loin.

Son beau-père se leva et lui posa la main sur l'épaule.

— Mon fils, je suis désolé. Vraiment, je voudrais pouvoir te rendre celle que tu aimes, mais je crains que les choses ne soient allées beaucoup trop loin, cette fois.

— Mon Dieu, papa ! Vous croyez que je n'en suis pas conscient ?

Son beau-père ne retira pas sa main.

— Zoé est une gentille jeune fille, et son père est ton cousin. Je souffre pour toi, Robin, mais il est absolument hors de question de renoncer à ce mariage.

— Oui, monsieur.

Robin se leva brusquement et alla se camper devant l'âtre, le contemplant comme s'il regrettait de ne pouvoir lui-même partir en fumée.

— Je ferai mon devoir, monsieur, dit-il les mâchoires serrées. Vous avez ma parole de gentleman. Vous auriez aimé Maria. Elle est fille de pasteur, et c'est une bonne personne. Si je lui en avais donné la possibilité, peut-être aurait-elle fait de moi quelqu'un de bien. Pensez-vous que ce soit possible ?

— C'est précisément ce que fait un bon mariage, Robin. Il nous rend meilleur et plus fort.

Robin parut réfléchir quelques secondes.

— Je crois que vous vous seriez bien entendu avec elle, monsieur. Vous avez beaucoup de points communs.

— Tu es quelqu'un de bien aussi, répondit Cole, en lui tapotant le dos. Je suis désolé de ne pas avoir connu Maria, maintenant. Tu as une partie de cartes qui t'attend. Zoé est allée se coucher, et je crains que nous ne puissions plus rien faire ce soir.

⁂

Zoé allait d'une fenêtre à l'autre, triste, blessée par l'indifférence de Robin. Au bout d'un moment, elle s'assit à son secrétaire pour écrire à Phaedra. Mais comment expliquer ce qu'elle ressentait ? La confusion, la colère contenue. D'autre part, pourquoi ennuyer Phaedra avec ses soucis alors qu'elle vivait un des plus heureux moments de sa vie ?

Et qu'y avait-il à dire, en fait ? Avait-elle espéré que tout cela se terminerait dans une explosion de joie ? Non, elle n'était pas assez sotte pour le croire. Par ailleurs, Phaedra l'avait mise en garde plus d'une fois, lui disant que Robin et elle prenaient des risques inconsidérés.

Soudain en proie aux larmes, Zoé jeta sa plume, projetant de l'encre bleue sur le papier. Rageusement, elle froissa la feuille et la jeta dans la cheminée vide. Elle n'avait jamais été du genre à s'apitoyer sur elle-même.

Il était temps de faire ce qu'elle repoussait depuis si longtemps. Grandir. Accepter que la vie ne soit pas un conte de fées. Elle essuya ses larmes d'un geste impatient et ouvrit la porte. Elle allait faire exactement ce qu'elle avait annoncé un peu plus tôt : choisir un livre sérieux à lire pour la soirée. Le Livre de Job, sans doute.

La bibliothèque de Greythorpe se trouvait au même étage que la chambre de Zoé. La plupart des livres étaient vieux, et les pages parfois abîmées. Des journaux étaient empilés sur les tables et les étagères. Le mobilier était usé aussi, et les fauteuils de cuir craquelés. Trois grands bureaux étaient alignés au milieu de la longue salle.

— Bonsoir, mademoiselle.

Zoé sursauta. Harlan Stokely se leva à son entrée.

— Oh, bonsoir, Stokie, dit-elle en l'embrassant sur la joue en passant. Asseyez-vous, je vous en prie.

Elle adorait Harlan Stokely, qui avait également été le précepteur de Frederica, de Michael, et de la sœur d'Évangeline. Il était bien plus intéressant que l'affreuse Mlle Smith et était parvenu, non sans mal, à lui donner une bonne éducation classique.

Toutefois, Zoé ne se vantait jamais de connaître le latin, le français et le grec, et d'être assez bonne en géométrie. Non seulement ces connaissances ne servaient à rien à une jeune fille à marier, mais elles étaient même désapprouvées par la bonne société. Zoé s'était vite rendu compte qu'il n'était pas plus difficile de battre des cils en prenant l'air idiot, que de résoudre un algorithme d'Euclide.

Stokely était en train de dessiner, et Zoé posa un doigt sur sa feuille.

— Trop de travail et pas de jeu font de Stokie un garçon ennuyeux, énonça-t-elle d'un ton taquin. Encore en train de préparer des leçons ?

— Oui, de la géographie, répondit-il en remontant ses lunettes sur son nez. Lady Valérie a exprimé un certain intérêt pour les caractéristiques du Weald du

Sussex. J'étais en train de tracer un schéma pour elle.

— Ne vous dérangez pas pour moi, dit Zoé en prenant une bougie. Je suis venue chercher un livre pour lire au lit.

— Vous ne serez pas déçue, mademoiselle, dit Stokie en rangeant les volumes dont il s'était servi. Prenez votre temps. M. Amherst m'attend pour une partie d'échecs.

Zoé laissa son regard traîner sur les étagères, mais en réalité son attention était attirée par la vaste baie en arc de cercle, qui était restée ouverte pour laisser entrer la fraîcheur de la nuit. Un fauteuil placé près des vitres offrait un confortable coin de repos et de lecture, par temps de pluie. Zoé jeta un coup d'œil en passant à l'élégant jardin de Greythorpe.

Après tout, elle n'était pas venue uniquement pour prendre un livre, n'est-ce pas ?

Elle s'attarda, tendant l'oreille vers la fenêtre ouverte, prenant un livre, puis un autre, pour les feuilleter. Le Livre de Job lui parut vraiment trop lugubre, même s'il était en accord avec son humeur du moment. Elle venait juste de prendre un exemplaire de *Roxana,* quand un bruit de sabots l'attira vers la fenêtre.

Soulevant sa bougie, Zoé se pencha par-dessus le fauteuil. Dans l'ombre du crépuscule, elle aperçut un cavalier passant devant l'aile est et se dirigeant à vive allure vers le village.

Le cheval comme le cavalier étaient très reconnaissables. Ils eurent disparu en un instant, et pendant un long moment elle garda les yeux fixés sur le point où elle les avait perdus de vue, entre les arbres. Elle se rendit compte que son vieux précepteur l'observait.

— Stokie, dit-elle sans se retourner, êtes-vous là tous les soirs à la même heure ?

— Oui, mademoiselle.

— Est-ce que lord Robert… sort comme ça chaque soir ? À bride abattue ?

Elle entendit M. Stokely repousser sa chaise.

Serrant le livre contre sa poitrine, elle se retourna. Stokely évita son regard.

— Oui, mademoiselle. Il se rend à la taverne du village, je crois, pour jouer aux cartes ou aux dés.

— Et pour boire ?

— Ce que font la plupart des jeunes messieurs, concéda Stokely, en ramassant ses papiers pour les ranger dans sa mallette de cuir. Cela ne signifie pas grand-chose, je pense.

Cela signifiait qu'il préférait le jeu, les cartes et la boisson à sa compagnie, songea Zoé avec amertume.

Mais ce n'était pas juste. Robin et elle n'avaient jamais passé tout leur temps ensemble, même quand ils étaient très proches. Et à vrai dire, sa compagnie ne lui manquait pas tant que ça. Elle voulait simplement que la situation soit supportable. Pendant les trente ou quarante années à venir.

Mon Dieu, toute une vie !

Harlan Stokely l'observait toujours, sa réticence semblant se transformer en pitié. Et cela, ce n'était absolument pas tolérable.

Zoé lui adressa un sourire radieux.

— Oui, comme vous dites, les jeunes messieurs doivent jeter leur bonnet par-dessus les moulins, déclara-t-elle en posant la bougie sur la table. Dites-moi, Stokie, avez-vous lu ce livre ? Croyez-vous que ça me plaira ?

— Defoe ! s'exclama Stokely, soulagé de pouvoir changer de sujet. Oh oui, Zoé. Bien que ce roman soit jugé quelque peu scandaleux.

— Scandaleux ? répéta Zoé en raccompagnant le précepteur jusqu'à la porte. Cela me va bien, Stokie, vous ne croyez pas ?

Stokely rit en ouvrant la porte.

— En effet, admit-il. Bonne nuit, mademoiselle.

Mais Zoé ne le suivit pas. Son sourire s'effaça, et elle reporta son regard sur le fauteuil près de la fenêtre. Il était large et confortable, et avec un coussin...

Elle se figea, horrifiée. Non, elle n'attendrait pas le retour de Robin !

Seigneur, avait-elle vraiment envisagé de l'espionner ? Avant même qu'ils soient mariés ? C'était indigne. Mais la colère qu'elle avait contenue devant M. Stokely ne fit que s'amplifier. Robin l'avait abandonnée. Tout le monde savait où il allait. C'était terriblement humiliant.

Comment en était-elle arrivée là, elle qui brisait tous les cœurs ?

Eh bien, qu'il aille au diable ! songea-t-elle en faisant les cent pas devant la fenêtre. Qu'il aille jouer aux cartes, et s'amuser avec des filles de tavernes ! Quand ils seraient mariés, il ferait ce qu'il voudrait, et elle aussi. Elle se jetterait dans le tourbillon des fêtes pour se venger, décida-t-elle en pivotant sur elle-même.

Oui, elle continuerait de faire ce qu'elle avait fait ces cinq dernières années. Flirter, rire, et se comporter d'une façon provocante. Robin verrait ce que c'était de se sentir humilié !

Zoé abattit le livre sur la table avec tant de force que la flamme de la bougie vacilla et s'éteignit. Elle n'y prit pas garde. Aveuglée par les larmes, elle se précipita vers la porte et, au moment où elle atteignait le seuil, elle se heurta à un mur.

Un mur solide et vivant.

— Mercer ! s'exclama-t-elle, le nez dans sa cravate.

— Zoé, tu te sens bien ?

Il la prit par les épaules pour l'éloigner.

— Parfaitement bien. Que voulez-vous ?

Mercer marqua une très courte pause.

— C'est ma bibliothèque, je crois, dit-il en refermant la porte derrière lui. Zoé, est-ce que tu es restée tout ce temps seule ici ?

Seigneur, elle en avait par-dessus la tête d'être prise en pitié. Surtout par lui. Haussant les épaules, elle retourna au centre de la pièce.

— Je cherchais un livre.

— Vraiment ? marmonna Mercer en jetant un bref coup d'œil à la fenêtre. Et cependant, tu repartais les mains vides ?

Elle lui jeta un regard de côté, et soudain, elle devina ce qu'il pensait, comme si elle avait pu lire en lui. Sa rage en fut décuplée, et elle tourbillonna sur elle-même pour lui faire face.

— Oui, Mercer, je l'ai vu partir. Ne me regardez pas comme ça.

— Comment ?

— Avec ce mélange de pitié et de satisfaction ! Que croyiez-vous que je pensais ? Que Robin passait ses soirées au lit avec un bon livre et une tasse de lait chaud ?

— Je suis désolé, Zoé. Robin est un gredin. Et tu méritais mieux. Mais je pense que tu te méprends sur mes sentiments.

— Oh, ça m'étonnerait ! lança-t-elle en ravalant ses larmes. Vous vous réjouissez en secret que je sois humiliée ! Vous avez toujours pensé que je finirais mal.

— Zoé, je n'ai jamais dit cela.

— Vous n'aviez pas besoin de le dire, votre expression, vos airs désapprobateurs, votre voix dure suffisaient

Croisant les bras devant elle, elle se détourna. Elle n'avait plus la force de l'affronter. Un sentiment de solitude l'envahit, lui donnant l'impression d'être faible. Oh, elle détestait ça !

— Ne dis pas ce genre de choses, dit Mercer en lui mettant une main sur la joue pour l'obliger à se tourner vers lui. Zoé, regarde-moi. Tu ne sais absolument pas ce que je pense, crois-moi.

La tendresse était encore plus insupportable que le mépris.

— Vous pensez que je suis une écervelée qui aime flirter. Vous auriez dû laisser Brent faire ce qu'il voulait, l'autre soir, ajouta-t-elle d'une voix tremblante.

— Quoi ? Maintenant tu voudrais que je m'excuse d'avoir sauvé ta réputation ? Et de t'avoir permis de la gaspiller ensuite avec mon frère ?

— Si vous n'étiez pas intervenu, j'aurais été la seule à avoir ma vie gâchée, chuchota-t-elle. Brent méritait d'être coincé à cause de moi. Robin ne le mérite pas.

— Robin ! répéta-t-il d'un ton coupant. Pourquoi faut-il que tu ramènes toujours tout à Robin ?

Zoé repoussa sa main et alla à la fenêtre.

— Je ne veux pas discuter.

— Nous devrions peut-être le faire, au moins une fois.

— Laissez-moi. Non, attendez. C'est votre bibliothèque, c'est à moi de sortir.

Il lui agrippa l'épaule avant qu'elle ait pu faire demi-tour.

— Tu veux vraiment savoir ce que je pense, Zoé ? Bien. Je pense que tu t'es jetée à la tête de Robin parce que tu crois que tu ne mérites pas mieux.

— Où voulez-vous en venir, Mercer ?

— Au fait que Robin est en train de s'amuser à la taverne, pendant que toi, tu es là à t'ennuyer et à te quereller avec moi !

— À me quereller ?

— Oui, et pourquoi, Zoé ? Pourquoi est-il parfait, et pourquoi suis-je ton ennemi ? Je te jure que parfois... parfois... je voudrais te secouer comme un prunier !

— Et moi, Mercer, j'aimerais vous gifler pour faire disparaître cet air arrogant !

— Me gifler, moi ? Le fiancé que tu défends farouchement est parti lutiner les servantes de l'auberge, et c'est moi que tu veux gifler ?

— Je n'ai pas à supporter vos airs condescendants. Si vous ne voulez plus de moi chez vous, dites-le. Je partirai avec plaisir, croyez-moi. Je n'ai aucune envie de rester ici.

Il lui prit brusquement les mains, et lui enserra les poignets.

— Calme-toi, Zoé. Je n'ai jamais dit que tu n'étais pas la bienvenue ici.

— Si, vous l'avez dit. Et souvent. Peut-être pas aussi clairement, vous êtes trop malin pour ça, mais vous ne voulez pas de moi chez vous. Avouez-le.

Il jura entre ses dents.

— Tu as toujours été aussi difficile à manier qu'un cheval sauvage.

— Oh ! s'exclama-t-elle en tentant de se dégager. Maintenant, je suis un cheval ?

— Non, mais tu as besoin d'un mari pour te dompter, rétorqua-t-il en resserrant les doigts sur ses poignets. Il te faut un mari capable de te dominer sans pour autant t'écraser. Et de toute évidence, Robin a besoin d'une femme sérieuse. Néanmoins, dans la vie, on n'obtient pas toujours ce dont on a besoin. J'aurais aimé, Zoé, que Robin et toi obteniez au moins ce que vous vouliez. Mais ce n'est pas le cas, n'est-ce pas ?

Zoé renonça à se débattre, et détourna le regard.

— Zoé, dis-moi la vérité. Est-ce que c'est Robin que tu veux ?

— J'aime Robin ! s'écria-t-elle. Je l'aime assez pour faire ce que je dois faire.

— Bien. Je suis rassuré de te l'entendre dire, répondit-il doucement en lui relâchant les poignets.

— Mais vous ne voulez pas que je l'épouse, n'est-ce pas ? Vous pensez que je ne suis pas faite pour lui.

— Tu n'es pas faite pour lui, ni lui pour toi. Mais cela, apparemment, tout le monde s'en moque.

— Comment osez-vous ? chuchota-t-elle en levant la main.

Elle n'avait pas eu l'intention de le frapper, ou du moins pas consciemment. Mais Mercer se méprit. Poussant un juron, il lui saisit le bras et l'attira brutalement contre lui. Pendant un moment interminable, ils demeurèrent les yeux dans les yeux. Puis la bouche de Mercer se pressa contre celle de la jeune femme.

L'espace d'un instant, Zoé voulut le repousser. Mais il glissa les bras autour de sa taille, plaquant son corps contre le sien. Son baiser se fit pressant, avide. Il ne demandait rien mais s'emparait de sa bouche, comme si c'était son droit.

Un torrent d'émotions déferla dans le cœur de Zoé. La colère, le désir. Un besoin profond. Un baiser dont le souvenir la tourmentait depuis longtemps. Une sensation qui se répandait dans ses veines comme du vif-argent.

*Oh, mon Dieu, ce n'est pas possible !*

Et pourtant cela arrivait. C'était inévitable. Mercer poussa un gémissement. Le corps de Zoé se pressa contre son corps viril. Il avait libéré son poignet mais elle était toujours sa captive, incapable de lui échapper. Incapable de réfléchir. Sa main se posa au creux de ses reins, l'attirant contre lui.

— Zoé.

Ce n'était qu'un murmure, mais c'était aussi un ordre. La caresse de ses lèvres était sensuelle, enivrante.

Zoé savait vaguement qu'elle aurait dû le repousser. Elle savait que c'était mal. Elle appartenait à un autre, et Mercer avait complètement perdu la raison. Mais son cœur battait à tout rompre, et la tête lui tournait. Avec un soupir, elle abandonna toute résistance et lui offrit sa bouche.

Il en prit possession avec une sorte de furie. Zoé eut l'impression de s'enflammer. Son désir surgit, encore plus fort. Seigneur, elle n'avait jamais rien ressenti de pareil… ni avec Robin ni avec un autre.

Honteuse, mais incapable de lui résister, Zoé céda à sa force virile, à ses exigences. Une main sur ses hanches, il pénétra profondément dans la chaleur de sa bouche, n'hésitant pas à lui faire éprouver la force de son désir en se pressant contre elle.

Zoé eut l'impression de fondre. Incapable de toute pensée cohérente, elle fit glisser une main sur sa taille, puis sous son gilet. Des effluves de parfum l'enveloppèrent comme un nuage de sensualité. Elle sentit quelque chose lui heurter les mollets. Le fauteuil.

Plus tard, elle fut incapable de se rappeler comment elle s'était retrouvée sur le dos, Mercer pesant sur elle de tout son poids. Mais dans ce moment de folie, tout lui parut normal.

Les jambes de Mercer s'insinuèrent entre les siennes, son torse recouvrait le sien, et cependant elle n'eut à aucun moment l'impression d'être étouffée ou écrasée sous son poids. Il n'y avait pas de légèreté ni de taquinerie dans les gestes de Mercer. Son désir était viril, total. Elle était à lui. Il la voulait. Il continua de caresser ses lèvres du bout de la langue, et sa main chercha son sein.

Instinctivement, elle se tendit vers lui, et sentit son sexe dur. Il dégrafa le corsage de sa robe, et le tira lentement vers le bas, entraînant la chemise en même temps. L'air frais de la nuit effleura le sein de Zoé, et elle sut sans l'ombre d'un doute qu'elle était en partie dénudée.

— Zoé, chuchota-t-il sans cesser de l'embrasser. Zoé.

Ses lèvres viriles glissèrent le long de son cou, la mordillant doucement. Elle sentit son souffle chaud sur ses épaules. Puis soudain, les lèvres se refermèrent sur la pointe d'un sein. Poussant un cri, elle arqua son corps pour mieux s'offrir à ses baisers. Les sensations étaient si étourdissantes qu'elle n'aurait su lui résister.

Mon Dieu, c'était contre ce genre d'homme qu'on aurait dû la mettre en garde ! Et non contre Robin. Ni même contre Brent. Cet homme était dangereux, elle le comprit d'instinct. Il fallait qu'elle soit à lui, d'une façon ou d'une autre, sans quoi elle mourrait de désir.

Une fois encore, il pressa les hanches contre elle, faisant surgir une sensation qui la transperça. Elle l'embrassa plus profondément, passant une main sur sa nuque, caressant les cheveux soyeux qui retombaient dans son cou.

— Mercer, chuchota-t-elle contre ses lèvres, je veux...

Il captura de nouveau sa bouche, et elle eut conscience que sa robe et ses jupons remontaient le long de ses jambes. Puis elle sentit sa main s'insinuer à l'intérieur de ses cuisses, la touchant de façon intime. Elle se mit à trembler quand ses doigts trouvèrent l'ouverture de son pantalon de batiste.

Elle aurait dû avoir honte, mais elle se fondit contre lui, appelant ses caresses.

Alors, il glissa un doigt entre ses cuisses et la caressa doucement. Elle poussa un petit cri, en pressant les lèvres contre sa joue.

Haletante, elle ondula des hanches. Elle caressa les muscles puissants de son dos, l'attirant vers elle.

Il suça le mamelon, le taquinant du bout de la langue. Zoé vibra de plaisir, et il la maintint captive sous lui, tout en lui écartant les jambes. Sans cesser de mordiller la pointe de son sein, il fit pénétrer son doigt plus profondément en elle, tout en la caressant de son pouce.

Elle poussa un cri étouffé et se mit à trembler. Tout s'effaça autour d'elle, elle ne fut plus consciente que de lui. Il n'y avait plus que Mercer, son souffle chaud sur ses seins, son corps lourd et exigeant.

Puis, tout à coup, Zoé eut l'impression que tout volait en éclats. La pièce ne fut plus qu'un kaléidoscope de couleurs. Elle frissonna entre ses bras, tandis que le plaisir la submergeait comme une immense vague. La jouissance était presque insupportable.

Lorsqu'elle reprit ses esprits, flottant encore sur un nuage de bien-être, elle vit qu'il penchait la tête, le front posé sur sa poitrine. Elle attendit qu'il parle, ou bien qu'il fasse quelque chose. Mais quoi ? Pour une jeune fille qui en savait beaucoup trop qu'elle n'aurait dû sur l'amour, Zoé se sentit tout à coup très ignorante.

— Mercer ? chuchota-t-elle.

Pendant un long moment, elle n'entendit que le son de sa respiration.

— Dis-moi, Zoé, marmonna-t-il enfin en resserrant son étreinte. Dis-moi si Robin peut te faire éprouver cela.

— Oh, Mercer. Je... je ne crois pas qu'il faille parler de Robin maintenant.

— Dis-moi, répéta-t-il en levant les yeux. T'a-t-il déjà fait éprouver cela ?

— Non. Ce que vous m'avez fait est...

Une porte claqua quelque part dans le couloir. Zoé tressaillit. Mercer se redressa en proférant un juron d'une voix sourde.

— Mercer ?

— Rhabille-toi, dit-il d'une voix rauque, en se détournant.

Des pas lourds résonnèrent à l'extérieur. Un domestique ? Son père ?

Paniquée, Zoé remonta son corsage à la hâte, et arrangea ses jupons. Les pas passèrent devant la porte, et s'éloignèrent dans le couloir.

Zoé se détendit.

Mercer demeura assis sur le bord du fauteuil, le dos tourné. Il avait posé les coudes sur les genoux, la tête dans les mains.

— Mercer ?

Elle lui posa la main sur le bras et le sentit trembler.

— Zoé, articula-t-il d'une voix à peine audible, je t'en prie, rhabille-toi et sors.

— Mercer, non, nous devrions...

— Sors ! s'écria-t-il. Va dans ta chambre. Dans ton lit. Pour l'amour du ciel, sors !

Elle recula, interloquée.

— Je vous demande pardon, répliqua-t-elle, soudain furieuse. C'est donc cela ? Vous vouliez simplement prouver quelque chose ? Me montrer que je suis... quoi ?

Il se leva brusquement. Pendant un long moment, il garda les yeux fixés sur le jardin plongé dans l'obscurité.

— Nous avons eu beaucoup de chance que Robin ne soit pas rentré plus tôt que prévu, murmura-t-il, et qu'il ne nous ait pas vus par la fenêtre.

Il s'inquiétait pour Robin ? fulmina Zoé en son for intérieur. Et tout cela ne signifiait donc rien pour lui ? Il l'avait rendue presque folle de plaisir... simplement parce qu'il en avait le pouvoir ? Pourquoi ? Pour la punir ?

Eh bien, si elle avait cherché à s'humilier elle-même, et son futur mari par la même occasion, c'était réussi.

Submergée par la honte, Zoé agrippa les plis de sa robe, bondit sur ses pieds et sortit en courant.

# 9

# Lady Kildermore fait des projets

— Depuis combien de temps sommes-nous ici, mon cher ? demanda la mère de Mercer, un matin au petit déjeuner. On perd toute notion du temps, à la campagne.

— Cela fera trois semaines mercredi, je crois.

Trois longues semaines. Mercer se détourna de la fenêtre, une délicate tasse de porcelaine à la main. Il n'avait pas voulu s'asseoir à table, cela faisait des jours qu'il n'avait plus aucun appétit.

— Nous ne t'avons presque pas vu cette semaine, fit remarquer lady Kildermore. Pas même pour dîner. Tu t'absentes du lever du jour à la tombée de la nuit.

Mercer ne sut que répondre. Il reporta son regard sur la fenêtre, observant les écuries et les parterres de fleurs. Il ne pouvait plus poser les yeux sur ce jardin sans songer au premier jour de Zoé à Greythorpe. Il avait bien failli l'embrasser là, en plein jour. Il déglutit, reposa son café, et mit les mains sur l'appui de la fenêtre.

Cela faisait maintenant une semaine que la honte et le désir se disputaient son cœur. Combien de temps pourrait-il garder son sang-froid en sachant que Zoé était sous son toit ? Il avait toujours su, quelque part au fond de lui, qu'elle était comme une flamme pour lui. Quelque chose de beau et d'attirant, qu'il ne fallait surtout pas toucher. Quelque chose qui l'embraserait et le consumerait.

Il était réduit en cendres.

— Mon chéri ?

Sa mère tournait pensivement la cuillère dans son café.

— Je vous avais prévenue, maman, que je ne serais pas disponible pendant votre séjour ici. Je n'ai pas le temps de prendre part aux dîners et aux divertissements.

— Je comprends, mais sir William vient dîner ce soir, et désire parler de la chasse de cet automne. Sois gentil, fais un effort pour être là.

Mercer retint sa respiration un instant. Il ne pourrait pas éviter Zoé indéfiniment.

— Très bien, concéda-t-il d'un ton contraint. Je serai présent.

— Tu es adorable. Dis-moi, mon chéri, comment va ton frère ?

— Comme d'habitude, madame, répondit-il, brusquement sur ses gardes. Pourquoi me posez-vous la question ?

Jonet reposa sa cuillère en la faisant légèrement tinter contre la soucoupe.

— Oh, sans raison particulière.

C'était un mensonge. Sa mère ne haussait pas un sourcil sans avoir une bonne raison pour cela. Ils se trouvaient seuls tous les trois, sa mère, Donaldson et lui, dans le salon particulier où la comtesse aimait prendre son petit déjeuner. Charles Donaldson triait tranquillement le courrier, et le père de Mercer était sorti comme chaque matin faire sa promenade matinale. Il n'était pas sept heures, et le reste de la maisonnée commençait à peine à se lever.

Jonet profitait de ce moment pour régler ses affaires, et voir ses enfants en privé. Mercer avait été convoqué ce matin, car son âge et son rang ne le dispensaient pas des occasionnels interrogatoires ou remontrances que sa mère leur infligeait à tour de rôle. En outre, elle avait une tendance terrible à savoir des choses qu'elle n'aurait même pas dû soupçonner.

Il ne se querellait jamais avec elle, mais il y avait des questions auxquelles il n'était pas décidé à répondre. Il ne pouvait même plus regarder son frère dans les yeux. Mais cela, Robin ne s'en était pas rendu compte. Quant à Zoé, lorsque par hasard leurs chemins se croisaient, elle évitait son regard. Et chaque fois qu'il entrait dans une pièce où elle se trouvait, elle sortait aussitôt.

Cela faisait une semaine que Mercer parvenait à éviter tout le monde. Ce n'était pas très difficile. L'épidémie continuait de se répandre dans les villages des environs, et bientôt il faudrait rentrer la récolte.

— Asseyez-vous, tous les deux, ordonna Jonet désignant deux fauteuils avec impatience.

Ils s'assirent donc, formant un trio bizarre. La comtesse, le marquis et le majordome. Jonet étala une épaisse couche de beurre sur un toast. Elle avait très bon appétit, et avait porté six enfants sans prendre une seule livre.

— As-tu des nouvelles de la vicomtesse de Chéraute ? demanda-t-elle d'un ton innocent, en plongeant un couteau dans le pot de confiture.

— Juste des lettres. Elle va bien.

Jonet se tourna vers Donaldson.

— Charlie, votre homme continue de la surveiller ?

— Il ne la quitte pas d'une semelle. Nous avons reçu un autre paquet de votre M. Kemble.

— Mon Dieu ! fit Mercer en soupirant. Qu'est-ce que c'est, cette fois ?

— Une parure de diamants et d'émeraudes, répondit le majordome d'un air de pitié. Et ce ne sont pas des babioles.

— Combien cela va-t-il me coûter ? marmonna Mercer.

— C'est votre M. Kemble qui le dira. Nous sommes à sa merci, coincés ici pendant qu'elle se promène à Londres.

— Merci, Charlie. C'est triste, mais un homme doit payer pour ses péchés.

La mine de Donaldson s'allongea.

— Pensez-y à l'avenir, mon gars.

— Et aussi la prochaine fois que tu réprimanderas ton frère, ajouta la comtesse.

— Merci à vous deux, pour vos sages conseils.

— Je t'en prie. Charlie, passez à Stuart le vieux journal que j'ai posé sur le canapé.

— Un journal ?

— Oui, il est arrivé hier avec la malle de Calais. Emporte-le dans ton bureau et ouvre-le, page douze. Si ton français est encore assez bon, tu y trouveras un article très intéressant.

Donaldson lui passa le journal.

— Quelles nouvelles de France pourraient m'intéresser ? demanda Mercer en le regardant.

Sa mère lui adressa un sourire glacial.

— Je crains qu'il n'y ait eu un accident dans la famille du comte de Chéraute. Son oncle et ses deux cousins ont disparu au large des côtes d'Alger. On pense qu'ils sont morts.

— Seigneur ! Le vieux duc ?

— Absolument. J'en rirais, si ce n'était pas une telle tragédie. Claire ne trouvera sans doute pas cela trop désastreux, n'est-ce pas ?

Mercer décocha un bref coup d'œil à sa mère. Il savait parfaitement où elle voulait en venir.

— Si le comte découvre qu'elle porte mon enfant, il la reniera.

— Et si elle n'est pas vraiment enceinte ? répondit sa mère en haussant les épaules.

Mercer inspira longuement, pensif.

— Difficile à dire. Chéraute n'est pas très content de sa femme.

— Ah, mais Claire est maligne, mon cher garçon. Bon, je crois que tu retournes à Fromley aujourd'hui, et que ton père t'accompagne ?

— Oui, le pasteur est mort, murmura-t-il en posant le journal.

— Oh... ne pas penser à se faire vacciner, dans un monde moderne comme le nôtre ! Où avait-il donc la tête ?

— Ce n'est plus son problème, à présent, dit tristement Mercer en se levant. Passez une excellente journée, mère.

— Toutes mes journées sont excellentes.

Donaldson s'était levé également, et Jonet lui sourit.

— Charlie, il faut que je parle de Mlle Armstrong.

Le cœur de Mercer se serra. Il alla à la fenêtre et entendit la porte se fermer avec un bruit sourd derrière le majordome.

— Il faut que je m'en aille, maman. Père est déjà prêt.

— Sornettes. Il y aurait eu des bruits de sabots sous les fenêtres. Mon ouïe n'a rien perdu de sa finesse.

— Très bien. Que vouliez-vous me dire que Charlie ne pouvait entendre ?

Le visage de sa mère devint inexpressif.

— Rien, mon cher. Je voulais avoir des nouvelles des fermiers. Mme Fitch est-elle encore malade ?

— Autant que la dernière fois que nous en avons parlé. C'est-à-dire hier après-midi, je crois. Maman, vous savez que sa santé est défaillante depuis des années. Je crains fort qu'elle ne puisse résister à la variole.

— En effet. Que deviendront ses quatre enfants ?

— Ce sera une tragédie, comme pour toutes les familles qui ont été frappées par la maladie.

La discussion se prolongea encore cinq bonnes minutes. Sa mère gagnait du temps, mais pourquoi ? Elle lui posa diverses questions sur les récoltes et les réparations des toitures. Puis brusquement, elle se leva.

— Bien, vas-y à présent. Je sais que tu as beaucoup à faire.

Mercer s'inclina et sortit.

⁂

Zoé prenait le petit déjeuner dans la salle d'études avec son petit frère Callum, Valérie,

Arabella et les autres filles d'Amherst, quand Donaldson entra.

— Lady Kildermore veut me voir ? répéta-t-elle, ébahie.

— Oui, mademoiselle. Après votre petit déjeuner, naturellement.

— Merci, j'ai terminé. Je descends.

Malgré les protestations de Freya, Zoé embrassa Callum et le confia à sa nurse.

— Nous irons nous promener cet après-midi, Freya, promit-elle à la fillette. Tu sais qu'on ne peut pas désobéir à ta maman.

Freya fit la moue, mais n'insista pas.

Le cœur battant, elle descendit en hâte dans sa chambre pour se recoiffer. Elle avait joué avec Callum dans la nursery, et ses vêtements étaient en désordre. Les cris de joie de Callum l'emplissaient toujours de bonheur. En fait, elle passait de plus en plus de temps dans les chambres des enfants, car c'était le seul endroit où elle se sentait en paix. Avec les plus jeunes, elle pouvait être elle-même. Ils n'avaient pas pitié d'elle et ne tentaient pas de l'éviter. Ils l'aimaient, tout simplement. Surtout le petit Callum.

Robin s'était mis à passer tous ses après-midi à la taverne du village, ne rentrant que pour le dîner. Comme s'ils voulaient compenser son absence, ses parents se montraient excessivement chaleureux.

Évie s'était mise à la couver et à lui caresser les cheveux comme lorsqu'elle avait dix ans mais, au fur et à mesure que les jours passaient, le regard de son père se faisait plus terne. Un muscle tressautait sur sa joue, trahissant sa contrariété, chaque fois qu'il voyait Robin.

Quant à Mercer, elle tremblait d'indignation dès qu'elle se trouvait en sa présence, ce qui était rare. Avec un soupir d'agacement, elle se pencha sur sa coiffeuse pour contempler son reflet dans le miroir. Pourquoi les hommes pensaient-ils pouvoir l'avoir si facilement ? Elle savait qu'elle avait été trop aguicheuse, dans le passé. Mais pas avec Mercer. Elle ne lui avait jamais adressé ne fût-ce qu'un clin d'œil. En revanche, elle avait été sensible à son charme. Mercer était le genre d'homme qui attirait l'attention de toutes les femmes chaque fois qu'il entrait quelque part.

C'était peut-être cela, la réponse à ses questions, songea-t-elle en se redressant. Était-il jaloux de son frère ? Elle prit distraitement une paire de boucles d'oreilles dans une coupelle en porcelaine, et réfléchit.

Non, cela n'avait pas de sens. Il n'avait rien à envier à Robin, hormis peut-être son charme et sa légèreté. Mercer possédait toutes les qualités qu'un homme devait avoir : la richesse, la force, le pouvoir. La beauté aussi, bien qu'il n'eût pas les traits classiques de son frère. Sa beauté à lui était rude, presque sauvage.

Zoé baissa les yeux, contemplant le bol de porcelaine sur la table de toilette. Ses joues s'empourprèrent. Si elle n'avait jamais flirté avec Mercer, en revanche elle n'avait jamais cessé de penser à lui. Et puis, il y avait eu cette fois, des années auparavant…

Les doigts tremblants, Zoé retira la boucle et la remit dans la coupelle. Pourquoi la vie était-elle si compliquée ici ? Tout était bien plus simple à Londres. Là-bas elle savait exactement qui elle était, et ce que les gens pensaient d'elle.

À Greythorpe, elle ne se connaissait plus elle-même. Elle était censée être la fiancée de Robin, mais elle se comportait de façon indécente avec son frère, l'autorisant à faire des choses qui l'emplissaient de honte. Des choses qui l'empêchaient de dormir la nuit, et qu'elle n'avait jamais envisagé de faire avec Robin. Des choses absolument délicieuses.

Mais la culpabilité l'écrasait, et chaque jour qui passait la date du mariage approchait. La peur lui nouait l'estomac. Et pourtant elle ne voyait aucun moyen d'éviter cette union.

Et comble de l'angoisse, aujourd'hui, Jonet la faisait appeler.

⁂

Mercer ouvrit la porte du salon au moment précis où un valet entrait pour prendre le plateau du petit déjeuner. Il gagna rapidement son bureau, avec l'impression de chercher à fuir un interrogatoire. Pourtant sa mère ne lui avait presque rien demandé.

À peine avait-il tourné dans le couloir qu'il vit Zoé. Celle-ci portait une robe rouge bordeaux et ses boucles brunes retombaient sur sa nuque et sur ses joues. Il se figea, le cœur battant la chamade.

— Zoé.

Elle leva la tête et se heurta à lui.

— Zoé, nous devrions parler de…

— Non. Nous ne devrions pas.

Elle fit mine de passer à côté de lui, mais il la retint.

— Non ! cria-t-elle. Ne… ne me touchez pas. Je n'arrive pas à réfléchir quand vous posez les mains sur moi.

— Zoé, regarde-moi.

— Pourquoi ?

*Pourquoi ?* C'était une très bonne question.

— Parce que j'ai besoin de… de savoir que tu vas bien.

— Vous pensez que je devrais me morfondre de chagrin ? Être furieuse d'avoir été utilisée et repoussée ? Comme si c'était ma faute ?

— Zoé, tu es… tu es la fiancée de mon frère.

— Croyez-vous que je l'ai oublié ? chuchota-t-elle. Croyez-vous que je n'ai pas honte ? Robin m'a fait du mal, mais il ne mérite pas ça.

— Il t'a fait du mal ? Zoé, regarde-moi !

Elle darda sur lui des yeux pénétrants.

— Vous ne cessez de me réprimander, comme si j'étais sous vos ordres. C'est excessivement lassant.

— Tu n'es pas à moi, répondit-il, douloureusement conscient de la vérité que contenaient ces paroles.

— Non, heureusement pour nous. Mais parfois, Mercer, j'ai l'impression que vous avez voulu me diriger toute ma vie.

Il relâcha son étreinte, presque malgré lui.

— Et parfois, j'ai l'impression que tu m'as contrarié toute ma vie.

— Est-ce ma faute ? Que vous ai-je fait ?

« Tu m'as rendu fou », faillit-il répondre.

Mais les yeux de Zoé lançaient des éclairs, et il eut soudain envie de prendre sa bouche, de la forcer à entrouvrir les lèvres, de prendre ce qu'il voulait, quelles que soient les conséquences.

Il pouvait le faire. Il obtenait généralement ce qu'il voulait, d'une façon ou d'une autre. Mais Zoé était rebelle et dangereuse. De plus, cette fois il n'avait pas d'excuse. Pas d'inquiétude, pas de colère, et il n'avait même pas bu de vin, comme c'était le cas ce fameux soir. Zoé était Zoé, et elle lui faisait perdre la tête. Comme toujours.

Il laissa son regard glisser sur elle. Enfant, elle avait eu les cheveux plus clairs, mais maintenant ils étaient presque noirs. Et ses yeux... il n'avait jamais su de quelle couleur ils étaient. Ils étaient aussi changeants que son humeur. Mais elle était belle. Belle à tomber à la renverse.

— Par Dieu, tu es belle à damner un saint. Et je crois que tu ne le sais même pas.

— Oh, quelle sottise ! s'exclama-t-elle en essayant de poursuivre son chemin. Poussez-vous.

— Zoé... je voulais te dire que je serais là ce soir pour le dîner, dit-il.

Zoé se figea et écarquilla les yeux.

— Et alors ? Vous êtes chez vous. Pour l'amour du ciel, Mercer, ne me prenez pas pour une idiote qui s'évanouira en vous voyant ! Je suis furieuse, ça oui. Contre vous et contre moi. Mais vous ne m'avez pas brisée. Je ne plie pas devant vous. Je reconnais mes péchés, et vous devriez faire de même. Réservez vos fâcheries et vos tourments à votre vicomtesse.

L'allusion à Claire ramena Mercer à la réalité. Tant qu'il ne saurait pas la vérité au sujet de l'enfant, il ne pourrait rien offrir à Zoé.

Mais qui essayait-il de tromper ? Il ne possédait rien de ce que Zoé désirait. Et elle ne pouvait plus lui appartenir. Il était trop tard.

Mercer lui relâcha les bras.

— Je te demande pardon, dit-il avec raideur. J'ai probablement surestimé le chagrin que j'ai pu te causer.

— C'est évident, répliqua-t-elle en levant le nez.

Sur ce, elle agrippa ses jupes et passa à côté de lui, comme si elle voulait éviter de se salir. Ses joues étaient rouges de colère, mais lui se sentait vidé de ses forces et de son énergie.

⁂

Moins de dix minutes après avoir été appelée par lady Kildermore, Zoé pénétra dans le salon de celle-ci. Un valet débarrassa les vestiges du petit déjeuner, ne laissant sur la table qu'un plateau d'argent avec le service à café.

S'exhortant au calme, Zoé regarda autour d'elle. Elle avait su tenir tête à Mercer, à présent elle devait affronter sa mère. Le salon de la comtesse était une vaste pièce au plafond décoré et aux murs tendus de soie bleu glacier. Jonet était assise devant une grande table d'acajou.

— Zoé, ma chère ! Asseyez-vous, mon enfant. Prendrez-vous une tasse de café ?

— Oui, madame, je vous remercie, répondit Zoé en faisant une légère révérence.

Elles échangèrent quelques remarques sur le temps lourd et chaud, tandis que Jonet remplissait les tasses.

— Eh bien, j'irai droit au but, ma chère, annonça Jonet. Mon fils aîné m'a appris il y a quelques jours que vous posiez des questions.

— Des questions, madame ?

Jonet posa sa tasse et regarda Zoé.

— Vous ressemblez à votre mère, ma chère, dit-elle d'un air rêveur, mais vous avez aussi du sang écossais. Cela se voit dans vos yeux. Et dans votre obstination.

— Je ne veux pas être prise pour une entêtée.

— Oh, mon enfant, c'était un compliment ! Dans la vie, seuls les gens suffisamment obstinés survivent. Et autrefois, seules les familles assez fortes survivaient. C'est pourquoi nous sommes attachés à notre clan, n'est-ce pas, Zoé ? Et à tous ceux qui en font partie.

— Vous avez toujours été bonne pour moi.

— C'est certain, ma chérie. Bien que je n'y aie pas souvent pensé avant la mort de mon père.

— C'est alors que vous êtes devenue comtesse de Kildermore, releva Zoé d'un ton solennel. Et chef de la famille.

Jonet secoua doucement la tête.

— Peut-être, mais il y avait autre chose.

Zoé l'observa, avec l'impression bizarre que Jonet voulait lui communiquer quelque chose, autrement qu'avec des mots.

— Ai-je le droit de savoir ce que c'était ?

— Oui, j'aimerais vous le dire, car bientôt vous ne serez plus seulement ma cousine, mais aussi ma fille. Voyez-vous, avant de mourir mon père m'a confié quelque chose d'important. Une sorte de secret, qui m'a fait réfléchir à notre famille et à mes devoirs envers elle.

— Quel secret ? s'enquit Zoé en soutenant le regard de Jonet.

— Mon enfant, si je vous le disais, ce ne serait plus un secret. Mais je vous le révélerai néanmoins, si vous me faites une promesse.

— Oui, naturellement. Laquelle ?

Jonet se pencha au-dessus de la table pour lui prendre la main.

— Promettez-moi que vous épouserez mon fils. Promettez-le-moi.

Zoé soutint son regard sans broncher. Allait-elle épouser Robin ? Après ce qu'elle avait fait dans la bibliothèque ? Son visage s'enflamma, mais elle n'avait pas le choix.

— Notre mariage a été décidé, n'est-ce pas ? Je… je vous le promets.

— Très bien. Le secret concerne mon père, le vieux comte de Kildermore, qui était un vieux gredin. C'est quelque chose dont nous ne parlons jamais en dehors de la famille, vous comprenez ?

— Oui, madame, tout à fait.

Jonet se détendit.

— Ma mère était une Armstrong, commença-t-elle. Elle descendait du troisième marquis de Rannoch, et elle était votre grand-tante.

— Oui, papa me l'a expliqué.

— Au siècle dernier, les Armstrong souhaitèrent s'unir à la famille Cameron, et ma mère dut épouser Kildermore. Leur mariage fut désastreux, et je fus leur unique enfant. Du moins, l'unique enfant légitime du comte de Kildermore.

— Il en a eu d'autres ? demanda Zoé, que cela ne surprenait pas vraiment.

— Deux, pour autant que je sache. Avant ma naissance, une servante lui donna un fils. On chuchotait qu'elle avait été violée. Ce garçon fut mon compagnon de jeux et, si étrange que cela puisse paraître, nous étions très proches. Nous le sommes restés, car il est devenu mon majordome.

— M. Donaldson ? articula Zoé, sidérée.

— Charlie, oui. À la mort de mon mari, je l'ai fait venir de Kildermore. J'avais peur, et je savais que je pouvais m'appuyer sur lui. C'est la raison pour laquelle il détient un peu plus de pouvoir que la plupart des domestiques, ici. Et cela ne changera jamais. Il faut que vous le sachiez, puisque vous allez faire partie de la maisonnée.

— Qui d'autre est au courant ?

Jonet haussa les épaules avec désinvolture.

— C'est un secret de polichinelle. Beaucoup de domestiques le savent, car ils sont presque tous venus de Kildermore avec Charlie. Mais pour le second fils de mon père... là, c'est un très grave secret. Je n'en ai eu connaissance qu'à la mort de mon père. Il avait fait une chose terrible, qu'il avait toujours cachée.

— Il s'est confessé ? interrogea Zoé. Parce qu'il se sentait coupable ?

— Oui, c'est le sentiment de culpabilité qui l'a poussé à tout me révéler, mais aussi le fait qu'il ne pensait pas que Henry soit capable de veiller sur moi. Vous savez sans doute que mon premier mariage ne fut pas heureux. Mon nom fut même frappé par le scandale.

— Je n'en ai jamais entendu parler, murmura Zoé.

— C'est que vous devez être sourde, mon enfant, dit Jonet, les yeux rieurs. Ou alors, vous mentez très bien. De fait, un grand nombre de gens pensent que Robin n'est pas le fils de Henry.

Zoé sentit ses joues s'empourprer.

— Cela n'a jamais compté pour moi, dit-elle en baissant les yeux. J'aime Robin, de toute façon.

— Je le sais, Zoé. Et je vous en remercie. Mais Robin est bien le fils de Henry, et non celui de lord Delacourt. L'inverse serait impossible, voyez-vous, car Delacourt est aussi mon frère.

Zoé élargit encore plus les yeux, incapable d'articuler ne fût-ce qu'un mot. Elle connaissait le riche et fringant lord Delacourt, bien sûr, qui ne le connaissait pas ? Effectivement, on le soupçonnait d'avoir été l'amant de Jonet, autrefois. Il y avait eu un terrible scandale après la mort de lord Mercer, et les commentaires et les spéculations étaient allés bon train.

— Donc, Robin n'est pas... ?

— Robin est son neveu. Ce qui explique qu'ils se ressemblent autant. Ils ont tous deux le teint et le tempérament de mon père... Ils sont aussi très beaux et très charmeurs. C'est pourquoi il ne faudra jamais en parler en dehors de la famille. Pas même à vos parents, ma chère. Cela souillerait la réputation de la mère de Delacourt, qui était une dame noble et généreuse, et qui a énormément souffert à cause de mon père.

— Et donc Delacourt n'est pas... le fils...

— Le fils de son père ? Non. Mais l'ancien lord Delacourt le savait, expliqua Jonet avec un sourire rassurant. Il avait épousé sa femme alors qu'elle portait déjà l'enfant de mon père, et il avait ses raisons pour agir ainsi. Mais peu importe. Ce qui compte, c'est que nous devons veiller sur les nôtres, Zoé, quelle que soit la façon dont ils sont entrés dans la famille. Vous comprenez ?

Zoé déglutit.

— Oui. C'est pour cela que vous vous êtes intéressée à moi quand j'étais petite ?

— En effet. Le sang a plus d'importance que tout, Zoé. Si vous ne retenez qu'une chose de cette conversation, il faut que ce soit celle-là. Notre famille avait un devoir envers vous. Et dès que vous avez été assez grande, je vous ai protégée autant que je le pouvais.

Zoé baissa les yeux, piquée une fois de plus par l'aiguillon de la honte.

— Cependant, je crains de ne pas avoir su vous récompenser de votre bonté, dit-elle en fixant le sol. J'ai contraint Robin à ce mariage, et... et il n'en est pas heureux.

Jonet fit un geste de la main, et les pierres de ses bagues étincelèrent dans la lumière matinale.

— À votre place, je ne m'en ferais pas trop pour Robin, dit-elle d'un ton égal. Ces choses-là s'arrangent d'elles-mêmes, si j'en crois mon expérience. D'autre part, Robin ne prend jamais très longtemps les choses au sérieux. Avec Stuart en revanche... c'est totalement différent. Il n'y a pas en lui une once de frivolité.

— Je suppose que non, admit Zoé.

— Ce pauvre Stuart prend tout à cœur, poursuivit Jonet en soulevant la cafetière pour les resservir. Il n'avait que neuf ans quand son père fut tué et qu'il devint à son tour marquis de Mercer. Peu de gens savent à quel point ce devoir lui a pesé. Cela l'a rendu grave, sérieux... et prudent. Trop prudent, surtout dans les affaires de cœur.

Zoé sentit ses joues s'enflammer de plus belle.

— N'était-il pas amoureux de la vicomtesse de Chéraute ? Tout le monde disait que c'était une grande histoire d'amour.

Jonet se mit à rire de bon cœur.

— Oh, il s'est certainement entiché d'elle, concéda-t-elle, remettant ainsi les pendules à l'heure. Pendant au moins un mois ou deux. Mon fils est un homme passionné, mais il n'est pas idiot. Il a compris que ce ne pouvait être qu'une liaison passagère.

— Tout de même, murmura Zoé, un peu choquée par la franchise de la comtesse. Je suis désolée qu'ils se soient disputés.

— Vraiment ? rétorqua Jonet d'un ton sec.

— Oui, car il m'a dit... qu'elle portait son enfant.

Jonet arqua un sourcil.

— Il vous a dit cela ? Et qu'en pensez-vous ?

— Eh bien... je pense que mon opinion sur le sujet n'a guère d'importance.

— Tout de même, je tiens à le savoir.

Zoé eut une brève hésitation.

— J'ai de la peine pour cet enfant. Lord Mercer doit le prendre auprès de lui pour l'élever. Il dit que c'est ce qu'il fera, et je crois qu'il a raison.

Jonet s'enfonça dans son fauteuil, avec un sourire de satisfaction.

— De toute façon, je suppose que c'est un mensonge. Tout sera bientôt révélé au grand jour.

Zoé garda un long moment les yeux fixés sur ses mains. Ses doigts étaient si crispés que les jointures étaient blanches.

— Est-ce que lord Mercer a vraiment rompu avec elle ? Définitivement ?

Le sourire de Jonet s'élargit.

— Ah, ça... c'est une question que vous devriez poser à mon fils.

Elle se leva en repoussant son fauteuil, signe que l'entrevue était terminée.

— Maintenant que nous en avons fini avec cet horrible sujet, j'ai de bonnes nouvelles à vous annoncer.

— Oui ? fit Zoé, les yeux brillants. Lesquelles ?

— Nous allons avoir des invités pour le dîner. Sir William et les Ware. Et demain, nous avons conçu un plan pour pousser Robin à se lever plus tôt que d'ordinaire.

— Je me demande ce que ça peut être.

— Sir William a tué un renard hier soir. Il veut s'en servir pour tracer une piste, et dresser ses jeunes chiens de chasse. J'ai pensé que nous pourrions l'accompagner. Je sais que vous êtes une excellente cavalière.

— C'est vrai, j'adore monter à cheval.

— Stuart a plusieurs chevaux pour la chasse. Demandez-lui de vous aider à en choisir un.

— Merci, madame, mais je n'ai pas de préférences pour les chevaux, répondit doucement Zoé.

— Vraiment ? murmura Jonet, l'air amusé. Très bien. Vous verrai-je ce soir, pour le dîner ?

⁂

Il était deux heures et demie, quand les trois jeunes filles de la maison partirent pour leur promenade jusqu'au village, accompagnées par Mlle Adler. Un sentier étroit mais charmant traversait le bois et donnait sur un petit pont. Davinia affirma que c'était un raccourci.

Comme ses deux compagnes bavardaient tranquillement, Zoé ralentit l'allure et donna le bras à Davinia, riant et échangeant avec elles les derniers potins. La sœur de Robin se croyait amoureuse de l'aîné des fils du pasteur, Edward Ware, qui avait au moins dix ans de plus qu'elle.

En approchant du village, elles passèrent devant le bureau de poste, et devant l'auberge de la Rose et de la Couronne. Zoé ne put s'empêcher d'y jeter un coup d'œil. L'endroit semblait un peu délabré, et elle se demanda ce qui pouvait bien pousser Robin à y consacrer la plus grande partie de ses journées et de ses nuits.

Elles entrèrent dans une boutique pour faire l'acquisition de lacets, et en ressortirent les poches pleines de pastilles de menthe. Elles rendirent ensuite visite à la modiste, à qui elles achetèrent un nouveau ruban pour Valérie. Mlle Adler trouva de la dentelle pour Jonet chez la mercière.

Leurs emplettes terminées, elles prirent le chemin du retour. Mlle Adler s'arrêta à la poste pour envoyer une lettre. Dans la cour de la taverne, un jeune garçon d'écurie tenait à la longe un grand cheval bai qui parut familier à Zoé. À cet instant, la porte de la salle s'ouvrit à la volée et un gentleman aux cheveux gris et à la silhouette corpulente apparut.

— Sir William !

Davinia se précipita dans la cour, Valérie sur ses talons.

Zoé n'eut pas d'autre choix que de les suivre. Le gentleman était déjà monté en selle.

— Bonjour, lady Davinia, lady Valérie. Ah, et Mlle Armstrong, ajouta-t-il avec plus de raideur. Comment allez-vous ?

Zoé allait répondre, mais Davinia s'exclama :

— C'est vrai, sir William ? Vous allez vraiment organiser une partie de chasse demain ? Je pourrai venir, pour regarder ?

Le squire éclata de rire.

— Il faudra demander la permission à votre maman, petite coquine !

La mine de Davinia s'allongea, et Zoé sourit.

— J'ai cru comprendre que nous aurions votre compagnie pour le dîner ?

— En effet, répondit sir William en serrant les rênes dans ses grosses mains. Mais dépêchez-vous de rentrer, mes enfants. La pluie ne va pas tarder, je le sens.

Zoé observa le ciel d'un bleu pur et sans nuages.

— Nous devons attendre Mlle Adler, dit Davinia.

Une expression étrange passa dans les yeux du squire.

— Ah bon. Donnez-lui le bonjour de ma part.

Sur ces mots, il les salua et donna un coup d'éperon à sa monture pour la faire partir. Davinia poussa une pierre du bout du pied.

— Maman ne me permettra jamais d'y aller, grommela-t-elle en soupirant. Et j'ai un habit de cavalière tout neuf.

— Viens, Davinia, chuchota Zoé. Mlle Adler va nous gronder, si elle nous voit dans la cour de la taverne.

La porte de la salle s'ouvrit de nouveau en grinçant, et des rires féminins leur parvinrent de l'intérieur. Choquée, Zoé vit Robin sortir avec un rire égrillard, la cravate dénouée.

— Que ça te serve de leçon, jeune effronté !

Une blonde à la poitrine opulente et aux hanches généreuses le suivit et l'attrapa par la cravate, comme pour le ramener dans la salle.

— Oh, Jemmie, ma beauté, tu me brises le cœur ! s'écria Robin d'une voix enjouée. Tu n'étais pas aussi farouche, la nuit dernière !

La fille éclata d'un grand rire et l'attira vers elle avec la cravate, pour déposer un baiser retentissant sur ses lèvres.

— Oh, c'est Jemima ! chuchota Davinia, scandalisée. Cook dit qu'elle n'a pas froid aux yeux.

Les bras croisés, Zoé regarda Robin continuer d'échanger quelques mots avec Jemima, puis se tourner pour gagner l'écurie. À ce moment, le jeune valet vint vers lui avec une seconde monture.

Tout à coup, Zoé sentit la moutarde lui monter au nez.

— Bonjour ! lança-t-elle. Quelle surprise de te rencontrer ici !

Robin se retourna en chancelant, et écarquilla les yeux.

— C'est toi, Zoé ? bredouilla-t-il, déconcerté.

Ses bottes étaient poussiéreuses, et son manteau froissé comme s'il avait dormi avec.

— Bonjour, Robin. Tu allais rentrer ?

— Euh, oui. Je veux prendre un bain avant le dîner.

Zoé se pencha vers lui en reniflant.

— Cela vaudrait mieux, dit-elle à voix basse. Tes vêtements sentent l'alcool.

— Bonjour, Robin, s'exclama Davinia. J'ai des pastilles de menthe. Tu en veux une ?

— Oh, oui, dit Robin en prenant les rênes du cheval.

À cet instant précis, les jeunes filles entendirent le gravier crisser, et la voix sèche de Mlle Adler s'éleva derrière elles :

— Bonjour, lord Robert. Mesdemoiselles, suivez-moi, je vous prie. Ce n'est pas un endroit pour les dames.

Zoé se retourna vers elle.

— Lord Robert m'a proposé de me ramener, annonça-t-elle. Nous vous retrouverons à la maison.

— À la maison ? Je ne suis pas sûre que…

— Nous sommes fiancés, répliqua Zoé d'un ton léger. Je suis sûre que cela ne pose pas de problème.

Mlle Adler inclina la tête, les lèvres pincées.

— Comme vous voudrez, mademoiselle Armstrong.

Robin guida son cheval vers une pierre carrée, pour aider Zoé à monter en selle.

— On va voir tes jupons, fit-il remarquer en lui offrant sa main.

— Franchement, Robin, je préférerais traverser le village nue comme lady Godiva, plutôt que de voir une fille de taverne embrasser mon fiancé sous les yeux des villageois.

Robin se renfrogna et monta en selle, derrière Zoé.

— On croirait que tu es jalouse.

Il frappa les flancs du cheval, qui partit au trot. Quelques minutes plus tard, ils franchirent le portail du domaine de Greythorpe.

— Laisse-moi descendre, ordonna Zoé, dès qu'ils furent loin de la route.

Avec un soupir, Robin dirigea son cheval vers la pelouse, et Zoé sauta souplement à terre.

— J'aurais pu t'aider, marmonna Robin. Je ne suis pas un rustre.

— Cela reste à voir, répliqua-t-elle, tremblante de rage. Descends. Tout de suite.

Robin mit pied à terre et accrocha les rênes aux branches d'un arbre.

— Comment oses-tu ? s'écria Zoé. Comment oses-tu embrasser cette catin, devant tout le monde ? Ta sœur de quatorze ans ! Et Valérie ! Et sir William !

Robin blêmit en entendant le nom du squire.

— Il t'a dit ?

— Non, il m'a dit de partir, car la pluie allait arriver ! s'exclama Zoé, les mains sur les hanches. Parce qu'il a eu pitié de moi. Je ne tolérerai pas ça,

Robin ! Tu peux m'ignorer, tu peux m'éviter mais, si les gens me prennent en pitié par ta faute, tu le regretteras jusqu'à la fin de tes jours !

Robin leva le menton, et un éclair de colère passa dans ses yeux.

— Je ne sais pas ce qui me dérange le plus, Zoé. Le fait que toi, tu me reproches un flirt. Ou bien le fait que tu te moques complètement que je couche ou non avec cette fille.

— Je te demande pardon ?

— Oh, avoue-le, Zoé. Je pourrais coucher avec une douzaine de filles d'auberge, tu t'en ficherais complètement. Ce qui compte pour toi, c'est seulement ce que les gens voient. Tu sais ce que ça veut dire ?

— Cela veut dire que j'ai encore un peu de fierté ! Cela signifie que j'en ai par-dessus la tête qu'on me lance des regards apitoyés !

— Eh bien, parlons un peu de ton flirt avec le fils Ware. Et parlons de Jim Shankling ! Tu ne t'es pas privée de lui faire admirer ton décolleté pendant le dîner, mercredi soir !

— Comment oses-tu ?

— Non, attends ! Parlons aussi de mon frère et toi !

Zoé fit un pas en arrière, le souffle coupé.

— Tu ne veux pas ? fit Robin en haussant les sourcils. C'est le chat qui t'a mangé la langue ?

Zoé demeura silencieuse, tremblante. Dans sa colère, elle avait oublié. Oublié que la plus grande pécheresse, c'était elle. Robin aurait pu s'amuser avec des servantes d'auberge, cela n'aurait jamais été aussi grave que l'unique péché qu'elle avait commis. Elle l'avait trahi avec son propre frère.

*Et il le savait.*

— Tu n'as plus rien à dire, ma belle ? lança Robin en croisant les bras, l'air accusateur. Tu crois que je suis trop ivre pour voir les regards qu'il te lance ? Et la façon dont il te suit des yeux, où que tu ailles ?

— Je... je ne sais pas...

— Il te désire, mais il ne voudra jamais l'admettre. Et puis il faut qu'il se débarrasse de Claire. Mais ni son argent ni son pouvoir ne pourront faire taire cette catin, si elle décide de traîner ton nom dans la boue.

— Robin... Robin, que dis-tu ?

— Je dis que ce vieux Stuart aurait bien aimé t'épouser lui-même, s'il n'avait pas été trop tard. S'il ose le faire maintenant, Claire emmènera l'enfant en France, et fera en sorte que tout Mayfair sache qu'il se marie avec la fiancée que son frère a abandonnée.

— *Abandonnée* ? Espèce de... d'imbécile !

Quelque chose en elle explosa. Elle se jeta sur lui, le frappant de ses petits poings. Son chignon était défait, et son chapeau roula dans l'herbe. Robin parvint à lui saisir les mains et l'attira contre lui.

— Du calme, ma petite Poudre à Canon !

— Ne m'appelle pas comme ça ! hurla-t-elle d'une voix stridente.

Des larmes jaillirent sous ses paupières.

— Zoé, Zoé, arrête, bon sang.

Elle s'affala contre lui en sanglotant. Le chagrin la priva en un instant de sa force et de sa colère. Elle était si triste et si honteuse qu'elle aurait aimé que la terre s'ouvre sous ses pieds et la fasse disparaître dans ses entrailles.

Robin l'écarta doucement et l'observa. Il était très pâle.

— Zoé, que diable s'est-il passé ? Cela ne nous ressemble pas.

— Robin, je… je ne suis pas ta fiancée abandonnée, dit-elle en reculant d'un pas.

— Je n'ai pas dit que tu l'étais. Mais c'est ce que Claire voudra faire croire. Et c'est ce que les gens penseront. Stuart le sait, et moi aussi. Alors il faut continuer, laisser les choses telles qu'elles sont. Que ça nous plaise ou non.

— Robin… oh, Robin, dit-elle en lui prenant les poignets. Allons-nous pouvoir survivre à ça ?

Il passa une main dans ses cheveux, refusant de soutenir le regard de la jeune femme.

— Je ne sais pas. Qu'entends-tu par « survivre » ?

— Je l'ignore. Je… je ne comprends plus rien, ni personne. Et surtout, je ne te comprends plus, toi.

Robin agrippa vivement les rênes de son cheval.

— Il faut rentrer, dit-il d'une voix dénuée d'émotion. Nous sommes attendus.

— Non, je… je ne peux pas. Pas tout de suite. Pars devant, je rentrerai à pied.

— Zoé, il y a plus de trois kilomètres jusqu'à la maison.

— Cela m'est égal. Laisse-moi.

Le visage de Robin se crispa. De colère ? De frustration ? Elle n'aurait su le dire, et cela lui importait peu. Tout ce qu'elle voulait, c'était lui échapper. Fuir son regard qui la transperçait, et les vérités qu'il lui assenait.

Avec un dernier regard sombre, Robin se mit en selle et éperonna son cheval. Zoé le suivit des yeux, jusqu'à ce qu'il ait disparu au détour du chemin. Alors, une immense fatigue la submergea.

Comment en était-elle arrivée là ? Zoé avait cru que la vie à Londres était dure, elle avait cru être la créature la plus exposée aux insultes et au mépris. Elle avait passé toute sa vie à se révolter contre le destin, sans jamais penser à tout ce que la vie lui avait donné de bon. Elle avait été très méchante et, comme Trudy le lui répétait souvent, trop gâtée.

Elle était une enfant illégitime... et alors ? Au moins était-elle la fille illégitime d'un homme riche, qui l'aimait beaucoup. Il y avait des destins bien plus tristes que le sien. Et soudain, elle se rendit compte qu'elle s'était trompée. Sans doute aurait-elle dû écouter son père et se résigner à épouser sir Edgar Haverfield. Qu'était le dédain d'une belle-mère, comparé à tout le reste ? La fin d'une belle amitié. Le chagrin d'une personne qu'on aimait... Et le désir pour un homme qui ne faisait pas attention à vous, sinon pour vous railler, ou pour vous embrasser à vous faire perdre la tête.

L'espace d'un instant, elle envisagea de s'abandonner à son chagrin et de se jeter dans l'herbe pour pleurer tout son soûl. Mais à quoi bon ? Son humiliation d'avoir vu Robin embrasser Jemmie ne serait qu'amplifiée si elle rentrait à Greythorpe le visage strié de larmes.

Zoé prit donc son mouchoir, se moucha, et rajusta les épingles qui retenaient ses cheveux. Cela fait, elle redressa les épaules et se remit en route, en essayant de ne pas penser aux paroles de Robin.

Cela n'avait pas de sens. Il y avait toujours eu une rivalité entre Robin et son frère. Mais Mercer ne la désirait pas. Du moins, pas autant que Robin le pensait.

En revanche, ce que Robin ne surestimait pas, c'était la méchanceté de la vicomtesse de

Chéraute. N'était-ce pas elle qui avait mis Zoé dans cette situation intenable ? Comme elle l'avait dit à Phaedra, c'était une terrible malchance que…

— Aïe !

Zoé trébucha, et évita de justesse la chute dans le chemin boueux. Mais quand elle posa le pied par terre pour repartir, quelque chose lui parut bizarre. Elle souleva sa jupe pour regarder ses bottes.

Zut ! Elle avait perdu son talon !

Elle ramassa le morceau de cuir noir en grommelant et en jurant à mi-voix.

Puis elle parcourut en boitillant les trois kilomètres qui la séparaient de la maison. Elle ne cessa de jurer tout le long du chemin, prononçant tous les vilains mots qu'elle avait entendus dans sa vie, et dont pour la plupart elle ne connaissait même pas le sens. Enfin, le porche de pierre de Greythorpe apparut au bout de l'allée.

Zoé grimpa les marches tout en dénouant le ruban de son chapeau.

— Merci, dit-elle au valet qui lui ouvrit la porte. Pouvez-vous me dire où je pourrais trouver M. Donaldson ?

— Dans son bureau, mademoiselle. Il faut descendre l'escalier et tourner à droite.

Zoé descendit à l'office, où le dîner était déjà en préparation. Des domestiques en tablier blanc ou en livrée allaient et venaient, portant des paniers, des plateaux, ou même des piles de linge propre. La porte de M. Donaldson était ouverte. Zoé jeta un coup d'œil dans le bureau et entra.

Le majordome se tenait derrière un imposant bureau d'acajou, surmonté de tiroirs et de casiers.

Une boîte de cuir noir était ouverte sur le sous-main, et Donaldson leva les yeux et sourit en la voyant entrer.

— Mademoiselle Armstrong ! Que puis-je pour vous ?

Zoé sourit tristement, et lui montra le talon qu'elle tenait à la main.

— Ah, dit-il doucement.

— Je suis désolée de vous déranger, mais je n'ai emporté que cette seule paire de bottes.

Le sourire de Donaldson s'élargit, et une lueur amusée passa dans ses yeux bruns.

— Je vais chercher un marteau.

— Oh, merci ! Vous pourrez la réparer ?

— Oh, oui. Vous pourrez encore les porter quelque temps.

Le majordome sortit et disparut dans le couloir. Zoé observa la pièce qui était meublée luxueusement, mais aussi avec une grande sobriété. La boîte de cuir noir, en forme de cœur, retint son attention. Elle jeta un coup d'œil à l'intérieur et demeura interdite.

Nichée sur un coussin de velours blanc se trouvait une parure de diamants et d'émeraudes telle qu'elle n'en avait jamais vu. Des émeraudes de la taille d'un ongle et des diamants superbes formaient une magnifique paire de boucles d'oreilles. Le collier était constitué de neuf pierres, dont la plus grosse était de la taille d'un œuf de rouge-gorge. Une broche et deux bracelets complétaient l'ensemble.

Zoé exhala un soupir. L'amour des beaux objets faisait partie de ses petits défauts. La parure avait une centaine d'années, et elle avait dû coûter une fortune. Une petite étiquette blanche était accrochée au collier, et un mot presque illisible y était inscrit. Zoé prit l'étiquette et la tourna vers la fenêtre. Il n'y avait qu'un nom : *Chéraute.*

Zoé lâcha le morceau de papier comme s'il lui avait brûlé les doigts.

Mercer et sa maîtresse s'étaient donc réconciliés. Si ce n'était pas encore fait, ce magnifique présent scellerait leurs retrouvailles. Les mains tremblantes, Zoé alla à la fenêtre, laissant son regard errer dans le vide.

Seigneur, ce n'étaient que des bijoux. Et c'était juste *Mercer.*

Elle aurait dû se réjouir. Mercer était riche, et plus Claire était satisfaite, plus leur vie à tous serait facilitée. Mais quand Donaldson revint, Zoé était toujours campée devant la fenêtre, se rongeant pensivement l'ongle du pouce.

Elle se tourna et sourit au majordome. Celui-ci tenait un long marteau de cordonnier.

— Voyons ce que nous pouvons faire pour ce talon.

La vie était pleine d'étranges coïncidences. Zoé savait cela. Une heure plus tard, alors qu'elle s'habillait pour le dîner, un coup impérieux fut frappé à sa porte. Elle pensa aussitôt à Mercer, et sa gorge se contracta.

Trudy posa la brosse à cheveux et alla ouvrir.

— Oh ! Bonsoir, monsieur le marquis.

Zoé vit un autre marquis que celui auquel elle pensait entrer dans la chambre, un petit coffret rouge à la main.

— Ah, tu as mis ma robe préférée. Le rouge te va bien, petite friponne.

— Papa ! Que se passe-t-il ? s'exclama-t-elle en se jetant au cou de son père.

Le marquis haussa les épaules.

— Ai-je besoin d'un prétexte, pour passer un moment avec ma fille aînée ?

Zoé rit en l'entraînant vers le bord du lit.

— Non, mais je suis sûre que vous en avez un.

Il s'assit à côté d'elle, et Trudy s'éclipsa discrètement.

Rannoch soupira en posant les yeux sur le coffret.

— Je suis désolé, mon enfant. Quelque chose ne va pas dans tout cela, et je ne sais pas quoi, au juste. Le comportement de Robert laisse beaucoup à désirer, et nous sommes tous fautifs dans cette histoire. Je regrette que les choses en soient arrivées là.

— Papa, ce n'est pas votre faute, mais la mienne. Vous m'avez tout donné, et parfois j'ai l'impression de ne vous avoir apporté que des ennuis.

— Ne dis jamais cela. Mais ça va aller, n'est-ce pas, mon petit ? Dis-moi. Tu sais que je ne supporterais pas de te voir malheureuse.

Zoé s'obligea à sourire.

— Tout ira bien, papa, affirma-t-elle.

Oui, elle serait une bonne épouse. Elle chasserait ses rêves au sujet du frère de Robin, et elle contiendrait les petits tressautements de son cœur chaque fois qu'elle verrait son regard brûlant et son sourire cynique. Par la seule force de sa volonté, elle supprimerait le terrible désir qu'elle éprouvait pour Mercer.

— Je vous le promets, papa, dit-elle en lui embrassant la joue. Je ferai en sorte que tout se passe bien.

Lord Rannoch laissa apparaître un de ses rares sourires.

— Je suis content. Je craignais que peut-être… mais je me suis trompé, hein ? Écoute, ma chérie, ta mère et moi avons quelque chose à te donner. Nous pensions te l'offrir pour tes fiançailles, mais…

*Mais ses fiançailles n'avaient pas été de celles que l'on célèbre.*

Son père ne prononça pas ces mots à haute voix. De toute évidence il venait avec une offrande, pour faire la paix. Il lui posa le coffret rouge sur les genoux.

Zoé plaça les doigts sur le cuir, qui retenait la chaleur des mains de son père. Soudain, sans savoir pourquoi, elle eut envie de pleurer.

— Qu'est-ce que c'est ? parvint-elle à articuler en ravalant ses larmes.

— Ouvre-le, ma chérie.

Zoé libéra le petit crochet doré et souleva le couvercle. Elle étouffa une exclamation en découvrant un collier de rubis, aussi somptueux que celui de la vicomtesse.

— Oh, papa, comme c'est beau ! murmura-t-elle dans un souffle.

— Je savais qu'il te plairait, répondit-il avec moins d'assurance qu'il ne voulait le faire croire. Tu es mon petit ange aux cheveux noirs, et tu as toujours adoré tout ce qui brillait.

Zoé eut le plus grand mal à retenir ses larmes. Quelle coïncidence que son père ait décidé de lui offrir ce bijou, justement aujourd'hui !

— Je dois être un peu frivole, avoua-t-elle avec un rire étouffé. Je l'adore, papa. Voulez-vous que je le porte ce soir ?

— Oh, je suppose qu'il est un peu trop élégant pour un dîner de campagne. Mais ta mère et moi voulions que tu l'aies tout de même. Nous t'aimons Zoé, et notre vœu le plus cher est que ton mariage soit heureux.

— Merci, papa.

— Il appartenait à ma mère, précisa-t-il en effleurant les pierres du bout des doigts.

— Dans ce cas, il devrait revenir à Évie.

— Non, ma chérie, Évie a les cheveux trop clairs. Elle désire également que tu aies ce bijou. Le rouge est ta couleur. Il sera merveilleusement mis en valeur sur toi.

Zoé aurait voulu dire qu'elle ne le méritait pas, qu'elle avait déshonoré son père et son futur mari. Mais comme s'il avait lu dans ses pensées, Rannoch referma doucement le coffret, et posa la main de Zoé sur le couvercle.

— C'est à toi. Maintenant embrasse-moi, et dépêche-toi de descendre. Il ne faut pas faire attendre nos hôtes.

Mais le sentiment d'humilité de Zoé ne dura pas longtemps. Quand elle entra dans le grand salon, lord Mercer se tenait près de la cheminée, tel un jeune et riche seigneur, entouré par sir William, le fils de celui-ci et les Ware, qui semblaient chercher à gagner sa faveur. Zoé se retourna vivement, non sans avoir été parcourue par un léger frisson sensuel.

Bonté divine ! Malgré son calme apparent, elle était aussi troublée que si Mercer venait de lui caresser encore furtivement la cuisse ! Elle songea à la promesse qu'elle venait de faire à son père, et éprouva un vague malaise. Oh, elle n'allait tout de même pas tomber amoureuse de cet homme infernal ? Zoé Armstrong était encore capable de contrôler ses passions !

S'obligeant à sourire, elle rejoignit lady Shankling qui parlait couture avec ses amies, un sujet propre à faire oublier toute sensualité. Malgré cette conversation terne, Zoé fut consciente que tous ses sens étaient en alerte. Une brise fraîche et humide leur apportait par les fenêtres ouvertes les senteurs de la mer. Et en dépit de ses efforts, ses regards revenaient sans cesse vers la cheminée et vers la silhouette virile et élancée du marquis. Accoudé au manteau de cheminée avec une nonchalance étudiée, il levait la main devant lui, comme pour mieux capter l'attention de son auditoire.

Zoé avait cru autrefois que Robin était l'incarnation même de la virilité. Mais comparé à son frère, il lui paraissait à présent simplement beau et charmant. Mercer, lui, n'était pas charmant, il était froid et incisif. Il n'était pas beau, mais rude et impressionnant. Et à présent, il semblait à Zoé que son attitude était l'expression même de ce qu'un homme *devait être.*

Mercer en était conscient. Du moins, il se comportait comme s'il l'était.

Leur conversation tournait autour de la chasse du lendemain. Étant de loin le plus grand propriétaire terrien de la région, Mercer devait donner son autorisation pour que les chiens et les chevaux puissent traverser le domaine de Greythorpe. Son verre de vin à la main, Zoé vit soudain les gentlemen se mettre à rire et à se donner des tapes dans le dos. Robin lui-même s'était joint à eux, prenant part à la discussion sur les chevaux qu'il fallait emmener.

— J'ai manqué un point ! s'exclama lady Shankling, agacée. Et cela se voit ! Tout ce travail pour rien ! Mon ouvrage est gâché. Est-ce que cela vous est déjà arrivé, mademoiselle Armstrong ?

Zoé fit semblant d'avoir suivi la conversation.

— Non, non, murmura-t-elle. Jamais.

Et pour cause ! À peine savait-elle ce qu'était un ouvrage de broderie. Lady Shankling pinça les lèvres.

— Eh bien, je suis fermement décidée à le finir tout de même. Il faut que vous l'ayez pour votre trousseau. Lord Robert a toujours été notre chéri. Il est si gentil avec Jim.

Zoé observait toujours Mercer du coin de l'œil. Il était comme d'habitude vêtu de noir, à l'exception de son gilet gris. Aujourd'hui, il portait une montre de gousset, et une chevalière à la main gauche, qui scintillait dans les rayons d'or du soleil couchant chaque fois qu'il levait son verre à ses lèvres.

Zoé s'aperçut soudain que lady Shankling attendait qu'elle dise quelque chose.

— Madame, vous êtes la bonté même. M. Shankling et Robert étaient-ils très proches, quand ils étaient enfants ?

— Oh, bien sûr ! Et lord Mercer aussi, bien entendu.

Elle se pencha vers Zoé, et ajouta :

— Je dois dire que lord Mercer est assez difficile à connaître, n'est-ce pas ? Même jeune, il était déjà austère et réservé. Mais qui pourrait le blâmer ? Une telle fortune représente un lourd fardeau.

— Dites-moi, madame, les gens d'ici le trouvent-ils arrogant ?

— Mercer ? Grands dieux, non ! L'arrogance est la défense des faibles. Mercer est sûr de lui, mais ce n'est pas du tout pareil.

Zoé réfléchit quelques secondes. Finalement, pour une écervelée, lady Shankling disait beaucoup de choses intéressantes. À cet instant, une sorte de grondement retentit à l'extérieur.

— Mon Dieu ! murmura lady Shankling.

— C'est l'orage annoncé par sir William, murmura Zoé, comme pour elle-même. Il est arrivé, en fin de compte.

— En effet, ajouta son épouse. Je vais l'avertir que nous ne pourrons pas nous attarder après le dîner.

La dame se dirigea vers son mari, et Zoé vit Robin prendre un verre de vin sur le plateau que lui présentait le valet. Il l'attrapa un peu gauchement et tituba en essayant de se rasseoir. Son regard était vitreux, et son visage inexpressif.

Zoé ferma brièvement les yeux. Mon Dieu !

Quand elle les rouvrit, Donaldson se tenait sur le seuil pour annoncer que le dîner était servi. Pour une fois, elle devrait peut-être encourager Robin à monter se coucher tout de suite après. La soirée serait vite finie.

Cependant, Jonet décida que Zoé devait se rendre dans la salle à manger au bras de Mercer, ce qui était un peu curieux. Ce privilège aurait dû être réservé à Évangeline, qui occupait un rang plus élevé. Mais jusqu'ici, ils n'avaient pas observé l'étiquette de très près au cours de leur séjour à Greythorpe.

Troublée, Zoé se tourna vers Mercer, et s'aperçut qu'il l'observait, accoudé de façon toujours aussi décontractée au manteau de cheminée, son verre à la main. Sans la quitter des yeux, il leva son verre d'un air narquois, le vida d'un trait et le reposa en le faisant tinter contre le marbre.

Elle n'avait pas d'autre solution que de crâner. Souriante, elle traversa le salon et lui prit le bras. Un bras robuste, solide. Un frisson de désir lui parcourut le dos, et comme pour souligner sa réaction un éclair déchira le ciel, suivi par un roulement de tonnerre.

Zoé se demanda si Dieu voulait la réprimander pour la pensée sensuelle qui lui avait traversé l'esprit une seconde plus tôt.

Comme pour rendre la situation encore plus difficile, Mercer se pencha vers elle, l'enveloppant de sa chaleur et de son odeur.

— Ce n'est pas moi qui ai voulu cela, murmura-t-il tandis qu'ils sortaient du salon. Si tu veux, je demanderai à ce que cela ne se reproduise pas.

Zoé leva le menton en lui coulant un regard.

— Ne soyez pas sot, monsieur, répondit-elle d'un ton hautain.

— Tu me trouves sot ? Je le suis peut-être.

Bien qu'elle soit assise à côté de lui, il ne lui adressa plus la parole au cours du dîner, si ce n'est pour lui demander de lui passer le sel.

Comme par un accord tacite, ils s'ignorèrent mutuellement. Zoé bavarda avec Francis, le plus jeune des Ware, qui ne s'intéressait qu'à la chasse du lendemain, à laquelle il devait participer. Sir William lui avait demandé, ainsi qu'à son frère Edward, de guider les chiens.

— J'aimerais que vous puissiez m'accompagner, dit-il. Lady Kildermore affirme que vous seriez parfaitement à la hauteur de la tâche.

— Je ne pense pas que sir William souhaite qu'une femme guide sa meute, répondit Zoé en rougissant.

— C'est exact, admit Francis Ware, un peu déçu. Saviez-vous qu'un Français a inventé une selle spéciale pour les dames ? Je m'efforcerai d'en trouver une pour vous, mademoiselle Armstrong.

Elle sentit le regard de Mercer peser sur eux, mais elle ne lui fit pas le plaisir de se tourner vers lui.

— Mademoiselle Armstrong ? lança Mme Ware, assise un peu plus loin. Je vous demande pardon, mais lady Rannoch vient de m'expliquer que lord Robert et vous étiez cousins. Je l'ignorais.

Un sourire s'épanouit sur les lèvres de Zoé.

— En effet, nous nous connaissons depuis l'enfance, dit-elle en enveloppant son fiancé d'un regard affectueux.

Malheureusement, ce dernier était occupé à manger et à boire plus que de raison.

— Vous épousez donc un bon ami, fit remarquer M. Ware. Il ne peut y avoir de meilleure base pour un mariage.

— Oh, Robin était peut-être le compagnon de jeux de Zoé, fit Jonet d'un ton taquin, mais Stuart était son paladin. Il fallait qu'il soit toujours dans les parages, pour réparer les sottises et sortir Robin et Zoé du pétrin dans lequel ils se mettaient.

Mme Ware émit un rire léger.

— Cela ressemble bien à Mercer. Voudriez-vous nous narrer ces aventures, monsieur le marquis ?

Mercer fit la moue.

— En fait, non. Mais je pense que ma mère s'en chargera.

Tous les regards se tournèrent vers Jonet.

— Le premier exemple qui me vient à l'esprit, c'était à Brook Street. Robin et Zoé s'étaient cachés dans le placard de la salle d'études et avaient fait tomber la clé à l'extérieur sans le vouloir.

— Oh, ciel ! s'écria lady Shankling d'une voix aiguë.

— Scoundrel, notre colley, l'a aussitôt avalée. Stuart a utilisé une de mes épingles à cheveux pour forcer la serrure, évitant ainsi à son frère une correction.

— Ah, vous saviez donc ce qui s'était passé ? s'exclama Mercer, interdit.

— Mon cher garçon, je sais tout, répondit la comtesse d'un ton un peu ambigu. Après tout, je suis ta mère.

Toutes les dames se mirent à rire, et la tension se dissipa.

— Il y a aussi l'histoire de Zoé et du cochon, poursuivit M. Amherst, parmi les rires. Cela s'est passé à Elmwood.

— Oh, non ! s'exclama Zoé en cachant son visage dans ses mains. Monsieur, ne soyez pas aussi cruel !

— Oh, non, pas l'histoire de la truie ! fit Évangeline en levant les yeux au ciel.

— Non, non, celle-ci est trop belle pour ne pas être racontée ! Zoé voulait un petit cochon pour le mettre dans son berceau de poupée. Aussi, Robin et elle se glissèrent-ils dans la porcherie pour en prendre un.

— Oh, cela n'a pas dû bien se terminer, grommela sir William.

— En effet, avoua Jonet. Cela s'est fini dans les larmes, et il y a eu beaucoup de linge à laver.

M. Amherst posa un coude sur la table et se pencha en avant.

— Voyez-vous, Stuart a dû aller chercher Zoé dans le coin où la truie furieuse l'avait coincée.

Mais tout d'abord, il a dû l'obliger, en utilisant la force, je crois, à lâcher le porcelet. Ensuite, il l'a fait sortir en traversant les enclos à cochons.

— Ma chère enfant ! gronda sir William. Vous auriez pu être tués tous les deux !

— J'étais terriblement stupide, n'est-ce pas ? admit Zoé en lançant un coup d'œil à Robin.

Mais son fiancé se désintéressait totalement de la conversation. Il semblait absorbé par le contenu de son verre. Soudain, il le reposa et s'éclaircit la gorge.

— J'ai une autre histoire héroïque à vous raconter. Stuart m'a battu comme plâtre une année pour le Nouvel An, parce que j'avais embrassé Zoé sous le gui. Je crois qu'il se prenait pour son chevalier servant.

Un silence embarrassé suivit cette remarque. Un nerf tressauta sur la joue de Mercer.

— Elle avait quatorze ans, Robin.

— Et moi, dix-sept.

Robin haussa les épaules avec indolence, reprenant son verre.

— Est-ce que je méritais vraiment un œil au beurre noir et des saignements de nez ?

Il y eut quelques rires, et Jonet enchaîna rapidement :

— Il y a eu aussi la fois où Zoé a fait semblant de se noyer dans l'étang d'Elmwood. Je crois que Stuart ne s'en est jamais remis jusqu'à ce jour.

Le silence se fit autour de la table, et tous se tournèrent vers la comtesse.

— Quel âge aviez-vous, Zoé ? Quinze ans ? Seize ?

— Presque seize ans, précisa Évangeline.

— Ils décidèrent que ce serait très drôle si Zoé tombait du bateau et que Robin et Frederica partaient sans elle.

— Maman, je pense vraiment que vous devriez tenir votre langue, grommela Mercer.

— Non, non, c'est une histoire très drôle, bien que je n'y aie pas assisté personnellement. Apparemment, Zoé a fait une chute très convaincante, et Stuart a sauté immédiatement à l'eau pour lui porter secours, sans penser à enlever sa nouvelle montre en or. C'était l'été de ses vingt et un ans, et nous venions de la lui offrir pour son anniversaire. Je crois qu'il n'a jamais vraiment pardonné cela à Zoé. De fait, il a un comportement un peu bizarre avec elle, depuis.

— Maman, ce sont des sottises.

Zoé baissa le nez.

— J'ai encore honte d'avoir joué ce tour, admit-elle doucement.

Évangeline jeta un regard circulaire à ses invités.

— La montre n'aura pas été perdue en vain. Je crois que Zoé n'avait pas pensé au volume d'eau que les jupons et les bas d'une dame peuvent absorber. Et la plaisanterie a bien failli mal se terminer. Nous avons tous eu beaucoup de chance que lord Mercer soit là pour se jeter à l'eau.

Lady Shankling pressa une main contre son cœur.

— Mon Dieu, lord Robert ! Vous n'êtes donc pas retourné la chercher ?

Robin posa son verre de vin d'un geste un peu maladroit.

— Je n'ai jamais porté de jupons de ma vie. Je croyais que ses cris de détresse faisaient partie du jeu.

— Robert et Freddie allèrent jusqu'à la petite île au milieu de la rivière, sans se rendre compte de ce qui se passait. Quand je l'ai retrouvée, Zoé était dans le hangar à bateaux, emmitouflée dans une couverture, sur les genoux de Stuart. Je ne sais pas lequel des deux avait eu la plus grande frayeur.

À peine eut-elle prononcé ces mots qu'un éclair plus vif que le précédent illumina le ciel. Lady Shankling poussa un cri.

— Sir William, je crois que nous ne devrions pas nous attarder pour rentrer chez nous avant la nuit.

— Oui, ma chérie, répondit son mari en se levant. Mademoiselle Armstrong, vous êtes bien bonne de nous avoir permis de rire à vos dépens ce soir.

— Je vous en prie ! répondit Zoé en levant fièrement le menton. Mes exploits sont légendaires.

Un domestique alla chercher la voiture des Shankling. Presque aussitôt, les Ware décidèrent de partir également.

— Edward doit se lever très tôt demain matin, dit Mme Ware.

— Il vaut mieux bénéficier d'une bonne nuit de sommeil, n'est-ce pas, mademoiselle Armstrong ? lança Francis en souriant à la jeune femme.

— En effet, murmura Mercer, enveloppant Zoé d'un long regard. Cela vaut mieux.

Cinq minutes plus tard, tous les invités étaient partis. Un silence étrange s'abattit dans le salon.

— Bien ! s'exclama M. Amherst d'une voix un peu trop enjouée. Pourquoi ne pas demander de servir le café tout de suite ? Nous devrions tous nous coucher tôt.

— Certainement, dit Mercer.

Il n'eut même pas besoin de faire un signe aux domestiques. Le plateau fut apporté et posé devant Jonet, comme par magie.

Lorsque la maîtresse de maison tendit sa tasse à Rannoch, celui-ci se tourna vers Robin et prit la parole pour la première fois de la soirée :

— Cela fait déjà quelques semaines que nous sommes là. Il est peut-être temps de faire des plans précis pour le mariage ?

— Je suis de votre avis, déclara M. Amherst. Le sucre, Jonet, s'il vous plaît.

La comtesse passa le sucre à son époux et tendit sa tasse à Robin.

— Ton père aimerait vous marier lui-même. Ce n'est pas inhabituel, tu sais.

— Oui, je suppose, fit Robin en haussant les épaules.

Comme sur un signal, le valet se précipita et lui retira son verre de vin. Robin le regarda faire avec une ombre de tristesse. Le sourire de Jonet vacilla.

— Zoé, ma chère, est-ce que cela vous ferait plaisir ? Préféreriez-vous vous marier à l'église de Sainte-Marie-Madeleine ? C'est à la mariée de décider, bien entendu.

Zoé chercha prudemment ses mots.

— Je veux que tout soit fait selon les désirs de Robin. Il va devenir mon mari, et je m'en remets à lui.

— Robin ?

— Je n'ai pas d'opinion sur le sujet, dit-il en remuant son café. L'un ou l'autre, ce sera aussi bien.

— Certainement, acquiesça Cole. Je me disais aussi que le mariage pourrait avoir lieu ici, à Lower Thorpe. Il y a longtemps qu'un Rowland ne s'est pas marié dans l'église de la paroisse. Si tu es d'accord, Ware annoncera les bans dimanche.

Il pressa délicatement sa serviette contre ses lèvres, et darda sur son fils un regard perçant.

— Robin ? Qu'en dis-tu, mon garçon ?

— Comme vous voudrez, papa. Préparez tout comme vous l'entendrez.

Le regard de Rannoch s'assombrit. Il se pencha sur la table, l'air vaguement menaçant.

— Rappelez-vous, monsieur, que c'est vous qui avez demandé la main de ma fille.

Un silence de mort s'abattit sur le groupe. Soudain, Robin bondit de sa chaise.

— Bon sang, j'ai dit que j'allais l'épouser, non ? Que voudriez-vous que je fasse ? Que je danse la gigue ? Et maintenant, excusez-moi, je sors.

Zoé reposa son verre, manquant le renverser.

— Robin, attends ! Où vas-tu ?

— À la Couronne ! lança-t-il sans se retourner. Me soûler.

Rannoch se leva en repoussant brutalement sa chaise.

— Rowland, il est temps que nous ayons une discussion !

— Elliot ! s'exclama Évangeline, affolée.

Mais Rannoch suivit Robin, en remontant les manches de sa chemise. Zoé pressa une main tremblante contre ses lèvres. Les deux hommes sortirent, et on n'entendit plus que des éclats de voix, rythmés par le bruit de leurs talons claquant sur le marbre. Jonet se leva à son tour.

— Cole, vous devriez les suivre. Rannoch est capable de le tuer... et ce serait justifié, peut-être.

M. Amherst se leva, un regard désapprobateur fixé sur le couloir. Quelque part au loin, une porte claqua, puis une autre. Brusquement, M. Amherst se rassit, adressant à sa femme un regard rassurant.

— Je pense, ma chère, qu'il vaut mieux laisser Robin se sortir seul du pétrin où il s'est fourré. S'ils doivent faire dorénavant partie de la même famille, Rannoch et lui apprendront à s'entendre.

— Oui. Je suppose. Évangeline ?

— Je pense que Cole a raison, Zoé, murmura Évie. Robin est fatigué. Tu ne dois pas croire que… que…

Au bord des larmes, Zoé tremblait de tous ses membres.

— Je ne dois pas croire quoi, Évie ? Que Robin me déteste ? Que j'ai gâché sa vie ? Mais c'est vrai, n'est-ce pas ? Il est malheureux. Vous êtes tous en colère contre lui, mais moi, je ne peux pas lui en vouloir ! Parce que tout ça est arrivé par ma faute !

Jonet fit mine de lui prendre la main.

— Oh, Zoé, ma chère enfant…

— Non ! s'écria Zoé en reculant. Je ne suis plus une enfant ! Vous voulez tous ce mariage, et vous l'aurez. Mais que vais-je devenir ? J'ai perdu mon ami le plus cher ! Vous ne voyez pas ?

Elle se rua vers la porte en sanglotant. Évangeline la retint par le bras.

— Zoé !

— Je suis désolée, mais je veux aller voir Robin.

— Il est sorti, annonça doucement Évangeline.

— Alors, j'irai marcher ! Laissez-nous. Je vous en prie, laissez-nous tranquilles.

Zoé sortit de la salle à manger en courant, dévala le grand escalier en proie à une panique folle, et se retrouva seule dans le hall désert. Aveuglée par les larmes, elle sortit dans le jardin. La porte claqua derrière elle, et le bruit se répercuta dans toute la maison comme dans un mausolée vide.

# 10

# La nuit sombre et orageuse de lord Mercer

Debout en manches de chemise devant la fenêtre de son bureau, lord Mercer regardait la pluie crépiter inlassablement contre les vitres. L'orage commençait à s'apaiser, délaissant le bord de mer pour fuir vers le centre des terres.

Son orage intérieur en revanche n'était pas près de se calmer. Sans quitter la fenêtre des yeux, il retira le bouchon d'une carafe de cristal et se servit distraitement. Le verre de cognac ne suffirait pas à chasser la colère et la frustration qu'il éprouvait.

Où que se trouvent Robin et Zoé, il espéra qu'ils étaient au moins au sec. Peut-être étaient-ils rentrés dans la maison sans que personne les voie ? Robin avait toujours de la ressource. Peut-être même étaient-ils en train de se réconcilier, de s'embrasser fiévreusement…

Il ne se rendit compte qu'il se mordait l'intérieur de la joue que lorsqu'il sentit le goût du sang dans sa bouche. Seigneur, quelle imagination fertile était la sienne ! Robin était amoureux de Mme Wilfred. Cela au moins, c'était évident. Et cet imbécile préférait se vautrer dans son soi-disant malheur, plutôt que de chérir le trésor exquis que le destin avait placé sur son chemin.

Mercer poussa un grognement de contrariété et avala la moitié du cognac, savourant la brûlure de l'alcool dans sa gorge.

Depuis quand considérait-il Zoé comme un trésor ? D'ordinaire il associait son nom à d'autres termes : *tribulations, problèmes, ennuis, harpie, friponne*. La liste était longue. Ses fiançailles avec Robin l'avaient profondément bouleversé. Et ce soir, il souffrait pour elle. Ses parents l'avaient taquinée affectueusement, et elle avait supporté les moqueries avec dignité. Mais les paroles de Robin avaient fait déborder le vase. Et personne ne s'était rendu compte de la détresse de la jeune femme.

Il en était conscient, lui. Il avait lu les doutes et les regrets dans ses yeux, des jours auparavant. Et au lieu de la consoler, il l'avait séduite.

À cette pensée, il avala le reste du cognac. Au même moment, il entendit sa mère toussoter derrière lui, et vit son reflet dans la vitre noire battue par la pluie.

Elle était penchée sur le bureau, parcourant la lettre qu'il lui avait passée cinq minutes plus tôt. Bonnie et Mischief dormaient, couchés à ses pieds. Elle portait déjà sa robe de chambre, et Mercer s'était débarrassé de sa veste et de sa cravate.

— Alors… tu penses qu'elle va venir ici ? murmura Jonet en orientant le papier vers la lumière.

— Elle le fera. Je la connais, et j'en suis sûr. Je suis joueur comme elle.

— C'est ce qu'on m'a dit, rétorqua sa mère en reposant la lettre et en pressant le bout de ses doigts contre ses tempes. Mais cette lettre… Claire a l'air tellement amère…

— Et je jouerai les anges exterminateurs si Robin ne relève pas la tête. Zoé mérite…

Il s'interrompit brusquement.

— Zoé mérite un homme qui l'aime de tout son cœur, déclara sa mère.

— Vous voulez dire, quelqu'un qui sache contrôler ce petit démon ?

— Quelqu'un qui ne sera pas rebuté par sa gaieté et saura l'apprécier, rectifia-t-elle.

— Si vous voulez. Robin ne me paraît pas à la hauteur de la tâche.

Tournant la tête pour regarder Jonet, il ajouta :

— À quoi rimaient toutes ces histoires sur les sottises de Zoé, pendant le dîner ? Je ne suis pas sûr qu'elle ait apprécié d'être le centre de l'attention.

— Oh, elle me pardonnera, dit Jonet en relâchant son étreinte. Mais elle n'est pas aussi embarrassée que tu le penses, mon chéri. Eh bien, je te souhaite une bonne nuit.

Pendant un moment, il eut envie de lui demander de rester. Peut-être même de lui demander conseil.

Mais à quel sujet ? Zoé n'était pas pour lui, il l'avait toujours su. Tout ce qu'il pouvait essayer de faire, c'était de persuader Robin d'être digne d'elle. Un sentiment honorable, qui le rendait vaguement malade.

À vrai dire, il n'avait pas envie de rester seul ce soir, à scruter les jardins plongés dans une nuit noire, et à se demander où ils étaient ou bien ce qu'il aurait pu faire, des années auparavant, pour que tout cela n'arrive pas.

Mais, comme il l'avait fait toute sa vie, il garda ses pensées pour lui et se tut. Se tournant vers sa mère, il l'entoura de ses bras.

— Bonne nuit, maman, dit-il en l'embrassant sur le front.

Jonet sortit sans bruit, traversa le hall et monta l'escalier. Tout de suite après, Mercer entendit la porte d'entrée s'ouvrir en grinçant. Le valet s'adressa à quelqu'un, d'une voix précipitée.

Il passa vivement une main dans ses cheveux et sortit, les chiens sur ses talons, pour voir ce qui se passait.

À sa grande surprise, il vit Robin, dégoulinant de pluie dans son habit de soirée. Le valet l'aida à ôter sa pelisse.

— Robin ? Robin, où est Zoé ?

Robin posa sur lui un regard inexpressif.

— Dans son lit, je suppose, répondit-il d'une voix pâteuse. Pourquoi devrais-je être responsable de ses faits et gestes, avant même d'être marié avec elle ?

À cet instant, Jonet se pencha par-dessus la rambarde.

— Robin ? C'est toi ?

— Oui, maman. Allez vous coucher.

— Zoé n'est pas avec toi ?

— Pourquoi le serait-elle ? répondit-il avec impatience, en secouant son chapeau.

Mercer lui arracha le couvre-chef d'un geste sec.

— Tu ne l'as pas vue ? Elle est partie à ta recherche, imbécile !

Lançant le chapeau au valet, il se rua dans l'escalier.

— Stuart, où vas-tu ? s'enquit sa mère.

— Chercher le manteau de Zoé. Il faut la retrouver avant qu'elle ne se noie sous la pluie !

— La pluie a cessé, lança Robin d'un ton morne. La lune est sortie des nuages.

Mercer s'arrêta dans son élan, jeta un coup d'œil par-dessus la rampe, et vit son frère se diriger droit vers la carafe de cognac.

— Gardez les chiens, dit-il à sa mère. Je pars à sa recherche.

Mercer se précipita dans la chambre de Zoé. Les servantes éberluées lui apprirent que personne ne l'avait vue sortir de la maison. Pourtant, Mercer se rappelait avoir entendu la porte claquer.

Il alla à l'écurie, et constata qu'aucun cheval ne manquait. La véranda longeant le jardin était vide. Mercer se dirigea alors vers l'allée, à l'avant de la maison. La lune éclairait effectivement le chemin de ses rayons blafards. Mais deux heures auparavant il faisait nuit noire. Et personne, même pas Zoé, n'aurait commis la folie de partir par là.

Seule l'allée menant au pavillon d'été bénéficiait des lumières de la terrasse de l'aile ouest. Mercer traversa le jardin à longues enjambées et gagna l'allée qui se trouvait sous l'aile ouest. Puis il descendit par le même chemin qu'il avait emprunté avec Zoé le jour de son arrivée. Cette fois il ne portait pas de bottes, mais son habit et ses chaussures de soirée ! Il coupa néanmoins à travers la pelouse détrempée.

Une peur irraisonnée lui nouait la gorge. La nuit était douce, l'air chargé d'humidité. Ils étaient dans une région rurale du Sussex. Où qu'elle aille, Zoé serait en sécurité.

Sauf qu'il ne l'avait encore jamais vue dans un tel état, le regard fou comme celui d'un animal sauvage pris au piège. Elle était partie à la recherche de Robin, et ne l'avait pas trouvé. Son affolement n'avait pu qu'empirer.

Il vit le long ruban argenté de l'eau, dans la lumière pâle. Alors qu'il approchait du pied de la colline, il distingua le pavillon. En quelques enjambées il l'eut atteint, et ouvrit la porte.

— Zoé ! cria-t-il depuis le seuil.

Il traversa rapidement le cottage et sortit par la porte de derrière. Alors il la vit, derrière les embarcations empilées dans le hangar. Elle se tenait sur la jetée de poutres, le dos tourné. Elle ne l'avait pas entendu arriver. Perchée tout au bord du ponton, elle levait les bras comme une déesse païenne implorant la lune, et sa fine robe blanche flottait en tournoyant autour de ses chevilles.

Sa chemise. Elle s'était mise en chemise !

Elle s'apprêtait à plonger.

— Zoé ! Non !

Elle sauta avec la souplesse d'un chat, et fendit l'onde sans faire de bruit.

— Zoé !

Jurant en lui-même, Mercer passa vivement entre les embarcations entreposées au sec. Parvenu au bord de la jetée, il scruta la surface plane de l'eau. Rien. Il ne vit même pas une bulle. Les mains sur les hanches, il observa le rivage.

C'était de la folie, mais Zoé était bonne nageuse.

Elle était aussi bouleversée. Elle pouvait s'être cogné la tête contre un rocher. Une foule de petites tragédies s'échafaudèrent dans la tête de Mercer, et Zoé ne remontait toujours pas à la surface. Il ôta sa chemise et son gilet, et les jeta sur le sol. Puis, ayant enlevé ses chaussures, il plongea à son tour.

Il descendit profondément dans l'obscurité de l'onde. Rien. Juste un vide froid et immense. Pendant un moment interminable, il nagea en projetant les bras en avant à la recherche de quelque chose. La panique s'empara de lui et il descendit plus profond. Il avait souvent vu Zoé nager, il savait qu'elle était infatigable. Mais ces pensées rassurantes ne voulaient rien dire face à la réalité. Il y avait une éternité qu'elle avait plongé, et elle ne remontait toujours pas. Quand il n'eut plus d'air dans les poumons, il retourna à la surface et repoussa ses cheveux en arrière.

Puis il replongea aussi profondément qu'il le pouvait. Toujours rien. Il recommença plusieurs fois, jusqu'à ce que l'épuisement prenne le dessus sur la panique.

C'était ridicule. Elle était forcément remontée. Les poumons sur le point d'exploser, il refit surface et regarda désespérément autour de lui.

C'est alors qu'il la vit. Une minuscule tache blanche flottant à la surface, presque invisible à l'ombre d'un arbre. Il nagea vers elle, franchissant une cinquantaine de mètres avec des mouvements puissants et sûrs.

Allongée sur le dos, les bras écartés, Zoé flottait en se balançant sur l'onde, la fine chemise plaquée contre sa peau.

— Zoé ! s'exclama-t-il en glissant un bras sous ses épaules. Pour l'amour du ciel, tu m'as fait une de ces frayeurs !

Elle le fixa un bref instant, sans vraiment le voir.

— C'est tellement... paisible, ici, balbutia-t-elle en frissonnant. Je veux juste... être tranquille.

— Zoé, l'eau est glacée. Il faut que je te ramène.

Il voulut l'attirer vers lui, mais elle se dégagea.

— Non, laisse-moi.

— Zoé, tu es en état de choc. Donne-moi la main. Laisse-moi te ramener. Je t'en prie, ma chérie. Il fait froid, tu es glacée.

Elle battit des paupières d'un air étonné, comme une enfant.

— Je voulais sentir l'eau. C'est tellement tranquille, ici.

— Sur la rive aussi, ma chérie. Viens. J'ai des couvertures.

Il s'approcha, et cette fois elle le laissa glisser un bras sous ses épaules et l'attirer contre lui. Il la ramena doucement vers la jetée, craignant à tout moment de la voir lui échapper et replonger dans les eaux sombres. Le trajet jusqu'au ponton lui parut interminable.

Quelques minutes plus tard, il avait réussi à la sortir de l'eau, mais elle frissonnait. Il parvint à la faire entrer dans le cottage, et souleva le couvercle d'un vieux coffre placé près de l'âtre qui contenait de vieilles couvertures dont on se servait pour les pique-niques. Il en prit une, la lui drapa sur les épaules, et la prit dans ses bras.

Zoé fut alors saisie de tremblements incontrôlables. Elle était en proie à une détresse aussi bien physique que morale, comme si tout en elle venait de s'effondrer.

Il la tint un long moment serrée contre lui, lui murmurant des mots qu'il fut incapable par la suite de se rappeler. Il était terrifié de la sentir aussi fragile. Terrifié à l'idée de la perdre, ou de lui faire du mal sans le vouloir.

Enfin, les tremblements finirent par s'atténuer. Mercer alla prendre d'autres couvertures dans le coffre, et les empila sur le sol. Il ôta celle qui recouvrait les épaules de Zoé, et en drapa une autre, sèche et plus épaisse, sur elle.

— Ne m'obligez pas, murmura-t-elle. Ne m'obligez pas à revenir.

Mercer lui posa une main sur la joue.

— Nous allons rester là un moment.

Elle poussa une sorte de petit sanglot de soulagement et frissonna. Mercer alla allumer le feu dans l'âtre, où des bûches étaient disposées en permanence. Très vite, les flammes jaunes se mirent à crépiter, répandant une douce chaleur. Il s'assit en face de la cheminée et attira Zoé sur ses genoux.

Repoussant une mèche humide, il observa son visage délicat sur lequel les flammes projetaient des ombres. La situation lui semblait irréelle. La présence de Zoé dans sa vie était un peu comme un feu. Tantôt il brûlait doucement en arrière-plan et tantôt il faisait rage. Mais il n'avait jamais vu la jeune femme dans cet état.

Quelque chose avait fini par craquer à l'intérieur d'elle-même. La façade gaie et superficielle avait disparu, laissant place à la douceur qui se cachait sous sa coquille protectrice. Il la berça tendrement contre lui, ne sachant trop ce qu'il pouvait faire d'autre.

Ce n'était pas la première fois qu'il la tenait ainsi, songea-t-il en pressant les lèvres sur son front. La dernière fois qu'elle avait failli se noyer, il l'avait prise dans ses bras. Mais elle n'avait eu qu'une simple frayeur... qui s'était vite transformée en quelque chose de très différent.

Finalement, c'était lui qui avait été le plus effrayé des deux. Par l'intensité du désir qui avait déferlé en lui lorsqu'il l'avait embrassée. Par ce qui aurait pu se passer si sa mère n'était pas arrivée sur ces entrefaites. Il avait alors vingt et un ans et déjà une solide expérience... cependant aucune femme ne l'avait encore embrasé de désir comme Zoé.

Cette fois-ci, elle ne semblait même pas avoir peur. De fait, il n'aurait su dire ce qu'elle éprouvait. Le cœur de Mercer se serra, et il murmura son nom en pressant les lèvres contre ses cheveux humides.

À son grand désarroi, il sentit qu'elle se remettait à trembler convulsivement. Posant une main glacée sur son épaule, elle se tourna vers lui. Son souffle tiède lui effleura le torse, et il fut traversé d'une délicieuse sensation. Mais alors, il se rendit compte qu'elle ne tremblait plus.

Elle pleurait.

Son désir s'effaça aussitôt, et il posa tendrement les lèvres sur sa tempe.

— Zoé, tout va bien, ma chérie. Je suis là.

— Non, sanglota-t-elle d'une voix étouffée. Mercer, c'est affreux. Plus rien ne sera jamais comme avant !

— Ne t'inquiète pas, Zoé. Je ferai en sorte que ça aille. Je te le promets.

— Je ne peux pas l'épouser. Je ne peux pas.

Mercer se garda de répondre. Il avait renoncé depuis longtemps à vouloir persuader qui que ce soit que ce mariage était raisonnable. Il ne l'était pas. Cette union détruirait leur vie irrémédiablement, et la sienne aussi. Il allait devoir intervenir d'une façon ou d'une autre, parler à Rannoch. Trouver une solution pour sortir de cette impasse. Neutraliser Claire, sauver Robin de lui-même, et rendre Zoé heureuse.

— Zoé, ma chérie, regarde-moi.

Elle secoua la tête, et il sentit ses boucles lui effleurer la poitrine.

— Tout le monde voudrait que je passe le reste de ma vie avec Robin, gémit-elle. Mais je préfère encore partir vivre en Écosse. Avec les… les moutons !

— Les moutons ? répéta-t-il en lui glissant un doigt sous le menton.

— Oh, je suis désolée, Mercer. Désolée pour tout. Ne me réprimandez pas, je vous en prie. Je sais que je le mérite, mais pas ce soir. Je n'en peux plus.

C'était donc à cela qu'elle s'attendait ? Des réprimandes ? Naturellement. Il songea au jour de son arrivée à Greythorpe, à l'attitude froide et condescendante qu'il avait eue. Une multitude d'émotions terribles se disputaient son cœur, ce jour-là. Et au premier plan, la jalousie.

Depuis quand était-il jaloux en secret de son frère ? Et de tous les autres hommes avec qui elle flirtait ? Cependant, il n'avait pas su faire un pas vers elle et lui offrir son cœur. Combien de temps pensait-il faire croire qu'il n'agissait que par sens du devoir envers elle ?

Il posa les lèvres sur son front glacé.

— Je suis désolé aussi, Zoé. Je n'ai pas de réprimandes à t'adresser. J'aimerais... j'aimerais que les choses soient différentes. Pour nous tous.

Elle leva les yeux, la gorge nouée.

— Vous froncez les sourcils, murmura-t-elle en ravalant ses larmes. Vous avez toujours l'air fâché contre moi.

— Non, Zoé, non, je ne suis pas fâché.

« C'est à moi-même que j'en veux, ajouta-t-il en son for intérieur. Je m'en veux de te désirer, et de ne pas avoir vu la vérité plus tôt. »

Toujours tremblante, Zoé fit mine de se lever.

— Non, protesta-t-il en resserrant son étreinte. Zoé, je...

Elle soutint son regard.

— Oui, Mercer ? Dites-moi.

Il ne le pouvait pas. Il ne trouvait pas les mots. Avec Zoé, cela avait été ainsi toute sa vie. Son sang-froid coutumier le désertait, il était irritable, désorienté. Ce qu'il éprouvait pour Zoé était plus puissant que le désir sexuel. Ce n'était pas loin de l'affection.

Non. La vérité, qu'il avait voulu ignorer pendant des années, l'avait frappé comme la foudre à l'instant où il avait surpris Zoé dans les bras de son frère, au cours de cette horrible soirée à Brook Street. Il avait été assommé. Le souffle coupé, il avait dû lutter contre la colère qui le poussait à étrangler Robin de ses propres mains.

Dieu lui vienne en aide ! Il était amoureux de Zoé Armstrong. Et le fait de ne pas vouloir l'admettre, même pas au plus secret de son cœur, n'arrangeait rien. Pire encore, il n'était pas *tombé* amoureux d'elle. Il l'aimait, tout simplement. Il aurait été bien incapable de dire quand, comment, pourquoi ce sentiment avait fait son apparition. C'était ainsi, voilà tout.

Elle le regardait toujours. Les flammes se reflétaient dans ses pupilles, et des larmes étaient accrochées à ses cils noirs.

— C'est vrai, n'est-ce pas, ce que votre mère a dit ce soir ?

— Quoi donc, Zoé ?

— Que c'était vous qui veniez me secourir. Toujours. Vous me sauviez de moi-même. Vous étiez là, même quand j'étais trop entêtée pour admettre que j'avais besoin de vous… un peu comme ce soir, je suppose.

Il ne répondit pas. Son regard erra un instant sur le petit visage en forme de cœur, avec ses pommettes hautes et saillantes. Le menton pointu, au dessin parfait, et les grands yeux qui contemplaient le monde avec une pointe de malice. Puis il y avait son cou, long et souple, tout en grâce et en délicatesse. Quand il se pencha et posa les lèvres sur sa peau laiteuse, le monde sembla aussitôt basculer et se remettre en place.

— Zoé, je croyais t'avoir perdue.

Elle fit glisser sa main sur sa joue, pour l'obliger à la regarder.

— Et je croyais que je voulais me perdre, chuchota-t-elle. Mais maintenant... je ne sais plus.

Ses lèvres sensuelles se mirent à trembler. Il l'embrassa. Doucement au début, pour la rassurer, la réconforter. Zoé soupira, et lui rendit son baiser.

Il aurait pu s'en tenir là. À ce baiser de réconfort. Mais ce n'était pas ce qu'il voulait. Il le comprit quand Zoé lui prit le visage à deux mains, lui caressa les joues du bout des doigts, et entrouvrit les lèvres.

Peut-être avait-elle déjà tenté une centaine d'hommes de cette façon, les laissant sans voix, désorientés. Mercer n'en avait cure. Il pénétra dans la douceur de sa bouche, et elle répondit à son baiser. Tout en se disant que c'était ce qu'elle voulait, il approfondit son baiser, en glissant les doigts dans ses cheveux, sur les tempes. Alors, il l'embrassa à perdre la tête, s'enivrant du parfum chaud et sensuel de sa bouche.

Crispant les doigts sur sa nuque, elle le caressa. Son corps se réchauffait, et son parfum de jasmin et d'agrumes enveloppa Mercer.

Oh, il y avait si longtemps qu'il avait envie de ça, sans vouloir se l'avouer ! Ce soir, Zoé avait besoin de lui, et elle le lui faisait savoir. Il n'en fallait pas plus pour le faire basculer.

Il s'obligea tout de même à s'écarter, malgré les protestations de la jeune femme. Puis il la regarda dans les yeux et l'allongea lentement sur le dos.

— Zoé, chuchota-t-il en se penchant sur elle, est-ce ce que tu veux ?

— Oui, répondit-elle en fermant les yeux. C'est vous que je veux.

Il se hissa au-dessus d'elle et l'embrassa avec passion. Cette fois, il laisserait les choses aller jusqu'au bout.

Le désir lui faisait battre le cœur. Zoé n'était pas une innocente, il l'avait toujours su. Mais cela... c'était dangereux. Il voulut le lui dire, la mettre en garde, et posa une main sur sa joue. Zoé tourna la tête et embrassa la paume de sa main.

— Ne me repoussez pas cette fois. Ne me faites pas ça.

D'un geste brusque, il l'attira alors vers lui pour l'embrasser encore. Elle se plia à son désir, le corps enflammé malgré la chemise trempée qui lui collait au corps et ne cachait rien de sa nudité. Il vit ses mamelons dressés, et les aréoles brunes se détachant sous le tissu.

Il plongea les doigts dans ses cheveux humides. C'était lui qui courait le risque de se noyer à présent, lui qui flottait sur les eaux du désir, dépouillé de toute volonté.

Zoé se remit à trembler, mais de plaisir cette fois.

— Mercer, je sais ce que je veux. Je vous en prie.

Un homme honnête serait parti sur-le-champ, mais pour la première fois de sa vie il décida de faire fi de la logique et de la réflexion.

Elle l'embrassa en soupirant, s'abandonnant au courant qui les emportait, laissant ses mains courir sur le dos de Mercer. Celui-ci se demanda vaguement si c'était ainsi qu'elle embrassait Robin, si elle éprouvait la même chose en faisant l'amour avec son frère. Mais cette pensée était si révoltante, qu'il la repoussa de toutes ses forces.

Il n'était pas question de Robin. Zoé se trouvait dans ses bras, à présent. Et elle semblait vouloir le rendre fou par ses caresses. Un doigt se glissa sous la ceinture de son pantalon, effleurant légèrement sa peau nue, et le faisant frémir comme un animal affolé. Elle posa son autre main sur ses reins, l'attirant vers elle en une caresse irrésistible.

Oui, il savait ce dont elle avait envie. Et elle ne lui refusait rien, lui offrant sa bouche sans réserve. Ses baisers l'étourdissaient comme la chanson d'une sirène, l'attirant encore et encore. Une chaleur sourde se répandit en lui et lui embrasa les reins.

L'espace d'une seconde, il voulut réfléchir, être sûr. Mais le corps de Zoé s'arqua vers le sien, parfait, doux, rond et merveilleusement chaud. Comme si elle avait perçu son hésitation, elle fit glisser le bout de sa langue sur ses lèvres, en une caresse provocante, plaquant ses mains sur lui avec assurance.

— Mercer…

Ses lèvres étaient douces comme de la soie. Elle noua les jambes autour des siennes, unissant leurs corps de la façon la plus intime possible. Et lorsqu'elle détacha les lèvres des siennes, ce fut pour chuchoter son nom.

— Mercer, fais-moi oublier. Juste pour cette nuit. Donne-moi un souvenir inoubliable.

Il garda le silence. Il n'avait ni acquiescer ni refuser. Il prit sa bouche et l'embrassa de nouveau, posant une main sur son sein. À cet instant, l'impossible parut possible. Comme si Zoé était destinée à se trouver dans ses bras, et que le devoir, la responsabilité et même l'honneur ne signifiaient plus rien.

Il la repoussa contre les couvertures et contempla son corps dans la lueur chaude des flammes. Zoé était si petite, si délicate. Il avait toujours pensé qu'elle représentait la perfection. À côté d'elle il se sentait lourd et presque menaçant. Il roula sur le côté pour ne pas l'écraser et, lentement, releva sa chemise.

Avec un petit gémissement de plaisir, elle souleva les hanches. Il continua, et fit passer le vêtement par-dessus sa tête. Elle leva les bras pour lui faciliter la tâche et se retrouva nue devant lui. Même dans ses rêves les plus enflammés, il ne l'avait jamais trouvée aussi belle.

— Zoé… tu es… exquise.

Baissant les yeux, elle fit glisser ses doigts sur la ceinture de son pantalon. Il la repoussa doucement sur la couverture, et la fit rouler sur le côté. Ses seins étaient ronds et pleins, les mamelons bruns dressés, comme pour appeler ses baisers. Sa taille était fine et ses hanches rondes, plus sensuelles encore qu'il ne s'y attendait.

Il posa une main entre ses seins pour sentir les battements de son cœur. Pour lui, Zoé avait toujours représenté la vie et la force.

Ses doigts glissèrent le long de sa poitrine, puis de son ventre, et plus bas encore, entre ses jambes. Poussant un petit gémissement d'impatience, elle tira de nouveau sur la ceinture de son pantalon.

— Enlève-le, chuchota-t-elle. Il est mouillé.

Il se leva, lui tourna le dos et défit les boutons un à un. Puis il ôta le pantalon et le jeta sur une chaise.

— Tourne-toi, dit-elle.

— Zoé, je…

— Je n'ai pas peur, dit-elle d'une voix douce et déterminée. Je veux te voir.

Mercer se pinça l'arête du nez. Il avait envie d'elle, et il était las de contenir son désir.

— Tourne-toi, répéta-t-elle. Viens avec moi, Mercer.

Elle sut sur l'instant qu'il avait cédé. Relevant la tête, il se tourna lentement. Les flammes lançaient des reflets dorés sur les muscles de ses cuisses. Il se tint enfin nu devant elle, et Zoé réprima un petit cri.

Elle croyait savoir à quoi s'attendre. Autrefois, il lui était arrivé de voir Robin et même Mercer nager vêtus uniquement de leur caleçon. Elle avait vu des sculptures grecques, des tableaux de la Renaissance, et avait même mis le nez dans quelques livres interdits. Mais rien ne l'avait préparée à l'impression de force et de virilité qui émanait de cet homme.

Il s'agenouilla à côté d'elle.

— Zoé, tu es sûre ?

La question n'appelait pas vraiment de réponse pour le moment.

— Tu es si… *mâle,* chuchota-t-elle. Je t'ai toujours trouvé beau, mais…

Les mots moururent sur ses lèvres. Elle contempla le torse puissant et musclé, la taille mince, le ventre plat et dur. Ses bras, elle le savait, pouvaient protéger une femme, la porter si nécessaire. Son corps était viril, puissant.

Mercer se coucha au-dessus d'elle et prit ses lèvres. Il l'embrassa encore. Puis sa bouche caressa son visage, son cou, et se posa sur un sein. Ses lèvres se refermèrent sur le mamelon. Elle éprouva une sensation indescriptible. Une délicieuse vague de chaleur, maintenant familière, se répandit dans son ventre, atteignant le plus secret de son corps.

Elle poussa un cri lorsqu'il mordilla doucement la pointe du sein, en insinuant une main entre ses cuisses. Alors, il trouva rapidement le point secret de son plaisir, et elle s'abandonna en arquant tout son corps vers lui. Elle voulait l'avoir sur elle, en elle, quel que soit le prix à payer.

Mercer poursuivit ses caresses, jusqu'à la rendre folle de plaisir. Au moment où elle pensa être au bord du gouffre délicieux de la jouissance, il s'arrêta et se hissa au-dessus d'elle. Du bout de la langue, il traça un sillon brûlant le long de sa poitrine et de son ventre. Il s'arrêta au niveau de son nombril, le taquinant du bout de la langue avant de poursuivre, plus bas.

Elle étouffa un cri en sentant ses doigts s'aventurer à l'intérieur de ses cuisses. Il les écarta doucement, et posa sa langue à l'endroit où s'étaient trouvés ses doigts. Zoé poussa un gémissement, elle serra fort les mains, et elle eut l'impression de basculer dans un abîme vertigineux.

Écartant les pétales roses de sa chair, il taquina du bout de la langue le bouton détenant la clé du plaisir. Zoé sentit son visage s'enflammer, mais il la tenait à sa merci.

Elle se mit à trembler, comme si tout son corps était sur le point d'exploser. Puis Mercer introduisit un doigt, puis deux dans la chaleur de son corps, tout en continuant ses caresses intimes.

— J'ai envie de toi, s'entendit-elle murmurer d'une voix étrange. Mercer, pour l'amour du ciel. Je te veux... en moi.

Il la caressa encore, et elle fut transpercée par la flèche aveuglante du plaisir. Quand les vagues de la jouissance se calmèrent, Zoé ouvrit les yeux. Mercer était au-dessus d'elle. Il ressemblait à une créature sauvage, dangereuse. Ses yeux embrasés semblaient comme de l'or en fusion. Son sexe dur se pressait contre sa chair.

Instinctivement, elle remonta une jambe, et elle le sentit s'introduire en elle. Il ferma les yeux. Des gouttes roulèrent sur son visage et dans son cou.

— Zoé, est-ce que tu es vierge ?

Elle eut une seconde d'hésitation. S'il ne la possédait pas dans l'instant, elle en mourrait.

— Non, ne t'arrête pas, balbutia-t-elle en refermant les doigts sur ses bras puissants. Surtout ne t'arrête pas.

Il la pénétra d'un puissant coup de reins.

La douleur vive arracha un cri à Zoé. Elle entendit sa propre respiration, les battements de son cœur. Elle demeura un instant comme suspendue, puis la douleur disparut.

— Zoé ?

— Oui ?

— Zoé, tu m'as dit que tu n'étais pas vierge.

Elle oscilla des hanches. Finalement, il s'adaptait très bien à elle. Parfaitement.

— Zoé, réponds-moi.

— Eh bien, je voulais te dire de ne pas arrêter. C'est ce que j'ai dit, je crois. Je voyais bien ce que tu pensais.

— Et qu'est-ce que je pense, maintenant ?

Elle balança de nouveau les hanches. Il ferma les yeux, avec un grognement de plaisir.

— Je ne sais pas, murmura-t-elle. Mais je ne suis plus vierge, à présent, alors ça n'a pas vraiment d'importance.

— J'aurais pu être plus doux.

Elle laissa ses mains glisser sur son dos, posa les doigts sur les muscles durs de ses reins, et l'attira à elle, en ondulant des hanches.

— La douleur est déjà passée. Viens.

Il se retira légèrement, avant de la pénétrer davantage. Zoé souleva les reins pour mieux aller à sa rencontre, et éprouva une onde fugitive de plaisir.

— Oh... fit-elle en fermant les yeux.

Mercer continua ses mouvements, comme s'il savait exactement quels gestes faire pour accentuer son plaisir. Très vite la douleur fut oubliée. Zoé n'était plus consciente que de ces mouvements parfaits qui la tenaient captive, suspendue à un plaisir qu'elle sentait apparaître fugacement, par intermittence.

Elle s'adapta à son rythme donnant et prenant à la fois, allant vers lui non seulement avec son corps mais aussi avec son cœur. Alors, les yeux fixés sur lui, sur son visage dur et beau, elle comprit qui il était. Ce n'était pas seulement Mercer. C'était surtout l'homme qui avait toujours été là pour elle. Pour la secourir, même quand elle croyait ne pas avoir besoin de lui.

Elle avait besoin de lui maintenant. Elle attendait de lui quelque chose qu'elle ne savait même pas nommer. Elle voulait... elle le voulait, lui. Elle voulut le lui dire, balbutiant des mots qui n'avaient pas de sens.

Il sembla comprendre, intensifia ses mouvements. Enfin, le plaisir fut sur le point de déferler.

Mercer ouvrit les yeux, soutenant son regard.

— Zoé, tu es à moi.

Il le répéta. Encore et encore. Et soudain, quelque chose dans son cœur se brisa, et le monde bascula. Une sensation plus intense que tout ce qu'elle avait imaginé l'emporta.

Elle entendit Mercer pousser un cri, et sentit sa semence se répandre en elle. Il murmura des mots sans suite, comme une prière, et elle eut la certitude que la vie était parfaite. Mercer était parfait. Elle se savait aimée.

Un long moment plus tard, Mercer posa le front contre le sien, et elle se sentit enveloppée par son odeur. Protégée.

— Oh, mon Dieu… Zoé, comment te sens-tu ?

— Parfaitement… bien, chuchota-t-elle.

Le temps n'existait plus. Leurs corps toujours intimement unis, Mercer ôta les épingles qui retenaient encore ses cheveux et enfouit le visage dans ses boucles. Il lui embrassa la gorge, le nez, le lobe de l'oreille. Puis il posa la joue contre la sienne et soupira doucement.

— Est-ce que je t'ai fait mal ? Zoé, si j'avais su que…

— Mercer, je ne suis pas une libertine. Connaître quelques détails sur l'acte lui-même c'est une chose, mais…

— Zoé, je ne voulais pas suggérer que tu l'étais, mais… Mais avec Robin… je n'étais pas sûr…

Elle ferma les yeux et secoua la tête.

— Ne gâchons pas ce moment. Je ne veux pas.

— Je suis désolé. Que veux-tu, ma chérie ? Dis-le-moi.

— Tiens-moi dans tes bras. Laisse-moi croire un moment que ma vie n'est pas complètement gâchée.

Il roula sur le côté, et attrapa une couverture qu'il rabattit sur eux. Puis il attira Zoé dans ses bras, l'enveloppant de son corps.

Elle se détendit, songeant au bonheur immense qu'elle venait de connaître. Mercer lui avait donné tout ce dont elle avait besoin. La consolation, l'extase, le plaisir. Il l'avait emportée vers des contrées dont elle ignorait tout. Et ce moment précieux, où elle se retrouvait nichée entre ses bras, submergée par sa chaleur et par son odeur... c'était dans un sens le meilleur de tout.

Cependant, même alors qu'elle flottait aux confins du sommeil, Zoé ne se faisait aucune illusion. Les prochains jours contiendraient de terribles épreuves, elle devrait affronter de redoutables vérités. Néanmoins, elle aurait ce délicieux souvenir pour la soutenir et la réconforter. Ce moment passé dans les bras de Mercer.

Zoé n'aurait su dire combien de temps elle avait cédé à la somnolence. Quand elle s'éveilla, sa chemise était étendue devant le feu, une douce chaleur régnait dans la pièce, et Mercer était assis dans un fauteuil, les coudes posés sur les genoux. Elle roula sur elle-même et s'étira.

— Que fais-tu ? murmura-t-elle en souriant.

— Je te regarde dormir. Zoé, tu es si belle. Je t'ai toujours trouvée belle.

Zoé lui tendit les bras en riant.

— Alors, reviens et refais-moi l'amour.

Il secoua la tête, l'air solennel, mais se leva tout de même pour la rejoindre.

— C'est trop nouveau pour toi, ma chérie, je te ferais mal. Il faudrait que je sois une brute.

Il l'embrassa, et la fit rouler sur le dos. Alors, il lui fit l'amour avec sa bouche, avec ses mains, et avec une douceur surprenante pour un homme de sa taille et de sa force. Il lui mordilla les seins, passa les mains dans ses boucles, murmura des mots doux, les lèvres contre sa peau. Puis il taquina de nouveau l'endroit le plus secret de son corps, et la fit basculer encore dans un océan de plaisir.

Zoé se rendormit, épuisée, mais elle savait que Mercer ne s'endormirait pas. Il garda les yeux fixés sur elle, montant la garde comme il l'avait toujours fait depuis qu'elle le connaissait.

# 11

# La partie de chasse

Mercer fut éveillé par un son de cloche. Il s'assit, passa les mains dans ses cheveux et scruta l'obscurité, reprenant lentement ses esprits. Zoé dormait à côté de lui, et sa présence lui parut curieusement rassurante.

Il avait éprouvé toutes sortes de sensations agréables au cours de sa vie amoureuse, mais il ne s'était jamais encore senti rassuré auprès d'une femme. Dans son sommeil, Zoé avait semblé extrêmement petite, jeune. Elle respirait régulièrement, un poing fermé sur le bord de la couverture. Il s'accorda un instant le plaisir de la contempler, un peu déconcerté par le bonheur que cela lui apportait. Puis la cloche retentit de nouveau, un bruit lointain et étouffé, mais cependant bien réel.

Il n'avait ni le temps ni l'envie de réfléchir à ce qui s'était passé, au fait que sa vie soit maintenant sens dessus dessous. Il était pragmatique. Ce qui était fait était fait. Et, pour paraphraser un des dictons préférés de George Kemble, après eux, le déluge.

Que le déluge s'abatte donc sur leurs têtes. Deux choses le préoccupaient pour l'instant : l'aube qui approchait, et la vie de Zoé qui devenait de plus en plus compliquée. Il se leva doucement, et se rendit pieds nus sur le ponton de bois. Comme il le craignait, la lune était en train de disparaître, et son reflet scintillant était à peine visible à la surface de l'eau.

Le bruit retentit de nouveau sur sa droite, à flanc de colline. Il distingua une grosse masse dans la pénombre et poussa un soupir de soulagement. Ce n'était qu'une vache, qui se dirigeait vers l'étable.

Il retourna à l'intérieur et enfila le caleçon qu'il avait mis à sécher devant le feu. Puis il attisa les flammes, se rallongea à côté de la jeune femme, et l'embrassa pour la réveiller.

Elle bougea et s'étira comme un chat allongé au soleil. Ses lèvres formèrent ce sourire espiègle qui l'avait si souvent tenté, malgré lui. Ses boucles étaient répandues comme de la soie noire sur la vieille couverture de laine, et il ne put résister à l'envie d'en enrouler une autour de son doigt.

— Bonjour, Mercer. Tu as l'air satisfait.

Satisfait ? Oui. Il était même un peu déconcerté de constater à quel point il l'était. Il se sentait heureux, résigné à accepter son sort. Il avait toujours été en paix avec lui-même, confiant, et même assez souvent content. Mais heureux ? Cette émotion tenait plutôt du vague souvenir d'enfance. Au lieu d'expliquer cela à Zoé, il sourit et l'embrassa de nouveau.

Cela, c'était vraiment le bonheur.

Et pour avoir ce bonheur, il devrait renoncer à une certaine paix et une certaine satisfaction.

— Il faudrait que tu t'habilles, ma chérie, chuchota-t-il contre sa joue. Il doit être plus de cinq heures.

— Crois-tu qu'ils nous ont cherchés ?

Mercer avait pensé à cette éventualité. Seules sa mère et la femme de chambre de Zoé étaient susceptibles de constater leur absence. Pour sa mère, il pensait qu'elle garderait ses soupçons pour elle et le laisserait s'occuper des dégâts entraînés par le déluge qui s'était produit cette nuit-là.

Zoé le rassura vivement sur la discrétion de Trudy et esquissa une moue de contrariété.

— Mais il vaut mieux que je rentre à présent, n'est-ce pas ? ajouta-t-elle d'une voix triste. Il faut que je retourne à la vie réelle... et que j'affronte Robert et papa.

Mercer posa une main sur son cœur et le sentit battre à toute allure.

— Zoé, tu vas le lui dire aujourd'hui même. Je parle de Robin, bien sûr.

— Lui dire ce... qui s'est passé ?

— Et que tu ne peux pas l'épouser, ajouta-t-il en passant doucement les doigts dans ses cheveux noirs. Tu ne peux plus, après ce qui s'est passé. Mais tu le sais, n'est-ce pas ?

Zoé ferma les yeux et se concentra sur la caresse de ses doigts virils dans ses cheveux. La nuit avait été magique, merveilleuse, mais il y avait maintenant une résolution dans la voix de Mercer, qui donnait à réfléchir. Elle n'aurait pas dû en être étonnée.

— Mercer, même avant cela, je ne pouvais pas épouser Robin. Je ne peux pas me marier avec lui, un point c'est tout. Mais ne dis pas que c'est à cause de *ça*.

— Zoé, il n'y a que ça qui compte, maintenant, répliqua-t-il en lui prenant le visage dans la main. Zoé, c'est toute notre vie.

— Ce qui s'est passé était merveilleux. Nous avons fait l'amour, et je te remercie, Mercer. Tu m'as sauvée non seulement de la noyade, mais surtout du désespoir. Mais je n'ai fait cela que pour une seule raison : j'avais envie de toi.

— Zoé, que dis-tu ?

— Je ne peux pas ouvrir une nouvelle porte avant d'avoir refermé la dernière, Mercer, expliqua-t-elle patiemment. Je sais ce que tu penses, et ne le dis pas, je t'en prie. Ne rends pas notre vie encore plus compliquée qu'elle ne l'est déjà.

— Compliquée ? Qu'y a-t-il de compliqué là-dedans ?

Elle posa sur lui un regard incertain.

— Mercer, écoute-toi parler. Tu es censé être l'incarnation même de la logique froide et détachée.

— Et je commence à croire que cette façon de penser ne m'a pas rendu service.

Zoé fit glisser ses doigts sur son visage, puis sur son menton carré ombré de barbe.

— J'ai certaines choses à mettre au point avec mon père et avec Robin, murmura-t-elle. Tu as Claire. Et ne me dis pas que votre relation est terminée. Je sais que ce n'est pas vrai.

Mercer détourna les yeux.

— Elle ne le sera peut-être jamais. Pas complètement, et tu sais pourquoi. Mais je veux que tu dises à Robin que c'est fini entre vous, Zoé. Je veux que tu le lui dises dès aujourd'hui.

— Tu as passé presque toute ta vie à être fâché contre moi. Comment pourrais-je croire que cela a changé après seulement une nuit de passion ?

— Je n'étais pas vraiment fâché, Zoé, expliqua-t-il d'une voix douce. Et, oui, tout a changé… et pourtant, rien n'a changé.

Zoé se souleva sur un coude pour l'embrasser.

— Je dirai à Robin que nos fiançailles sont rompues, et cela le rendra très heureux. Mais avant tout, je dois l'annoncer à mon père. Avec lui, je crains que la discussion ne soit longue et difficile.

— Tu lui diras pourquoi, Zoé. Il y a des choses à mettre au point, je te l'accorde. Mais nous sommes liés à présent.

Zoé secoua lentement la tête.

— Tu n'es pas lié à moi. Ce n'est pas ainsi, Mercer. Je suis toujours la même personne qu'avant. Je suis toujours la fille illégitime de Rannoch. Et cette fois, tu ne pourras pas me sauver de ma folie par un de tes exploits héroïques.

— Ta folie ? Tu considères que ce qui s'est passé était une folie ?

— Une folie très agréable, sans doute, admit-elle. Et, oui, il y a peut-être quelque chose de plus. Le temps nous le dira, n'est-ce pas ?

— Zoé !

Mercer s'était rembruni. Zoé songea qu'elle aurait dû s'y attendre. Il allait insister pour que tout se passe selon ses vœux. Cette fois, elle ne céderait pas. Mercer regretterait tout engagement décidé maintenant. Oh, pas une fois il ne l'avait regardée de haut, mais elle ne s'était jamais crue digne de lui. Et quand la passion se serait dissipée, il penserait probablement comme elle. Il la considérerait de nouveau comme un petit démon, tout juste bonne à flirter avec tous les hommes qui passaient.

— Oui, je dirai à mon père que je refuse d'épouser Robert. Il se peut qu'il me fasse fouetter, ou qu'il m'expédie dans le Perthshire. Mais je ne céderai pas. Quant à… ce qui vient de se passer… nous verrons bien où cela nous mènera.

Mercer se renfrogna davantage et regarda par la fenêtre.

— Bon sang, je n'ai plus le temps d'en discuter avec toi.

Il l'embrassa de nouveau, et l'aida à se relever.

— Viens. Il faut te rhabiller et rentrer sans que personne te voie.

— Oui, mon seigneur et maître, répliqua-t-elle avec un sourire narquois.

— Oh, fais-moi confiance, je serai ton maître, ma petite. D'une façon ou d'une autre, je parviendrai à te dompter, même si la tâche est rude.

— Vraiment ? J'aimerais bien voir ça.

Baissant les yeux, elle s'abandonna contre lui et noua les mains sur sa nuque pour lui rendre son baiser. Il leur fut très dur de se séparer. Même après une nuit passionnée, ce diable d'homme pouvait encore la faire vibrer de désir. La vérité, c'était qu'elle était follement amoureuse de lui. Amoureuse de sa force, de son sens de l'honneur, de son caractère obstiné.

Peut-être l'avait-elle toujours été. Peut-être était-ce pour cela que son air désapprobateur la faisait tant souffrir, et qu'elle avait pris tant de plaisir à le provoquer. Mais ce qu'elle éprouvait maintenant, ce n'était pas un béguin d'adolescente. C'était un désir profond, impossible à ignorer. Cependant, elle tenait à ce que cela reste son secret… car le futur était trouble et incertain.

À cet instant, un hurlement aigu retentit sur l'autre rive du lac. Zoé tressaillit, pressant une main contre son cœur. Mercer la ramena aussitôt contre lui.

— Ce n'est rien, mon amour. Juste un renard appelant sa femelle.

— Oh, non !

Mercer s'écarta et la regarda en fronçant les sourcils.

— La chasse à courre de sir William ! chuchota-t-elle. Zut ! Il faut se dépêcher !

⁂

Trudy ne dit pas un mot quand Zoé se faufila dans la chambre vêtue de la robe qu'elle portait la veille au dîner.

— Vite, Trudy ! s'exclama Zoé en se jetant sur son lit. Il faut faire vite ! Demande de l'eau chaude pour mon bain. Très chaude, s'il te plaît. Et ne me gronde pas.

— Mon Dieu ! marmonna Trudy en allant tirer le cordon. Je n'ai pas le cœur à vous gronder, mademoiselle.

Zoé se rendit compte que le lit était bosselé, et elle se releva d'un bond.

— Tu as caché des oreillers sous la couverture !

Trudy s'avança vers le lit en se tordant les mains.

— J'ai pensé que vous n'aimeriez pas que quelqu'un sache que vous n'étiez pas rentrée, mademoiselle. J'ai dormi sur le lit de camp, à côté, et lady Rannoch est passée vers minuit. Ensuite, lord Robert est venu. Il était dans un état épouvantable, et je l'ai obligé à repartir. Je n'ai rien dit à personne, mademoiselle. Est-ce que j'ai bien fait ?

Trudy avait la mine défaite. Zoé avait encore une fois mis ses nerfs à rude épreuve. Elle l'embrassa affectueusement sur la joue.

— Sois bénie, Trudy ! dit-elle en déboutonnant sa robe. Je suis désolée d'avoir été une aussi vilaine fille. Je t'assure.

La femme de chambre sourit.

— Vous n'êtes pas vilaine, mademoiselle. Vous êtes juste... un peu dissipée. Vous n'en faites qu'à votre tête. Mais Dieu sait que vous avez bon cœur.

— Dissipée, hein ?

C'était déjà mieux que « vilaine fille », décida Zoé.

— Quoi qu'il en soit, je sais que j'ai abusé de ta patience, mais je vais m'amender, Trudy. C'est promis. Aide-moi à enlever cette robe, vite. Mon habit noir est prêt ?

Deux heures plus tard, Zoé traversait Lower Thorpe sur un grand cheval bai. Mercer le lui avait amené après le petit déjeuner, se penchant vers elle un peu plus qu'il n'était convenable pour lui mettre les rênes dans la main.

L'espace d'une seconde ses yeux avaient étincelé, et quelque chose était passé entre eux, enflammant les joues et la gorge de la jeune femme.

— Ma mère affirme que tu sais mener les bêtes qui ont du caractère, murmura-t-il avec un regard suggestif. Je commence à croire qu'elle a raison. Mais ne me fais pas regretter cela, Zoé. Zéphyr n'est pas un cheval facile.

Elle avait réussi à esquisser un doux sourire.

— Les êtres qui ont du caractère ne sont jamais faciles.

À présent, Zoé avançait à côté de son père, sur une large piste cavalière. Ils suivaient directement

Mercer et sa mère, si bien que Zoé pouvait observer le dos puissant et les larges épaules de son amant. Tous les gentlemen avaient revêtu des habits rouges de chasseur. Mercer portait le sien avec de hautes bottes noires à revers marron, et un pantalon qui mettait en valeur ses cuisses musclées.

Ils chevauchaient le long d'une crête dominant la mer, un raccourci pour se rendre à Stony Manor, la demeure de sir William, où la meute les attendait. Très vite le chemin étroit longea les falaises, se rapprochant parfois dangereusement du précipice. Zoé jeta un coup d'œil en bas, au ruban de sable qui ondulait le long de l'eau argentée, et sentit la tête lui tourner.

Seuls les meilleurs cavaliers s'étaient joints à leur groupe : Mercer et sa mère, M. Amherst, et Arabella. Robin fermait la marche, sur un cheval qu'elle n'avait encore jamais vu. Un étalon noir qui semblait un vrai démon, et dont le nom était d'ailleurs Lucifer.

En temps ordinaire, Zoé aurait considéré comme une victoire que Robin se soit levé aussi tôt le matin. Cependant, à en juger par son apparence, elle craignait qu'il ne se soit pas couché du tout. Plus elle y pensait, et plus cela l'inquiétait.

— Je vais attendre Robin et chevaucher à côté de lui, dit-elle à son père.

Celui-ci acquiesça d'un hochement de tête, mais sa colère était visible. Il était toujours furieux contre Robin, et Zoé n'osa pas le questionner sur l'échange qu'ils avaient eu la veille.

Elle poussa son cheval sur le côté et fit signe à Arabella et à son père de passer devant. Mercer se retourna et lui lança un regard irrité.

Zoé se contenta de sourire et se rangea auprès de Robin. Comme effrayé par Lucifer, son cheval fit quelques pas de côté et secoua vivement la tête, avant de se remettre en route.

— Même ta monture ne m'aime pas, grommela Robin.

— Ne fais pas attention à elle. Robin, est-ce que tu as dormi ?

— Pourquoi ? rétorqua-t-il en haussant les épaules. Quelle importance ?

Elle lui décocha un regard en biais. Si elle s'approchait de lui, elle savait que son haleine sentirait l'alcool. Oh, non ! Robin ne pouvait pas continuer comme ça ! Il buvait, il était déprimé, désespéré.

— Je ne pense pas que tu sois en état de monter à cheval, mon vieux. Fais demi-tour et rentre à la maison. Je ne t'en voudrai pas.

— Non, j'en suis sûr, lui répliqua-t-il avec amertume.

— Et qu'est-ce que...

Elle se tut brusquement, en apercevant un hématome juste au-dessus du col blanc de sa chemise.

— Qu'y a-t-il ? lança Robin, comme elle restait bouche bée.

— Ce bleu, sur ton cou... Est-ce que c'est mon père qui... Mon Dieu, Robin, papa a-t-il voulu t'étrangler ?

Le visage de Robin s'empourpra, et il se détourna.

— Non, c'est... un accident. Ne t'inquiète pas.

Zoé posa un regard anxieux sur la silhouette de son père, et fit ralentir l'allure à son cheval.

— Mon père a essayé de te tuer, et tu voudrais que je ne m'inquiète pas ?

Robin se raidit, et elle vit ses doigts se crisper sur les rênes.

— C'est peut-être moi qui devrais te demander ce qui s'est passé la nuit dernière ? dit-il à voix basse. Dis-moi, Zoé, Stuart a-t-il fini par te retrouver ? T'a-t-il sauvé la vie encore une fois ?

— Cela ne te regarde pas, riposta-t-elle, soupçonnant soudain l'origine de ce bleu. Comment oses-tu changer de sujet ?

— Le sujet ? Le sujet, Zoé, c'est l'héroïsme de mon frère, comme toujours ! On ne parle que de lui. Sir Galaad volant au secours de Zoé, la sauvant de Robin !

— Robin !

Irritée, Zoé rapprocha sa monture de celle de Robin et Lucifer s'agita, mécontent.

— Personne ne t'a jamais reproché de m'avoir fait faire des sottises. C'est même l'inverse !

— Oui, nous sommes tous les deux à blâmer, en effet. Explique-moi, Zoé, qui Trudy espérait-elle tromper, en cachant ces vieux coussins sous ta couverture ?

Zoé demeura muette de stupeur. Comment diable avait-il deviné ?

Il la connaissait trop bien. Il connaissait toutes les ruses, toutes les farces et tous les canulars de son répertoire. De fait, il avait été son maître dans ce domaine. Et le coup des coussins dissimulés sous les couvertures n'était qu'un échantillon de leurs talents !

Le visage de Robin n'était plus qu'un masque douloureux, et un chagrin indescriptible se peignit dans son regard. Le pire, c'était que cela n'avait rien à voir avec Mercer. Elle le comprit instinctivement. Robin était en train de se consumer de chagrin, et cette douleur le menait tout droit vers l'autodestruction. Et c'était elle qui était à l'origine de tout.

— Robin, écoute-moi. Il faut que nous parlions. Je suis au courant pour Mme Wilfred, et je pense que c'est elle qui...

— Oh, ne te fatigue pas. Maria se fiche de moi comme de l'an quarante.

— Mais je crois que toi, tu es amoureux d'elle.

Un ombre passa sur le visage de Robin.

— Et alors ? Elle m'a interdit d'entrer en contact avec elle. De fait, c'est même la seule chose qu'elle m'ait jamais demandée. Aussi, je vais lui obéir. Et c'est un sujet que je ne souhaite plus aborder avec toi, Zoé.

— Robin, il ne s'agit pas seulement de Mme Wilfred.

Zoé fit passer les rênes dans sa main gauche et essaya de prendre le bras de son fiancé, mais il la repoussa.

— Je t'en prie, Robin. Tu es mon meilleur ami.

Il secoua la tête et se détourna, comme pour cacher ses larmes.

— Écoute, Zoé. Que tu aies passé la nuit avec mon frère importe peu. Quant à ce bleu, ajouta-t-il en tirant brutalement sur le col de sa chemise, c'est Jemima qui en est responsable. Elle a un peu perdu la tête, la nuit dernière. Non que j'y aie éprouvé le moindre plaisir.

Zoé comprit que la marque sombre n'était que la preuve d'un instant de passion débordante.

— Robin, je n'ai pas envie d'entendre cela.

— Non ? riposta-t-il en élevant un peu trop la voix. Eh bien, écoute tout de même. Jemima a fait beaucoup d'efforts pour rien. Je suis rentré tôt.

Car, vois-tu, je croyais devoir des excuses à ma future épouse.

— Parle plus doucement. Oui, tu me dois des excuses, et je t'en dois aussi, car...

Trop tard. Jonet venait de faire demi-tour et se dirigeait vers Robin.

— Passe devant et va ouvrir le portail de sir William, ordonna-t-elle, avec un éclair de fureur dans les yeux.

— Oui, madame.

Souriant avec amertume, Robin toucha le bord de son chapeau comme l'aurait fait un domestique, et éperonna Lucifer. Zéphyr fit de nouveau un écart de côté, en secouant la tête, l'air furieux. Par chance, le chemin s'éloignait de la falaise et s'enfonçait entre les arbres. Lucifer fila comme une flèche au milieu du groupe de cavaliers, passant dangereusement près d'Arabella, dont la monture fit une ruade.

Jonet suivit son fils des yeux, puis partit à toute allure derrière lui, sa cravache en main comme si elle avait l'intention de s'en servir. Zoé eut le plus grand mal à calmer son cheval. Lorsqu'ils atteignirent la grille d'entrée, ses oreilles étaient toujours rabattues en arrière, et son regard affolé. Robin se tenait près de la grille ouverte, mais Jonet était invisible.

Ils passèrent près d'un vaste bâtiment de pierre abritant les écuries, et à côté duquel se trouvait le chenil. Les chiens aboyaient à qui mieux mieux, en bondissant follement en tous sens. Plus loin, au-delà d'une large pelouse séparée du corps de ferme par une haie, Zoé aperçut un beau jardin entourant le manoir.

Sir William et une douzaine de cavaliers en habit rouge allaient et venaient dans l'allée de graviers. Des hommes se tenaient au milieu de la meute.

— Bonjour, bonjour ! lança sir William en s'avançant à leur rencontre sans lâcher la bride de son cheval.

Jonet avait mis pied à terre et observait les chiens avec Francis Ware. Lady Shankling traversa la pelouse pour les saluer.

À cet instant Robin rattrapa Mercer et M. Amherst, son grand cheval noir s'arrêtant brusquement près d'eux dans une gerbe de graviers, comme pour les offenser. Zéphyr choisit ce moment pour se mettre à tourner nerveusement en rond, en tapant du sabot contre le sol.

Zoé tira sur les rênes pour faire face à Robin, mais Zéphyr, trop sensible à la nervosité ambiante, s'agita de plus belle. Francis Ware approcha, montant un massif cheval brun.

— On dirait que votre monture a envie de faire la course, mademoiselle Armstrong, cria-t-il, pour dominer les aboiements de la meute. L'étalon noir de lord Robin va sans doute relever le défi.

— Hélas, monsieur Ware, je monte en amazone aujourd'hui, répondit-elle en riant, dans une tentative pour détendre l'atmosphère.

— Bon sang, j'en ai par-dessus la tête ! marmonna Robin entre ses dents, furieux. Je m'en vais. Tu peux flirter avec Ware, ou même avec Stuart si tu veux !

— Robin, quelle mouche t'a piqué ? Ware voulait seulement me taquiner !

— Non. Il fait allusion aux histoires d'hier soir, au dîner. J'en ai assez d'entendre parler des exploits de Stuart. Et ne me dis pas que tu n'étais pas avec lui la nuit dernière. Je le sais.

Zoé se mit à trembler de tous ses membres.

— Et alors ? Mercer était là pour moi, et tu n'y étais pas.

— Eh bien, épouse-le. Oh, attends, j'oubliais cette bonne vieille Claire ! Elle nous concocterait un joli scandale avec tout ça !

— Robin, tu as bu. Tais-toi. Ou bien retournons tous les deux à la maison.

— Eh bien, essaie donc de me rattraper ! lança-t-il en abattant sa cravache sur le flanc du cheval.

Bouche bée, Zoé le regarda filer dans l'allée. Quand il parvint au virage, au lieu de contourner la haie, il frappa de nouveau son cheval pour lui faire sauter l'obstacle.

Il allait se tuer, songea Zoé. Elle balaya la foule du regard. Personne n'était en selle, et personne ne faisait attention à ce qui se passait. Sans réfléchir, elle frappa sèchement le flanc de son cheval, qui tressauta et bondit en avant. Robin franchit la haie suivante, avec autant de facilité que la première. La grille, en revanche...

Mon Dieu ! Avait-il pensé à la grille ?

Était-il bouleversé au point d'avoir oublié ? Zéphyr approchait de la haie, et elle devait décider. Agissant purement par instinct, elle se coucha sur l'encolure du cheval et le laissa sauter. En quelques secondes, la deuxième haie apparut. Zoé se cramponna, maudissant sa selle d'amazone. Elle ne pourrait pas franchir le portail de la ferme. Mais personne ne le pourrait, pas même un cavalier émérite.

Robin dévalait la colline, loin devant eux.

— Robin ! hurla-t-elle. Robin, la grille !

Il n'entendit pas. Le cœur au bord des lèvres, Zoé suivit. Robin avait dix longueurs d'avance sur elle. La grille se dressait à quelques mètres, mais Robin ne ralentit pas l'allure.

— Arrête ! Arrête, tu ne pourras pas la franchir !

Lucifer en décida autrement. Robin l'éperonna de nouveau et l'immense animal fit un bond prodigieux. Elle vit les pans de l'habit rouge de Robin flotter derrière lui.

Au dernier moment, le pire se produisit. Un sabot frôla la grille. Un bruit abominable déchira l'air, le corps de Lucifer se tordit et le cheval retomba de travers, projetant Robin en avant. Après, tout alla très vite. Elle vit les sabots du cheval et les jambes de Robin entremêlés. Lucifer se redressa et piétina son cavalier.

— Robin !

Aveuglée par la peur, Zoé tira brusquement sur les rênes de son cheval et descendit. Lucifer s'enfuit dans l'allée, les rênes flottant derrière lui. Robin gisait sans vie sur le sol. Une jambe était bizarrement repliée sous lui, ses bras étaient étendus. Zoé ne vit que du rouge. Du rouge partout. Se cramponnant désespérément à la grille, elle tomba à genoux.

Un instant plus tard, des habits rouges apparurent et l'entourèrent en s'agitant. Quelqu'un criait :

— Mademoiselle Armstrong ! Mademoiselle !

Une main se plaqua sur sa bouche. Les hurlements cessèrent. Des bras forts la soulevèrent, détachèrent ses doigts de la grille. Sir Francis souleva nerveusement le loquet.

Zoé leva les yeux vers sir William, et vit son regard horrifié. Les habits rouges franchirent la grille, suivis par les chiens qui aboyaient. Elle était dans un brouillard.

— Amenez une voiture !

— Des couvertures, Jim ! Vite !

— Il perd beaucoup de sang, monsieur. Passez-moi votre foulard.

Zoé vit Jonet agenouillée dans la terre, une main gantée plaquée sur sa bouche. Sir William relâcha Zoé. Mercer apparut au-dessus d'elle, tremblant.

— Il a fallu que tu le pousses à bout, hein ?

Zoé s'apprêta à répondre pour se défendre, mais aucun son ne franchit ses lèvres.

Cela n'avait pas d'importance. Robin allait mourir. Mercer écarta les autres pour aller s'agenouiller à côté de son frère. La tête penchée, le visage crispé de chagrin, il posa les doigts sur son front.

Zoé se mit à prier.

# 12
# Une veillée silencieuse

Il faisait nuit noire ce soir-là quand Jonet, ployant sous le chagrin, se décida à quitter le chevet de Robin. Ils étaient tous rassemblés dans un petit salon. Zoé et ses parents, sir William, les Ware, Donaldson et M. Amherst. Ces deux derniers n'avaient cessé d'entrer et de sortir de la chambre de Robin, tout l'après-midi.

M. Amherst et le père de Zoé allèrent aussitôt vers Jonet pour la soutenir, car elle semblait sur le point de s'effondrer.

— Y a-t-il du changement, ma chérie ? demanda Amherst.

Jonet secoua la tête et se laissa tomber dans un fauteuil.

— Stuart est auprès de lui, articula-t-elle d'une voix à peine audible. Le Dr Bevins ne veut pas se prononcer.

Zoé se leva et alla s'agenouiller près de sa cousine.

— Oh, Jonet, je suis désolée ! Je voulais seulement le retenir, et non le pousser.

Jonet posa la main sur celle de Zoé.

— C'est une terrible tragédie, mon enfant. Vous n'êtes pas plus à blâmer que nous. Robin est si... si têtu !

Un infime gémissement franchit ses lèvres, et elle plaqua les mains contre sa bouche. M. Amherst s'agenouilla et lui passa un bras autour des épaules.

— Personne ne vous fait de reproches, Zoé, dit-il sans détacher les yeux de sa femme.

— Mercer pense que c'est moi qui ai poussé Robin.

Francis Ware se leva d'un bond.

— Tout cela est ma faute ! Madame, j'ai voulu les taquiner. Mais Robin... Robin a explosé de colère.

Jonet leva vers lui un regard brouillé de larmes. Au même moment, la porte de la chambre s'ouvrit. Zoé aperçut Mercer, près du lit de son frère, les mains dans le dos, la tête baissée.

Le médecin sortit, sa vieille sacoche à la main, la mine défaite, l'air abattu.

— Quelles nouvelles, Bevins ? s'enquit Amherst en se redressant. A-t-il repris conscience ?

— Non, monsieur. Grâce au ciel ! Lord Mercer m'a aidé à remettre en place la hanche déboîtée, ce qui est extrêmement douloureux. S'il se réveille...

— S'il se réveille ? s'écria Jonet, effarée.

— S'il se réveille, madame, répéta doucement le docteur, la douleur sera à peine tolérable. Il ne pourra pas marcher avant longtemps. Quant au bras, la fracture n'est pas grave, ce dont nous pouvons remercier le ciel. Des hématomes sont en train de se former, et je crois que vous devez vous préparer, lady Kildermore. Demain, lord Robert sera affreux à voir.

— Mais les hématomes… les hématomes guériront, n'est-ce pas ?

Le médecin hocha lentement la tête.

— Il faut l'espérer. Mais pour les lésions internes… je ne peux me prononcer. Des organes peuvent être endommagés, et si c'est le cas… nous le saurons avant la fin de la nuit, je suppose.

Zoé fut submergée par une vague de chagrin, et elle retomba dans son fauteuil, en proie à un tremblement incontrôlable.

— Lord Robert a reçu un terrible coup sur la tête, reprit le docteur. Apparemment, un des sabots l'a atteint en plein visage. La blessure est profonde, mais je l'ai suturée autant que je le pouvais, et j'ai arrêté l'hémorragie.

— Y a-t-il un danger d'infection ? demanda Amherst. Risque-t-il d'avoir de la fièvre ?

Zoé savait que la fièvre était ce que les soldats redoutaient le plus. Les hommes qui survivaient sur le champ de bataille mouraient le plus souvent de l'infection qui s'installait par la suite. Le médecin eut l'air résigné.

— À vrai dire, monsieur, l'infection n'est pas notre souci primordial. Les blessures au visage, même les plus profondes, n'offrent pas un terrain favorable à l'infection, comme une blessure par sabre ou par balle.

— Dieu merci ! murmura Amherst, qui sembla se détendre un peu.

— Je vous ai laissé de la teinture de laudanum, lady Kildermore, au cas où lord Robert commencerait à s'agiter. J'ai expliqué à l'infirmière comment l'administrer.

— Elle saura, répondit vivement Jonet. Nanny est très habile.

Le docteur partit en leur assurant qu'il passerait le lendemain, à moins qu'un changement ne survienne dans la nuit. Sir William et les Ware le suivirent. Jonet pria le reste du groupe de descendre dîner et retourna au chevet de Robin.

Zoé obéit à contrecœur. Elle aurait dû rester et… faire quelque chose. Mais quoi ?

De toute évidence, Mercer ne voulait pas de sa présence. Quand il avait daigné poser les yeux sur elle, le message avait été clair. Ils formaient une famille unie, et elle n'en faisait pas partie. Il ne s'appuierait pas sur elle. Elle ne lui en voulait pas. Tout était entièrement sa faute. Francis Ware pouvait bien dire ce qu'il voulait, elle savait que c'était la stricte vérité.

Tous ses actes, depuis cette horrible soirée à Brook Street, les avaient menés directement à cette tragédie. Maintenant, tout ce qui comptait, c'était Robin. Il était entre la vie et la mort, son corps brisé en mille morceaux tout comme son cœur. S'il s'éveillait, aurait-il encore envie de vivre ? Elle devait faire tout ce qui était en son pouvoir pour que ce soit le cas.

— Je vous demande de m'excuser, dit-elle à ses parents quand ils furent dans l'escalier. Je n'ai aucun appétit.

Évangeline lui passa un bras autour des épaules.

— Viens, ma chérie, tu nous tiendras compagnie.

— Non, j'ai quelque chose à faire. C'est… urgent.

Ses parents échangèrent un regard, et Evangeline retira son bras. Son père l'embrassa.

— Bonne nuit, ma chérie. Il faut espérer que tout ira mieux demain matin.

Zoé retourna dans sa chambre, s'allongea sur le lit dans l'obscurité, et laissa ses larmes couler.

Quand son chagrin se fut un peu apaisé, elle rassembla ses idées et songea à ce qu'il fallait faire.

Lorsque son plan fut au point, elle se leva, se rinça le visage à l'eau froide, et alla allumer une bougie sur son bureau. Elle prit une feuille dans le tiroir, trempa sa plume dans l'encrier et entreprit d'expier ses péchés.

⁂

— Personne n'est encore levé, mademoiselle, marmonna Trudy, le lendemain matin. Le petit déjeuner n'est pas prêt, et les tentures ne sont même pas écartées !

Zoé n'avait pas beaucoup dormi. Recroquevillée sur son lit, elle avait passé la nuit à pleurer. À présent, elle regardait le soleil se lever par la fenêtre, pendant que Trudy boutonnait la vieille robe de couleur sobre qu'elle venait d'enfiler.

À la lumière du jour naissant, pleurer paraissait un acte futile. Cela n'aidait en rien Robin et n'offrait aucun réconfort à sa famille. Ça ne servait qu'à lui rougir les yeux et à gonfler son nez, car elle ne faisait pas partie des femmes que les larmes embellissaient.

Néanmoins, elle était à présent résolue.

— Je ne peux pas dormir, et je ne veux plus attendre. Il faut que j'aille dans la chambre de Robin.

— Cela ne paraîtra sans doute pas convenable, mademoiselle. Lady Évangeline sera fâchée contre moi.

— Trudy, tu ne peux pas m'en empêcher, et ma mère le sait. D'autre part, je pense que, vu les circonstances, personne ne se soucie de ma réputation.

Trudy eut la sagesse de ne pas répondre.

Zoé prit la lettre posée sur son bureau et la donna à Trudy.

— Il faut que tu mettes cette missive à la poste pour moi, dit-elle en cherchant des pièces dans sa poche. Ne dis rien à papa, va au village toi-même. Tu veux bien faire cela pour moi, Trudy ?

— Oh, mademoiselle, qu'avez-vous manigancé, encore ?

— Ne t'inquiète pas. Quand je me ferai gronder tu pourras toujours dire que tu ne savais rien.

— Mademoiselle, je crois que vous allez commettre une erreur.

— Non, je vais en réparer une, si je le peux, murmura Zoé.

Sur ces mots, elle se précipita dans le couloir et s'aperçut qu'elle n'était pas la seule de la maisonnée à être déjà levée. Au pied de l'escalier, ses parents étaient plongés dans un conciliabule.

— Papa ! Évie ! Ne me dites pas...

— Robert est toujours en vie, dit aussitôt son père en l'attirant dans ses bras. Mais son état est inchangé.

— Oh, mais il est vivant ! C'est déjà bien, n'est-ce pas ? Nous devons remercier le ciel.

— Ma chérie, tu n'as pas dormi, murmura Évangeline en lui caressant la joue.

Rannoch toussota.

— Ta mère et moi avons décidé de partir aujourd'hui, annonça-t-il. Demande à Trudy de préparer tes bagages.

— Papa, non ! Comment pouvez-vous envisager de partir, alors que Robin va si mal ?

— Nous partons justement parce que Robin va mal, expliqua-t-il gentiment. Jonet a bien assez à faire. Elle n'a pas besoin d'invités en ce moment.

— Zoé, cela vaut mieux, ajouta Évangeline.

— Non, nous ne pouvons pas partir ! Pas tant que Robin n'a pas repris conscience. Je... il faut que je lui parle.

— Zoé, reprit doucement sa mère, il est possible que Robin ne se réveille jamais.

— Je ne le crois pas ! Il... il ne faut pas penser cela. On dirait que vous ne connaissez pas Robin ! Il est fort, il guérira.

— Ce n'est pas sûr, ma chérie. Je crains que ce ne soit ce que le docteur tentait d'expliquer à Jonet hier soir, répondit doucement Rannoch. Robert est gravement blessé et, même s'il reprend conscience, il ne sera peut-être plus tout à fait le même. Tu comprends, Zoé ?

La jeune femme était glacée, comme si son sang avait cessé de circuler dans ses veines. Mais ce n'était pas le moment de donner des signes de faiblesse.

— Je comprends, chuchota-t-elle en reculant d'un pas. Je comprends que vous essayez d'aider Jonet et de me protéger. Mais je ne suis plus une enfant, papa. Je suis une femme. Et je suis toujours la fiancée de Robin. Quelle image donnerais-je de moi si je retournais à Londres, alors qu'il est ici, presque mourant ?

Ses parents échangèrent un nouveau regard.

— Zoé, tant que nous resterons ici, nous représenterons un souci supplémentaire pour Jonet.

— Vous avez raison, admit-elle en baissant les yeux. Bien sûr. Il faut que vous partiez. Mais je resterai. Je garderai Trudy avec moi. Quand Robin aura repris conscience, et qu'il sera sorti d'affaire, vous enverrez une voiture me chercher.

Une expression étrange apparut sur les traits de Rannoch, qui haussa imperceptiblement les épaules. Zoé comprit qu'elle avait gagné.

— C'est à Jonet de décider, déclara-t-il en passant une main dans ses cheveux. Si elle a besoin de toi... c'est elle qui le dira.

Zoé fila sans attendre vers la chambre de Robin. Il était vivant ! Elle avait vraiment craint le pire en voyant ses parents dans l'escalier, et le chagrin avait un moment pris le pas sur la culpabilité. Mais il était vivant !

Parvenue devant la porte de Robin, elle s'arrêta pour frapper légèrement, puis entra. Mercer était assis près du lit en manches de chemise, les mains croisées devant lui. Jonet était allongée sur le lit à côté de Robin, les yeux fixés sur son visage tuméfié.

Ils se tournèrent tous les deux en l'entendant entrer. Mercer se leva instinctivement, les traits creusés de fatigue. Ses joues étaient ombrées de barbe, ses yeux gonflés et injectés de sang. Elle vit qu'il avait jeté ses bottes de cavalier dans un coin, et que son habit rouge était posé sur une chaise. Les mains crispées sur le montant du lit, elle comprit que, si elle ne parlait pas, si elle laissait cet horrible silence se prolonger, rien ne serait plus jamais comme avant entre eux.

Oh, elle n'espérait pas sauver la relation qui était née cette nuit-là dans le pavillon. Mais elle ne voulait pas renoncer à l'affection de Mercer, ni à l'estime qu'il avait peut-être pour elle. Si elle les perdait, elle aurait le cœur brisé.

Contournant le lit, elle alla poser la main sur son bras.

— Mercer, vous êtes un bon frère, dit-elle. Vous êtes resté là toute la nuit, sans vous reposer et sans manger. Mais aucun homme ne peut tenir longtemps comme ça.

— Je n'ai pas faim. Et je ne peux pas le laisser.

Zoé laissa ses doigts glisser sur son bras et lui prit la main. Il ne broncha pas, ne la repoussa pas comme elle l'avait craint. Il était épuisé. Vidé de ses forces.

— Vous devez aller vous reposer. Faites-le pour Robin. Il aura besoin de votre force dans les prochains jours. Il ne faudra pas vous effondrer à ce moment-là.

Mercer ouvrit la bouche pour répondre, puis secoua la tête, et ne dit rien.

— Alors, asseyez-vous, ordonna Zoé.

Il obéit. Jonet leva la tête.

— Elle a raison, mon chéri. Robin a passé cette première nuit, cela signifie qu'il y en aura encore une autre. Et j'aurai autant besoin de toi que lui.

Mercer demeura néanmoins sur place, sans esquisser le moindre mouvement.

— Sa respiration est-elle régulière ? demanda Zoé en s'approchant du lit.

Jonet fit un signe presque imperceptible de la tête. Puis elle passa la main sur la joue de Robin, sur la partie de son visage qui n'était pas défigurée par la blessure.

— Mon pauvre chéri ! Il ne sera plus jamais beau comme avant, n'est-ce pas ? Même sa chère Mme Wilfred ne voudra plus de lui, maintenant.

— Alors, cela voudrait dire que Mme Wilfred n'est pas digne du chagrin qu'il a éprouvé à cause d'elle, répondit Zoé d'une voix étranglée par l'émotion. Si une cicatrice suffit à lui faire oublier son amour, il faut le savoir tout de suite. Il vaut mieux ne pas être aimé du tout que d'être aimé par quelqu'un d'aussi inconstant.

Elle fut choquée par sa propre véhémence. Mercer lui-même écarquilla les yeux de surprise. Le visage, le cou et les mains de Robin étaient violacés. De toute façon, il était fort probable que Mme Wilfred soit effectivement inconstante. Robin, comme tous les hommes de sa connaissance, choisissait ses maîtresses sur leur apparence et non selon leurs qualités morales.

Jonet s'assit sur le lit, d'un mouvement abrupt.

— Pardonnez-moi, Zoé, murmura-t-elle en posant une main sur son front. Je… j'ai parlé sans réfléchir.

— Parce que vous êtes fatiguée, répondit doucement Zoé. Mais je sais que Robin aime cette femme, Jonet. Ses sentiments sont devenus apparents, n'est-ce pas ? Et si elle ne l'aime plus après cet accident, je serai désolée. Profondément désolée. Si j'avais su… mais avec des si, on ferait n'importe quoi.

Jonet posa les yeux sur Mercer, mais ne dit rien. La porte s'ouvrit, et la vieille infirmière de Jonet entra avec un plateau sur lequel étaient posés deux grands bols et des bandes de tissu propres. Zoé fit une brève révérence.

— Bonjour, Nanny. Avez-vous apporté une de vos préparations spéciales ?

— Oui, mademoiselle Zoé. C'est du camphre. Et de l'arnica pour faire dégonfler les contusions.

— Nanny nous a aidés toute la nuit, dit Jonet avec un regard affectueux pour la vieille femme. Avec ses compresses et ses cataplasmes.

— Et mes prières, ajouta Nanny.

— Il en a besoin, déclara Mercer. Bevins va repasser à neuf heures. Peut-être nous donnera-t-il un peu d'espoir.

— Oh, il y a toujours de l'espoir, mon garçon, marmonna la vieille femme. Et les médecins... peuh ! Tout ce qu'ils savent faire, c'est donner du chagrin. « À la porte de la mort... » Ah, vraiment !

La vieille femme s'affaira, versant de l'eau chaude, préparant ses bols, et prenant tout en charge comme un sergent-major. Zoé savait qu'elle approchait des quatre-vingts ans. De fait, d'aussi loin qu'elle remonte dans ses souvenirs, Nanny avait toujours été vieille. Autrefois elle était corpulente, mais avec l'âge elle était devenue décharnée, et ses doigts étaient déformés par les rhumatismes.

Cependant, sa présence réconfortait toujours Jonet. Celle-ci s'était levée pour aller contempler le jour naissant par la fenêtre. La lumière était grise et froide, et elle parut laisser son attention s'évader, comme si la présence de Nanny l'aidait à dominer sa peur.

— Je me demande si les enfants ont dormi. Ils étaient bouleversés hier soir.

— Voulez-vous que j'aille les voir, madame ? suggéra Zoé.

— Non, Cole est auprès d'eux. Nous allons avoir un peu de pluie, murmura-t-elle en laissant retomber la tenture. Les routes seront boueuses.

— Mes parents vont partir ce matin, annonça Zoé.

— Oui, c'est ce que Rannoch a laissé entendre hier soir. Je suis désolée, ma chérie. Personne ne pouvait prévoir une telle tragédie.

Zoé se pencha et prit la main de la comtesse.

— Je ne partirai pas avec eux. Je veux rester pour vous aider. Je ne suis pas aussi inutile que le croient certains.

Elle entendit le fauteuil de Mercer craquer derrière elle. Il se leva et s'approcha.

— Zoé, il n'est pas nécessaire que tu assistes à tout cela.

Zoé se retourna et le fixa.

— Je peux rester au chevet de Robin et lui appliquer des cataplasmes. Nanny me montrera comment faire. Je suis sa fiancée. Tant que Robin ne s'est pas réveillé et n'a pas dit le contraire, je suis toujours sa fiancée. Aussi, je veux vous aider.

Jonet posa sur son fils un regard interrogateur. Mercer se dirigea vers la porte.

— Zoé, je voudrais te parler, dit-il d'un air sombre.

Impossible de se dérober. Mais quoi qu'il dise, Zoé ne céderait pas.

— Très bien, dit-elle.

Elle traversa la chambre, passa devant Mercer, et sortit dans le couloir. Mercer ferma la porte avec un bruit sec qui lui parut de mauvais augure. Puis, lui prenant le bras sans douceur, il l'entraîna dans le salon.

— Zoé, au nom du ciel, de quoi parles-tu ?

Il la dominait de plus d'une tête, les mains sur les hanches. Avec sa barbe naissante et ses cheveux en désordre, il était un peu effrayant.

— Mercer, fit-elle en levant crânement le menton, je ne suis pas un joli objet à accrocher au bras d'un gentleman. Je ne suis pas une idiote. Et je suis toujours la fiancée de Robin. Et, oui, je sais aussi que, d'une certaine façon, tout cela est arrivé par ma faute.

Il se passa la main dans les cheveux avec impatience.

— Zoé, c'est juste... que tu ne peux pas rester ici.

Zoé avait perdu sa combativité, mais non sa détermination.

— Cette maison est la tienne, Mercer, répondit-elle doucement. C'est un fait. Tu peux me jeter dehors avec mes bagages si tu le souhaites. Mais il faudra en arriver là pour que j'accepte de m'en aller.

Il lui prit fermement le bras.

— Ne me fais pas dire ce que je n'ai pas dit, Zoé. Je ne souhaite pas te mettre à la porte.

— Alors, j'entends rester. À moins que ma présence ne cause à ta mère une souffrance insoutenable, je resterai. Et tu peux continuer de me tenir pour responsable de ce gâchis, si tu le veux. Tout cela n'a plus d'importance pour moi, à présent.

Mercer eut l'impression que le sol se dérobait sous ses pieds. La fatigue l'entraînait irrésistiblement dans un puits de frayeur et de culpabilité dont il ne voyait pas l'issue.

Seulement deux jours auparavant, sa vie lui avait paru excessivement compliquée, et en même temps riche de promesses. Maintenant, ce n'était plus qu'une suite de tragédies. Non, il ne voulait pas de Zoé ici. Et, non, il ne pouvait pas non plus supporter de la voir partir. Était-ce elle qu'il blâmait ? Ou bien lui-même ? Peu importait. Zoé voulait se battre, c'était évident. Mais pour qui se battait-elle ? Pour lui ? Ou pour Robin ?

Seigneur, il n'arrivait plus à réfléchir ! Robin avait passé la nuit. Il en passerait peut-être une autre, et encore une autre. En attendant, il incombait à Mercer d'être fort pour les aider tous à vivre cette épreuve. Il ne devait plus penser à lui ni à un avenir lointain, pour ne penser qu'à Robin et au lendemain.

Et Zoé était là, offrant de rester, prétendant qu'elle était toujours fiancée. Fiancée à un homme qui aurait de la chance s'il vivait encore un jour de plus, et qui risquait de ne plus marcher. Pourquoi s'accrochait-elle désespérément à des fiançailles auxquelles elle avait voulu échapper quelques heures plus tôt ? Parce qu'elle se sentait coupable ?

Il relâcha lentement son étreinte, horrifié de voir les marques rouges que ses doigts avaient laissées sur ses bras.

— Zoé, je suis désolé. Robin ne t'aime pas. Pas comme un fiancé doit aimer sa future femme.

— Je le sais, Mercer. Et je l'accepte. Mais je ne peux le repousser maintenant, n'est-ce pas ?

Elle avait raison. Se passant pour la centième fois les mains dans les cheveux, il se mit à arpenter le salon. Le soleil était levé, et la maison s'éveillait. On entendait les domestiques écartant les rideaux et transportant les plateaux du petit déjeuner dans les couloirs. Tout était normal. Et plus rien ne l'était. Il sentait son cœur se briser, et il ne savait pas pourquoi.

Zoé lui prit le bras, l'obligeant à se tourner pour la regarder.

— Mercer, il faut te reposer. Va dans ta chambre, essaie de manger et de dormir. Tu m'entends ? Quand le médecin arrivera, je viendrai te chercher. C'est promis.

Il soupira profondément, comme s'il laissait un peu de son chagrin s'échapper. Bizarrement, il avait confiance en elle.

— Et tu… tu ne le quitteras pas ?

Elle secoua la tête, sans détacher son regard du sien.

— Je ne le quitterai pas. Tant que Robin aura besoin de moi, je resterai à ses côtés.

Oui. Et cela, c'était justement ce qu'il craignait, lui, Mercer.

# 13

# Nanny prend les choses en main

Finalement, le Dr Bevins ne fut pas d'un grand secours, bien qu'il se présentât chaque jour, plein de bonnes intentions, et avec une attitude solennelle adaptée à la gravité de la situation. À en croire les connaissances de la médecine moderne, il n'y avait que deux issues possibles : soit Robin se réveillerait, soit il ne se réveillerait pas. Soit il vivrait, soit il mourrait. On ne savait rien de plus. Aussi, sur l'insistance de Jonet, le blessé fut-il confié aux bons soins de Nanny.

Aucun autre domestique, à l'exception de Donaldson, n'était autorisé à entrer dans sa chambre. Au bout de quelques jours, des règles inébranlables furent établies. Zoé et Nanny restaient au chevet de Robin toute la journée, tandis que Mercer et sa mère passaient les nuits auprès de lui. M. Amherst, aidé du Dr Bevins, continuait de lutter contre l'épidémie de variole qui faisait rage. Il passait le reste de son temps à tenter de consoler son épouse et ses filles.

Zoé essayait de ne pas envisager l'avenir, et pour cela elle s'occupait le plus possible. Ce n'était pas difficile. Outre la routine quotidienne, il y avait le camphre à piler, les bandes de tissu à découper, l'écorce de saule à faire macérer, les pansements à changer.

Si quelqu'un trouva choquant qu'une jeune fille non mariée s'occupe d'un malade alité, personne n'en fit la remarque, et Nanny moins que tout autre. Les questions de rang et d'étiquette lui étaient étrangères, ce que Zoé appréciait ! Avec son esprit pratique, Nanny s'attendait tout simplement à ce que toute personne disponible se rende utile.

Deux fois par jour, elle descendait à l'office préparer toutes sortes de mixtures. Avec elle, Zoé apprit à faire de l'orgeat et du bouillon de viande. Puis elle apprit à les faire avaler à Robin sans l'étouffer, ce qui demandait un grand nombre d'oreillers pour caler son dos, et une bonne dose de patience.

Le quatrième soir suivant l'accident, elle essayait de lui faire absorber du bouillon de poule, quand lord Mercer entra dans la chambre avec deux heures d'avance sur son horaire habituel. Il se campa de l'autre côté du lit, près de la fenêtre.

— Pas de changement ? s'enquit-il d'une voix morne.

— Non, mais il est calme.

Zoé se demandait combien de temps un homme pouvait résister dans ces conditions, le corps brisé, insensible à ce qui se passait autour de lui. Mais elle n'avait pas le cœur d'exprimer ses doutes à haute voix. Mercer jeta un coup d'œil à la fenêtre. La nuit commençait à tomber. Son visage était fatigué, ses épaules affaissées. Ses épais cheveux bruns, qu'il avait négligé de faire couper, tombaient sur son col.

Comme il le faisait chaque soir, il ôta sa veste et son gilet, et les jeta distraitement sur le dossier d'une chaise, comme n'importe quel gentleman l'aurait fait dans l'intimité. Comme s'ils étaient tous deux intimes.

Et dans un sens, c'était le cas. Pouvait-on être plus intimes qu'ils ne l'avaient été ? Ce souvenir ne quittait pas Zoé, même dans ces horribles circonstances. Elle avait envie d'aller vers lui, de le prendre dans ses bras, de lui dire que tout irait bien. À cette pensée, ses joues se colorèrent, et elle baissa les yeux. Robin était entre la vie et la mort, en partie à cause d'elle, et elle ne songeait qu'à consoler son frère.

Pourtant, elle en voulait aussi un peu à Robin. D'une façon ou d'une autre, elle l'aiderait à guérir. Elle masserait ses muscles engourdis, et le gaverait de bouillon jusqu'à ce que l'un d'eux déclare forfait et tourne de l'œil ! Et dès qu'il serait rétabli elle lui donnerait une bonne gifle, sur la joue qui n'était pas blessée, bien entendu, pour lui apprendre à leur faire des frayeurs pareilles !

Comme s'il avait perçu son agacement, Mercer se retourna, passant un doigt sous sa cravate pour la dénouer.

— Tu peux partir, Zoé. Je suis là. Va dîner correctement, au lieu de te contenter d' un plateau.

Zoé aperçut dans son regard un sentiment qui ressemblait à de la gratitude. Il la fixa, lui tendant un rameau d'olivier symbolique.

— Merci. Je vais finir de lui faire avaler ce bouillon, et je demanderai à Nanny ce qu'elle veut que je fasse ensuite.

— Je peux t'aider ? demanda-t-il en se penchant au-dessus du lit.

— Tu peux rabattre les couvertures et lui faire bouger les jambes.

Mercer obéit, en lui coulant un regard étrange. Les longues jambes bien galbées de Robin étaient nues sous la chemise de nuit.

— Soulève-les l'une après l'autre, ordonna-t-elle d'un ton neutre. Fais-lui plier les genoux et tourner les chevilles. Mais ménage sa hanche gauche.

Mercer souleva délicatement la jambe de son frère.

— Est-ce que tu fais cela aussi ?

— Nanny n'a pas la force nécessaire, expliqua-t-elle avec un haussement d'épaules, mais elle ne veut pas l'avouer. Donaldson nous aide.

— Charlie est... c'est un homme.

Zoé laissa retomber la cuillère dans le bol, un peu bruyamment.

— À quoi fais-tu allusion ? À la bienséance ? À ma pudeur ? Je me moque de tout ça.

— Je le sais, Zoé. C'est juste que ses jambes sont lourdes, et que tu ne sembles pas avoir assez de force.

— Oh, je suis forte ! riposta-t-elle avec fermeté. Je pense que tu ne soupçonnes pas à quel point je le suis, Mercer.

Sans répondre, il contourna le lit et souleva avec précaution la jambe gauche de Robin.

— Dois-je aussi faire bouger le bras qui n'est pas blessé ?

— Oui, tout ce qui n'est pas cassé. Ensuite, masse ses muscles pour faire circuler le sang.

Mercer travailla un moment en silence, observant Zoé, tandis qu'elle s'occupait de son frère avec douceur. Les yeux fixés sur ses petites mains, un peu abîmées par le travail, il se demanda s'il la connaissait vraiment.

Qu'éprouvait-elle pour Robin ? Du dévouement, c'était sûr. Elle en donnait la preuve jour après jour. Mais avait-elle été amoureuse de lui ? Ou bien n'y avait-il eu entre eux qu'une solide amitié, comme Robin l'avait toujours prétendu ?

Il ne souhaitait pas lui poser la question. Pas maintenant.

Il avait cru beaucoup de choses, au sujet de Zoé. Qu'elle était une enfant gâtée, un peu futile. Trop belle, trop provocante, et trop exubérante pour se conformer aux convenances. Mais cela ne paraissait plus vrai, à présent. Peut-être n'avait-elle jamais été ainsi, ou bien avait-il exagéré ses défauts pour justifier le fait qu'il gardait ses distances vis-à-vis d'elle, car il sentait qu'elle représentait un danger pour sa paix intérieure.

Eh bien, il n'y avait plus de paix intérieure à présent, et il n'y en aurait plus tant qu'il aimerait Zoé.

Mais, fidèle à sa parole, Zoé passait le plus clair de son temps au chevet de Robin. Néanmoins, il percevait sa lassitude.

Peut-être, comme elle le disait, était-elle forte ? Ce qu'il avait pris pour de la rébellion était peut-être de la ténacité. Ou bien, Zoé avait grandi sans qu'il s'en aperçoive. Et s'il ne connaissait pas la force de Zoé, elle ne connaissait pas sa faiblesse, à lui. Personne ne la connaissait.

Mercer ne s'autorisait pas à verser une larme… pas avant que sa mère ne soit endormie et la maison plongée dans le silence. C'est alors que la sensation de perte s'abattait sur lui. Il pleurait pour son frère, pour le jeune homme heureux et vigoureux qu'il avait été. Et aussi, il pleurait pour ce qu'il avait failli avoir et qui lui avait sans doute irrémédiablement échappé.

Il sentit le regard intense de Zoé fixé sur lui.

— Ne crois pas, Mercer, que je ne sais pas ce que tu ressens. Tu diriges tout autour de toi, mais tu ne peux pas contrôler ce chagrin insupportable.

Les paroles étaient si justes, elles l'atteignirent si profondément, qu'il fut un bref instant tenté de nier. Puis il laissa son regard glisser sur le corps inerte de son frère.

— Mon chagrin n'est rien, à côté de la douleur qui frappe mon frère. Je suis vivant, je marche, alors qu'il ne pourra peut-être plus jamais le faire.

Zoé posa le bol de bouillon et s'essuya les mains sur son tablier.

— Tu n'y es pour rien. Je suis désolée, Mercer. Désolée pour tout ce que j'ai fait. Mais ce n'est pas moi qui ai poussé Robin à lancer son cheval sur cet obstacle, et ce n'est pas toi non plus. Il était ivre, trop ivre pour monter à cheval, et j'ai été la seule à m'en apercevoir.

Mercer crispa les doigts sur le montant du lit.

— Zoé, non...

Elle se leva et contourna le lit.

— Il y a une autre chose que je ne regrette pas, Mercer, dit-elle d'une voix vibrante. Je ne regrette pas de m'être donnée à toi.

— Zoé, je t'en prie...

Il ferma les yeux, priant pour qu'elle ne le touche pas. C'était un enfer pour lui de venir dans cette chambre dix fois par jour, de voir son frère s'étioler dans ce lit et, à côté de son corps brisé et inerte, de voir la femme qu'il désirait tenir dans ses bras.

— Tu as peut-être des regrets et, si c'est le cas, je l'accepte, dit-elle doucement en posant sa main sur sa joue. Mais moi, je ne regrette rien. Je ne regretterai jamais. Ce n'est pas à cause de nous que Robin a eu cet accident.

— Zoé, je ne sais pas. Je ne sais pas ce qui nous est arrivé. Tout ce que je sais, c'est que mon frère risque de mourir et que je ne supporte pas l'idée de le perdre. Mon Dieu, Zoé, comment en sommes-nous arrivés là ? Si Robin aimait autant Maria, pourquoi voulait-il faire l'amour avec toi ?

— Parce qu'il est jeune. Comme tous les beaux jeunes gens il est trop impétueux, et je l'ai provoqué. Mais je n'aurais jamais agi ainsi si j'avais su qu'il était engagé avec une autre.

— Comment aurions-nous pu le deviner ? Lui-même n'en avait pas pleinement conscience. Comment étions-nous censés savoir ce qui se passait dans son cœur ?

En prononçant ces mots, il se rendit compte qu'on aurait pu dire la même chose de lui. Il se rappela la colère qui l'avait aveuglé lorsqu'il avait surpris Zoé dans les bras de son frère. La douleur qui l'avait submergé, la sensation d'avoir découvert un peu trop tard la vérité sur ses propres sentiments.

Il avait toujours aimé Zoé. C'était un fait qu'il admettait à présent. Mais il avait été trop fier, et aussi trop lâche, pour l'avouer.

— Zoé, je ne te reproche rien. Ce jour-là, je me suis laissé emporter par le chagrin.

— Merci, répondit-elle simplement.

Nanny poussa la porte et entra avec un bol fumant recouvert d'une serviette. Zoé retourna s'asseoir.

— Bonjour, mon garçon, lança-t-elle en passant près de Mercer. Les bleus de M. Robert sont en train de virer au jaune, vous avez remarqué ?

— C'est bon signe, n'est-ce pas, Nanny ?

— Oui, dit la vieille femme en posant le bol sur la table de chevet.

— Nanny, avez-vous encore besoin de moi ? demanda Zoé en essuyant les lèvres de Robin avec une serviette.

— Non, mon petit. Il n'y a rien d'autre à faire pour le moment.

— Merci, je vais…

Zoé s'interrompit, les yeux fixés sur le visage de Robin.

— Regardez, chuchota-t-elle. Ses paupières.

— Quoi ? dit Mercer en se penchant vers son frère.

— Elles ont bougé.

— Bien ! s'exclama la vieille infirmière. C'est bon signe.

— Je ne vois rien, murmura Mercer en se laissant tomber sur la chaise près du lit.

— Oh, il ne va pas tarder à se réveiller, mon garçon. Il sera encore malade et grincheux comme un ours, mais c'est le début de la guérison. Ne vous tourmentez plus.

Sans quitter des yeux le visage de Robin, Mercer prit sa main.

— J'espère que vous avez raison, Nanny.

Zoé était déjà à la porte. La main sur la poignée, elle se retourna.

— Mercer, s'il se réveille, venez m'appeler. Quelle que soit l'heure. Vous avez compris ?

Mercer acquiesça d'un hochement de tête.

— Je comprends.

Zoé referma la porte derrière elle, et soupira. Pendant un instant, elle demeura adossée au battant, les mains plaquées sur le bois lisse et frais.

Juste ciel, était-ce possible ?

Malgré toutes les paroles d'encouragement qu'elle distribuait aux uns et aux autres, Zoé n'avait jamais été certaine que Robin reprendrait conscience. Et tout à coup, elle se rendit compte que malgré son épuisement elle ne pourrait pas se reposer. Elle avait besoin de réfléchir. Rien de tel pour cela qu'une longue promenade.

Ayant pris cette décision, elle alla chercher son châle dans sa chambre. Trudy y entra sur ses talons, les bras chargés de linge propre.

— Je vais me promener au bord de la falaise avant la tombée du jour, dit Zoé. Je ne sais pas combien de temps je resterai dehors. Dîne sans m'attendre, Trudy. Et tu peux disposer de ta soirée.

— Soyez prudente, mademoiselle. N'essayez pas de descendre vers le rivage.

— Non, je ne serai pas aussi stupide, Trudy.

Zoé jeta le châle sur ses épaules et se dirigea vers le grand hall. Mais, en haut des marches, elle sentit une brise fraîche balayer la galerie. Elle se pencha par-dessus la rampe, et constata que les portes étaient grandes ouvertes. Des valets emportaient des paquets et des paniers en osier, qu'ils entassaient dans une voiture.

Sur le perron, M. Amherst s'entretenait avec M. Ware et le Dr Bevins. Malgré la distance, Zoé vit que leurs traits étaient creusés de chagrin. Elle se précipita dans l'escalier et atteignit la porte au moment où les deux visiteurs repartaient.

— Je vous demande pardon, lança-t-elle depuis le seuil. Que s'est-il passé ?

— Zoé, ma chère ! répondit M. Amherst, se secouant comme s'il émergeait d'un mauvais rêve. La femme de M. Fitch s'est malheureusement éteinte.

— Mon Dieu ! Arabella m'avait montré leur cottage.

M. Amherst eut un sourire triste.

— Oui, nous sommes cernés par la tragédie. Fitch a quatre enfants, et l'ainé n'a pas encore quatorze ans. Je vais rendre visite à la famille, à la place de Stuart. Peut-être pouvons-nous faire quelque chose pour eux...

Zoé n'hésita qu'une seconde.

— Avez-vous besoin d'aide ? Je... je n'ai rien d'urgent à faire pour le moment.

M. Amherst fit la moue.

— Ce ne sera pas facile, Zoé. Ces gens sont brisés de chagrin.

Zoé croisa les bras et désigna la voiture d'un geste du menton.

— Ces paniers contiennent des provisions ? Je pourrai faire manger les enfants pendant que vous parlez avec M. Fitch.

M. Amherst lui offrit le bras en souriant.

— Je serai heureux d'avoir votre compagnie.

Quelques minutes plus tard, ils parcouraient des chemins de campagne maintenant familiers à la jeune fille. Zoé rapporta à M. Amherst ce que Nanny avait dit au sujet de Robin.

— Plaise à Dieu que tout s'arrange ! murmura M. Amherst.

— Robin gardera de terribles cicatrices, et je pense qu'il souffrira longtemps des suites de ses blessures.

Amherst haussa ses larges épaules.

— Parfois le Seigneur nous met à l'épreuve, Zoé. C'est dur à comprendre, mais il trouve nécessaire de nous forger comme de l'acier, afin de nous rendre plus parfaits. Nos cicatrices nous défigurent, mais elles sont la preuve de notre triomphe sur les difficultés de la vie.

Zoé contempla le chemin, tout en réfléchissant. Déjà, enfant, elle avait trouvé un certain réconfort dans les convictions religieuses de M. Amherst.

— Je suis sûre que vous avez raison, monsieur. J'aimerais avoir votre foi.

— Oh, vous l'avez, Zoé ! L'accident de Robert vous aidera sans doute à vous forger, vous aussi.

Elle sentit des larmes lui monter aux yeux. M. Amherst lui entoura les épaules de son bras.

— Je suis désolé, mon petit. Tout cela est très dur pour vous.

Elle demeura silencieuse un moment, réconfortée par son geste. Puis elle releva la tête, et il s'écarta en lui lançant un regard affectueux.

— Vous avez changé, Zoé. Votre vivacité est intacte, bien sûr, mais il y a quelque chose... je ne sais quoi.

— J'ai grandi, répondit-elle, le regard fixé sur un point, au loin.

— J'espère que non, dit Amherst en souriant. Mais je crois que vous avez compris ce que vous attendiez de la vie.

Oui, elle avait compris. Elle voulait quelque chose qu'elle ne pouvait pas obtenir.

— J'ai appris à accepter la vie telle qu'elle est, monsieur Amherst, au lieu de me révolter.

Le cottage des Fitch apparut au bout du chemin. Il allait falloir affronter la tragédie. Quelque chose de bien plus grave que les soucis d'une pauvre petite fille riche.

Zoé essuya furtivement une larme et se tourna pour soulever un panier.

⁂

La nuit tombait sur Greythorpe, et Mercer était assis au chevet de son frère. D'ordinaire, ce moment était celui de la journée qu'il préférait, quand le travail était terminé et qu'un homme, un peu fatigué par les efforts, pouvait enfin se détendre chez lui en sachant que tout allait bien.

Mais tout n'allait pas bien dans son monde actuel, bien qu'à première vue cela ne soit pas trop évident. Il entendait par la fenêtre le chant d'une tourterelle. Le beuglement lointain d'une vache. Le soleil commençait de plonger lentement derrière les arbres, dans un superbe rougeoiement, et ses derniers rayons effleuraient l'appui de la fenêtre. Donaldson vint tirer les rideaux.

— Vous vous sentez bien, mon garçon ?

Mercer hocha la tête. Que pouvait-il dire d'autre ? La vérité ? Charlie jeta un coup d'œil au plateau du dîner, presque intact.

— Voulez-vous que je vous apporte du whisky ?

Mercer fit non de la tête.

— Très bien. Vous n'aurez qu'à sonner si vous changez d'avis.

Charlie emporta le plateau et referma la porte derrière lui. Le battant claqua dans le silence. Bientôt, les pas des domestiques cessèrent de résonner dans les couloirs, et le chant de la tourterelle céda la place au hululement d'une chouette, dans le bois. La lune apparut, ronde, presque pleine.

Mercer s'agita dans son fauteuil, incapable de se détendre. Il ôta ses bottes et les jeta dans un coin, mais ne se sentit pas plus à l'aise pour autant. Il ne pouvait penser qu'à Robin et à Zoé. À la douceur de la jeune femme. À sa détermination implacable. À présent, d'après ce que lui avait dit Charlie, elle était partie chez les Fitch avec son père.

Non, peut-être ne soupçonnait-il pas sa force.

Ils n'avaient pas échangé un mot au sujet de ce qui s'était passé l'autre nuit dans le pavillon, des promesses et des attentes que cela impliquait. Comment auraient-ils pu parler d'avenir, alors que celui de Robin était brisé ? Même s'il se rétablissait, il ne serait plus jamais le même. Son extraordinaire beauté était à jamais perdue. S'il survivait, il boiterait. En supposant qu'il puisse remarcher. Maria Wilfred ne voudrait plus de lui, à présent.

Et Zoé… quelles étaient ses intentions ? Si Robin vivait, persisterait-elle à vouloir l'épouser, poussée par un sentiment de culpabilité ? Comment supporterait-il de la voir devenir la femme de son frère ? Avouerait-elle la vérité à Robin ?

*Seigneur, il avait couché avec la fiancée de son frère !*

Robin ne lui pardonnerait jamais. Et pourtant, Mercer ne regrettait rien. S'il avait le choix, il choisirait de nouveau de tenir Zoé dans ses bras. Un acte qui n'était pas digne de l'homme qu'il croyait être.

Dans un accès de chagrin, il se leva et alla de l'autre côté du lit. Il s'allongea, étendit les jambes, et serra dans sa main les doigts froids et maigres de son frère. Puis, les yeux fixés sur les moulures sculptées du plafond, il se laissa envelopper par la pénombre et envahir par les souvenirs. Les secrets chuchotés, les frayeurs de la nuit, les aventures téméraires, les imprudences, les punitions. Jamais ils ne s'étaient vraiment querellés. Ils étaient toujours restés unis.

Il resserra les doigts sur ceux de Robin. Ils avaient souvent dormi ainsi, quand ils étaient petits, notamment pendant les mois terribles qui avaient suivi la mort de leur père. En grandissant, ils étaient restés extrêmement proches, même s'ils menaient chacun leur propre vie. Mercer n'avait jamais envié à Robin sa beauté, son charme ni son important cercle d'amis. Et pour autant qu'il le sache, Robin n'était pas jaloux de sa fortune, de ses titres ni de son aptitude à supporter la solitude.

Comment auraient-ils pu être rivaux ? Ils étaient comme les deux côtés d'une pièce, opposés et indissociables.

Mercer ne sut jamais combien de temps il resta endormi, ni même s'il dormit vraiment. Lentement, les souvenirs heureux de son enfance s'effacèrent pour laisser place à un brouillard étrange et sombre. Il rêva d'Elmwood, de l'herbe fraîchement coupée, de courses effrénées, pieds nus et les poumons en feu, Robin sur ses talons.

Au bout d'un moment, il s'aperçut qu'il tenait toujours la main de Robin et, quand il baissa les yeux il comprit qu'il le hissait hors d'un puits sombre et profond. Puis le puits changea et se transforma. C'était la trappe, dans le grenier à foin. Il serrait la main moite de son frère, et se battait comme un diable pour le hisser au-dessus de l'échelle dont les barreaux étaient cassés. Les meules s'effondrèrent sous les pieds de Robin, dégringolant dans la lumière blonde de l'après-midi. Terrorisé, Mercer avait serré la main de toutes ses forces avant de sentir son frère se détendre et peser lourdement.

Il ouvrit la bouche pour crier, pour supplier Robin de tenir bon. Mais aucun son ne franchit ses lèvres, et il se dressa sur le lit en proie à une indicible terreur. C'est alors qu'il se rendit compte que Robin avait resserré les doigts et lui tenait fermement la main.

— Si tu es… dans mon lit, l'entendit-il marmonner d'une voix sourde, tu as intérêt… à être… une belle blonde…

— Robin ? Robin, tu es réveillé ?

— Mal… à la tête, gémit son frère.

Mercer se leva d'un bond. Les mains tremblantes, il prit sa veste et chercha ses allumettes dans la poche. Sans trop savoir comment, il parvint à allumer la lampe et l'approcha du visage de son frère. Celui-ci cligna des paupières, ébloui.

— Stuart ? Que diable…

— Tu es tombé de cheval, expliqua Mercer en s'asseyant au bord du lit. Tu te souviens ? Le jour de la chasse ?

Robin voulut secouer la tête, mais la douleur lui arracha une grimace.

— J'ai mal, Stuart… mal… partout. Où sommes-nous ?

— Dans ta chambre, à Greythorpe. Nous sommes arrivés il y a quelques semaines. Tu te rappelles ?

— Mon Dieu… fit Robin d'une voix plaintive. Zoé ? Où est-elle ? Partie ?

— Elle est dans son lit, et elle dort, j'imagine. Je vais te chercher de l'eau. Tu es blessé, mon vieux. Et salement.

Le coin de la bouche de Robin s'étira en une parodie de sourire, et il finit par grimacer de douleur. Levant une main tremblante, il toucha la plaie sur son visage.

— Oh, mon Dieu. Je suis… défiguré ? Infirme ?

— Infirme, non. Mais quand cette plaie aura guéri, tu auras l'air aussi dangereux qu'un pirate.

— Je vais survivre ?

— Oui, tu vivras, affirma Mercer d'un ton ferme. Je vais faire tout ce qu'il faut pour ça.

— Tu as toujours été… sadique. Mon Dieu, j'ai mal ! Que s'est-il passé ?

— Tu as laissé Lucifer sauter par-dessus la grille de la ferme, chez sir William. Zoé était derrière toi. Elle voulait t'en empêcher, je suppose. Mais sur le moment, j'ai cru… j'ai cru que vous faisiez la course. Je me suis trompé.

Les yeux de Robin se fixèrent sur son frère. Il avait le regard un peu moins vague qu'auparavant.

— Oui, elle… criait quelque chose.

— Reste tranquille. Je vais sonner Charlie pour qu'il aille réveiller maman. Cela fait des jours qu'elle est malade de chagrin et d'inquiétude.

Robin fronça les sourcils, et ses doigts se refermèrent sur le poignet de Mercer avec une force étonnante.

— Attends, Stuart. Et… Zoé ? Elle va bien ?

— Oui, très bien.

— Écoute, Stuart. Si je… si je casse ma pipe, dis-lui que…

— Tu ne vas pas mourir, mon vieux.

— J'ai l'impression que si. Et si je meurs, il faut que tu dises à Zoé…

— Quoi donc ?

— Que je l'aime.

Robin marqua une pause et déglutit, les traits crispés de douleur.

— Je... je l'adore, tu le sais ? Et... ne lui reproche rien. Promets-moi de ne pas lui faire de reproches.

— C'est promis. Mais laisse-moi appeler maman.

— Stuart... attends. Si je vis... comment pourrais-je l'épouser ? Ce ne serait pas bien pour elle. Il... il vaudrait mieux que je meure.

— Bon sang, non ! Ne parle plus de mourir, tu entends, mon vieux ? Ou bien je te le ferai regretter, quand tu seras rétabli !

— Oui, je... je suis désolé. Mais tu vois bien que je ne serai pas un bon mari pour elle, non ?

— Cela doit se régler entre vous. Tu peux lui proposer de la libérer de sa promesse. Mais je ne suis plus sûr de comprendre Zoé. Je crois même que je ne l'ai jamais comprise. Mais... mais tu pourrais essayer.

Alors même qu'il prononçait ces mots, Mercer se demanda s'il donnait un bon conseil à Robin, ou s'il agissait dans son propre intérêt. Et Zoé ? Penserait-elle que Robin avait encore plus besoin d'elle, maintenant ? Ou bien que Mercer, lui, n'avait plus du tout besoin d'elle ?

— Peux pas... marmonna Robin, les yeux tournés vers le mur. Il y a... Claire. J'oublie toujours... Claire.

— Je réglerai le problème avec Claire. Bon, oublions tout ça. Je vais faire appeler maman, d'accord ?

La main de Robin retomba, et son regard demeura fixé sur le mur. Son visage était l'expression même du désespoir.

# 14

# Notre héroïne vit une aventure

Zoé se réveilla peu avant minuit. En fait, elle n'avait presque pas dormi. Après la visite chez les Fitch, elle avait renoncé à dîner, car elle était trop épuisée pour manger. Elle avait opté pour un bain chaud, pensant que cela l'aiderait à s'endormir. Elle se trompait. Le sommeil lui échappait. Elle ne pensait qu'à Robin, et aux enfants de M. Fitch qui avaient perdu leur mère. Et pour être totalement franche, elle devait reconnaître qu'elle pensait aussi à Mercer. Elle avait beau essayer de se consacrer aux autres, ses désirs égoïstes revenaient sans cesse la tarabuster.

Agacée, elle quitta son lit et alla écarter les lourdes tentures de velours de la fenêtre. À travers les vitres irrégulières, elle contempla les pelouses inondées d'une douce lumière blanche. Elle souleva le châssis. La brise d'été fit voleter ses cheveux défaits. Un gros croissant de lune se détachait dans le ciel sans nuages.

Pourquoi ne pas être un peu folle et partir faire une promenade au clair de lune ? La vie était si courte. La mort de Mme Fitch était là pour le prouver. Elle ôta prestement sa chemise de nuit et enfila une robe de coton toute simple. Renonçant à mettre des bas, elle glissa ses pieds dans des mules de cuir et jeta un châle sur ses épaules.

Le silence régnait dans le grand hall. Elle n'eut aucun mal à ouvrir les portes donnant sur la véranda, où les appliques étaient encore allumées. Elle traversa le jardin, contourna la fontaine et se dirigea vers l'arrière de la maison.

Elle franchit avec légèreté la clôture qui séparait la pelouse des pâturages. Les bruits de la nuit d'été l'enveloppèrent. Le chant des grillons, le souffle du vent et, au loin, le bruit régulier du ressac contre les rochers.

Zoé se hâta le long du chemin éclairé par la lune, et atteignit rapidement les falaises. Mercer lui avait défendu de s'aventurer si loin et, à l'instant où elle posa le pied sur le haut rebord de craie, elle comprit pourquoi. Le précipice tombait à pic dans les vagues.

Impressionnée, Zoé s'assit sur une pierre et laissa ses jambes pendre dans le vide. Le spectacle était éblouissant. La marée s'était retirée, exposant un large ruban de sable. D'aussi loin que portait son regard, elle ne vit que la lune se reflétant sur les vagues.

Zoé n'aurait su dire exactement combien de temps elle resta assise là, fascinée par la beauté du paysage. Elle finit par prendre conscience d'un bruit de pas dans son dos. Ses sens étaient si aiguisés qu'elle n'eut pas besoin de se retourner pour savoir qui se tenait derrière elle.

— Je ne suis pas descendue, lança-t-elle en levant la main.

Mercer s'assit à côté d'elle sans répondre. Il était en manches de chemise, comme s'il avait quitté la maison en hâte.

— Zoé, il s'est réveillé.

— Robin ? Oh, Mercer, dis-moi qu'il va bien, je t'en prie ! s'exclama-t-elle en se jetant contre lui.

— Je pense qu'il va bien.

Ses bras puissants se refermèrent autour d'elle, et il l'enveloppa de sa force, et de son parfum d'eau de Cologne et de tabac. Puis il posa la joue sur l'épaule de la jeune femme.

— Il souffre, chuchota-t-il. Son esprit est encore un peu confus, et il est d'une humeur… Mais il est vivant, Zoé. C'est tout ce que je demande pour le moment.

— Dieu merci ! Il faut que j'aille le voir. Mais ta mère…

— Elle est à son chevet, et je pense qu'elle y restera toute la nuit.

— Je ne veux pas la déranger, dans ce cas. J'irai demain, déclara-t-elle en s'écartant.

Mercer lui attrapa la main, s'accrochant à un espoir fou.

— Je lui ai promis d'aller t'avertir, dit-il en entremêlant ses doigts aux siens. Mais ta chambre était vide.

Il ne lui avoua pas qu'il avait trouvé sa chemise abandonnée sur le lit, et qu'il avait résisté à l'envie d'enfouir le visage dans le tissu pour respirer son odeur. Il avait fini par perdre la bataille et céder à la tentation.

— Comment m'as-tu trouvée ?

— Quand j'ai traversé la galerie, j'ai vu une silhouette se diriger vers les champs.

— Et tu n'as pas pu t'empêcher de venir me réprimander ! s'exclama Zoé en riant. Mais dis-moi comment il va. Sait-il où il est ? Se rappelle-t-il ce qui s'est passé ? La douleur est-elle supportable ?

Le regard de Mercer se perdit sur la vaste étendue de la mer.

— Zoé, je ne suis pas venu pour te faire des reproches.

— A-t-il dit quelque chose ? Mercer, a-t-il parlé de moi ?

Il hésita, maudissant intérieurement sa propre faiblesse. Un autre homme que lui l'aurait envoyée au chevet de Robin, au lieu de ressasser sa jalousie.

— Que voudrais-tu que je dise, Zoé ? Qu'espères-tu en fait ?

Il la sentit hausser les épaules, et son châle lui effleura le bras.

— Je ne sais pas. J'espère seulement que Robin n'est pas en colère contre moi.

— Il ne l'est pas.

Zoé ramena les genoux à sa poitrine et passa les bras autour de ses jambes, pensive. Perchée sur ces rochers, dans la lumière blanche de la lune, sa beauté éthérée lui donnait l'air d'une enfant.

Mais il y avait longtemps qu'il ne la considérait plus comme telle. Elle était son cœur, son âme, même s'il n'avait jamais voulu se l'avouer.

— Que va-t-il se passer maintenant ? Je me le demande, dit-elle doucement.

Il sourit, et montra la mer du doigt.

— Maintenant, nous allons descendre là.

— Là ? répéta-t-elle en haussant les sourcils. Ce soir ?

— Je n'arrive pas à dormir et toi non plus, apparemment. Et je t'avais promis de t'emmener. C'est le moment ou jamais de célébrer la vie, Zoé. Et de réfléchir un peu moins.

Elle écarquilla les yeux, et un sourire espiègle se forma sur ses lèvres.

— Quel soulagement ! Tu connais le chemin ?

— Je peux y aller les yeux fermés. Mais par chance, la lune est presque pleine. Il faudra que tu restes derrière moi et que tu fasses tout ce que je te dis.

Zoé bondit sur ses pieds, les yeux brillants. Il lui prit la main, et la guida le long de la falaise, jusqu'à une anfractuosité dans la roche.

— C'est là. Accroche-toi à ma chemise. Si tu glisses, pas de panique, je te rattraperai.

Zoé contempla le précipice.

— Ne t'inquiète pas, Zoé, dit-il en lui effleurant le cou. Je ne tomberai pas, et je ne te laisserai pas tomber non plus.

— Non, je le sais. Je sais que je peux toujours compter sur toi, comme sur papa.

Il la contempla un bon moment. Ses longues boucles indisciplinées flottaient librement, soulevées par la brise, comme un nuage.

— Tes cheveux sont très jolis ainsi. Il y a si longtemps que je ne les avais pas vus dénoués... Jusqu'à...

Jusqu'à cette terrible soirée où ils avaient fait l'amour dans le pavillon. Cette nuit avait irrémédiablement changé sa vie, le plongeant aussi dans un profond désarroi.

— Tes cheveux à toi sont beaucoup trop longs, répliqua-t-elle en riant. Tu as l'air un peu sauvage, depuis quelque temps.

Et il se sentait aussi un peu sauvage.

— Allons-y, dit-il avec un petit sourire.

Ce n'était pas la première fois qu'il descendait la falaise dans l'obscurité. Il était aussi familier avec les collines de Greythorpe que les moutons du domaine. Sans être autant escarpées que les falaises de Douvres ou de Beachy Head, celles-ci étaient dangereuses pour qui n'en connaissait pas les multiples pièges.

Il passa souplement entre les buissons, Zoé si proche derrière lui qu'il sentait la chaleur de son corps. Le vent du large lui fouettait le visage et repoussait ses longs cheveux noirs en arrière. Zoé ne semblait pas effrayée. Elle avançait prudemment, avec la légèreté d'un chaton, les doigts crispés sur les pans de sa chemise. Ce n'était pas une jeune fille timorée. Elle était toujours prête à se lancer dans l'aventure, et peut-être était-il temps qu'il l'imite un peu.

Il réfléchit un moment à la question, se demandant si l'euphorie qui l'avait envahi au réveil de Robin ne lui avait pas tourné la tête. Mais, en réalité, ce qu'il ressentait n'avait pas grand-chose à voir avec l'état de son frère. Il était heureux, tout simplement. Et c'était grâce à Zoé.

Une rafale de vent lui apporta les effluves de jasmin qui émanaient de la peau de Zoé et faisaient partie d'elle. Il hâta le pas mais le parfum demeura avec lui, comme un souvenir.

Quand ils eurent couvert environ les deux tiers du chemin, ils atteignirent le passage le plus dangereux. Un morceau de rocher tout juste assez large pour y poser le pied, et pas du tout de broussailles auxquelles se cramponner. Il se retourna vers Zoé, et vit son visage levé vers le ciel, comme celui d'une déesse païenne.

— C'est si beau ici, Mercer ! Si naturel, si sauvage !

Celui-ci garda les yeux fixés sur elle, sur ses cheveux emmêlés par le vent, la fine robe de mousseline plaquée contre son corps, l'expression exaltée de ses yeux. Il eut l'impression de basculer dans un précipice. Et à cet instant, la vérité lui apparut.

*Zoé lui appartenait.*

Elle avait toujours été à lui, et il allait la garder. Elle lui était destinée. Si elle insistait pour épouser Robin malgré tout, il l'en empêcherait. S'ils devaient affronter les commérages, s'ils devaient être bannis des cercles mondains, il en serait ainsi. S'il fallait qu'il aille jusqu'à étrangler Claire pour la faire taire, eh bien... il n'irait sans doute pas jusque-là. Il ne pouvait étrangler la mère de son enfant. Mais il se sentait de plus en plus égoïste.

Sur une impulsion, il se tourna et prit Zoé dans ses bras. Les yeux élargis de surprise, elle lâcha sa chemise et s'abandonna contre lui. Sans hésiter, il prit ses lèvres et l'embrassa, ne lui laissant pas le loisir de protester.

Elle n'essaya même pas. Elle lui rendit son baiser avec une sorte de désespoir, faisant glisser ses mains sous la chemise, sur son dos nu. Ses seins se plaquèrent contre son torse, et elle enfonça les ongles dans les muscles de son dos. Mercer approfondit son baiser, et il eut soudain l'impression de naître réellement à la vie, de devenir l'homme qu'il devait être.

Ils s'écartèrent, haletants, toujours cramponnés l'un à l'autre. Les yeux de Zoé étaient élargis de passion, ses lèvres étaient humides et gonflées. Alors, Mercer fit une chose étrange et dangereuse. Il souleva Zoé et la tint un instant à bout de bras, au bord de la falaise, au-dessus des vagues qui s'écrasaient contre les rochers.

— Oh ! s'écria-t-elle quand il la reposa au sol. Mercer, as-tu perdu la tête ?

Mais une flamme dansait dans ses prunelles, et elle riait. Oui, il avait perdu la tête. Zoé allait le conduire à la folie, mais il s'en moquait.

— Viens, dit-il en lui prenant la main. Allons nager.

— Nager ? répéta-t-elle d'une voix aiguë, tandis qu'il l'entraînait dans les rochers.

Le reste du chemin ne présentait pas de difficulté, il était en partie recouvert de sable. Ils atteignirent la plage, hors d'haleine, moitié riant moitié soufflant.

Mercer fit passer sa chemise par-dessus sa tête.

— Viens. L'eau nous fera du bien.

— Elle doit être froide, fit remarquer Zoé en déboutonnant sa robe.

— Laisse-moi faire, dit soudain Mercer d'une voix rauque.

Il eut rapidement défait la rangée de boutons, et regarda Zoé faire glisser la mousseline rose sur ses épaules, puis sur ses hanches. Le tissu tomba sur le sol et elle fit un pas de côté, uniquement vêtue de sa chemise.

Mercer ramassa la robe et secoua le sable, pendant que Zoé ôtait ses bottines et son pantalon de batiste.

— On a l'impression que tu as déjà fait cela de nombreuses fois, murmura-t-il. Mais, où sont tes bas ?

— Oui, j'ai déjà fait cela des centaines de fois. Et au moins une douzaine de fois avec Robin et toi. Et, non, je n'ai pas de bas. Je n'en avais pas besoin pour cette escapade au milieu de la nuit.

Il alla poser les vêtements sur un rocher. Celui-ci dominait la mer, et avec sa forme arrondie offrait une sorte d'abri sous la falaise. *Le Fort de Robin.* C'était ainsi qu'ils l'appelaient quand ils étaient enfants et venaient ici pour repousser d'imaginaires envahisseurs français.

Mercer cala les affaires de Zoé sur la plus haute partie du rocher, et jeta sa propre chemise pardessus. Puis il s'assit pour enlever ses bottes et ses vêtements, ne gardant que son caleçon. Il prit Zoé dans ses bras et l'emporta dans l'eau.

— Oh ! cria-t-elle, cachant son visage entre ses mains quand une vague la fouetta en pleine face.

Mercer frissonna et continua d'avancer jusqu'à ce que l'eau lui arrive à la poitrine et que Zoé puisse flotter. Elle se dégagea et se mit alors à nager sur le dos. Une vague la submergea et la jeune femme se retourna, avançant avec des mouvements souples et puissants. Mercer se lança derrière elle, et ils s'aventurèrent un peu plus loin, nageant côte à côte, parallèlement au rivage. La côte était dans l'ombre, mais ils ne s'en éloignèrent à aucun moment.

Quand ils furent épuisés par leurs jeux, Mercer ramena Zoé vers la plage, en la tenant entre ses bras. Elle souriait, et ses cheveux épars flottaient à la surface de l'eau. Il eut soudain envie de s'allonger près d'elle et de se réchauffer à la chaleur de son corps. De lui faire l'amour et de l'entendre crier de plaisir. Puis de dormir dans ses bras jusqu'au lever du jour.

— Mercer, dit-elle tout à coup. Que faisons-nous ici, en réalité ?

C'était une question qu'il évitait obstinément depuis le moment où il était venu s'asseoir à côté d'elle, au sommet de la falaise.

— Nous vivons l'instant présent, Zoé. C'est tout.

Elle revint vers lui et noua les bras autour de son cou.

— C'est tout ? Une seule nuit, cela te suffit ?

Enroulant une jambe autour de sa taille, elle l'embrassa. Il lui rendit son baiser, glissant une main sous ses hanches pour la maintenir contre lui. La tête lui tourna, et l'eau glacée ne parvint même plus à tempérer son ardeur.

— La marée remonte, chuchota-t-elle. Les vagues vont nous renverser.

Il fit quelques pas vers le rivage, et la relâcha à regret. Zoé glissa contre lui avec la souplesse d'un chat, et se mit à frissonner. Mercer lui prit la main pour la ramener vers le rivage. Ils se retrouvèrent à une certaine distance du rocher.

— Viens ! cria-t-elle. Courons jusqu'au rocher !

Elle releva sa chemise trempée, exposant ses jambes fines, et se mit à courir dans le sable. Il la regarda un bref instant en secouant la tête, puis partit comme une flèche à sa poursuite.

Zoé n'avait aucune chance d'arriver la première. Il la rattrapa bien avant d'avoir atteint le rocher. Ils roulèrent dans le sable, en riant comme des enfants.

Puis leurs regards se croisèrent et les rires disparurent.

— Tu as froid ? chuchota-t-il.

— Ou... oui.

— Viens, je vais faire du feu.

En quelques minutes, il eut ramassé assez de bois sec, qu'il disposa dans le sable. Puis il fouilla dans les poches de son pantalon, et trouva ses allumettes.

Le feu se mit à ronfler. Zoé s'assit et s'adossa aux rochers qui avaient retenu la chaleur de la journée. Mercer alla s'installer à côté d'elle.

— On dirait un endroit hors du temps, murmura-t-elle. Demain, nous aurons peut-être oublié que nous étions là. Ou bien, cela nous semblera un rêve.

— Pour moi ce n'est pas un rêve, dit-il en se tournant vers elle.

Il contempla son visage à la lueur du feu, les boucles noires répandues autour de son visage en cœur, ses lèvres pleines, son menton pointu. Elle était si belle, sa Zoé. Mais elle n'était pas vraiment à lui. Et à vrai dire il se demandait si un homme pourrait la posséder un jour.

Il voulait essayer. Même si c'était de la folie.

— Zoé, je veux te faire l'amour, murmura-t-il les lèvres contre sa tempe.

— J'ai envie de toi, avoua-t-elle. Je commence à croire… que j'en ai toujours eu envie. Tu as toujours été celui que j'aimais.

— Moi… et pas Robin ?

Elle laissa fuser un petit rire.

— Non, pas Robin. Robin est mon ami. Toi, tu étais trop parfait. Trop inaccessible pour quelqu'un comme moi.

— Je n'ai jamais été parfait. Et je suis très accessible, crois-moi. Surtout pour toi.

— Et… ce sera juste pour ce soir ? Ensuite, nous… nous retournerons à la vie réelle ?

À cet instant, Mercer aurait vendu son âme au diable pour pouvoir la renverser dans le sable et pénétrer en elle. Il prit ses lèvres en un baiser fiévreux.

— C'est peut-être cela, la vraie vie ? dit-il en s'écartant.

— Je le voudrais, murmura-t-elle.

Il laissa ses mains glisser sur elle tout en l'embrassant. Ses seins étaient petits et parfaits, sous le tissu humide, propres à nourrir les fantasmes d'un homme. Sa gorge était fine et blanche. Il lui ôta sa chemise et son pantalon de batiste.

Puis il s'agenouilla dans le sable pour la regarder. Zoé était adossée au rocher, un bras sous la tête, et les flammes rouges se reflétaient sur sa peau nue. Son corps était chaud et tentant.

— Tu es tellement belle, chuchota-t-il. Tellement parfaite.

— C'est bien la première fois que tu me trouves parfaite, répondit-elle avec un sourire espiègle.

— Non, tu n'es pas une jeune fille parfaite. Tu es gâtée, indomptable, futile, mais aussi bonne, généreuse, et pleine de vie. Et tu me rends fou. Mais c'est toi que je veux, Zoé. J'ai renoncé à lutter contre mon désir. Et je ne voudrais pas que tu changes le moins du monde.

Il se pencha, lui embrassa un genou, et s'insinua entre ses jambes.

— J'ai toujours pensé que les hommes mentaient aux femmes pour obtenir ce qu'ils voulaient, dit-elle en riant.

Mercer secoua la tête, et lui posa une main sur le ventre, un peu étourdi par les rêves qui tournoyaient dans sa tête. Il rêvait de voir Zoé dans son lit en s'éveillant. De la voir porter leur enfant.

— Je ne te mentirai jamais. Et d'autre part, j'aimerais te donner ce que tu veux, toi.

Il s'agenouilla dans le sable, posa les mains sur ses seins, et effleura son ventre de ses lèvres.

— Ferme les yeux.

Zoé obéit, et il lui écarta légèrement les jambes, la touchant légèrement du bout de la langue.

Elle poussa un gémissement.

Il accentua un peu la caresse de sa langue, puis passa un doigt entre les pétales délicats de sa chair. Elle était déjà moite, prête à le recevoir. Il continua ses caresses, et elle lui agrippa les épaules, enfonçant les ongles dans ses muscles puissants. Il insinua le doigt dans son fourreau étroit et soyeux, et sentit ses muscles se contracter, l'invitant à aller plus loin. Elle se mit à frissonner, poussant de petits cris inarticulés.

Enfin, la vague du plaisir la submergea, puis elle retomba en arrière, épuisée. Il prit vivement sa chemise sur le rocher, et l'étala sur le sable.

— Allonge-toi.

Zoé ouvrit les yeux lentement et sourit.

— Non. Viens près de moi.

— Zoé...

Elle se dressa sur les genoux, lui prit les épaules et l'embrassa.

— Mercer, si tu crois que parce que tu me donnes du plaisir je vais devenir ton esclave, tu te trompes. Tu n'as peut-être pas choisi la fille qu'il fallait.

— Bon sang, Zoé, j'ai envie de toi. Tellement envie...

— Alors, change de place avec moi.

Il finit par faire ce qu'elle demandait, et s'adossa à son tour au rocher. Zoé se cala contre son bras, passa une jambe sur la sienne, et posa sa main sur son torse.

— Zoé, je ne crois pas que...

Il eut le souffle coupé quand elle le toucha. Puis elle se mit à le caresser habilement.

— Zoé, je crois...

Elle posa les lèvres sur son ventre, et toutes ses pensées s'évaporèrent dans l'instant.

Elle changea de position, et s'installa entre ses jambes, posant les deux mains sur lui. Quand elle se pencha, la masse de ses boucles brunes lui effleura les cuisses, le faisant frissonner.

Il ne pouvait pas l'arrêter. Il n'était pas tout à fait sûr de le souhaiter. Zoé avait l'air de savoir ce qu'elle voulait, même si elle était novice dans ce domaine. Elle posa délicatement le bout de la langue sur son sexe. Il tressaillit en gémissant, mais déjà elle l'attirait entre ses lèvres.

De nombreuses femmes lui avaient déjà prodigué cette caresse, mais avec Zoé l'expérience était toute nouvelle, plus étourdissante que tout ce qu'il avait connu.

— Est-ce que je le fais bien ? demanda-t-elle en s'écartant de lui.

Il émit un son inaudible pour toute réponse. Zoé l'interpréta comme un oui, et reprit ses attentions. Tandis qu'elle le taquinait inlassablement du bout de la langue, Mercer renversa la tête contre le rocher et ferma les yeux.

Son sexe était gonflé, le sang lui battait follement les tempes. Il eut conscience que sa vision devenait confuse, qu'il perdait toute notion du temps et de l'endroit où ils se trouvaient.

Brusquement, il lui attrapa le poignet.

— Assez ! marmonna-t-il en enfouissant la main dans ses boucles épaisses. Viens. Ici...

Lentement, elle laissa glisser ses doigts sur lui, et le relâcha. Puis elle s'abandonna contre lui, l'enveloppant d'un nuage de jasmin, et posa les mains sur sa poitrine.

Il la souleva en la plaquant contre lui, et ouvrit les yeux.

— Écarte les genoux, ordonna-t-il. Tout de suite.

Elle obéit, et il sentit ses boucles humides effleurer l'extrémité de son sexe. Il la pénétra d'un seul coup de reins.

Elle soupira en le sentant en elle.

Alors, il posa les mains sur ses hanches, et taquina de la langue la pointe d'un sein. Elle était exquise. Parfaite.

— Zoé, nous étions destinés à...

Il se tut, incapable d'exprimer la moindre pensée cohérente. Jamais une femme ne l'avait autant troublé, et cette friponne semblait le savoir. Elle soupira, en l'attirant profondément en elle, imprimant à leurs corps un rythme parfait.

Son instinct était merveilleux. Elle savait lui faire l'amour, comme si Dieu ne l'avait envoyée sur Terre que pour cela. Mercer souleva les hanches pour aller à sa rencontre, la touchant et lui caressant les seins en même temps.

Ils furent submergés au même moment par une vague de jouissance qui les fit basculer dans un abîme. Zoé cria son nom. Et quand Mercer reprit contact avec la réalité, quand il entendit le vacarme des vagues, qu'il sentit le sable sous son corps, les bras de Zoé noués autour de son cou, il dut lutter contre des larmes de bonheur.

C'était ce qu'il craignait depuis toujours. De se perdre en elle. D'être incapable de se contrôler, ou de lui refuser quoi que ce soit. C'était une rusée. Une sirène. Il l'avait toujours su. Mais maintenant il ne voulait plus lutter contre les sentiments qu'elle lui inspirait.

Plus tard, ils s'allongèrent près du feu, Zoé sur sa chemise. Il l'embrassa encore longuement, puis se pressa contre elle.

— Tu es belle. Je t'ai toujours trouvée belle.

— Et un peu coquine. Avoue-le, Mercer. Tu te méfiais de moi.

— Peut-être parce que j'étais conscient du danger que tu représentais pour mon cœur. Et pour ma santé mentale !

— Balivernes ! riposta-t-elle en riant. Tu as toujours tout contrôlé. Aussi bien toi, que tout ce qui se passait autour de toi.

— Je ne peux pas te contrôler, toi. Je ne sais même pas me maîtriser quand je suis près de toi. C'est comme une folie, dans mon sang. Mais il faut que nous parlions, Zoé. De... de tout.

— Pas maintenant. Mercer, je suis trop faible. Quand tu me touches, je n'arrive plus à réfléchir. Profitons simplement de cette nuit, savourons la vie. Contentons-nous d'être heureux ensemble.

— Bon sang, Zoé, je te veux ! Je veux te garder pour moi. Tu ne le vois pas ? J'aime mon frère, mais... mais ce que j'éprouve pour toi est différent. Zoé, je t'aime. Est-ce que tu m'aimes aussi ?

Elle détourna les yeux, la gorge nouée.

— Zoé ?

— Bien sûr, chuchota-t-elle. Je t'ai toujours aimé. Mais je ne suis pas pour toi, Mercer. Tu l'as toujours su, parce que...

— Zoé, tais-toi.

— Parce que, si j'étais une femme pour toi, tu n'aurais pas gardé tes distances si longtemps, n'est-ce pas ? Quand tout sera fini, que Robin sera rétabli et que je serai partie, tu penseras à ces quelques semaines, comme... comme si elles avaient été en dehors du temps. Comme si elles n'étaient pas réelles. Et tu seras soulagé d'avoir échappé aux sentiments que je t'ai inspirés.

Il enfouit les doigts dans sa chevelure, et l'obligea à se tourner vers lui.

— Tout ceci est bien réel, Zoé. Ce que je ressens pour toi est réel et très fort. Et je ne te partagerai pas avec un autre. Je ne sais pas exactement ce qu'il faut faire maintenant, Zoé. Mais ce que je vois, c'est que tu t'obstines à vouloir épouser un homme qui ne t'aime pas. Et que tu n'aimes pas non plus. Pas comme on doit aimer un mari.

— J'aime Robin de tout mon cœur. Mais tu sais que je ne l'aime pas d'amour, Mercer. Cependant, je mourrais plutôt que de lui faire l'affront de rompre alors qu'il est peut-être sur son lit de mort.

— Je ne te demanderai jamais de faire une chose pareille.

— Alors que me demandes-tu ? rétorqua-t-elle d'un ton vaguement accusateur. Me demandes-tu de devenir ta femme ? Je ne suis pas l'épouse qui te convient.

— Bien sûr que si. C'est cela que je te demande, évidemment. Seigneur, comment peux-tu penser le contraire ?

— J'ai appris où était ma place dans la société, Mercer. Et je sais, oui, que Robin ne veut pas de moi. Il ne m'a jamais voulue. Il ne m'épousera pas, et je ne l'obligerai pas à tenir sa promesse. Pas après ce… ce que nous avons fait ensemble.

— Alors, qu'as-tu l'intention de faire ?

— Quand il sera guéri, je partirai. Et s'il insiste, eh bien… il faudra que je lui dise la vérité. Alors, tu me détesteras encore plus qu'avant.

— C'est moi qui le lui dirai. Je veux te garder, Zoé. Et je ferai ce qu'il faut pour ça.

— Tu as d'autres chats à fouetter, Mercer. Quant à moi... ma réputation est déjà en lambeaux. Et... cela risque d'être encore pire...

— Pire ? Que veux-tu dire, Zoé ? Qu'y a-t-il que tu ne veux pas me dire ?

— Rien. Rien dont j'aie vraiment envie de parler, chuchota-t-elle. Cela n'a pas d'importance.

— Je m'occuperai de Claire, si c'est cela qui te tourmente. Je te le promets.

— Comment ? Avec de l'argent ? Peut-être, mais c'est comme céder à un chantage. Il ne faut pas commencer maintenant, surtout si elle porte un enfant de toi.

— Ce n'est pas le cas.

— Tu ne peux pas en être certain. Pas encore.

— Je suis tenu au courant de tous ses faits et gestes. Elle continue de vivre comme elle l'a toujours fait. Elle n'est ni faible ni malade, et n'a pas pris un gramme. Elle joue à toute heure du jour et de la nuit, et a dilapidé presque toute sa fortune. Aucune femme portant un enfant dans son ventre n'agirait de la sorte.

— Elle voudrait toujours se réconcilier avec toi ? Tu continues de l'entretenir ?

Mercer eut une hésitation qui se prolongea un peu trop longtemps.

— Oui, je lui donne de l'argent.

— Et elle est très belle. On comprend qu'elle puisse te tenter. Oh, Mercer, ne parlons plus de ça ! ajouta-t-elle en lui posant une main sur la joue. Je risque de me transformer en mégère !

— Serais-tu un peu jalouse ?

Elle leva les yeux au ciel.

— Tu es trop arrogant ! D'autre part, ce n'est peut-être pas Claire, le problème. Nous ne pouvons pas aller plus loin, toi et moi. Ma vie est sens dessus dessous, et la tienne aussi. J'ai besoin de temps.

Il soutint son regard, le cœur soudain gonflé de désir. L'aimerait-elle jamais autant qu'il l'aimait, lui ? Il détestait ses hésitations et ne comprenait pas sa réaction.

— Que voudrais-tu, maintenant ? Qu'est-ce qui te rendrait heureuse, Zoé ? Ce soir ?

Nouant les bras autour de son cou, elle l'attira vers elle.

— Refais-moi l'amour, demanda-t-elle, les yeux brillants. Juste pour ce soir. Maintenant.

Et il lui obéit. Il était comme envoûté, et il préférait se contenter de miettes, plutôt que de ne rien avoir du tout.

# 15

# Bonnie n'est pas contente

— Je vous ai dit que je n'en voulais pas, maman !

Lord Robert rejeta le toast sur son assiette en faisant tinter les couverts. Zoé lança un coup d'œil compatissant à Jonet.

— C'est du pain, mon chéri. Il faut que tu manges.

— Je mangerai quand je pourrai me nourrir tout seul ! Un homme n'a pas envie de voir sa mère lui beurrer ses tartines.

Cole Amherst reposa son couteau avec un geste ferme et précis, comme s'il craignait d'être tenté de s'en servir.

— Robert, je sais que ta jambe et ton bras te font souffrir, mais je tiens à ce que tu restes poli avec ta mère.

— Vous avez raison, monsieur. Pardonnez-moi.

Robin semblait sincèrement désolé. Ces scènes se répétaient depuis une semaine. Au fur et à mesure que le corps de Robin guérissait, ses émotions refaisaient surface. C'était, selon le Dr Bevins, la conséquence de la commotion. Cela faisait trois jours que Robin descendait dans la salle à manger, et il regagnait visiblement des forces. Cependant, il ne semblait pas plus heureux.

Zoé non plus. Si la cicatrice de Robin était en voie de guérison, ce n'était pas le cas de la plaie que Zoé avait dans le cœur. C'était une vraie torture de se trouver assise à côté de Mercer pour le petit déjeuner, tout en étant dévorée d'inquiétude pour Robin.

Quant à Mercer, il avait recommencé de s'absenter au déjeuner et au dîner. L'épidémie de variole régressait, mais il était accaparé par d'autres problèmes concernant le domaine. Il était à cran. Il lançait à Zoé des regards de désir à peine voilés. Ce n'était pas le genre d'homme qui tolérait longtemps d'être contrarié.

Ce matin, il n'était même pas descendu pour le petit déjeuner. Il régnait une étrange tension dans la pièce, et Jonet et son mari échangeaient des coups d'œil embarrassés. Ce qui semblait encore plus étrange, c'était que ni l'un ni l'autre n'aient fait de remarque sur l'absence de Mercer.

Cela avait peut-être un rapport avec le visiteur qui était arrivé dans la nuit. Vers minuit, alors que Zoé errait dans la bibliothèque, en proie à une insomnie tenace, elle avait vu une superbe voiture s'arrêter dans la cour, suivie d'un chariot chargé de bagages. Cependant, aucune information n'avait filtré ce matin sur ces mystérieuses circonstances. Les visiteurs avaient apparemment une affaire à traiter avec Mercer, qui ne concernait pas le reste de la famille.

M. Amherst se leva brusquement.

— Ma chère, dit-il à sa femme, nous nous verrons pour le dîner. J'ai des lettres à écrire, et ensuite je dois me rendre à Fromley pour l'installation du nouveau pasteur.

— Monsieur, puis-je vous être utile ? s'enquit Zoé en se levant.

— Oh, nous ne refusons jamais l'aide qu'on nous offre. La sacristie a besoin d'être rangée et nettoyée. Les livres et les registres sont en grand désordre.

— Je peux me charger de ce travail. Ensuite, vous pourrez sans doute me déposer chez les Fitch ? J'ai un livre pour les enfants.

M. Amherst eut un sourire lumineux.

— Rien ne me ferait plus plaisir, ma chère. Retrouvons-nous dans le hall à onze heures.

Robin repoussa brusquement sa chaise.

— Je vais remonter avec vous, papa. Je vous demande pardon, mesdames, je n'ai plus faim.

Un des domestiques se précipita pour lui donner sa canne, et il se dirigea vers la porte en s'y appuyant lourdement.

Il posa la main sur la poignée et se retourna. Il était livide.

— Je suis désolé, dit-il de but en blanc. Pour tout. J'ai décidé qu'il vaudrait sans doute mieux que je m'éloigne quelque temps.

— Que tu t'éloignes ? répéta sa mère, stupéfaite.

— J'ai l'intention de m'installer dans le pavillon d'été. J'ai besoin de paix et de silence. Quand j'irai mieux, et que je pourrai de nouveau monter à cheval, je me retirerai à Kildermore.

— Ta décision est prise, visiblement, murmura Jonet.

Robin se tourna pour s'adresser à Zoé.

— Nous devrions nous marier avant mon départ. Mais tu n'es pas obligée de m'accompagner en

Écosse, ma vieille. Je sais que tu détestes cette région.

Un silence suivit ses paroles. Robin sortit, et son beau-père le suivit, l'air profondément contrarié. Quand la porte se fut refermée sur eux, Jonet fit signe aux valets.

— Laissez-nous, je vous prie.

Ils disparurent par une porte de service savamment dissimulée dans les lambris.

— Zoé, ma chérie, je suis désolée. Il est très malheureux.

— De fait, je désirais m'entretenir avec vous, madame, répondit doucement Zoé, en rejetant les épaules en arrière. Je vais devoir annoncer à Robin, que… que j'ai décidé d'annuler ce mariage. Je suis désolée, Jonet. Les gens vont dire que je suis cruelle, que j'ai repoussé Robin parce qu'il n'était plus comme avant. Mais pour moi, il n'a pas changé. C'est Robin, et je l'adore. Cependant, il est clair que nous ne sommes pas amoureux l'un de l'autre.

— Oh, Zoé… en êtes-vous certaine ?

— Oui, tout à fait certaine. Je crois que je me moque désormais des commérages. Je voudrais simplement que Robin puisse être de nouveau heureux. Je voudrais que nous puissions tous l'être… mais je crains que ce ne soit impossible.

Jonet s'avança et lui prit les mains.

— Oh, ma chère, tout devient plus compliqué que je ne le croyais. Vous avez le droit d'exiger que Robin tienne sa promesse. Il vous épousera demain, si vous le lui demandez.

— Je le sais. Il est prêt à faire tout ce que je lui demande, et c'est ce qui nous a mis dans cette terrible situation. Mais je ne peux pas supporter de voir mon ami le plus cher avoir sa vie détruite.

— Ma chère, il s'est détruit tout seul. Je crains, Zoé, que Robin n'ait commis la seule erreur qu'un jeune homme ne doit jamais commettre : il est tombé amoureux de sa maîtresse.

— Et je n'y peux rien, murmura Zoé.

Jonet se laissa retomber dans son fauteuil.

— S'il est libre, il retournera peut-être vers elle. Mais comme je l'ai déjà dit, elle ne voudra plus de lui à présent. Il gardera cette cicatrice toute sa vie, et il restera probablement boiteux.

— Il n'ira pas la trouver, chuchota Zoé. Il lui a promis de ne plus jamais la tourmenter, et je connais Robin. Il ne lui demandera plus rien. C'est sans doute la raison pour laquelle il veut partir en Écosse. Afin de ne pas être tenté de rompre sa promesse. Mme Wilfred ne voudra pas le reprendre. C'est elle qui l'a chassé.

— Vous en avez l'air certaine, ma chère.

— Oui, tout à fait certaine, admit Zoé en baissant les yeux. Ne me demandez pas pourquoi.

— Mon Dieu, mon enfant, qu'avez-vous fait ?

*Quelque chose de stupide,* songea Zoé.

— Votre père sera furieux que vous refusiez d'épouser Robert, reprit Jonet. J'espère que vous n'avez rien fait de plus impétueux...

— J'ai pensé agir pour le mieux. Ne me questionnez pas davantage, je vous en prie, madame. J'ai écrit à papa pour lui demander de m'envoyer la voiture, et je retournerai à Londres dans quelques jours.

Jonet sembla déçue de l'apprendre.

— Que dira votre père ?

— Il m'enverra dans son domaine du Perthshire, répondit Zoé d'une voix égale. Il y a des sorts pires que celui-ci, et je pense que je pourrai me rendre utile là-bas.

— Que deviendra mon fils ?

Zoé posa sur elle un regard sans expression.

— Robin serait encore plus malheureux s'il était obligé de m'épouser.

L'ombre d'un sourire se dessina sur les lèvres de Jonet.

— Je faisais allusion à mon autre fils.

Zoé sentit ses joues s'empourprer. Robin avait raison, sa mère voyait tout.

— Mercer s'est toujours senti responsable de moi, murmura-t-elle en se levant. Les circonstances actuelles ont réveillé son esprit chevaleresque. S'il a laissé entendre autre chose... c'est qu'il a l'esprit un peu confus en ce moment.

Jonet rit avec légèreté.

— Il n'est pas du genre à avoir l'esprit confus, ma chère ! Et, non, il ne m'a rien dit. Mais c'est entre vous que cela doit se régler.

— Vous avez toujours été très bonne envers moi, Jonet. Bien que je ne l'aie pas toujours mérité. Soyez assurée que je ne ferai rien qui puisse provoquer un scandale.

Jonet rit de nouveau.

— Mon enfant, notre famille a connu d'autres scandales, et de bien plus graves. Vous oubliez que la moitié de la bonne société a cru que j'avais assassiné mon mari !

— Mais vous n'aviez rien à vous reprocher. Votre mariage était honorable.

— Oui, et il était aussi très malheureux. Le second, en revanche... ah, c'était un mariage d'amour ! La méchante marquise a épousé son beau capitaine, et un homme de Dieu par-dessus le marché ! Que pensez-vous que les gens ont dit ?

Zoé esquissa un sourire.

— Je ne veux pas que vous ayez à essuyer d'autres ragots par ma faute.

— Merci, Zoé. Vous avez du cœur.

Zoé alla à la porte et s'immobilisa, la main sur la poignée.

— Jonet... puis-je vous demander à qui appartient la voiture qui est arrivée cette nuit ?

Jonet s'essuya les lèvres avec sa serviette, comme si elle cherchait à gagner du temps.

— Cette voiture est celle de Stuart. Elle venait de Londres.

— Je ne l'ai pas reconnue. Ses armes ne figuraient pas sur les portières.

Jonet replia sa serviette et se leva.

— Je crois que c'est une voiture de sa maison de Fitzrovia.

Soudain, la vérité se fit jour pour Zoé.

— La vicomtesse de Chéraute ? Il... il l'attendait ?

— Il faudra lui poser la question vous-même, dit Jonet en se dirigeant vers la porte. Mais je ne pense pas qu'elle s'attarde très longtemps ici.

Zoé sentit ses joues s'enflammer.

— Ce ne sont pas mes affaires. Comme je vous l'ai dit, je serai partie dans quelques jours.

— Zoé, notre maison vous sera toujours ouverte, dit la comtesse en lui posant une main sur l'épaule. Vous n'êtes pas obligée de quitter Greythorpe, tant que vous ne vous sentez pas prête à affronter votre père.

— Merci, madame. Mais je suis prête à le faire, croyez-moi. Je pense même être apte à affronter toutes les difficultés de la vie.

⁂

— Monsieur ?

Le marquis de Mercer leva à peine les yeux des livres de comptes étalés sur son bureau d'acajou.

— Qu'y a-t-il, Page ? demanda-t-il en apposant sa signature sur un document.

Le valet franchit le seuil.

— M. Donaldson vous fait demander si vous désirez que votre petit déjeuner soit servi ici.

Mercer remarqua que l'homme portait un plateau.

— Ah, oui, merci, dit-il en repoussant son encrier pour faire de la place sur un coin du bureau. Que m'a-t-il envoyé ?

— Comme d'habitude, monsieur, dit le valet en soulevant un couvercle en argent. Du café noir. Trois œufs, un steak, du pudding, des tomates. Ah... et les harengs. Désirez-vous autre chose, monsieur ?

— Non, c'est bon, Page. Merci.

Il prit l'assiette contenant les harengs, et la posa devant le nez de Bonnie. La chienne se leva et se mit à manger, tandis que Mercer lui caressait la tête. C'était un moment de la journée qu'ils passaient toujours ensemble. Mischief, plus jeune et plus alerte, préférait sortir, alors que Bonnie se chauffait au soleil, ou devant le feu quand il y en avait.

— Monsieur ? reprit le valet, mal à l'aise.

— Oui, Page ?

— C'est au sujet de la dame qui est arrivée la nuit dernière. Elle s'est levée, monsieur, et elle est dans la véranda. Elle n'a pas l'air content. Je crois qu'elle veut vous voir au plus tôt.

— Vraiment ? grommela Mercer en poussant le livre de comptes pour poser l'assiette devant lui. Laissez-la mijoter un moment. La patience est une vertu à cultiver.

— Très bien, monsieur.

Mercer mangea, tout en examinant sa correspondance. Il se doutait bien que Claire finirait par débarquer ici. Il avait eu le temps de la connaître pendant l'année qu'avait duré leur liaison. Il se demanda encore une fois ce qu'il lui avait trouvé. Elle était belle, certes, comme aurait pu l'être une tempête de neige. Et elle était aussi dangereuse.

Bonnie finit les harengs, se lécha les babines, et alla se coucher de l'autre côté de la pièce, dans un rayon de soleil.

— Qu'en penses-tu, ma vieille ? demanda Mercer. Dois-je la laisser moisir dans la véranda, ou la faire venir tout de suite ?

Bonnie refusa sagement d'intervenir dans cette décision. Elle n'avait jamais beaucoup aimé Claire, ce qui aurait dû alerter Mercer. Avec un soupir, il finit son petit déjeuner, et se replongea dans ses comptes. Juste avant onze heures, il appela Page et lui demanda de faire entrer Claire. Il se promit de rester poli si elle l'était aussi. Du moins, jusqu'à ce qu'il ait découvert ce qu'il cherchait si désespérément à savoir. Ensuite, tout dépendrait d'elle.

Elle entra dans le bureau vêtue d'une robe jaune pâle garnie de rubans blancs, et avait ses cheveux blonds savamment relevés sur la nuque. Si l'attente avait mis sa patience à l'épreuve, elle eut la sagesse de ne pas le montrer. Un sourire était plaqué sur ses lèvres, et ses yeux étaient brillants. Une expression artificielle que Mercer connaissait bien.

— Mercer, *mon trésor !* s'exclama-t-elle en français. Vous avez une mine superbe !

Mercer se leva et contourna son bureau.

— Bonjour, Claire, dit-il en se laissant embrasser sur la joue, à la mode française. Avez-vous bien dormi ?

— Oh, *oui !*

Posant une main sur son torse, elle se pressa contre lui.

— L'air de la campagne, Mercer, *c'est magnifique !*

— Vous êtes une belle menteuse, ma chère, lui murmura-t-il à l'oreille. Je sais que vous détestez la campagne.

Elle laissa fuser un rire cristallin, comme si elle le trouvait extrêmement spirituel.

Mercer s'écarta, et fit signe à Page de fermer la porte. Trop tard. Il eut le temps d'apercevoir la petite silhouette qui venait de se figer dans le hall, un panier d'osier à son bras. Bon sang ! Il ne lui manquait plus que ça !

Mais Claire faisait déjà le tour de la pièce, en admirant chaque objet, sous le regard mécontent de Bonnie.

— Alors c'est d'ici que le grand lord Mercer commande son univers ! Je n'arrive pas à croire que vous ne m'ayez jamais invitée, après tout ce que nous avons vécu ensemble, *mon cœur.*

Mercer s'assit sur le bureau, posant les deux mains sur la table.

— Parlons affaires, Claire. Qu'est-ce qui vous amène à Greythorpe ? Et avec tous vos bagages, à ce que j'ai vu.

Elle baissa les yeux, esquissant une moue boudeuse.

— Cet horrible bonhomme m'a dit que je pouvais aller vous voir, si j'avais besoin de vous.

— Quel horrible bonhomme ?

— Celui que vous m'avez envoyé à la maison ! Celui qui a des yeux de démon… et qui m'a rapporté ma broche de saphirs. Il a dit que c'était un cadeau de vous.

— Ah, cet homme-là, rétorqua sèchement Mercer. Vous aviez perdu la broche chez Crockford's, il me semble ?

— *Oui.* Mais j'ignore comment elle s'est retrouvée entre vos mains.

— En fait, vous avez perdu tous vos bijoux. Ou plutôt, devrais-je dire, les bijoux de Chéraute.

— La broche était à moi ! Tous les saphirs m'appartenaient, *mon chéri.* Le collier, les bracelets et les bagues. Ils n'ont jamais été à Chéraute.

Elle marqua une pause et fit mine de renifler tristement.

— Ils me manquent tellement. Mercer, vous savez comme tout ceci est difficile pour moi !

— Mais vous les avez tous vendus. Ou perdus au jeu.

— *Oui,* j'ai eu tort, reconnut-elle en baissant les yeux comme une enfant prise en faute.

— Et vous ne pouvez pas retourner chez vous sans eux, n'est-ce pas ? déclara Mercer en croisant les bras. Un duché vous attend là-bas. Les nouveaux châteaux de votre époux, sa fortune, ses vignobles, cette idyllique petite île au large de l'Espagne… sans oublier votre titre et votre nouvelle position à la Cour. Mais pour avoir tout cela, il faut avant tout obtenir son pardon.

Claire baissa la tête davantage.

— Cet homme, celui qui a des yeux froids comme de la glace… il m'a dit que vous m'aideriez. Que vous aviez peut-être mes bijoux.

Elle joignit les mains en un simulacre de prière.

— Je sais, Mercer, que vous êtes prêt à secourir votre pauvre, pauvre Claire !

— Vous oubliez une chose, ma chère. En fait, la seule chose qui a de l'importance pour moi.

— *Oui ?* Et qu'est-ce donc ?

Il alla vers elle, et posa une main lourde sur son ventre.

— Ceci, Claire, chuchota-t-il. Mon enfant.

— Oh, *mon Dieu !* s'écria-t-elle en reculant. Oh, Mercer, quelle malchance ! J'ai perdu l'enfant !

— Perdu ? Que voulez-vous dire, Claire ? On peut perdre une épingle à cheveux, mais pas un enfant.

— Je l'ai perdu, répéta-t-elle, affolée. Ce sont des choses qui arrivent.

— Je crois que vous mentez, Claire.

— *Non, non !*

Il alla vers elle, l'obligeant à reculer jusqu'au mur.

— Écoutez-moi bien, ma chère, dit-il d'une voix dangereusement calme. Je vais envoyer cet homme, celui qui a des yeux de glace, questionner toutes les avorteuses de Londres, de Kensington jusqu'à Stepney. Et si l'une d'entre elles vous a vue, ou a vu ne serait-ce que la couleur de vos cheveux, je vous ferai regretter d'être venue au monde ! Alors, dites-moi, Claire, avez-vous fait une fausse couche ? Ou bien vous êtes-vous débarrassée de l'enfant ? À moins qu'il n'ait jamais existé ? Réfléchissez bien. Pensez à vos châteaux, à votre île, et à la cour de France avant de répondre. Car j'ai les moyens de causer votre ruine.

Le regard de la jeune femme vacilla.

— Il… il n'a jamais existé. J'avais le cœur brisé, Mercer. Et j'avais du retard. Ce sont des choses qui arrivent, non ?

Il lui tourna le dos, en se disant qu'il aurait dû être soulagé. C'était terminé. Et pourtant, il ne pouvait nier l'horrible vérité. Il avait eu envie d'avoir cet enfant, même si sa vie était déjà très compliquée, et que cela risquât de le lier à cette femme qu'il n'aimait pas et en qui il n'avait aucune confiance. Il voulait un enfant. Mais il rêvait d'un enfant aux boucles brunes, au menton pointu, aux yeux espiègles. Oui, la patience était décidément une vertu.

S'étant enfin ressaisi, il se retourna.

— Je ne vous demanderai même pas depuis combien de temps vous le savez, dit-il, les mains croisées derrière le dos. Je veux que vous sortiez de ma vie, Claire. Félicitez-moi, ma chère, car je vais me marier.

Elle eut un haut-le-corps, comme s'il l'avait giflée.

— Vous marier ? Avec qui ? Vous vivez depuis des semaines entouré de vaches et de cochons ! Qui allez-vous épouser ?

— La fiancée de mon frère, mais celui-ci ne le sait pas encore. Et elle non plus, d'ailleurs. Mais c'est pourtant ce qui va se passer, croyez-moi.

Claire ne put réprimer la lueur d'amusement qui passa dans ses yeux.

— Oh, *mon chéri,* vous allez épouser la fille aux jarretelles vertes ? La fiancée de votre frère ? J'ai toujours dit que vous étiez froid comme du marbre. Personne ne doit se mettre en travers de votre chemin, n'est-ce pas ?

— Et vous moins que tout autre.

— Rendez-moi mes bijoux. Si vous les avez vraiment.

— Oh, je les ai, ma chère.

Il alla à son bureau, et ouvrit le tiroir que Charlie avait fermé à clé quelques heures plus tôt. Il en retira la boîte en forme de cœur, l'ouvrit et la lui montra.

— Oh, *mon Dieu !* Ma parure ! Oh, Mercer, je vous en prie, il faut me la donner !

Mercer referma le coffret.

— Quand le moment sera venu. Peut-être.

— Mais, Mercer, je ne peux pas retourner chez Chéraute, sans cela ! Et vous... vous ne voulez plus de moi ! Je croyais que vous étiez prêt à m'aider. C'est ce que m'a dit votre horrible bonhomme. A-t-il menti ?

— M. Kemble ? Il a tendance à mentir quand ça l'arrange, oui. Et il est doué, vous ne trouvez pas, Claire ? Après tout, il faut être soi-même menteur pour s'en rendre compte.

— *Mon Dieu !* s'écria-t-elle en larmes. Vous n'avez donc pas de pitié, *mon chéri !* Je suis sûre que vous aimez ce... ce chien plus que moi ! ajouta-t-elle en désignant Bonnie d'un doigt accusateur.

Mercer avait rouvert le coffret et contemplait les émeraudes que Kemble disait inestimables.

— J'ai compris quand vous avez perdu cette parure au jeu, Claire, que vous étiez désespérée. Ces joyaux proviennent de la couronne des vicomtes de Chéraute, n'est-ce pas ?

— *Oui.*

Des larmes jaillirent sous ses paupières.

— J'aurais aimé vous voir, ces quinze derniers jours, en train de vous arracher les cheveux et de vous demander comment vous alliez bien pouvoir sortir du trou dans lequel vous vous êtes vous-même jetée, murmura-t-il. Et sachant que les richesses et les honneurs sont à portée de main, à condition toutefois que votre époux accepte de vous reprendre. Non, vous ne pouvez retourner en France sans les bijoux de votre époux, n'est-ce pas, ma chère ? Et surtout sans ceux-ci.

— *Non,* admit-elle, vaincue. Non, je n'oserai jamais retourner auprès de lui sans eux. Vous êtes trop cruel.

Mercer referma le coffret et le déposa sur son bureau. Claire émit un gémissement de désespoir. Comme s'il revenait sur sa décision, il reprit le coffret et le lui donna.

— Ne trépignez pas encore de joie, ma chère, murmura-t-il en retournant à son bureau.

Claire pressa le coffret de cuir contre son cœur, et se laissa tomber dans un fauteuil. Mercer joignit l'extrémité de ses doigts et la considéra pensivement.

— J'ai demandé à un joaillier de faire une copie de la parure, annonça-t-il d'une voix tranquille. Vous trouverez les autres bijoux de Chéraute sur la coiffeuse de votre chambre. Vous pouvez les garder, comme un gage de la considération que j'ai eue pour vous autrefois. Mais la vraie parure se trouve dans mon coffre. Je tiens à la conserver, comme une sorte de police d'assurance.

Elle le regarda, horrifiée.

— Une police d'assurance ? Je ne sais pas ce que vous insinuez.

Mercer posa les mains à plat sur son bureau, et se pencha vers elle.

— Cela m'assure que vous n'avez pas menti au sujet de l'enfant. Et que vous continuerez de bien vous conduire pendant… disons quelques années.

— Je ne vois pas ce que vous voulez dire !

— Cela signifie que je vous ferai surveiller, Claire, minute par minute. Je placerai des espions sous le toit de Chéraute. Je soudoierai ses valets si c'est nécessaire.

Claire serra les poings.

— Oh, mais c'est abominable !

— Si votre ventre s'arrondit dans les prochaines semaines, ou si vous répandez le moindre ragot sur ma future femme, alors Chéraute apprendra que sa duchesse l'a berné, avec un coffret rempli de toc et de pâte de verre. Suis-je clair ?

— *Allez au diable !* lança-t-elle, ses lèvres formant une grimace hideuse.

Bonnie leva la tête et montra les dents.

— Surveillez vos paroles, ma chère, je crois que Bonnie comprend le français. Maintenant, dites-moi, marché conclu, ou non ?

— Est-ce que j'ai le choix ? finit-elle par rétorquer, vibrante d'indignation.

— Excellent. Dans quelques années, quand l'âge et le mariage auront adouci mon caractère et que vous aurez prouvé que vous êtes une gentille petite duchesse, je vous enverrai l'original. En attendant, je vous suggère de ne rien faire pour éveiller les soupçons de Chéraute. Et surtout, renoncez au jeu.

Claire s'humecta les lèvres.

— Et mes saphirs, *mon chéri ?* Pourrai-je les récupérer ?

— Il se trouve que non. Kemble a déniché un acheteur pour ce lot de pierreries. Un riche Américain, prêt à payer deux fois le prix que valent ces pierres, car il a plus d'argent que de jugeote. Cela ne couvrira qu'une partie des frais que j'ai engagés pour faire le ménage derrière vous ces dernières semaines, Claire.

— Mais… mais que vais-je dire à Chéraute ?

— Vous lui direz que vous les avez vendues pour survivre. Après tout, il fallait bien payer votre maison et vos domestiques.

La vicomtesse fronça les sourcils.

— Mais je vivais chez vous ! Je ne payais pas…

Elle s'interrompit, comprenant soudain, et Mercer sourit.

— Il sera beaucoup plus facile pour vous de jouer l'épouse repentante, plutôt que la maîtresse délaissée, Claire.

— Délaissée ? cria-t-elle en se levant d'un bond. Comment osez-vous ?

Elle leva la main et le gifla. Mercer ne broncha pas.

— Bien, dit-il doucement. Je trouve que cette conversation devient ennuyeuse, ma chère. Si vous partez demain matin à l'aube, je pense que vous arriverez juste à temps pour prendre la malle de Calais.

⁂

D'humeur mélancolique, Zoé emprunta le raccourci à travers les bois pour rentrer de chez les Fitch. D'un côté, elle était contente d'avoir employé ses forces à nettoyer la sacristie, et à lire avec les quatre enfants. Mais à chaque instant, la vision de

Mercer dans les bras de la vicomtesse revenait la hanter.

Bien sûr, cela ne voulait peut-être rien dire, songea-t-elle, en soulevant les feuilles mortes de la pointe de sa bottine. Mercer n'aimait pas cette femme, elle en était certaine. Et pourtant...

Pourtant, elle était venue jusqu'à Greythorpe. Elle voulait reprendre Mercer, et elle ne s'en cachait pas. Dans quelques mois, il était possible qu'elle lui donne un fils. Zoé posa machinalement la main sur son ventre. C'était un geste d'espoir, qu'elle avait souvent vu faire à Phaedra au cours de ses grossesses.

Elle s'arrêta brusquement, et laissa retomber sa main. Le vent d'été soufflait dans les branches, projetant des ombres et de la lumière sur le chemin. Son avenir était aussi incertain que ces dessins éphémères sur les graviers de l'allée.

La soirée passée sur la plage dans les bras de Mercer lui semblait irréelle. Sa déclaration d'amour n'était qu'une chimère emportée par la brise. Elle avait passé sa vie à admirer Mercer de loin, et même à le tourmenter un peu, juste pour obtenir quelques secondes d'attention. Il avait toujours été une présence forte, austère et rassurante dans sa vie. Mais il n'avait jamais été inaccessible.

Ici, loin de Londres, partagée entre son désir pour lui et son inquiétude pour Robin, Zoé avait laissé s'échapper son sens des réalités. Et elle avait rejeté la vicomtesse de Chéraute dans le puits de ses jalousies oubliées. Ce n'était pas raisonnable. La vicomtesse était grande, blonde, d'une beauté éblouissante, un peu comme la reine des neiges, ou une fée.

Quand il retournerait à Londres, Mercer sentirait peut-être son attirance pour cette femme resurgir. Était-ce possible ? Zoé songea aux lèvres de la vicomtesse effleurant la joue de Mercer, à son rire léger et insouciant. Et soudain, pour la première fois depuis des années, Zoé eut conscience d'être très naïve.

Elle hâta le pas, s'efforçant de chasser un horrible sentiment d'impuissance. Elle n'était pas vulnérable, et elle avait appris depuis longtemps à se méfier de tout. Elle décida de penser plutôt à ce pauvre M. Fitch qui était retourné travailler dans les champs aujourd'hui. Il vivait dans un monde dur et simple, où la moisson n'attendait pas.

Elle pensa aussi à Marie, l'aînée des deux filles, qui apprenait à entretenir la maison, et aux plus jeunes qui l'aidaient à tour de rôle. La leçon de la vie était dure pour eux, et en comparaison Zoé savait qu'elle n'avait pas de problème.

Zoé leur avait promis de retourner les voir le lendemain avec M. Amherst. Elle pensait emmener Trudy avec elle, et les aider à nettoyer la cuisine, avant de quitter Greythorpe. Elle n'avait aucun talent pour ce genre de tâche, mais l'idée d'accomplir un dur travail physique lui plaisait. Comme elle était devenue bizarre... Il était sans doute temps qu'elle retourne à Londres, elle aussi.

Elle arriva au coin du chemin donnant dans le jardin, juste à temps pour voir une grande voiture au pied de l'escalier, dans laquelle les valets entassaient des meubles. Jonet se tenait sur le perron, les mains croisées. Zoé se mit à courir, tout en dénouant le ruban de son chapeau.

— Il n'y avait pas de meubles dans les chambres, dit Jonet d'une voix creuse. Je veux dire, dans le pavillon. Vraiment, Zoé, que lui est-il passé par la tête ?

*Il a voulu s'échapper,* songea Zoé en lui prenant le bras.

— Il est parti ?

Jonet hocha la tête en pinçant les lèvres, aussi triste que si Robin était parti aux Antilles, ou dans un autre pays du bout du monde.

— Venez, il faut rentrer, dit Zoé.

— Oui, bien sûr. Mlle Adler m'attend dans la salle d'études.

— Je vais m'assurer qu'il a tout ce qu'il lui faut au pavillon, dit Zoé. Et… et j'ai quelque chose à lui dire.

Jonet hocha la tête. Mais parvenues sur le seuil, elles se heurtèrent à lord Mercer. Visiblement, celui-ci les avait épiées depuis le grand hall. Les mains sur les hanches, les pans de son manteau repoussés en arrière, il leur jeta un regard préoccupé.

— Bonjour, mon cher, dit Jonet en se dirigeant vers l'escalier. Je dois aller voir les enfants, ils ont besoin de moi.

Mercer ne lâcha pas Zoé des yeux.

— Tu veux aller au pavillon, Zoé ? Pourquoi ?

— Parce que j'ai promis à ta mère d'y aller, répondit-elle sans se troubler. Et parce que nous avons encore des choses à nous dire, Robin et moi.

Elle fit mine de s'éloigner, mais Mercer lui prit le bras d'un geste possessif, sans se soucier d'être vu des domestiques qui vaquaient à leurs occupations.

— Zoé, il faut que je te voie. Seul à seule.

— Mais tu as une invitée, n'est-ce pas ? lança-t-elle, s'emportant malgré elle. Je te suggère de t'occuper de tes affaires, comme je m'occupe des miennes.

Mercer ne lui lâcha pas le bras. Ils étaient si proches que Zoé percevait la chaleur de son corps, et le parfum frais de son savon à raser.

— Que veux-tu faire ? lui demanda-t-il.

— Ce que je dois faire, répondit-elle en baissant les yeux. Ce que je t'ai promis de faire. Je tiens parole, Mercer. Avant tout, je tiens parole.

— Moi aussi, dit-il à voix basse.

Elle releva la tête, et ne vit dans ses yeux ni désapprobation ni mépris. Seulement une tendresse qui la prit au dépourvu.

— Je le sais, Mercer. Personne n'en a jamais douté, et surtout pas moi.

Pendant un moment, l'air parut chargé d'électricité. Enfin, il lui relâcha le bras.

— Vas-y, dit-il doucement. Mais si tu penses que Robin et toi avez des choses à régler…

Il laissa la phrase en suspens.

Le cœur serré, Zoé tourna les talons et descendit les marches du perron, manquant heurter deux valets qui hissaient un lit sur la charrette. Elle fila le long de l'aile ouest, et descendit le sentier vers le lac. Des canards glissaient sur l'eau en file indienne, les petits derrière leur mère. Zoé se concentra sur le ravissant spectacle qu'ils offraient, et sur la tâche difficile qui l'attendait.

Elle s'arrêta sur le seuil de pierre et frappa à la porte. Ne recevant pas de réponse, elle souleva le loquet et fit prudemment un pas à l'intérieur. Elle avait évité de revenir au pavillon, depuis la nuit qu'elle y avait passée avec Mercer.

Comme elle s'y attendait, elle fut assaillie par des milliers de souvenirs, et se mit à frissonner. Ses yeux se posèrent devant la cheminée, sur le tapis de laine usé où Mercer l'avait fait allonger, frémissante et en proie à un profond désespoir.

L'air était encore imprégné de l'odeur de suie et de laurier. Le parfum de la peau nue de Mercer lui revint aussi en tête, doux, un peu musqué. L'espace d'un instant elle crut le voir dans le vieux fauteuil, les coudes sur les genoux, la contemplant d'un air solennel, alors qu'elle s'éveillait, encore enivrée par leur étreinte.

Elle savait qu'il se demandait dans quel piège il s'était engagé. Oh, il la désirait. Peut-être même depuis toujours. Mais il ne voulait pas d'elle, et c'était ce qui faisait toute la différence. Pour Mercer, un homme aussi froid et discipliné qu'elle était fantasque, elle représenterait toujours un poids.

Mais elle était venue pour Robin. Ils avaient déjà causé assez de tort sans le vouloir, tous les deux. Elle ne voulait pas en causer davantage. Tournant à droite, elle pénétra dans la cuisine qui jouxtait la petite salle à manger. Les deux pièces étaient vides.

Zoé revint à la porte d'entrée et jeta un coup d'œil dans le hangar à bateaux. Robin était sur la jetée, accoudé à la rambarde. La brise soulevait ses cheveux acajou, et son visage était tourné vers les collines. Bien qu'il ait maigri depuis son accident et que la cicatrice soit encore bien visible, il était toujours d'une étonnante beauté.

Zoé jeta son chapeau sur une barque retournée, et traversa le hangar.

— Coucou, murmura-t-elle en allant s'accouder à la rambarde à côté de lui. Puis-je te rendre une petite visite de politesse ? Je ne resterai pas longtemps.

Il émit un petit ricanement et hocha la tête.

— Il n'y a pas moyen de s'échapper, n'est-ce pas ?

Elle répondit en lui décochant une bourrade dans les côtes.

— Aïe ! Zoé, tu oublies que je suis blessé.

— C'est vrai. Et je suis vraiment désolée, murmura-t-elle.

Ils gardèrent un moment le silence, contemplant les eaux tranquilles du lac.

— Ce lieu est tellement apaisant, dit-elle enfin. Je t'envie.

— Il fait un peu chaud sur la colline, n'est-ce pas ? Il fallait que je sorte de là, ma vieille. Désolé.

Zoé haussa les épaules, l'air absent.

— Tes parents sont très gentils avec moi. D'où proviennent les eaux du lac ?

Robin désigna du doigt un point, vers le nord.

— Il y a une source d'eau minérale, par là. Plus toute l'eau qui passe à travers le calcaire.

— M. Stokely nous a parlé des eaux minérales, en chimie. Elles contiennent du fer, du manganèse, du calcium et du magnésium.

— Tout ça ?

— Oui, je connais plein de choses inutiles.

Robin plissa les yeux, pour se protéger des rayons ardents du soleil d'août.

— Tu es intelligente, Zoé, même si tu ne veux pas que ça soit dit. Tu as une meilleure éducation que la plupart des hommes de ma connaissance.

Zoé haussa de nouveau les épaules.

— Et à quoi cela me sert-il ? Je me le demande. Tu sais que les médecins prescrivent de l'eau minérale contre les maladies mentales ? C'est Stokie qui me l'a dit.

Cette fois, Robin éclata de rire.

— Tu crois que nous devrions en faire une cure ?

— Probablement. Viens, ajouta-t-elle en lui prenant le bras. Allons au moins mettre les pieds dans l'eau. Tu peux descendre ?

— Oui, en m'accrochant à ce pilier.

Robin prit sa canne et se dirigea en boitillant vers l'endroit où les bateaux étaient amarrés.

— Ta jambe te fait souffrir ?

Il se mit à rire, en s'asseyant.

— Oui, c'est douloureux, mais il faut que je continue à bouger. Bevins dit que, sinon, elle finira par s'atrophier ou se paralyser. Je me disais que je pourrais me mettre à nager, maintenant que mon bras est presque guéri. Cela fera travailler tous mes muscles.

Zoé alla s'asseoir à côté de lui, enleva ses chaussures et ses bas, et mit les pieds dans l'eau. Robin fut un peu plus long, mais au bout de quelques minutes il eut roulé son pantalon jusqu'aux genoux. Elle était heureuse de l'entendre parler au futur, et soulagée de voir souhaiter aller mieux. Pendant quelque temps, elle avait craint qu'il ne se laisse sombrer dans le désespoir.

— Un cigare ? proposa-t-il en glissant la main à l'intérieur de sa veste.

— Non. J'ai cessé de fumer.

Il rit en laissant retomber sa main. Zoé enfonça ses pieds dans l'eau fraîche, jusqu'aux chevilles. Robin fit lentement tournoyer sa jambe valide, les yeux fixés sur les profondeurs. Elle songea à toutes les fois où ils s'étaient assis ainsi, au bord de l'étang d'Elmwood, au réconfort qu'ils trouvaient dans le silence qui s'installait alors entre eux. Elle ne savait pas ce que l'avenir lui tenait en réserve, après cet été tragique et magnifique. Mais même si son rêve avec Mercer ne se réaliserait jamais, et si Robin ne parviendrait pas à lui pardonner complètement, Zoé priait le ciel pour qu'elle puisse au moins sauvegarder leur amitié.

Elle prit une longue inspiration, et finit par annoncer :

— Robin, je ne t'épouserai pas.

Il lui décocha un regard en coin.

— Je ne te blâme pas, ma vieille. Mais je suppose que Rannoch sera d'un autre avis. Nous ferions mieux d'expédier la cérémonie, et qu'on n'en parle plus, Zoé. Tout ira bien.

— *Et qu'on n'en parle plus ?* Tu te rends compte de ce que tu dis ? Robin, nous méritons mieux tous les deux.

Robin cligna les paupières, tournant le visage vers le soleil.

— Pas moi, répondit-il doucement. Et ce que je désire, je ne l'aurai jamais, de toute façon. Aussi si tu veux, je t'épouserai, Zoé.

— Non, ma décision est prise.

Elle posa sa main sur celle de Robin.

— Mais je t'aime, Robin. Tu es mon seul véritable ami, le premier que j'aie eu. Notre amitié a eu beaucoup de valeur pour moi, et elle en aura toujours. Mais je ne me marierai pas avec toi. Et cela n'a rien à voir avec tes blessures, je te le signale au passage.

— Zoé, je le sais bien ! Je sais aussi que je suis un goujat, un crétin, un coureur de jupons, et…

— Tais-toi ! s'exclama-t-elle en lui plaquant une main sur la bouche. Si tu commences à énumérer tes péchés et tes défauts, nous allons y passer la nuit.

Il sourit, et elle retrouva dans ses yeux un peu du Robin d'avant l'accident.

Elle laissa retomber sa main, et ils gardèrent encore un moment le silence. Seuls les pépiements d'un oiseau dans un des arbres alentour vinrent troubler la paix de cet après-midi d'été. Zoé sentit son épaule effleurer celle de Robin, et songea à toutes les fois où elle l'avait embrassé. Ce qui lui avait plu, ce n'était pas tellement le baiser lui-même, mais le fait que ce soit interdit. Elle éprouvait un plaisir pervers à se comporter comme une coquine, uniquement parce que les gens pensaient qu'elle en était une.

Mais maintenant, elle savait ce qu'était un vrai baiser. Un baiser entre deux adultes passionnés, qui abandonnaient toute réserve. Maintenant, elle savait ce que c'était, d'avoir cette flamme de désir en permanence au plus profond de son être, prête à se transformer en brasier à la moindre caresse de l'être aimé. Ou bien d'avoir le cœur qui saute en apercevant l'autre. Et le bonheur insensé d'unir son corps au sien.

Si elle n'avait pas eu un aperçu de tout cela, elle aurait sans doute pu épouser Robin, et être heureuse. Son admiration enfantine pour Mercer se serait peu à peu muée en une tranquille affection. Cela aurait été bien plus facile que ce qu'elle vivait en ce moment. Mais il était trop tard désormais, pour elle et pour Robin. Ils étaient tous deux liés, au moins par le cœur, à d'autres personnes.

— Je suis désolée, Robin. Je suis désolée pour tous les dégâts que j'ai causés.

— Zoé, ne sois pas idiote, répliqua-t-il en bougeant légèrement sa jambe blessée. Tu n'es pas responsable de cet accident.

Elle ferma les yeux et secoua la tête.

— Non. Je voulais parler de Mme Wilfred. Sans moi, tu ne l'aurais peut-être jamais perdue, Robin.

— Et je n'aurais jamais su non plus ce qu'elle représentait pour moi. Tu m'as peut-être donné cela, Zoé. C'était ce que j'avais besoin d'apprendre.

— Quand même. En fin de compte, je me rappellerai toujours que j'ai fait perdre à mon plus cher ami ce à quoi il tenait le plus au monde. C'est cela que je suis venue te dire, cet après-midi.

Il tourna la tête, la gorge serrée.

— Elle est partie, n'est-ce pas ? chuchota-t-il.

Zoé contempla ses pieds, dans l'eau verte du lac.

— Je le crains. Si c'était possible, je te la ramènerais, mais...

— Toi ? Comment pourrais-tu la ramener ? C'est moi qui l'ai chassée.

— Tu es trop dur envers toi-même, Robin. Mais je crois que... qu'elle est passée à autre chose.

Elle devina qu'il retenait ses larmes.

— Mon Dieu, Zoé, si tu avais vu ça ! Elle m'a mis à la porte en moins de deux, coupante comme une lame de rasoir. Mais je le méritais. Oui, je l'avais bien mérité.

— Robin, tu veux m'en parler ?

— Non ! répliqua-t-il sèchement.

Puis, d'un ton radouci, il reprit :

— Non, Zoé. Je te remercie. Mais je commence à avoir beaucoup d'admiration pour le silence stoïque de mon frère.

— Si jamais tu changeais d'avis, je suis toujours ton amie, chuchota-t-elle. Et je... je voulais te dire aussi que... tu sais... Certaines des accusations que tu as lancées contre moi n'étaient pas infondées. Je crains que nous ne nous soyons pas très bien conduits, tous les deux. Ce n'est pas seulement toi. Je ne serais pas juste, si je prétendais cela.

Il se tourna brusquement, posant sur elle un regard clair et douloureux.

— Zoé, je ne veux pas savoir. Et je ne comprends pas pourquoi Stuart a invité cette catin de Claire, après tout ce qui s'est passé ici.

— Il ne l'a peut-être pas invitée ?

— Si, forcément. Elle n'aurait pas osé débarquer chez lui sans invitation. Elle n'est pas folle. Non, je me dis que ce vieux Stuart a dû perdre la tête. Aussi, ma demande en mariage est toujours valable, Zoé. Juste en cas... Mais épargne-moi les détails, tu veux bien ?

— Très bien. Mais je ne t'épouserai pas, Robin. Quoi qu'il arrive.

Robin haussa les épaules et ne dit rien.

— Eh bien, reprit-elle au bout d'un moment. On ne peut pas vraiment continuer de rester stoïque et de se flageller si les invités continuent d'arriver et de se mêler de tout.

Elle souleva les jambes et reprit pied sur le ponton.

— Il vaut mieux que je retourne là-bas. J'ai envoyé un message à papa, à Londres, pour qu'il m'envoie une voiture. Je pense repartir ce week-end.

Robin la considéra d'un air triste.

— D'accord, ma vieille. Je suis désolé que tout se soit passé ainsi.

— Moi aussi, Robin, dit-elle en lui prenant la main.

— Viens, ma chérie. Accorde un dernier baiser à ton beau fiancé défiguré. Au nom du bon vieux temps, et tout ça.

— Au bon vieux temps, chuchota-t-elle.

Puis elle posa les mains sur ses épaules, et effleura ses lèvres l'espace d'une seconde. Mais quand elle s'écarta, il la retint, une main sur sa joue.

— Robin, qu'y a-t-il ?

— Vas-y, Zoé. Si c'est Stuart que tu veux, va le retrouver. Et si cette Française tente de lui mettre le grappin dessus, bats-toi. Comme un chat sauvage. Je parie sur toi, ma vieille. Va, et sois heureuse.

*Sois heureuse ?*

Après ce qu'elle avait vu ce matin, cette éventualité paraissait tout à fait improbable. Et puis il y avait cette maudite lettre. Cette lettre écrite de façon spontanée et irréfléchie. Elle n'avait absolument rien changé au sort de Robin, mais en revanche, elle avait scellé le destin de Zoé. Aussi, ses paroles d'adieu devenaient presque risibles.

Mais Zoé n'avait aucune envie de rire.

Elle l'embrassa de nouveau, et bondit vivement sur ses pieds, ramassant ses bas et ses chaussures. Puis elle s'engouffra dans le cottage sombre qui contenait trop de souvenirs et le traversa rapidement.

Pieds nus, elle s'engagea sur le chemin en ravalant ses larmes.

# 16
# Tout est révélé

Zoé se mit en route le lendemain matin avec M. Amherst et Trudy. Ils emportèrent un cuissot de chevreuil et un panier de panais pour les Fitch, ainsi que deux gros pains de savon noir, un seau de sable et un flacon de vinaigre. Toutes choses qui seraient fort utiles, car la cuisine des Fitch ne semblait pas avoir été nettoyée à fond depuis que la santé de Mme Fitch avait commencé à décliner, plusieurs mois auparavant.

Le petit cabriolet avançait en cahotant sur un chemin rempli d'ornières, et Zoé se cramponnait à son siège, sans prêter attention aux arbres dont la cime formait une voûte verdoyante au-dessus de la route. Elle pensait à Mercer et à son absence remarquée.

Ni lui ni la vicomtesse n'étaient descendus pour les repas la veille. Zoé avait été un peu bouleversée par l'intense jalousie qu'elle avait ressentie en les imaginant dînant en tête à tête dans une chambre.

Puis Jonet avait fait remarquer, intentionnellement selon Zoé, que Mme Ware et sa fille étaient parties passer la semaine à Londres. Mercer avait donc été invité pour la soirée chez les Ware, afin de jouer aux cartes et de boire du cognac entre hommes. Quant à la vicomtesse de Chéraute, elle tenait à conserver les mêmes horaires qu'en ville, et ne dînait jamais avant neuf heures. Par conséquent, un plateau avait été monté tard dans sa chambre. Une suite réservée aux invités, d'après Trudy, et située à côté de la chambre de lord Mercer.

Zoé ne savait qu'en penser. En vérité, ce n'étaient pas ses affaires. Elle comprenait parfaitement que Mercer souhaite maintenir une relation amicale avec cette dame... du moins pendant quelque temps encore.

— À quoi pensez-vous, ma chère ?

Zoé tressaillit. M. Amherst lui souriait gentiment. Elle parvint à lui rendre son sourire.

— Je me demandais quand la vicomtesse de Chéraute allait repartir, avoua-t-elle. C'est affreusement mesquin de ma part, n'est-ce pas ?

M. Amherst se mit à rire, tout en négociant un virage serré.

— À ce que je sais, cette dame est déjà partie. Apparemment, elle a pris la route de Douvres à l'aube. Avec un peu de chance, elle et ses bagages seront bientôt à bord d'un navire à destination de Calais.

— Elle est retournée en France ?

— Et cela n'a pas traîné, d'après mon épouse.

— Seigneur ! Vous allez me trouver bien peu charitable, monsieur, mais j'espère qu'elle y restera.

M. Amherst rit de bon cœur.

— J'ai eu la même pensée que vous. Ah, regardez, là-bas devant ! N'est-ce pas le jeune Andrew Fitch, qui vient à notre rencontre ?

Zoé échangea un bref regard avec Trudy. Il n'y aurait plus de potins échangés pour la journée. M. Amherst fit arrêter le cabriolet, et Trudy tendit la main à Andrew pour l'aider à monter.

⁂

— Quel manteau, monsieur ?

Harding, le valet de Mercer, lui présenta un manteau noir et un autre gris.

— Le noir, bien sûr, répondit-il en levant le menton pour nouer sa cravate.

Le valet se retourna en reniflant, l'air vaguement offensé.

La journée était magnifique, et Mercer avait réussi à se débarrasser de Claire. Malgré cela, pour une raison qu'il ne parvenait pas à comprendre, il se sentait de méchante humeur. Toutefois, il aurait fallu être mesquin pour passer ses nerfs sur un valet. Et un très bon valet, d'ailleurs.

— Je vous demande pardon, Harding, dit-il d'un ton conciliant. Je vous remercie.

Le problème, ce n'était pas Claire, bien que sa visite lui ait laissé comme un goût amer. Le problème, c'était Zoé. Et l'impasse dans laquelle ils se retrouvaient. Depuis la nuit qu'ils avaient passée sur la plage, elle se montrait un peu distante. Et l'expression qu'il lui avait vue, quand elle avait surpris Claire en train de l'embrasser, ne laissait rien augurer de bon.

Zoé avait fait la paix avec Robin. C'était du moins ce que lui avait dit sa mère. Elle avait rompu leurs fiançailles et demandé à son père de lui envoyer sa voiture. Il était soulagé par cette rupture, et irrité qu'elle ait fait demander la voiture de Rannoch.

Pourquoi avait-elle pris cette peine ? Elle devait bien se douter que Mercer se serait fait un plaisir de la ramener dans un de ses carrosses. Il n'y comprenait rien.

Ou plutôt si, il comprenait très bien. Il s'en rendit compte au moment où Harding lui tendit son manteau. Elle avait fait cela afin d'éviter une discussion. Pour l'empêcher de la supplier de rester. Et peut-être aussi pour ne pas arriver chez son père dans une voiture qui n'appartenait pas à son fiancé, mais à un autre homme.

Vaguement irrité, Mercer enfila le manteau et se tourna pour observer son reflet dans le miroir en pied. Il ne ressemblait en rien à son frère. La différence le frappa, et revêtit pour lui une signification nouvelle et inattendue.

Certes il était impressionnant et d'allure distinguée. Avec ses habits austères et élégants, Mercer devait admettre qu'il avait tout à fait l'air du jeune aristocrate riche et puissant. Mais il ne possédait pas la beauté de son frère, ni même sa grâce.

Il s'observa dans le miroir avec la froide objectivité qui lui était coutumière. Il était de même taille et de même corpulence que son père, du moins c'était ce qu'on lui disait souvent. Il était aussi plus grand et plus brun que Robin. Son nez était fort. Son menton carré. Il devait se raser deux fois par jour, sous peine de voir ses joues se couvrir d'une barbe noire et drue. Alors que les yeux de Robin étaient rieurs, ceux de Mercer étaient sombres et, il devait bien le reconnaître, son regard était froid. Il n'avait rien du jeune vaurien insouciant qu'avait été son frère. Mais il est vrai que Robin avait désormais perdu de sa superbe et de son insouciance.

Un peu attristé par cette pensée, il se détourna du miroir.

— Dites à Donaldson que je pense passer environ deux heures avec lord Early et son juge de paix, dit-il en enfilant ses gants. Il y a eu une querelle entre fermiers au sujet du découpage des terrains, je crois, et j'aimerais régler le problème avant les assises d'automne.

— Très bien, monsieur, répondit Harding en lui donnant son élégant chapeau haut de forme.

Mercer le cala sous son bras avec sa cravache, et descendit. Son phaéton l'attendait devant la porte, attelé avec les deux chevaux qu'il avait demandés. Deux étalons noirs rapides comme l'éclair, qui étaient parfaitement adaptés à son humeur hargneuse.

Il se mit promptement en route, s'engageant à vive allures sur le chemin de Lower Thorpe. Tout en poussant ses chevaux un peu plus qu'il n'était sage, il songea à Zoé et se demanda comment se ménager un moment en tête à tête avec elle. Il voulait lui parler de Claire, et lui expliquer ce qui s'était passé quand elle les avait surpris. Il y avait déjà eu trop de malentendus entre eux, trop de choses mal interprétées, surtout de sa part à lui. Peut-être commençait-il à peine à comprendre Zoé. Quoi qu'il en soit, il parvenait enfin à voir un peu plus clair en lui-même, et il ne voulait plus nier l'évidence. Il était désespérément amoureux de Zoé, et l'avait toujours été. Il fallait qu'elle lui appartienne, coûte que coûte.

Cette résolution en tête, il prit le dernier virage et descendit la pente qui aboutissait au somptueux portail noir et or de Greythorpe, quand quelque chose le tira brusquement de sa rêverie. Une créature mince, presque fragile, une femme de toute évidence, portant une valise aussi grosse qu'elle, avançait péniblement dans le chemin. Elle était vêtue simplement, mais avec assez d'élégance. Ce n'était donc pas une servante, mais une dame de qualité. Toutefois elle n'avait pas de voiture, ni même de cheval.

Curieux, Mercer fit arrêter ses chevaux devant la grille. Les deux animaux agitèrent la tête, mécontents, mais il les tint immobiles et regarda la femme approcher. Elle l'avait vu, c'était certain. Pourtant, elle ne leva pas la tête avant d'arriver à quelques pas de lui.

— Bonjour, lança-t-il d'une voix forte. Êtes-vous perdue ?

La femme leva le menton, et planta sur lui un regard vert et perçant. Son visage lui parut à la fois trop fin, et vaguement familier. Elle posa lourdement la valise à ses pieds, et fit une révérence avec autant de grâce qu'une comtesse.

— Monsieur, vous ne vous souvenez pas de moi, dit-elle doucement.

Il se pencha pour la regarder.

— Seigneur ! dit-il enfin. Vous êtes Mme Wilfred, n'est-ce pas ?

— Oui.

Mercer descendit vivement du phaéton. Son cœur se mit à battre un peu trop vite, tandis que mille questions se bousculaient dans sa tête. Mais il ne pouvait y avoir qu'une seule explication à la présence de Mme Wilfred en ces lieux.

— Ma chère dame, dit-il en ôtant son chapeau. Où est votre voiture ? Comment se fait-il que vous soyez ici ?

— Je... je n'ai pas de voiture, chuchota-t-elle, l'air effrayé. J'ai pris la diligence.

— La diligence ? Mon Dieu, répondit-il en lui prenant la main. J'espère que vous êtes encore entière ?

La plaisanterie ne la fit pas sourire. Elle lui serra les doigts, et posa son autre main sur le poignet de Mercer.

— Oh, monsieur le marquis, dites-moi ! Dites-moi que je n'arrive pas trop tard !

— Trop tard ? répéta-t-il, interloqué. Trop tard pour quoi ?

— Lord Robert. Est-il vivant ?

— Oh, oui, oui. Ne vous inquiétez pas, madame, dit-il en retirant sa main. Mon frère a été très gravement blessé, et nous avons craint pour sa vie pendant quelque temps, en effet. Mais il s'est rétabli en partie, même s'il n'est pas encore totalement guéri.

Le visage déjà pâle de la jeune femme se vida de toute couleur.

— Oh ! s'écria-t-elle en portant une main tremblante à ses lèvres. Oh, Dieu soit loué !

Des larmes lui montèrent aux yeux et Mercer lui prit le bras, car il était clair que ses jambes la portaient à peine.

— Ma chère madame Wilfred, je ne pense pas que vous soyez vous-même très vaillante.

— Non, non, protesta-t-elle, s'appuyant néanmoins sur lui. C'est seulement le manque de sommeil. Ces longues journées de voyage m'ont épuisée.

— Mais vous ne pouvez avoir mis plus d'un jour pour venir de Londres par diligence. Venez, montez dans mon cabriolet, je vais vous emmener à la maison.

— Je vous remercie. Mais je n'arrive pas de Londres, expliqua-t-elle en grimpant dans le phaéton. J'étais partie voir mon père dans le Yorkshire, quand la lettre est arrivée.

— La lettre ?

Mercer souleva la lourde valise et la hissa dans le phaéton.

— Je suis désolé, mais j'ai cru comprendre que mon frère et vous aviez rompu.

— Oh, c'est exact, dit-elle d'un air profondément chagriné. Mais la lettre... m'a été envoyée par sa fiancée, Mlle Armstrong. Et je n'étais pas chez moi.

Ses yeux se brouillèrent de larmes, et elle fut secouée d'un petit sanglot. Mercer fit faire demi-tour aux chevaux, et remonta le long de la colline.

— Je ne suis pas sûr d'avoir bien compris. Mlle Zoé Armstrong vous a écrit ?

Les joues de Mme Wilfred s'enflammèrent violemment.

— Je n'aurais peut-être pas dû le dire ? C'était très courageux de sa part. Elle m'a informée de l'accident, et m'a conseillé de venir au plus vite. Elle me disait qu'alors même qu'elle écrivait cette lettre Robin était au plus mal, et... et qu'il risquait de mourir !

Mme Wilfred tordit entre ses doigts un petit mouchoir de dentelle qu'elle venait de prendre dans sa poche.

— La lettre est restée dans mon salon, jusqu'à ce que quelqu'un ait enfin l'idée de me l'envoyer dans le Yorkshire, et... Oh, mon Dieu, je suis venue aussi vite que j'ai pu ! Pendant tout le voyage, j'ai pensé que lord Robert était peut-être...

— … mort ? suggéra lord Mercer. Soyez rassurée, madame, il est hors de danger. Mais… auriez-vous cette lettre à portée de main ?

Mme Wilfred tapota son réticule.

— Oui, bien sûr. Elle ne m'a pas quittée depuis que je l'ai reçue, il y a trois jours. Mais je vous en prie, monsieur, dites-moi comment va Robert.

Mercer passa quelques minutes à lui expliquer avec force détails ce qui était arrivé à Robin, tout en se demandant ce que Zoé avait fait, et pourquoi. Qu'avait-elle bien pu écrire pour que Mme Wilfred quitte le Yorkshire sur-le-champ afin d'aller retrouver l'homme qu'elle avait rejeté ? Et rejeté assez violemment, à en croire ce que Robin lui avait rapporté.

Ils atteignirent la maison rapidement, et les valets dévalèrent les marches du perron pour les accueillir.

— Nous avons une invitée, Page, expliqua Mercer. Mme Wilfred. Sa valise est dans le phaéton. Servez-nous du thé dans mon bureau, et demandez à Donaldson de préparer une chambre dans l'aile ouest. Ne rentrez pas les chevaux, je vous prie.

Ils montèrent l'escalier ensemble, Mme Wilfred toujours accrochée au bras de Mercer, mais s'appuyant un peu moins lourdement sur lui. Elle regardait autour d'elle avec une admiration muette, observant le hall et ses imposants piliers de marbre, puis la décoration luxueuse du bureau. Mercer n'y faisait plus attention, mais il comprenait que Mme Wilfred soit impressionnée.

Il craignait que la jeune femme n'ait pas été sûre d'être bien accueillie. De fait, même en tenant compte de la fatigue du voyage, elle paraissait à bout de nerfs et sur la défensive. Robin ne semblait pas avoir dépensé beaucoup pour la vêtir, car sa tenue était simple et usée. Mercer se rappela soudain qu'elle avait refusé toutes les offres que lui avait faites son frère pour l'entretenir. Les vêtements qu'elle portait aujourd'hui avaient dû être achetés par son mari ou par son père. Ce qui, selon Mercer, était tout à son honneur.

Quand ils parvinrent dans son bureau, il l'invita à s'asseoir. Il observa d'un œil de connaisseur la simple robe de mousseline, et les solides bottines de cuir brun, un peu usées. Son châle était fait d'un tissu ordinaire et son petit chapeau était de ceux que la gouvernante de Mercer aurait pu porter. Pourtant, malgré cela et malgré le poids qu'elle avait visiblement perdu récemment, on ne pouvait ignorer sa beauté.

Il décida de s'asseoir à côté d'elle plutôt que de l'autre côté de son bureau, et lui prit la main.

— Madame Wilfred, permettez-moi de vous poser une question. Avez-vous été souffrante ?

Elle baissa les yeux, et il vit ses lèvres trembler.

— D'une certaine manière, sans doute. C'est la raison pour laquelle je suis partie voir ma famille dans le Yorkshire. J'espérais que, loin de Londres, je pourrais me remettre.

La vérité transparaissait sur ses traits. Robin lui avait brisé le cœur, et il avait bien failli la détruire complètement. Tout en se détruisant lui-même avec elle.

— Monsieur ? fit-elle d'une voix mal assurée. Où est lord Robert ? Puis-je le voir ?

— Bien sûr, vous pourrez le voir, mais il n'est pas là. Lui aussi a été souffrant. Il n'était plus lui-même.

— C'est ce que m'a appris Mlle Armstrong.

— Vraiment ? J'avoue que vous avez piqué ma curiosité, madame. En fait, mon frère s'est installé dans le pavillon d'été. Je vous y emmènerai moi-même lorsque nous aurons pris le thé et que vous serez un peu remise de la fatigue du voyage. Mais en attendant j'aimerais beaucoup voir cette lettre, s'il vous plaît.

Elle posa une fois de plus la main sur son réticule.

— Oh, je ne sais pas, dit-elle en hésitant. Je ne suis pas sûre que Mlle Armstrong serait d'accord pour…

Mercer posa une main sur la sienne. Il ne voulait pas profiter de la fatigue de la jeune femme ni du pouvoir qu'il détenait dans la maison, mais son inquiétude pour Zoé dominait tout le reste.

— La lettre, madame Wilfred, dit-il avec une fermeté mêlée de douceur. Je crains de devoir insister. Et je suis certain que Mlle Armstrong ne verrait pas d'inconvénient à ce que je la lise. En fait, je suis sûr de pouvoir vous dire assez précisément ce qu'elle contient, avant même de l'avoir lue. Je commence à croire que je connais bien Mlle Armstrong, si surprenant que cela paraisse.

Mme Wilfred était encore un peu pâle.

— Vraiment ?

Mercer hocha la tête.

— Elle vous a dit que c'était vous que Robin aimait, et non pas elle ? suggéra-t-il doucement. Et que, même avant cet accident, mon frère avait été accablé de chagrin à l'idée de vous avoir perdue ? Et qu'il regrettait de vous avoir causé de la peine ?

Mme Wilfred acquiesça.

— Je m'en doutais. Elle vous a dit aussi, je suppose, que Robin avait simplement agi en gentleman en demandant sa main, et qu'il ne cherchait qu'à la protéger de la colère de son père ?

— Oui ! s'exclama Mme Wilfred, avec une sorte de soulagement. Oui, c'est exactement ce qu'elle a écrit.

Mercer la dévisagea un instant avec circonspection.

— Mlle Armstrong est d'une grande sincérité, murmura-t-il. Que vous a-t-elle avoué d'autre, dites-moi ?

La jeune femme détourna le regard.

— Elle a reconnu qu'elle avait eu un comportement scandaleux. Que tout était arrivé par sa faute, et que Robin n'y était pour rien. Elle m'a dit s'être jetée au cou de Robert. Qu'elle l'avait séduit, en quelque sorte.

Mercer crispa les mâchoires.

— Madame Wilfred, il faut vraiment me donner cette lettre.

— Oui. Oui, très bien.

Elle la sortit délicatement de son sac, la déplia et la déposa entre les mains de Mercer comme s'il s'agissait de son bien le plus précieux.

Mercer la lut très attentivement, déchiffrant chaque mot griffonné à la hâte par Zoé. La lettre avait visiblement été écrite sous le coup d'une vive émotion, et avec l'idée que Robin se trouvait entre la vie et la mort. Mais Mercer eut le souffle coupé en découvrant les deux derniers paragraphes.

*Aussi, oui, j'ai simplement séduit Robin contre son gré. Lorsque nous fûmes surpris, je me mis à pleurer et le suppliai de m'épouser. C'était une bien vilaine action, je m'en rends compte à présent, de vouloir prendre un gentleman au piège alors qu'il m'avait avoué sincèrement que son cœur était déjà pris.*

*À présent, je vous avoue tout cela, Maria. Vous pouvez en profiter pour ruiner ma réputation. Vous pouvez même faire paraître cette lettre dans le* Times, *si c'est votre bon plaisir, car c'est tout ce que je mérite. Ou bien, vous pouvez aussi accourir au chevet de Robin, sachant que s'il survit à ses blessures, il ne sera plus jamais l'homme qu'il a été. Son visage restera marqué, et il sera infirme, et pour moi il sera toujours aussi beau. Reste à savoir à présent s'il est encore assez beau pour vous.*

Seigneur ! Mercer se rendit compte que ses mains tremblaient. Il les posa sur ses genoux.

C'était donc cela. C'était à cela que Zoé avait fait allusion l'autre soir sur la plage. La raison pour laquelle elle hésitait à venir vers lui. Cette petite idiote s'était elle-même clouée sur la croix, pour expier les péchés de Robin ! Elle avait fait cela des semaines auparavant, sans même connaître Mme Wilfred et sans savoir ce que cette dernière ferait de cette maudite lettre. Quant à lui, il avait concentré toute son énergie à réduire Claire au silence, sans se douter du danger qui venait d'une autre direction.

Il replia la feuille, et dit d'une voix claire, exempte d'émotion :

— Mlle Armstrong a placé son sort entre vos mains, madame Wilfred. Vous avez la possibilité de ruiner sa réputation avec cette lettre.

Mais Mme Wilfred secoua énergiquement la tête.

— La vengeance ne m'intéresse pas. J'aimerais seulement savoir, lord Mercer… est-ce la vérité ?

— La vérité ? répéta-t-il, décontenancé. La vérité est difficile à discerner, madame. Disons que cette lettre contient une bonne part de vérité.

— Mais je suis sûre qu'elle exagère, vous ne pensez pas ? Robert ne peut pas avoir été aussi innocent qu'elle le prétend. Mais enfin, cela n'a pas vraiment de grande importance, après tout. Ce qui compte, c'est qu'il soit vivant.

— Il est vivant, en effet. Et le point sur lequel elle n'a pas exagéré, madame Wilfred, c'est l'attachement de Robin pour vous. Il regrette profondément de vous avoir traitée d'une aussi misérable façon. Tout ce que je peux dire pour la défense de Robin, c'est qu'il est tombé follement amoureux de vous sans s'en rendre compte.

— C'est ce que vous pensez ?

— Je crois que c'est souvent le cas, quand on tombe amoureux, répondit tristement Mercer. On ne devient sûr de ses sentiments que lorsqu'il est trop tard. Ce que Mlle Armstrong n'a pas exagéré non plus, c'est la gravité des blessures de mon frère. Je crains qu'il n'ait été très affaibli par cet accident.

Mercer marqua une pause, posant sur Mme Wilfred un regard appuyé.

— Il gardera des cicatrices physiques et morales. Me comprenez-vous, madame Wilfred ?

Cette dernière le dévisagea, comme s'il était complètement idiot.

— Bien sûr, mais que voulez-vous que cela me fasse ? Le plus important, c'est qu'il soit en vie. Qui se soucie de la beauté d'un homme ?

— Vous ne l'avez pas encore vu.

— Je n'ai pas besoin de le voir, affirma-t-elle à voix basse. Je l'aime. Je l'ai toujours aimé. J'ai menti ce jour-là, quand je lui ai dit le contraire.

Lord Mercer leva la main pour l'arrêter.

— Madame Wilfred, je vous supplie, dans votre propre intérêt, de ne pas vous précipiter.

Une expression non dénuée d'humour passa dans ses jolis yeux verts.

— Oh, lord Mercer, ne me prenez pas pour une idiote, je vous en prie. Vous n'imaginez pas que je vais me jeter au cou de votre frère, lui faire une déclaration d'amour éternel, et croire tous les gentils petits mensonges de Mlle Armstrong ?

Mercer se renversa dans son fauteuil, en tapotant pensivement l'accoudoir avec le papier plié en deux.

— Non ?

Elle secoua doucement la tête.

— Non, car je connais votre frère. Il est frivole, riche, et bien trop habitué à obtenir tout ce qu'il veut. Je doute que ses blessures aient changé quoi que ce soit à cela. Et pourtant… pourtant j'avoue que je l'aime et que j'ai eu très peur pour lui. Est-ce que cela vous étonne ?

— Je dois dire que oui, admit-il.

Elle eut un sourire indéfinissable, comme un personnage d'une toile de Rembrandt.

— Lord Mercer, si jamais vous tombez amoureux, j'espère que vous n'exigerez pas que l'objet de votre affection soit une personne parfaite. Car vous seriez terriblement déçu. On ne choisit pas qui on aime, ni le caractère de celui qu'on aime.

Mercer changea de position dans son fauteuil, un peu mal à l'aise.

— De fait, lord Mercer, j'ai eu le cœur brisé ces dernières semaines à cause de votre frère. Pourtant, il ne faut pas vous méprendre. Je ne regrette rien.

Lord Robert ne m'a pas très bien traitée, c'est vrai, et je l'ai laissé faire. Mais c'est fini, maintenant.

— Et pourtant vous êtes venue. Je ne comprends pas.

— Je suis venue pour être rassurée sur sa santé. Parce que je l'aime plus que ma vie. Mais je ne serai plus la maîtresse de lord Robert. Quand il sera complètement rétabli, Robert devra prendre une décision. Peut-être choisira-t-il de me faire officiellement la cour, comme je le mérite. Peut-être resterons-nous simplement amis. Ou bien encore, il se peut qu'il décide que je ne suis pas de sa condition... ce que beaucoup de gens pensent déjà.

— Non, madame. Je suis sûr que personne ne pense cela.

— Lord Mercer, vous ne pouvez pas être aussi naïf ! s'exclama-t-elle en riant.

Puis après un long silence, elle se leva avec beaucoup de dignité.

— Monsieur, je vous en prie, pouvez-vous m'emmener voir votre frère à présent ?

— Certainement, madame, répondit Mercer en lui offrant le bras. Ce sera un honneur pour moi. En revanche, je crains de devoir garder votre lettre. Je pense qu'il vaut mieux la rendre à Mlle Armstrong.

— Oui, naturellement. Je n'en ai plus besoin.

Mais, quand Mercer lui ouvrit la porte, Mme Wilfred se tourna encore une fois vers lui.

— Dois-je penser, monsieur, que vous ne m'en voulez pas de cette visite ? Et que vous ne trouvez pas que je ne suis pas digne du rang de votre frère ?

Mercer posa sur elle un regard intense.

— Au contraire, ma chère. En fait, je suis certain que la guérison de mon frère est entre vos mains.

⁂

Lord Mercer partit chez les Fitch au début de l'après-midi, après avoir déposé Mme Wilfred au pavillon d'été. Il était heureux pour son frère. Profondément heureux. Contrairement à l'impression de fragilité qu'elle donnait au premier abord, Mme Wilfred semblait avoir assez de volonté pour remettre Robin dans le droit chemin.

Mais cette maudite lettre semblait lui brûler la poche, et des douzaines de questions le mettaient au supplice. Quelle incroyable petite écervelée avait été Zoé, pour envoyer une pareille confession ! Et quel tas de mensonges !

Cependant, Mercer ne pouvait que l'admirer pour ce qu'elle avait fait. Si les dernières semaines lui avaient appris quelque chose, c'était justement que les défauts de Zoé étaient aussi ses plus grands atouts. Ce qui pouvait passer pour de la légèreté était aussi du courage. Son allure provocante faisait partie de son amour de la vie. Et c'était pour tout cela qu'il l'aimait. Il l'admettait enfin.

Il se rendait compte maintenant que Zoé pourrait apporter la lumière dans son existence morne et solitaire. Son audace et sa joie de vivre étaient précisément ce dont il avait besoin.

Il n'en restait pas moins que cette lettre aurait pu provoquer sa destruction. Mercer voulait qu'elle sache qu'elle était à présent en sa possession et qu'elle n'avait plus rien à craindre. Après cela, il aurait quelques questions à lui poser... et il n'admettrait pas qu'elle se dérobe. Poussé par une impression d'urgence, il fit accélérer l'allure aux deux étalons noirs.

Il ne ralentit que lorsqu'il tourna dans le chemin qui menait à la ferme des Fitch. Les portes et les fenêtres du petit cottage étaient grandes ouvertes. Sur le côté, dans le jardin, des poussins picoraient et quatre enfants jouaient à colin-maillard en poussant des cris.

Mercer gara son phaéton à côté du cabriolet de son père, et sauta à terre au moment où l'aîné poussait le portail de la ferme.

— Bonjour, monsieur le marquis, dit-il en baissant humblement les yeux.

— Ah, tu es Andrew, n'est-ce pas ? Tu as beaucoup grandi ! Je suis très triste pour ta mère, mon garçon.

— Merci, monsieur, dit l'enfant en levant la tête.

— Je cherche mon père. Est-ce qu'il est là ?

Andrew Fitch désigna une allée où couraient des dizaines de poulets.

— Il est allé au cimetière avec papa, monsieur.

— Oui, je vois, murmura Mercer. Et Mlle Armstrong ? Elle est venue avec M. Amherst, n'est-ce pas ?

— Elle est toujours dans la cuisine avec Mlle Trudy, monsieur. Voulez-vous que j'aille l'appeler ?

— Merci, Andrew. Occupe-toi plutôt de mes chevaux, dit Mercer en donnant un shilling au garçon. Je vais la chercher moi-même.

Mercer remonta l'allée ombragée. En arrivant devant la porte, il cala son chapeau sous son bras et se pencha pour passer sous la voûte garnie de vigne vierge. Il attendit que ses yeux s'adaptent à la pénombre qui régnait dans le petit cottage de pierre, et entendit des voix de femmes à l'arrière.

Il s'attarda un moment dans l'étroite pièce aux murs blanchis à la chaux. La maison était propre mais meublée simplement, et la cheminée était noircie. Quelqu'un avait déposé sur le manteau de chêne un vase plein de fleurs des champs attachées par un ruban jaune.

Il devina que c'était l'œuvre de Zoé, et alla toucher le ruban du bout des doigts. La soie était aussi fine et délicate que la peau de la jeune femme. Il se demanda pourquoi elle avait été attirée par cette maison modeste, par ces gens qui venaient de subir un terrible chagrin. Était-ce parce qu'elle avait perdu sa propre mère trop jeune ? Ou bien parce qu'elle trouvait ici une paix qui n'existait pas à Greythorpe ? Cette dernière pensée l'attrista.

À cet instant il entendit un bruit assez fort, et les voix s'élevèrent. Il s'approcha de la porte et vit Zoé en train de balayer vigoureusement le sol. Trudy, pour sa part, était occupée à frotter la table.

— Aïe, s'écria Zoé en se cognant au coin d'un placard.

— Ne vous plaignez pas, mademoiselle. C'est vous qui avez eu l'idée saugrenue de faire du ménage ! Ah, la charité chrétienne, vraiment ! Quand je pense que jusqu'à aujourd'hui vous n'aviez même jamais rincé votre pot de chambre !

Mercer éclata de rire, et les deux femmes tressaillirent.

— Mercer ! s'exclama Zoé, les joues enflammées. Vous n'avez pas honte de faire peur à de pauvres innocentes ?

— Ah, Zoé, dit-il en lançant son chapeau sur une chaise. Trudy sait depuis longtemps que tu n'es pas innocente. Allons, pose ton balai. Je veux que tu reviennes à Greythorpe avec moi.

— Quoi ? Maintenant ?

— Allez-y, mademoiselle, dit Trudy en lui lançant un regard de côté. Nous avons presque fini. Je rentrerai avec M. Amherst.

— J'ai commencé, je veux finir, protesta Zoé.

— Nous avons fini, rétorqua Trudy. Ou presque.

Mercer posa les mains sur le dossier d'une chaise et se pencha vers Zoé.

— Je suis venu te parler d'une lettre intéressante, que j'ai reçue ce matin.

— Vraiment ? De qui ?

— Grimpe dans la voiture, ma petite. Et je te dirai tout. Tu verras, cette lettre a de quoi choquer.

— D'accord, vous avez gagné, grommela Zoé. Trudy, tu laisseras le savon et le vinaigre sur place. Je te retrouverai à la maison.

Mercer prit son chapeau et offrit son bras à Zoé. Quand il se retourna, il fut presque certain de voir Trudy lui adresser un clin d'œil complice.

Il se borna à parler du temps, jusqu'à ce qu'ils aient rejoint la route.

— Je te demande pardon, déclara-t-elle, revenant au tutoiement puisqu'ils étaient seuls. Mais si j'avais envie d'entendre un discours ennuyeux sur la boue et la pluie dans le Sussex, je passerais l'après-midi avec ton frère.

— Ah bon, à ce point ?

Zoé leva les yeux au ciel. Mercer s'engagea sur la route principale, et entra dans un petit bois. Zoé bouillait d'impatience.

— Mercer, où allons-nous ? Il n'y a pas de chemin, ici.

— Je connais très bien le domaine. Il y a un ancien chemin, encore praticable à condition de faire attention.

— Mais quand vas-tu enfin me parler de cette lettre ? Ce n'est peut-être qu'une ruse pour m'abandonner dans la forêt ? Comme cela, je ne pourrai plus jamais te contrarier !

— Oh, tu es trop maligne pour ça, ma chère ! Tu aurais regagné la maison en moins de temps qu'il n'en faut pour le dire.

— N'est-ce pas une clairière, là-bas ?

— En effet, répondit-il en tirant sur les rênes pour faire arrêter les chevaux.

— Où sommes-nous ? Pourquoi m'emmènes-tu ici ? Vraiment, Mercer !

Mais au lieu de répondre, Mercer se tourna sur le siège et la prit dans ses bras. Elle se débattit un instant, puis s'abandonna contre lui en soupirant.

— Zoé, n'arrêtes-tu jamais de parler ?

Il l'embrassa, glissant un bras autour de sa taille, et posant une main sur sa nuque. Elle soupira de nouveau et il approfondit son baiser.

— Mon Dieu, Mercer, balbutia-t-elle quand il s'écarta. Est-ce pour cela que tu m'as emmenée jusqu'ici ?

— En partie.

Fermant les yeux à demi, il l'embrassa de nouveau en laissant ses mains s'aventurer sur son corps. Il repensa à la nuit qu'ils avaient passée sur la plage. C'est là qu'il avait compris qu'il ne pouvait vivre sans elle. Il était peut-être temps de le lui dire ?

— Zoé... Zoé, je ne peux pas vivre sans toi. Tu comprends ?

— Oh, Mercer, que s'est-il passé ? Dis-le-moi.

— Tout s'est passé, répondit-il en la prenant par les épaules. Zoé, je me suis débarrassé de Claire une fois pour toutes. Et comme je le pensais, il n'y a jamais eu d'enfant. Elle ne te fera plus de mal, je t'en fais la promesse.

Zoé eut un petit sourire amusé.

— Mon Dieu, tu ne l'as pas poussée du haut de la falaise ?

— Non, j'ai fait mieux. Je l'ai expédiée à Douvres à la première heure ce matin.

— Tu es sûr qu'elle n'est pas enceinte ?

— Non, c'était un mensonge, comme je le soupçonnais depuis le début. Elle est retournée chez son mari, et elle saura le persuader de la reprendre. Je lui ai donné de bonnes raisons pour cela.

— Du chantage, en somme ? Seigneur, Mercer, tu es réellement aussi froid qu'on le dit.

— Zoé, cette femme que tu plains allait provoquer ta ruine. Je n'ai rien fait qu'elle n'ait mérité.

Le sourire de Zoé disparut.

— Peut-être. Mais je crains d'être capable de me détruire sans l'aide de Claire. Je... je crois même que c'est déjà fait.

Mercer l'embrassa de nouveau, et s'aperçut que ses yeux étaient mouillés de larmes.

— Zoé ! Ne parlons plus de ça. Tiens, lis cette lettre.

— Oh ! s'écria-t-elle en reconnaissant son écriture.

— Zoé, ma chérie. Que t'est-il passé par la tête ?

Zoé regarda le papier, incapable d'en croire ses yeux. Comment Mercer se l'était-il procuré ? Il n'y avait qu'une seule explication possible. Ses mains se mirent à trembler.

— Oh, Mercer ! Elle est venue, enfin ?

— Elle est venue.

— Oh, je t'en prie, dis-moi qu'elle lui a pardonné ! Dis-moi qu'elle l'aime encore. Elle doit l'aimer, non, si elle est venue de Londres ?

— Elle l'aime, et elle finira par lui pardonner. Mais elle est venue du Yorkshire, et en diligence par-dessus le marché. Ce qui explique qu'elle ait mis si longtemps à recevoir ce courrier. Tu désespérais de la voir, n'est-ce pas ? Zoé, tu aurais dû te confier à moi.

— Tu m'aurais accablée de reproches, murmura-t-elle, en lissant la lettre du plat de la main. Tu le sais. Tu n'approuves jamais ce que je fais.

— Zoé ! J'ai l'impression d'être un ogre, pour toi. Après tout ce qui s'est passé entre nous.

Elle émit un petit rire proche du sanglot.

— Tu es l'homme le plus sévère que je connaisse ! Je ne suis jamais arrivée à te plaire.

— Ah, Zoé, ce n'est pas vrai, tu me plais trop. Qu'allons-nous devenir ?

— Je ne sais pas. Qu'as-tu dit à cette pauvre Mme Wilfred ?

— Je l'ai emmenée au pavillon, avant de venir te retrouver. Je l'ai laissée dans les bras de Robin. Elle l'a embrassé avec passion, malgré sa cicatrice.

— Oh, tu crois qu'ils vont se marier ?

— Robin fera sa demande bientôt, je pense. Mais cette femme a un caractère d'acier, et je ne suis pas sûr que Robin s'en soit déjà rendu compte.

— Nous ne choisissons pas qui nous aimons, Mercer. Nous tombons simplement amoureux. Quelquefois la tête la première, comme Robin. Et d'autres fois si lentement que nous ne nous en apercevons même pas.

— Oui, c'est comme cela que ça s'est passé pour moi.

— C'est-à-dire ? fit-elle en lui coulant un regard de biais.

— Tout doucement au début, et puis cela m'est tombé dessus d'un seul coup, comme une cascade.

Il passa les bras autour de Zoé et l'attira contre lui pour l'embrasser. Puis il reprit les rênes et les fit claquer.

— Où allons-nous ? demanda Zoé, le souffle court.

— Je vais te montrer.

Il se dirigea vers la clairière, et ils montèrent le long d'une pente pour atteindre un endroit où les arbres avaient été coupés, probablement pour dégager la vue.

Et quelle vue ! Soudain, Greythorpe leur apparut dans toute sa splendeur de l'autre côté de la colline.

— Mon Dieu ! s'exclama Zoé. Quel magnifique point de vue !

— C'est magnifique, n'est-ce pas ? Mon grand-père avait fait construire une sorte de petit temple ici.

Zoé tendit le cou pour regarder par-dessus la tête des chevaux. Juste au-dessus d'eux, construit à flanc de colline, elle vit un petit toit de cuivre et au-dessous six piliers de marbre miniatures, comme ceux qui ornaient la façade de la demeure principale. Une telle splendeur laissa Zoé sans voix, et la rendit d'autant plus consciente du gouffre qui les séparait.

Quand ils arrivèrent devant le belvédère, Mercer sauta à terre et lui tendit la main.

— Viens, dit-il en l'embrassant.

Il l'entraîna vers les marches qui donnaient accès à la folie de marbre. Un balcon de pierre semblait suspendu au-dessus de la vallée, dominant non seulement Greythorpe, mais aussi le lac et le pavillon d'été.

Mercer souleva sa main pour l'embrasser.

— Épouse-moi, Zoé, dit-il à voix basse. Deviens mon épouse et la maîtresse de ce domaine. Épouse-moi, et tout sera parfait, vraiment parfait.

— Mercer, ne te...

— Épouse-moi. Ne discute pas. N'invoque pas encore des douzaines d'excuses. Je veux me marier avec toi, et tout sera beaucoup plus simple si tu dis oui. Sinon...

Elle regarda son profil qui se détachait contre le ciel d'un bleu pur.

— Sinon ?

Il sourit, les yeux fixés sur un point, à l'horizon.

— Eh bien, il reste la solution de Gretna Green. Je pourrais te kidnapper et t'épouser sans délai.

— Oh ! Le grand lord Mercer ? S'abaisser à enlever une jeune fille pour l'épouser ? Je ne crois pas.

— Ah non ? Tu m'aimes, Zoé. Tes baisers me le disent. Ton corps me le prouve. Et tu l'as dit toi-même, une fois ou deux, je crois. Je t'aime, et je veux t'avoir et te garder.

— Oh, vraiment ? répliqua-t-elle, exaspérée.

— Oui. Et si tu persistes dans ton refus idiot, je t'enlèverai et je t'épouserai comme avant... comme le veut la coutume écossaise. Maintenant que j'y pense, cela me paraît tout à fait adapté...

— Mercer... es-tu vraiment sûr que c'est ce que tu veux ? Tu me connais trop. Tu sais ce que je suis. En l'espace d'un mois, je t'aurai rendu complètement fou.

— C'est peut-être vrai. Mais je prends le risque. Quant à te connaître... te connaissais-je vraiment, avant cet été ? Peut-être pas. Peut-être ne te connaissais-je pas du tout avant d'avoir lu cette maudite lettre. Au fait, où avais-tu la tête, quand tu l'as écrite ?

— Je pensais que j'étais responsable du malheur de Robin, chuchota-t-elle.

— Et maintenant, tu voudrais être responsable du mien ?

— Mercer... serais-tu vraiment malheureux, si je refusais de t'épouser ?

— Vraiment. Pendant longtemps, j'ai trouvé ta présence dans ma vie toute naturelle. Et puis, quand j'ai vu que tu allais en épouser un autre... j'ai éprouvé un choc. À ce moment-là, j'ai su ce que je ressentais pour toi, Zoé. Oh, c'était plus que l'affection qu'on porte à une cousine. À la pensée de t'avoir perdue... j'ai cru que j'allais perdre aussi la vie.

Zoé posa les doigts sur ses lèvres.

— Je ne savais pas, murmura-t-elle d'une voix presque inaudible. Oh, Mercer, je ne savais pas. Je croyais seulement que tu étais en colère.

— Et je l'étais. Contre moi-même. Tu es celle dont j'ai besoin, Zoé. Sans toi, je ne serais que l'ombre de moi-même. Avec toi, je me sens heureux. Même quand tu me mets en colère, je suis heureux.

Zoé était incapable de prononcer un mot. Le bout de ses doigts était toujours pressé contre ses lèvres tremblantes. Des larmes lui brûlaient les paupières. L'une d'elles coula sur sa joue.

Mercer la regarda avec un sourire, et écrasa la larme du bout de son pouce.

— Zoé, nous sommes irrémédiablement liés l'un à l'autre. Nous ne pourrons jamais échapper à cela. Alors, veux-tu m'épouser ? Pour l'amour du ciel, dis oui !

— Oui.

Le mot sembla se former sur ses lèvres comme malgré elle. Puis elle noua les bras autour de lui et enfouit le visage au creux de son cou.

— Oui, Mercer. Je veux t'épouser, et je veux te rendre fou !

Il pressa les lèvres contre sa tempe.

— Ah, Zoé, tu sais ce que disent les philosophes grecs ? Qu'il n'y a pas de génie sans un grain de folie. Et ensemble, mon amour… la vie sera tout simplement géniale.

*Découvrez les prochaines nouveautés*
*de nos différentes collections J'ai lu pour elle*

AVENTURES & PASSIONS

**Le 5 octobre**

Inédit **_La belle désenchantée_** ☙ **Meredith Duran**

Cette fois-ci était de trop ! Abandonnée une seconde fois, au pied de l'autel, la charmante héritière Gwen Maudsley décide qu'il est désormais grand temps de changer, et qui mieux qu'Alexander Ramsey lui apprendrait à être détestable ? Ce voyou aux mœurs scandaleuses sera le tuteur parfait ! Mais Gwen ne pouvait imaginer que ce séjour à Paris rendrait soudain leurs relations si sensuelles...

**_Les trésors de Daphné_** ☙ **Laura Lee Guhrke**

Daphné Wade n'a d'yeux que pour le charmant duc de Tremore, un passionné d'archéologie qui s'emploie à restaurer les vestiges d'une villa romaine. Si seulement il pouvait la remarquer... À ses yeux, Daphné semble n'être qu'une employée parmi d'autres, mais elle ne rêve pourtant que de l'approcher au grand jour et de lui révéler les trésors d'une volupté qu'il semble ignorer.

Inédit **_Les Hathaway_ - 5 -**
**_L'amour l'après-midi_** ☙ **Lisa Kleypas**

Jeune femme nature et en retrait, Beatrix Hathaway s'est toujours sentie plus à l'aise en plein air que dans une salle de danse. Si elle a auparavant participé à la saison londonienne, sa beauté classique n'a jamais été appréciée. Elle s'est résignée, jamais elle ne rencontrera l'amour ! Mais, le temps est-il venu pour la plus rebelle des sœurs Hathaway de consentir à un homme ordinaire pour éviter le célibat ?

## Le 19 octobre

Inédit **_Comment séduire un marquis ?_** ൽ

**Julia Quinn**

Elizabeth Hotchkiss doit impérativement se marier d'ici peu pour subvenir aux besoins de sa famille, mais comment envoûter le riche et parfait époux ? Lorsqu'elle découvre un ouvrage intitulé *Comment séduire un marquis ?*, elle se risque à y jeter un œil, par simple curiosité. Et justement, à titre d'essai, Elizabeth usera de ces précieux conseils pour charmer l'intrigant James Siddons ! Et si James n'était pas celui qu'il prétend être ?

**_Cendres dans le vent_** ൽ **Kathleen E. Woodiwiss**

1863. Après le massacre de sa famille, la belle Sudiste Alaina part se réfugier, habillée en jeune garçon, à La Nouvelle-Orléans, alors occupée par les Nordistes. Elle y rencontre Cole Latimer, un médecin yankee qui lui sauve la vie et qu'elle aime en secret. Une nuit, Cole la surprend et, ébloui, il tombe éperdument amoureux. D'un mot, Alaina pourrait faire leur bonheur, mais il est un Yankee, un ennemi, et son orgueil s'y refuse...

**_La famille Blakewell_ - 2 -**
**_L'offrande irlandaise_** ൽ **Pamela Clare**

« Regarde cette catin irlandaise. N'est-elle pas belle comme le jour ? Eh bien, sa virginité t'appartient ! » Jamie Blakewell est choqué par les propos de son ami, lord Byerly. Ému par cette beauté brune dont les yeux ne reflètent que mépris et épouvante, Jamie décide de protéger l'innocence de la jeune Bríghid, quitte à jouer le rôle de bourreau en public. Mais une compagnie aussi troublante ne peut qu'attiser les élans de la passion...

**Le 19 octobre**

# *Passion intense*

***Des romans aux tons légers et coquins***

*Inédit*

***Nuits blanches - 2 - Quand sonne minuit***

**Lisa Marie Rice**

Claire Parks a longtemps été isolée par la maladie et par un père surprotecteur mais désormais, place aux nouvelles expériences et au plaisir ! Pour commencer, elle va aller faire la fête dans cette sulfureuse boîte de nuit… Claire y rencontre Bud, qu'elle ne tarde pas à inviter chez elle pour un week-end des plus torrides. Bientôt, elle découvre que son ardent partenaire est en réalité le lieutenant Tyler « Bud » Morrison. Et, lorsque d'étranges évènements la menacent, Tyler est prêt à tout pour la protéger.

*Inédit*

***Les combattants du feu - 4 - Flamme mortelle*** **Jo Davis**

Grand, musclé et sexy, Tommy Skyler, le chouchou de la caserne 5, tait une profonde blessure : autrefois star incontestée de football, une terrible tragédie a brisé son rêve pour toujours. Lorsque, suite à une intervention difficile, Tommy est emmené à l'hôpital, il fait la connaissance de Shea Ford, une superbe infirmière. Mais il déchante très tôt, lorsqu'il découvre qu'une conspiration criminelle est organisée contre lui et que, à ses côtés, Shea frôle le plus grand des dangers.

**Le 5 octobre**

# FRISSONS

***Du suspense et de la passion***

*Inédit* ***Faux pas*** ∞ **Laura Griffin**

Celie Wells ne voulait plus jamais avoir affaire avec son ancien mari et surtout pas avec son meurtre ! Elle doit maintenant faire face à la police et aux narcotrafiquants qui voulaient la peau de son mari. Et si le très sexy reporter John McAllister vient voler à son secours, elle se doute bien qu'il en veut plus qu'il ne le montre…

9540

*Composition*
FACOMPO

*Achevé d'imprimer en Italie*
*par* Grafica Veneta
*le 15 août 2011*

Dépôt légal : août 2011.
EAN 9782290028575

ÉDITIONS J'AI LU
87, quai Panhard-et-Levassor, 75013 Paris

*Diffusion France et étranger : Flammarion*